EMRAH SERBES • Deliduman

EMRAH SERBES 1981 Yalova doğumlu. Akdeniz Üniversitesi Turizm İşletmeciliği ve Otelcilik Yüksekokulu'nu yarım bıraktı, Dil ve Tarih-Coğrafya Fakültesi Tiyatro Bölümü'nü bitirdi. Öğrencilik yıllarında *BirGün* gazetesi için söyleşiler kaleme aldı, *Radikal* 2 için tiyatro eleştirileri yazdı, *Hayvan* dergisinin Ankara muhabirliğini yaptı. İletişim Yayınları tarafından yayımlanmış iki Behzat Ç. romanı, *Her Temas İz Bırakır* (2006), *Son Hafriyat* (2008); bir hikâye kitabı *Erken Kaybedenler* (2009) ve serbest metinleriyle hikâyelerinden oluşan bir seçki *Hikâyem Paramparça* (2012) bulunmaktadır.

İletişim Yayınları 2019 • Çağdaş Türkçe Edebiyat 306
ISBN-13: 978-975-05-1560-6

1. BASKI 2014, İstanbul
2. BASKI 2014, İstanbul
3. BASKI 2014, İstanbul
4. BASKI 2014, İstanbul

EDİTÖR Levent Cantek
KAPAK Suat Aysu
KAPAK İLLÜSTRASYONU Berat Pekmezci
UYGULAMA Hüsnü Abbas
DÜZELTİ Birhan Koçak
BASKI ve CİLT Sena Ofset · SERTİFİKA NO. 12064
Litros Yolu 2. Matbaacılar Sitesi B Blok 6. Kat No. 4NB 7-9-11
Topkapı 34010 İstanbul Tel: 212.613 38 46

İletişim Yayınları · SERTİFİKA NO. 10721
Binbirdirek Meydanı Sokak, İletişim Han 3, Fatih 34122 İstanbul
Tel: 212.516 22 60-61-62 • Faks: 212.516 12 58
e-mail: iletisim@iletisim.com.tr • web: www.iletisim.com.tr

EMRAH SERBES

Deliduman

iletişim

Bir

2013 yazında, büyük şehirlerde başlayıp kısa süre içinde küçük ilçemiz Kıyıdere'yi de etkisi altına alan toplumsal hadiselerin nedenini merak ediyorsanız eğer, 2012 yazının bok gibi geçmesini bir yana bırakırsak, size öncelikle kız kardeşimin güzelliğini ve bazı meziyetlerini anlatmam gerekir. Çünkü kız kardeşimin güzelliğini ve bazı meziyetlerini bilmeden, o yaz, yıllardır hiçbir şey yapamamanın ruhu yakan acısını nasıl yendiğimizi ve kopkoyu bir karamsarlıktan umuda birdenbire nasıl geçiverdiğimizi asla anlayamazsınız.

Kız kardeşim Çiğdem İyice dokuz yaşındadır, Evliya Çelebi İlköğretim Okulu 3-A sınıfında okur, derslerinde açık ara birincidir ve el yazısı inci gibidir. Benimkine benzemez, Sümerolog falan olmanız gerekmez ne yazdığını anlamak için. Ayrıca sınıflarında açık ara birinci giden öğrenciler gibi içe kapanık ve bencil değildir, hayli sosyaldir. Sadece arkadaşlarınca da değil, yeryüzündeki bütün canlılarca çok sevilir, mesela yolda kediler köpekler gördüğünde onu, yanından geçerken durup hayranlıkla bir daha bakarlar. Bir seferinde hiç unutmam, Migros'un açık otoparkında kabuğuna kapanmış bir kaplumbağa görmüştük, o kederli kaplumbağa bile kız kardeşimi görünce kabuğundan çıkmış, başını takdir edercesine öne arkaya sallamıştı. Bu özelliklerine ek olarak kız kardeşim, yaşına göre selvi boylu sayılır, neşelidir ve enerjiktir. Aynı zamanda da ağırbaşlıdır. Yaşı ile örtüşmeyen sevimsiz bir ağırbaşlılık da değildir bu, çocukça saflığını muhafaza eden bir ağırbaşlılıktır. Bir yerlere gideceği zaman dimdik yürür, oklava gibi zannetmeyin, gayet zarif ve asaletlidir yürüyüşü, onu otuz metre öteden görseniz, 'İşte asil bir kadın yaklaşıyor,' dersiniz. Kadınlarda asaletin yaşı olmayacağını farz ederek söylüyorum bunu.

Kız kardeşimi bir tanısanız var ya, gülüşüyle, bakışıyla, sesiyle ve sessizlikleriyle öyle bir büyü yaratır ki üzerinizde; yanaklarını, alnını, saçlarını ve boynunu bir milyon sefer de öpseniz doyamazsınız. Her öpüşünüzde kokusunu içinize çekmenize rağmen. Ona baktıkça kardeş olduğumuza inanmakta bile güçlük çekiyorum bazen, sırf bu yüzden gözlerimin dolduğu oluyor. 'Sen de biraz abarttın,' diyeceksiniz. Evet, abarttım. Çünkü bu dünyada o kadar çok mankafa var ki abartmayınca hiçbir şeyi anlamıyorlar. Kız kardeşimin güzelliğinin ve bazı meziyetlerinin ise bir an önce anlaşılması gerekiyor.

Kız kardeşimin başlıca meziyetleri arasında, salonun ortasında bacaklarını yüz seksen derece açıp oturmak ve insan denen canlının en doğal duruş biçimi buymuş gibi rahat tavırlarla gözlerinizin içine bakmak gelir. Ayrıca hentbol topunu ayağında yüz elli sefer sektirebilir. Bunları bile gölgede bırakan en doğaüstü meziyeti ise moonwalk'tur.

Geçen kış sadece tekniğini göstermiştim ona, 'Ayağının birini yere tam bas, diğerini burnunun ucuyla bas, sonra iki ayağının konumlarını benzer biçimde değiştirerek geriye yürü, elini kolunu da koordineli biçimde hareket ettirmeyi unutma,' demiştim. Kız kardeşim safi yetenek olduğundan tekniği aldı yürüdü, fizik kurallarına meydan okurcasına kaymaya başladı evin parkelerinde. Akabinde Idefix'ten sipariş ettiğimiz *Moonwalker* filminden ve Youtube'taki videolardan faydalanarak bununla uyumlu dans figürlerini geliştirmeye başladık. Bir ay içinde görenlerin hayranlıkla karşıladığı beş dakikalık bir performansa çevirdik olayı. Bununla da yetinmedik, o güne kadar sadece kot pantolon paçalarını yaptırmak için uğradığımız Merkez Terzi Orhan'a beyaz takım elbise diktirdik, on beş gün boyunca çarşı pazar dolaşıp eli boş döndükten sonra GittiGidiyor'dan beyaz kravat bulduk, Markafoni'den mavi gömlek sipariş ettik, KİPA Alışveriş Merkezi'ndeki bütün mağazaları gezip en bol tokalı, en cafcaflı deri kemeri aldık, dedemin eski beyaz şapkalarından birine siyah şerit çektik, kız kardeşimin beline uzanan güzelim kestane saçlarını sıkı sıkı topuz yapıp o şapkanın içine sığdırdık ve 18 Mayıs 2013 Cumartesi günü saat 14.00 sularında, Uludağ Üniversitesi'nin konferans salonunun kulisinde, 21. Michael Jackson olarak sahne sıramızı beklemeye başladık.

O kadar çok Michael Jackson'ı bir arada görünce insanın ister istemez siniri bozuluyor. Bizden sonra bile sahneye çıkacak altı Michael Jackson vardı. Kız kardeşim gibi büyük yetenekler değildi tabii hiçbiri, takım elbiseyi şapkaya uyduran gelmişti. Diğer Michael Jackson'lara baktıkça 'Keşke daha özgün bir şeyler öğretseydim kız kardeşime' diye kendi kendimi yiyordum.

Bana da dayım olacak it öğretmişti bu moonwalk denen naneyi. Kim bilir ona da kim ogretmişti yuz yıl evvel. Ben moonwalk yapmaya başladığım zamanlar, kimsenin moonwalkerlık gibi bir merakı yoktu. 80'li 90'lı yıllara damgasını vurmuş, Michael Jackson'ın kariyerindeki ve özel hayatındaki sıkıntılarla beraber 2000'li yılların ortalarına doğru unutulur gibi olmuştu, ben de o zaman başlamıştım işte. Ama ne zaman ki Michael Jackson 2009 yılında öldü, bir zamanlar ona, vitiligo hastası değilmiş gibi, 'Siyahlığından utandığı için rengini açtırmış' diyenler, kendisi de her daim çocuk ruhlu olduğundan çocuklara yürekten bağlı değilmiş gibi 'Çocuklara çükünü gösteriyormuş affedersiniz' diyenler, her türlü iftirayı atanlar, birden çark edip 'Efsanemiz öldü arkadaşlar efsanemiz gitti dostlar' diye öyle bir yaygara kopardılar ki, ondan sonra da ister istemez yeni bir moonwalk furyası başladı. Ben tabii, sınıf arkadaşlarından görüp özenen kız kardeşime moonwalk öğretirken bir gün işin bu noktaya varacağını tahmin etmemiştim. 'Michael Jackson klasiktir, hiçbir zaman hiçbir ortamda modası geçmez,' diye düşünmüştüm. Mademki özenmiş, o da öğrensin istemiştim.

Velhasıl, şu anda adını bile anmak istemediğim, bölüm başına 375 euro verseler dahi bir bölümünü seyretmeyeceğim yetenek yarışmalarından birinin seçmelerine katılmak için bekliyorduk orada. Dediğim gibi, o kadar çok Michael Jackson vardı ki, onları diğer yeteneklerden, bütün o sihirbazlardan, hesap makinelerinden, cam yiyenlerden, tuğla kıranlardan, lobut atıp tutanlardan, ateş yutanlardan, break dans gruplarından falan ayırarak seyretmeye karar vermişlerdi. O tipleri de uzaktan uzağa gördükçe, 'ne işimiz var burada' duygusu iyice tavan yapmaya başlamıştı bende. Kız kardeşimi elinden tutup havaya ateş açarak uzaklaşmak istiyordum oradan. Tabii bu ruh halimi de ona çaktırmamaya çalışıyordum. O güne kadar kız kardeşimin performansını seyreden konu komşu, hısım akraba, dost arkadaş kim varsa, sanki yaşadıkları o canlı performans deneyimine bir türlü inanamamışlar da, inanmaları için illâki bir kez de televizyonda seyretmeleri gerekiyormuş gibi, her Allah'ın günü, kız kardeşimi nerede görseler, 'Mutlaka katılmalısın, katılmalısın, katılmalısın dedim anlıyor musun mutlaka katılmalısın!' diye ısrar ettikleri için oradaydık. Kız kardeşim de onların ısrarlarına daha fazla dayanamayıp katılmak istemişti yarışmaya. Eğer kız kardeşim, işleri güçleri televizyon seyretmek olan bu pasifist manyakların gazına gelip bu kadar istemeseydi orada bulunmayı, böyle bir rezaletin parçası olmasına asla müsaade etmezdim.

Sırtımızı kulisin siyah paravanına yaslamış beklerken "Çağlar," dedi kız kardeşim. Çünkü bana her zaman, 'Çağlar' der, hiçbir zaman 'ağbi' dedirtmedim kendime. İşte, "Çağlar," dedi yine, "acaba," dedi, "dansa başlamadan önce, gözlerimi her zamanki gibi kapalı tutmasam da açık mı bıraksam?"

"Neden?"

"Biraz bulanık görüyorum da... Galiba heyecandan. Gözlerim açık olsa da ayaklarıma baksam, zaten şapka öne eğik durduğundan gözlerim gözükmüyor başta."

"Gözlerinin gözükmediğini biliyorum aşkım," dedim. "Ama her zamanki yöntemden asla vazgeçme. Gözlerinin kapalı durmasının nedeni konsantrasyon içindir. Bütün dünyanın seni seyretmeye hazırlandığını ve birazdan o küçük insanlara büyük bir mesaj vereceğini rahatça düşünebilirsin böylece. Gözlerini açtığın zaman da Mayki'nin ruhunu tam kalbinde hissedersin ayrıca."

"Haklısın Çağlar," deyip gülümsemeye çalıştı ama hâlâ tedirgin olduğu da kaygılı bakışlarından ve stresle ayağını sallamasından belliydi. Yaldızlarla kaplı deri eldivenlerinin üstünden, sahibinden.com'da 84 TL'ye vardı bir tane, biz aldık, ellerini tuttum, narin parmaklarını okşadım cesaret vermek için. İşin en zor, en meşakkatli kısmını hallettikten sonra, böyle küçük detaylarda bocalamak, vazgeçecek gibi olmak, bütün büyük yeteneklerin ortak özelliğidir. Mesela, bizim dâhi bir arkadaş vardı yedinci sınıftayken, böyle TÜBİTAK'ın düzenlediği okullar arası bir proje yarışmasında mı ne dereceye girmişti, ertesi yıl Amerika'ya gönderdiler bu ülkeye fazla diye, işte o herif, o maloğlumal, çekirdeklerini ayıklayamadığı için karpuz yiyemezdi. Sen on kiloluk karpuzu pazardan taşı getir, kes önüne koy, itoğluit çekirdeklerini ayıklayamasın. Ama o bir dâhi. Belki de şu an profesör olmuştur Amerika'da, karpuz çekirdeği ayıklama makinesi yapmıştır, Alabama'daki evinin sofrasına koyup başına oturmuştur, çok mutludur, bizi düşünüyordur, yedinci sınıftaki arkadaşlarını, bilemezsin, asla yargılama!

Kız kardeşimin ellerini tutmuş cesaret veriyordum ona. Biz öyle el ele tutuşmuşken, sahneden en son inen Michael Jackson göründü kulisin ucunda. Ağır adımlarla yaklaştı, bir sandalyeye oturup şapkasını dizlerinin üstüne koydu. Şakaklarından çenesine doğru süzülen ter damlalarını dikkatle inceledim. Gözlerinde yabani bir pırıltı vardı, o pırıltının neden kaynaklandığını çözemiyordum bir türlü ama gözlerimi de o çocuktan ayıramıyordum. İnsana en sıradan şeylerin bile anlam yüklü geldiği zamanlardan biriydi. Sahneden gelen müzik, kimi zaman yükselip kimi zaman alçalıyor, kimi zamansa ağır bir sessizliğe bırakıyordu yerini. Öyle anlarda da kulisin göremediğimiz karanlıklardan kısa, kesik bir kahkaha duyuluyor, ama kim atmış o kahkahayı, neden atmış, bilemiyorduk. Bazen de bir heyecan dalgası kaplıyordu ortalığı, siyah tişörtlerinin önünde, katıldığımız programının adı ve logosu bulunan iki-üç görevli, kulisin bir tarafından gelip diğer tarafına koşturuyorlardı. Neden koşturuyorlardı, neyin hazırlığıydı bu? Herkes merakla onlara bakıyor, ama o siyah tişörtlülerden hiçbiri, ufacık da olsa bir bilgi verme zahmetine girişmiyordu. İşte o anlarda ben bile heyecandan, telaştan ve bekleme geriliminden ötürü çevremdekileri biraz bulanık görmeye başlıyordum. Kim bilir kız kardeşim ne haldeydi, kim bilir onun o küçük, temiz kalbi nasıl çarpıyordu?

Baktım, kız kardeşim heyecandan daha fazla yerinde duramayacak, dayım olacak ite dedim ki, çünkü o da bizimle birlikteydi o gün, "Dayı," dedim. "Git de bir bak bakalım kaçıncı Mayki'yi almışlar? Bize ne zaman sıra gelir bir sor." Dayım olacak it, o esnada yere eğilmiş, kız kardeşim için Fatih Kundura'da özel olarak yaptırdığımız siyah beyaz ayakkabıları, iş yapıyor gibi görünmek için, nereden bulduğu belli olmayan bir bezle siliyordu. Ben tabii o günlerde, dayım olacak itin o kadar it bir insan olduğunu bilmiyordum. Bir takım kusurları, kepazelikleri olduğunu elbet biliyordum ama o kadar it bir insan olduğunu bilmiyordum. Bunlar başka, itlik başkadır; demek ki dayım olacak itin ne kadar it bir insan olduğunu bütünüyle anlayabileceğimiz şartlar henüz ortaya çıkmamıştı o zaman.

"Tamam, ben bir bakayım o zaman," diyerek gitti. Umursamaz adımlarla kulisin derinliklerine yol alırken arkasından baktım. Bahsetmeden edemeyeceğim şimdi, biliyorum yine tepemin tası atacak, onun portresini çizmeye çalışırken yaptığım enerji sarfiyatına yazık olacak, ama ne yapalım, başladık bir kere, en iyisi tarafsız bir gözle anlatmaya çalışmak onu: Dayım iti olan insan, bizim Kıyıdere'nin belediye başkanıdır. Bizim oralardaki herkes de sever sayar kendisini. Tabii yüzeysel bir sevgi saygıdır bu, içyüzünü bilseler insan içine çıkamaz. Gerçi içyüzü bilinse kim insan içine çıkabilir ki, o da ayrı bir mesele. Dayımın fırça bıyıkları geçen ay çıkmaya başlamış gibi gayet sevimli durur. Güneş gözlüğü de her daim ceketinin ön cebindedir. Belediye başkanı olduğundan beri takım giyip kravat takmak zorunda hissediyor kendini ama kravatı hep biraz yana kayıktır. Her sabah bağlamasına rağmen, benim okullar açılırken bir sefer bağlatıp bütün sene taktığım kravata benzer. Onu yolda görseniz mesela, aklınıza gelecek en son şey bir ilçede belediye başkanlığı yaptığı olur. İnsanlar seçimle değil de tiple iş başına getirilse kesin kaybederdi.

Zaten 2009 yerel seçimlerinde, Dedemi Kanser Eden Parti'ye gidip adaylık için başvurduğunda da istemediler onu, kendi adamları varmış. Bunun üzerine ilçenin tanınmış simalarından, sikkafalılarla dolu bir heyet, Dedemi Kanser Eden Parti'nin yetkilileriyle görüşmeye gitti, "Yapmayın etmeyin, bizim Altan'ı aday gösterin," dediler. "Bu adamın hem merkezde hem de köylerde herkesle ahbaplığı dostluğu vardır, hısımlığı akrabalığı, selamı sabahı, çayı çorbası, hoşgeldini beşgittini, senedi sepeti, alacağı vereceği, girdisi çıktısı, eski kırığı yeni platoniği vardır, aday göstermezseniz başka yerden aday olur, sizin oyunuz da düşer, Ya Kime Vereceksiniz Mecbur Bize Partisi aradan sıyrılıp belediyeyi alır Allah muhafaza,' dediler, yine de dinletemediler. Öbür adayın hakikaten sağlam yerden tanıdıkları varmış. Ama sonra ne oldu, dayım gitti, Kimsenin İplemediği Atların Partisi diye bir parti buldu kendine, oradan aday oldu, seçim sürecinde de bütün ilçede zilini çalmadığı tek ev, tokalaşıp çayını içmediği tek esnaf, başını okşamadığı tek çocuk, pisi pisilemediği tek kedi, kuçu kuçulamadığı tek köpek kalmadı; bütün köylere, köylerdeki kahvelere, evlere, ahırlara, mandıralara kadar gitti, kendisini tanıyanlara bir kez daha hatırlattı, tanımayanlara uzun uzun anlattı, 'Bana inanmıyorsanız gidin şunlara şunlara şunlara da sorun' diye güvence verdi, özetle bizim Kıyıdere'de nefes alan ne kadar canlı varsa hepsinin ağzından girdi burnundan çıktı, türlü türlü yalakalıklar yaptı, herkesi bıktırdı, bezdirdi, şu seçimler bitsin de bir sussun artık diye 'ya sabır' çektirtti arkasından, 35 oy farkla da kazandı seçimi, hem de sabaha karşı, 20 oy farkla kazandığı ilk sayıma itiraz edildiği için, ikinci sayımda.

İnanmayan varsa Yüksek Seçim Kurulu'nun internet sitesinden Kıyıdere İlçesi 2009 yerel seçim sonuçlarına bakabilir. Kimsenin İplemediği Atlar'ın Genel Merkezi'ndekiler de inanamamıştı çünkü ilk anda bu seçim zaferine, 'Hakikaten mi kazandık?' diye kaç sefer cepten aramışlardı dayımı, ben açıp 'Valla billa kazandık,' demiştim, zira dayım cenaze işleriyle uğraşıyordu o ara. Seçimi kazandığı sabah dedem ölmüştü. Bir yanda sevinç, diğer yanda keder, hayatının en karmaşık sabahıdır herhalde. Çok da öğretici olmuştur muhtemelen. Diyelim ki Honda Civic'le Lamborghini Aventador'u geçmişsin, götün tavan yapmış özgüvenden, ama bu dünya gelip geçicidir, hepimiz dört kolluyla gideceğiz sonunda diye tevekküle dalmışsın o atmosferde.

Neyse işte seçimlerden sonra, Kimsenin İplemediği Atlar'da eziklenmekten bıkan bir grup at kafası, Dedemi Kanser Eden Parti'ye transfer olurken dayıma, "Sen de gel," dediler. Dayım da, yok ben istemiyorum, yan cebime koyun ayakları çekti. Dedemi Kanser Eden Parti'nin Merkez İlçe Başkanı da, "Gel," çağırısı yaptı ama aynı havaları korudu. Genel merkezden birileri arasın diye bekliyordu aslında, seçimden önce, 'Seni tanımıyoruz yürü git lan,' demişler ya buna, gururu kırılmış, onlar arasın tribi yapıyor. Aradan bir sene geçti, kimse aramadı, dayım da artık, 'Aramayacaklar mı acaba?' diye kudurmak üzereyken, birilerinin aklına geldi herhalde, sonuçta koskoca ilçeden bahsediyoruz, çağırdılar bunu. Ben hayatımda böyle bir sevinç ve böyle bir sevincini gizleme gayreti görmedim. Haberi aldığı gün, hiçbir şey olmamış gibi, "Yarın Ankara'ya gidiyorum Çağlar," dedi. "Babamı Kanser Eden Parti'nin Genel Merkezi'nden çağırıyorlar, dertleri nedir acaba?" Ertesi sabah altıda, sanki her gün genel merkezlere gidermiş gibi kendinden emin bir edayla gitti Ankara'ya. Aynı gün içinde, Meclis'teki grup toplantısında da yakasına o partinin rozetini taktırdı, yirmi sekiz yeni transferle beraber, toplu sünnet törenindeymiş gibi.

Rahmetli dedem ben çocukken derdi ki hep, "Çağlar," derdi. "Artık kocaman adam oldun. Şu tas ü tarağını siktiğimin dünyasında sakın ha, yosmalar içinde kepaze olmayasın." İşte bu dayım olacak it de, şu tas ü tarağını siktiğimin dünyasında, siyaset içinde kepaze olmuş biridir. Siyasete girmeden önce o kadar kepaze biri değildi aslında, kendi halinde bir emlakçıydı. Hiçbiri kendisine ait olmayan evleri arsaları alıp satar, arada iki sakal atarlarsa memnun kalır, ertesi gün de beni Çınarcık'a Esenköy'e falan götürür, her istediğimi ısmarlardı. Keyfimize de diyecek olmazdı o günlerde. Siyaset, onun mayasındaki kepazeliği açığa çıkaran bir transistör vazifesi gördü. Yoksa kız kardeşim hariç her insanın mayasında bir parça kepazelik vardır, mühim olan, o kepazeliği ortaya çıkaracak işlerden uzak durmaktır.

Örneğin; baktın manavlık seni kepaze ediyor, çünkü domates tartarken araya iki tane çürük domates sokuşturmadan edemiyorsun, o zaman neden böyle bir şey yapıyorum diye sormalısın kendine. Derin bir nefes alıp o iki tane kodumun çürük domatesini araya sokuşturamadan niçin duramadığını düşünmelisin. O iki tane çürük domatesi araya sokuşturamayınca kendini çok mu çaresiz hissediyorsun? Uykuların mı kaçıyor, boğulacak gibi mi oluyorsun, tükenmişlik sendromuna mı giriyorsun o iki tane çürük domates araya sokuşmayınca? Bütün dünyayı önüne de serseler o iki tane çürük domatesi araya sokuşturamadıktan sonra bir anlamı yok mu? 'Yeter artık bu dünyanın kahrını cefasını çektiğin, al sana gidiş-dönüş uçak bileti, 6500 dolar da nakit, Singapur'daki bütün kerhaneleri gez gel,' deseler, yine de o iki tane çürük domatesi araya sokuşturmanın verdiği zevki hiçbir şeye değişmez misin? Dünya yerinden oynasa, taş üstünde taş kalmasa, kıyamet kopsa, uzaylılar gelse bütün sülalene tecavüz etse, yok arkadaş, ben o iki tane çürük domatesi ilk fırsatta araya sokuşturmaya yine de devam ederim mi diyorsun? Herkesin bu hayatta iyi kötü bir pusulası vardır, hedefi vardır, hedefi olmasa bile bir tarzı, duruşu, şekli şemali vardır, senin de bu hayattaki pusulan, hedefin, tarzın, duruşun, şeklin şemalin o iki tane çürük domatesi araya sokuşturmak mı? Yarın öbür gün torun torba sahibi olup bir köşeye çekilip emekliliğin keyfini sürmeye başladığında, geçmişi özlemle yâd ettiğin anlarda, aklına gelecek ilk şey o araya sokuşturuverdiğin iki tane kodumun çürük domates mi olacak OÇ! Merhametsiz şerefsiz! Al o zaman bu yazıyı manav dükkânının girişine as, sonra da dükkânı başkasına devredip siktir ol git! Başka bir iş bul kendine. Ne bileyim, git veznedar ol! Uçaksavar bataryası teknisyeni ol! Ne olursan ol siktir git onu ol, ama artık manavlık yapma! Yapma manavlık! Belki de veznedar olursan, şu paralardan birazını da cebime sokuşturayım demezsin de, seni kepaze eden şeyin o araya sokuşturduğun iki tane çürük domates olduğunu anlarsın. Belki de uçaksavar bataryası teknisyeni olursan, şuradan cebime iki tane uçaksavar mermisi sokuşturayım demezsin de, seni kepaze eden şeyin o iki tane çürük domatesin araya sokuşması olduğunu anlarsın. İt herife bak ya! Zibidiye bak! Dangoza bak! Elim ayağım titredi yemin ediyorum sinirden. İçim daraldı. Her neyse, unutalım... Off! Hayvanoğluhayvan!!

Yanlış hatırlamıyorsam, 'Daha ne kadar bekleriz,' diye sormak için bir yetkili aramaya giden dayımdan bahsediyordum, işte bu herif, kulisin gizemli karanlıklarından geri döndü, yürüyüşe çıkmış gibi rahat tavırlarla ağır ağır yaklaştı bize, "On birinci Mayki şimdi çıkmış çocuklar," dedi. "Biraz daha bekleyeceğiz." Türlü sıkıntılar içinde, heyecandan boğazımız kuruyarak, sırtımızdan soğuk terler dökerek yarım saat daha bekledik. Ondan sonra elindeki siyah dosyayı göğsüne bastırmış, kulağında mikrofon bulunan bir görevli çıkıp geldi, "Michael Jackson'lar gidebilir," diye seslendi orada bekleyenlere hitaben.

"Gidebilir ne? Nasıl yani?" falan gibi sorular sorulunca da,

"Jüri yeterince Michael Jackson seyretti," diye açıkladı. "Daha fazla istemiyor."

Dayım, en kritik anlarda ortadan kaybolmayı yaşam tarzı olarak benimsediğinden, "Siz burada bekleyin," dedi. "Ben gideyim de bir sorayım bakayım, neymiş bu işin aslı astarı?" Seri adımlarla uzaklaşıp kulisin derinliklerinde yok oldu yine. O ara Michael Jackson'ların anne babaları görevlinin çevresini sarmış, hep bir ağızdan soru yağmuruna tutuyorlardı onu. Görevli, işaret parmağı kulağındaki mikrofonda, "Jüri bana ne dediyse ben de size onu söylüyorum," diyordu. "Yeterince Michael Jackson seyretmişler, daha fazla istemiyorlar."

Görevli, ufak tefek ama sağlam yapılı, dimdik duran, boksör burunlu, saçlarına kır düşmüş, kırklı yaşlarda biriydi. Hiç kimseyi doğrudan hedef almayan karanlık bakışlarında, umursamaz ve otoriter bir ton seziliyordu. Canı çok sıkkındı. Sanki başka bir dünyada yaşıyordu da bu dünyaya biz onun canını sıkalım diye gelmişti. "Türkçe bilmiyor musunuz siz?" diye sordu her heceyi tek tek vurgulayarak. "Yeterince Michael Jackson seyretmişler diyorum."

Hiçbirimizi adam yerine koymayan bir şey vardı sesinde. Bizi hamamböceği olarak gören bir terlik vardı. Kan beynime sıçradı birden, çok pis ayar oldum, kuruldum, gözlerimi görevliye diktim. Yani birileri aylarca çalışmış, kalpleri kırılacakmış falan, asla düşünmüyordu bunu, sadece kendisine söylenen şeyi düşünüyordu. Oysaki biz mesela, kız kardeşimin o kostümünü tamamlamak için bile, küçük esnafından tut uluslararası şirketlerin AVM şubelerine, oradan internet üzerinden satış yapan sitelere kadar her yeri gezmiş araştırmışız, o kaotik çeşitliliğin içinde bulmuş buluşturmuşuz, bu da başlı başına bir meziyettir. Bütün bunları düşünmeden, "Yeterince Michael Jackson seyredildi, jüri gidin dedi," ne demektir? Hadi bunu söyledin diyelim, buz gibi bir sesle, makas gibi bir sesle, insaniyet namına sopalanması gereken bir sesle söylemek ne demektir?

O sesi duyan ufak tefek yaşlardaki dört-beş Michael Jackson aynı anda ağlamaya başlamıştı, biraz daha büyük olanlar da ağlayacakmış gibi dudaklarını büzmüşlerdi. Kız kardeşime baktım, o da başını öne eğmiş, Fatih Kundura'da yaptırdığımız siyah beyaz moonwalk ayakkabısının burnuyla önündeki parkeyi eşeliyordu, keder akıyordu duruşundan, kahrediyordu insanı. Kız kardeşimi elinden tutup kulisin hengâmesinden çıkardım, geniş koridordaki boş banklardan birine oturttum, "Sen burada bekle fıstığım," dedim. "Birazdan her şey yoluna girecek." Telaşa gerek yok tarzında bir havayla gözümü kırpıp yanağından makas aldım, sonra da kulise geri dönüp görevlinin bulunduğu yere yürüdüm.

"Yeterince Michael Jackson'dan kasıt kaçtır?" diye sordum sakince.

"Anlamadım," dedi.

"Az evvel yeterince Michael Jackson seyrettiler dediniz. Yeterince Michael Jackson kaç tanedir?"

"Yüz tane Michael Jackson seyrettiler zaten," dedi.

"Burada yüz tane Michael Jackson yok," dedim. "Sadece yirmi yedi tane Michael Jackson var, onun da yarısını seyretmediler. Ayrıca yüz tane seyretmiş olsalar bile umurumda değil. Benim kız kardeşimi seyretmediler. Benim kız kardeşimde yüz kişiye yetecek kadar yetenek bulunur. Eğer bu kız sahneye çıkmazsa, bende de yüz kişiye yetecek kadar hayal kırıklığı ve öfke olacak."

Ben böyle söyleyince, ağlayan Michael Jackson'ların yüzünde yeniden bir ümit ışığı belirdi. Çevremden hak veren sesler yükseldi. Herkes aynı anda konuşmaya başladı, "Bir saniye müsaade edin lütfen," diye bağırdım gözlerimi görevliden ayırmadan. Dimdik bakıyordum ona, oradaki herkesi ilgilendiren bu problemi ikimizin arasındaki bir meseleye çevirmek isterse bundan hoşnut olacağımı da bilmesini istiyordum. Eğer o da, elçisi olduğu bu haksızlığa benim kız kardeşime bağlı olduğum kadar bağlıysa, ne kadar ileri gidebileceğini görmek istiyordum. Ayrıca kendim haksızlığa uğrasam o kadar sinirlenmezdim. Ama kız kardeşim, Çiğdem İyice, Evliya Çelebi İlköğretim Okulu'na gider, hassas olduğum bir konu bu.

"Sizin bu dandik yarışmanıza hazırlandıkları için iki aydır dondurma yemeye bile vakit bulamadı bu çocuklar!" diye bağırdım. Kız kardeşimin durumu hakikaten öyleydi. Ortada toplu bir haksızlık durumu varsa genelleme yapmaktan çekinmem. Görevli, hiç üzgün görünmeyen, hatta düpedüz hoşnut bir tavırla, "Yapabileceğim bir şey yok," dedi.

"Yiyebileceğin çok iyi bir yumruk var ama!" dedim.

O an yerçekimi ortadan kalktı, ayaklarım yerden kesildi, gözlerim karardı, zihnim kamaştı, zaman buruştu. Kollarımda müthiş bir sancı hissettim, dünya uzaklaşıyordu benden, "Ne oluyor," diye bağırdı bir kadın, "Sakin olun bir şey yok," dediler. Lobutları çevirip duran adam, kafasının üstünde dönen çocuk, yangın köşesindeki baltanın yanında benzin içip ateş üfleyen ejderha, Atatürk'ün Gençliğe Hitabesi ve endişeli bakışlar, nereye gidiyorduk böyle, merdivenlerden ve parke taşlardan sonra küçük bir odada buldum kendimi, karşımda iki özel güvenlik görevlisi vardı.

Duvarın köşesindeydim, biri tam karşımda duruyordu, diğeri de sağ yanımda. Bulanık görüyordum onları, çok büyük öfkeleri vardı bana karşı. O kadar öfkeyi ne ara biriktirdiklerini anlayamıyordum. Odanın diğer köşesinden televizyon sesi geliyordu, belki de radyoydu, bilemiyordum.

"Neyin artistliğini yapıyorsun lan sen!" dedi karşımdaki güvenlik.

Ona bakarken diğeri sağ taraftan bir tokat salladı kulağıma, kafamı duvara vurdum. Elimi başıma götürüp kendimi toparlamaya çalıştım. Karşımdaki güvenlik yakamdan silkeleyip "Neyin artistliğini yapıyorsun lan sen!" diye sordu yine. Köşeye sıkışmıştım, bir boşluk, çıkış yolu aradım, bulamadım. Bir an nefes alamadığımı hissettim, derin bir iç çektim, bana ilk tokadı atana bakıyordum. Kaşlarını çatmış, gözlerini kısmıştı, kalın bir burnu ve öfkeyle solumak için yaratılmış kocaman burun delikleri vardı. Karşımdaki güvenlik yumruğunu sıkıp yüzüme yaklaştırdı, "Oğlum neyin artistliğini yapıyorsun lan sen, ha!" diye bağırdı.

"Bir şeyin artistliğini yaptığım yok," dedim.

Bir sessizlik oldu, tepeden tırnağa süzüyorlardı beni, saldırmak için bir şey söylememi bekliyorlardı. Karşımdaki güvenlik yumruğunu kaldırdı yine, yüzümü kollarımın arkasına sakladım, "Şimdi siktir git, gebertmeyeyim burada seni!" dedi. Yanımdaki güvenlik ensemden tutup kapıya ittirdi beni. Bir an ferahlık duydum içimde, kapıyı açtım, tam çıkacakken durdum, dönüp baktım güvenliklere. İlk tokadı atan, "Ne bakıyorsun lan," deyip üstüme yürüdü, ayağının tabanıyla bir tekme attı karnıma. Kapının önündeki iki basamaktan konferans salonunun parke döşeli avlusuna düştüm. Yattığım yerden baktım, tekmeyi atan üstüme geliyordu, diğeri onu tuttu, "Bırak!" dedi. Ayağa kalktım, çevreye baktım, Allah'tan kimse görmemişti bana atılan tekmeyi, arkama bakmadan yürüdüm, üstümü başımı silkeledim, konferans salonunun çıkış kapısına gelince durdum. Kulağım çınlıyordu, başım zonkluyordu, bir sersemlik çökmüştü üstüme, derin bir uykudan matkap sesiyle uyandırılmış gibiydim. Ellerim titriyordu, avuçlarıma yumruk attım titremelerini önlemek için. 'Geri dönmezsem, şunlara iki satır laf söylemezsem, kendime olan bütün saygımı yitirir miyim acaba?' diye düşündüm. Geri dönmeye karar verdim. Derin bir nefes aldım. Uzaklardan birinin bana seslendiğini işitiyordum. Bazen bunu işitirim, biri beni çağırıyormuş gibi gelir, oysaki, "Çağlar, Çağlar," diyen kişi, içimdeki sesten başkası değildir.

Biri aniden kolumu kavradı, irkilerek dönüp baktım, dayım. Kız kardeşimi elinden tutmuştu, "İki saattir sesleniyorum, niye bakmıyorsun?" dedi.

Cevap veremedim.

"Neredesin sen?"

"Buradayım."

"Ne oldu?"

"Yok bir şey."

"Yürü bizi bekliyorlar."

"Kim bekliyor?"

"Konuşma yürü, seni arıyoruz iki saattir."

Konferans salonunda büyükçe bir odaya girdik. Elinde telsiz olan, siyah ceket giymiş, yetkili biri olduğunu düşündüğüm koca ağızlı bir kadın karşıladı bizi, "Altan Bey," dedi.

Dayım, "Merhaba," deyip kadının elini sıktı. "Prodüksiyon Amiri Afşar Hanım?"

"Evet benim."

"Bizim Bursa İl Başkanı sizi aramış galiba," dedi dayım.

"Evet aradı, problem nedir?"

Dayım, problem sanki kız kardeşimmiş gibi onu gösterip gülümsedi, "Bizim bu cimcime," dedi. "Aylardır hazırlanıyor. Onu da bir seyrediverse diyoruz jüri."

Kadın, kız kardeşimi baştan aşağı süzüp "Ama yeterince Michael Jackson seyrettiler," dedi.

Dayım, "Tabii öyledir de," dedi. "Bizimki de işte, hevesli çocuk. Zaten bölge vekilimiz de çok sever bu cimcimeyi, 'Ne güzel dans ediyor sizin yeğen,' der durur beni her gördüğünde. Sizin yapımcınızın da ahbabıymış galiba."

Dayım kadına kartını uzatıp "Ben de Kıyıdere Belediye Başkanı'yım," dedi, asıl kozunu en sona saklayan tipler gibi.

Oysaki Kıyıdere'yi kim takar, bölge vekilinden yürüse daha iyiydi, gerçi bölge vekilinin kız kardeşimi dans ederken seyretmediğine de eminim, tamamen sallamasyon.

Kadın, dayımın kartını elinde evirip çevirdi bir süre. Sonra da gülümsedi. Dayımın tepesinde, diğer saçlarına benzemeyen aksi bir saç tutamı dikili durur. Yaptığı bütün piçliklere rağmen çocuksuluğunu korumasını da bu tepesindeki aksi saç tutamına borçludur. Böyle şeyler de kadınlara çok sevimli gelir. Hiçbir kadın tanımadım ki dayımı gördüğünde tepesindeki aksi tutamı fark edip gülümsemesin. Oysa dayımı tanımazlar, gecelerini bilmezler, birden uykuya dalar, ağzı açık, horlayarak uyur, hemen bizim yan odamızda. Kadınlar dayımın bu hallerini görmediklerinden tabii, savunmasız yakalanırlar ona, gündüzleri takımları çekmiş, güneş gözlüğünü takmış, tepedeki aksi ve sevimli saçıyla görürler. Çok düşünmüşümdür, bir gece elime makası alıp dayımın gerçek yüzünü ortaya çıkarmak için tepesindeki o aksi saçı kesmeyi.

Kadın, kız kardeşimin çenesini okşadı, kırmızı ojeli tırnakları horoz pençesi gibiydi, "E hadi gelin bakalım," dedi.

Dayım da bunun üzerine kadına çapkınca gülümseyip göz kırptı. İşte fırsatını bulduğu zamanlarda da böylesine amatapanlar tarikatı mensubudur it! Durup dururken bir kahkaha attım. Farkında olmadan atmıştım o kahkahayı, tutamamıştım kendimi, bir komedinin ortasındaydık, saçma sapan acılarla çevriliydi etrafımız. Dayımın kadına göz kırpışı bardağı taşıran son damla olmuştu, elimi karnıma bastırmış, gülüp duruyordum. Tuhaf tuhaf bakıyorlardı bana, onlar tuhaf tuhaf baktıkça da daha çok gülesim geliyordu.

İki

İnsanların çoğu yeteneksizdir. Öyle olmasaydı yeteneğin ne anlamı kalırdı ki zaten. Şanssızlıklarından ötürü yetenekleri gün ışığına çıkamamış insanları bir yana bırakalım, saygıyla anmak gerekir onları, gerçi kim olduklarını bilmiyoruz, olsun, saygıyı hak ettikleri açık. Kritik bir ayrıma geldik burada, büyük yeteneksizlere, şuursuz yeteneksizler de denebilir onlar için, bu tiplerin ortak özelliği, ana mevzudan çakmadıkları halde, ufak tefek detaylar nedeniyle başarısız olduklarını iddia etmeleridir. Mesela, bizim Kıyıderespor'un genç takımında bir arkadaş vardı, iki sene beraber yedek kulübesinde oturduk, ofsayttan kaçmasını beceremediği için gol atamadığını iddia ederdi, Lionel Messi'nin bütün yeteneği ofsayttan kaçmasını bilmekmiş. İki sene boyunca, o pas tutmuş yeşil yedek kulübesinde, tozluklarını indirmiş, tekmeliklerinin bağcıklarını açmış, dirseklerini dizlerine yaslayıp kocaman parmaklı ellerini önünde kavuşturmuş halde, gözlerini sahadan ayırmadan buna benzer şeyler anlattı bana, kendi küçük zaaflarını ve büyük yeteneklerin basit sırlarını anlattı. Saçlarını yandan ayırırdı hep, koyu kahverengi gözleri ve uzun bir suratı vardı, zırvalayıp duruyordu ama dinlemeden edemiyordum onu, ne dediğini bilen biri izlenimi uyandırıyordu insanda. Sonra ben, geçen yıl bıraktım futbolu. O hâlâ yedek kulübesinde, kafa golü atamamasının nedenini zamanlama hatası yapmasına bağlıyordu, Cristiano Ronaldo'nun bütün yeteneği zamanlamayı doğru ayarlayabilmekmiş. Sırık gibi de uzun bir tipti, herkes ondan kafa golü bekliyordu haliyle, zamanlama falan umurlarında değildi ama söyleyemiyorlardı bunu ona, ses tonu da güven vericiydi çünkü. Hâlâ bazen aklıma gelir o herif, durup dururken istila eder zihnimi, acaba şu an ne yapıyordur derim, kime ne anlatıyordur, adı Ethem Kudnuva'ydı, bu isimde birini nasıl unutabilirsin ki zaten.

Kulisin kenarında, sahneyi ve jüriyi görebileceğim bir yerde durmuş, gitar çalıp şarkı söyleyen genci dinlerken düşünüyordum Kudnuva'yı. Güzel bir şarkının kafasını gözünü yarmakla meşguldü sahnedeki dallama. Ama şarkı o kadar güzeldi ki bütün çabalarına rağmen yine de istediği gibi yamultamıyordu.

Daha önce kuliste de görmüştüm onu, kız kardeşim ve ben, o bekleme gerilimi içindeyken, gitarıyla saçma sapan sesler çıkarıyordu. Kulağını ters çevirdiği gitarına yaslıyor, sanki gitarı vurmalı bir çalgıymış gibi elinin içiyle hafiften vuruyordu, çıkan sese göre de gözlerini kısıp 'hımm' falan diyordu. Uzaktan uzağa göz göze geliyorduk ister istemez. Birazdan sahneden inince akorlardan birini yanlış bastığını yahut gitarında teknik bir problem olduğunu iddia edecekti. Kulisteyken de onun hazırlığını yapıyordu muhtemelen. 'Eline gitar alıp şarkı söylemek için doğmamışsın, o yüzden suçu başka yerde arama,' falan demeliydi birileri ona. Onu gerçekten seven birileri söylese bunu daha güzel olurdu tabii. Her insanı seven birileri bulunur çünkü, budur dünyada kalan son adalet kırıntısı.

Bizim Kıyıderespor'un genç takım antrenörü Beton Muzaffer örneğin, beni hiç sevmezdi, bir gün antrenmandan sonra korner bayrağının yanına çekti, mavi damarlı, kemikli, hafiften titreyen ellerini omzuma koydu, beyaz kıllar fışkıran parmaklarıyla iyice sıktıktan sonra omuz kemiğimi, hayli yorgun bir sesle dedi ki, "Çağlar," dedi. "Dayın belediye başkanı olmasa, kulüp binasının önünden geçmene bile müsaade etmezdim."

"Eyvallah hocam," dedim. Dolabımdan kişisel eşyalarımı toplayıp ayrıldım Kıyıderespor Ragıp Baysal Tesisleri'nden. Dolabın demir kilidini bile orada bıraktım, takıma girdiğim gün anahtarcıdan alıp Kıyıderespor'un yeşil kırmızı armasını yapıştırmıştım üstüne, iki yıldır orada asılı duruyordu, kulübün malı zannederler diye bıraktım.

Dolayısıyla başka bir şey anlatmaya çalışıyorum ben. Yeteneksiz insanları yerin dibine sokmak için fırsat kollayan kendini beğenmiş kolpacının biri yok burada. Ben sadece gerçek hayat tecrübesiyle konuşurum ve sadece geceleri konuşurum, bir yerden sonra sizinle konuşanın ben değil de bizzat gecenin kendisi olduğunu hissedin diye. Burada Çağlar İyice konuşuyor, bitmek bilmeyen gecelerin sabırlı sesi. On yedi yaşında, Kıyıdere Kâtip Çelebi Anadolu Otelcilik ve Turizm Meslek Lisesi'ne gider, o antin kuntin okulda bile derslerinden geçer notu zor alan dangalağın tekidir, kayda değer hiçbir yeteneği yoktur, yine de gecenin kendisiymiş gibi, gerçeğin en hakiki temsilcisiymiş gibi, kurtarılmış sözcüklerin Marmara Bölge Bayisi'ymiş gibi konuşmaya kalkar sizinle. Mazur görün. Anlatacağı önemli şeyler var çünkü. 'Kimin yok ki,' demeyin. Müsaade edin. Lütfen. Bir saniye.

Evet, sahneyi ve jüriyi görebileceğim bir yerdeydim, kız kardeşim hemen yanımdaydı, dayım da bir adım arkamızda. Biraz ötedeki, kulak mikrofonu takmış, kel ve ciddi görünümlü görevliye, "Bu jüride hani meşhur tipler olacaktı?"

diye sordum. Gözlerimin içine anlamamış gibi baktı. Belki de kulağındaki zımbırtı nedeniyle duymuyordu. Tam emin olamadım. İki-üç dakika gibi geçen on saniyenin ardından, büyük bir lütufta bulunurmuş gibi, "Onlar ön jüri," dedi.

"E meşhurlar ne zaman gelecek?"

Aynı sahne tekrarlandı, anlamadım bakışı, duymuyor mu acaba tedirginliği, falan filan, "Onlar seyircili çekime gelecekler," dedi, bıkkın, kuru bir sesle. Kafamda tonlarca soru varken sustum. Diyaloğu sürdürmenin imkânı yoktu onunla, üç yıl falan sürebilirdi gerekli cevapları alabilmek.

Sahnedeki gitarlı tip inince sıra bize gelecekti. Kız kardeşim hızla soluk alıp veriyordu, yerinde duramıyordu, sakinleştirmek için omuzlarına masaj yapıyordum. Bir türlü bitmek bilmiyordu sahnedeki işkence, dört dakikalık şarkı dört saat gibi uzamıştı ve ben düşünüyordum, geçip giden günleri, yarım kalan hevesleri, Kıyıderespor'u, hocamız Beton Muzaffer'i; mavi bir mobileti vardı, her yere onunla giderdi, sahanın kenarına bile girerdi kimi zaman. Ben futbolu bıraktıktan altı ay sonra öldü, çok yaşlıydı zaten, Aragones kadar yaşlıydı, cenazesine dayımla birlikte gittik. Hakkımızı helâl ettik. Severdim onu. O beni sevmezdi, dürüst bir insandı, beni sevmemesi acı verirdi bu yüzden bana. Camiden sonra mezarlığa da gitmiştim, dayım gelmemişti, işi vardı, Dörtyol orta refüjdeki çimlere yağmurlama sistemi döşenecekmiş. Ben gitmiştim. Yağmurlama sistemi falan umurumda değildi, yanı başımızda insanlar ölüyordu sessiz sedasız. Bugün Beton Muzaffer, yarın başka biri, öbür gün öbürü, uzun bir kuyruktaydım sanki, sıra bana geliyordu, normalde hiç ilerlemeyen kuyruk takır takır işlemeye başlamıştı o gün, nefesim daralıyordu, beş dakika sonra ölecektim sanki. Cenaze arabasından inen hoca, siyah cübbesiyle mezarın biraz ötesine çömelmiş, ellerini açmış, tevekkül dolu sesiyle dua ediyordu. Keder akıyordu duasından, anlamını bilmesem bile hissediyordum bunu. Bütün eski takım arkadaşlarım sırayla küreği alıyor, üç sefer toprak atıyordu kefenin yeni indirildiği mezara. Sıra bana geldiğinde ben atamadım, fena oldum, sırtım ürperdi, başkasına verdim küreği. Orada beni sevmeyen dürüst bir insan yatıyordu, belki de istemezdi toprak atmamı, orada bulunmamı bile istemezdi belki. Ama belki de tam tersi, kendi cenazesini seyredebilse de beni orada öyle üzgün görse gözleri dolardı. Bu soruların cevabını bir kalemde verebilmek mümkün değil.

İnsan bir an için bile çevresine dikkatle baksa cevabını bilmediği yüzlerce sorunun uçuştuğunu görür yanı başında. Bizimki gibi orta ölçekli bir ilçede bile insanın cevabını bilmediği milyonlarca soru dolaşıp durur boş sokaklarda, büyük şehirlerden hiç bahsetmiyorum. Ama bu soruları yineleyip durmanın da anlamı yoktur. Yeterince soru sorulmadı mı bugüne kadar, her şey yeterince sorgulanıp kurcalanmadı mı? Birileri de çıkıp şu tepemizde dolaşan katrilyonlarca sorunun üzerine iki kazık soru da biz ekledik demese, hatta yeter lan dese, o sorulardan en azından bir-ikisine, insaniyet namına biz cevap veriyoruz dese, ne güzel olurdu değil mi?

Dolayısıyla Beton Muzaffer, beni cenazesinde görse ne derdi sorusunun cevabını söyleyeyim size en azından, "Çağlar," derdi. "Evladım. Seni sevmezdim, bilirsin. Takımdan ayrıldığın gün büyük bir ferahlama duymuştum içimde. Seni oynatmaktansa sahaya on kişi çıkmayı tercih ederdim, bunların hepsini biliyorsun zaten. Ayrıca son nefesimde falan aklıma sen gelmedin, senin o gün Ragıp Baysal Tesisleri'nden artistçe çekip gidişini düşünmedim, 'Vay be ne gururlu çocukmuş' demedim içimden. İyi ki o demir kilidi yerinde bırakmış dedim, yoksa kulübün kilidini araklamış diye düşünürdüm haklı olarak. Ayrıca cenazeye gelmek için de doğmamışsın. Kürek sırasını bile birbirine kattın. Küreği toprak atacakmış gibi alıp da bıraktığında, takım arkadaşlarının sana ne kadar şaşkın baktıklarını görmedin mi? Nadiren forma şansı bulduğun maçlarda, defanstan çıkarken kaptırdığın toplardan sonra da aynen öyle şaşkın bakarlardı sana arkadaşların ve ben sahanın kenarında saçımı başımı yolardım. Oyunu kanatlara açmasını beceremeyen gerizekâlının tekiydin çünkü, orta saha pres altındayken ısrarla göbeğe oynamaya devam ederdin. Yüz sefer anlatmıştım bunu sana, soyunma odasındaki tahtaya yüz sefer çizmiştim. Sırf daha iyi anla diye marker kalemi bile fırlatmıştım kafana Gölcükspor maçının devre arasında. Ama aynı hatayı yine yaptığını görünce oyundan bile alamayacak kadar sinirlenirdim sana. Çünkü seni oyundan almak yetmezdi artık, sana futbol kuralları içinde bir tepki vermek asla tatmin etmezdi beni. İşte o anlarda, yedek kulübesinin yanında duran mavi mobiletime atlayıp üstüne sürmemek için güç tutardım kendimi. O yüzden evine dön. Dön evine artık! Ve beni de unut! Ruhumu rahat bırak en azından."

Nihayet sahnedeki gitarlı tipin performansı bitti. Bizi içeri alıp sahnenin kenarında beklememizi söyleyen kadın, ön jürinin masasına yaklaştı, masanın sol kenarında oturan, uzun saçlı, top sakallı adamın kulağına yaklaşıp bir şeyler söyledi. Muhtemelen kız kardeşimden bahsediyordu, dikkatle inceledim o adamı. 'Yine mi Michael Jackson, yeter artık!' diye tepki vermesinden korkuyordum açıkçası. Ama bunun aksine, başını olumlu manada öne arkaya salladı, yanındaki diğer iki jüri üyesi de kendi hallerindeydi zaten, hiç karışmadılar. İyiye işaret olarak yorumladım bunları, ön jüriydiler ama önyargıları yoktu en azından. Masanın yanından ayrılan kadın, yanımızda duran, ağzından cımbızla laf alabildiğim görevliye işaret etti, o da bize dönüp "Sıra sizde," dedi. Vakit gelmişti.

Kız kardeşim sahneye çıkmadan önce, özel selamlaşmamızı yaptık. Özel selamlaşmamızda önce beşlik çakarız, sonra yumruklarımızı tokuştururuz, ellerimizi bilek güreşi yapar gibi yan tutup tokalaşır, son olarak da bu ritüeli yürekten yaptığımızı vurgulamak için yumruk içlerimizle iki sefer göğsümüze vururuz. Böyle hareketlerin modası geçmiş olabilir ama kız kardeşim ve ben modayla pek ilgilenmeyiz, bir hareket yapıyorsak mühim olan onun bize ne ifade ettiğidir. Altı senedir böyle selamlaşıyoruz. Okulun önünde ayrılırken, okuldan eve gelince, gece yatmadan önce, sabah uyanınca, adını unuttuğumuz birinin adını hatırladığımız anlarda, dinî ve milli bayram sabahlarında ya da durup dururken, ortada hiçbir bir neden yokken böyle selamlaşıyoruz. Bizden görüp özenenler oluyor, onlarla yapmıyoruz, ikimize özel bir şey bu. Öyle kalacak.

Kız kardeşim kendinden emin adımlarla sahnenin ortasına yürüdü. Ben olsam mesela öyle yürüyemezmişim gibi geliyor şimdi. Bütün heyecanını atmıştı üzerinden, belki de heyecanını yenmek için beklediği şey, birinin ona 'Sıra sende,' demesiydi. Sahnenin ortasına gelince yan döndü. Başını eğip şapkasını önüne indirdi. Billie Jean şarkısı yükseldi hoparlörlerden, şarkının ilk anlarında hiç hareket etmedi. Sonra işaret parmağıyla şapkasının siperliğini kaldırıp kafasını birden çevirdi ve öyle soğukkanlılıkla baktı ki jürinin gözlerine, benim bile tüylerim diken diken oldu, Mayki'nin ruhu oradaydı, kral geri dönmüştü.

Önce enerjinin bir kolundan girip diğerinden çıktığı mekanik hareketi yaptı, o ilk hareketi görseydiniz, damarlarında kan değil de bir takım devreler kablolar falan dolaşan bir robot olduğuna inanabilirdiniz rahatlıkla. Hemen akabinde tam tersi bir etki yaratmak için, klasik Michael Jackson duruşunu aldı, bacaklarını dizden kırıp öne arkaya hareket ettirerek, su gibi akmaya başladı sahnede. Sağa sola dönüşlerle yeni varyasyonlar ekledi buna. Bacakları çok hızlı hareket ediyordu ama o hızın içindeyken asla acelesi varmış gibi gözükmüyordu. İçine yüz kilometre hızla koşmak isteyen bir canavar girmiş de onun dizginlerini ele geçirip kontrolü rahatlıkla sağlamış gibiydi. İşte öyle su gibi akarken birden durdu, iki elinin parmaklarını çenesinin altında birleştirip kafasıyla bir karenin dört köşesine sırayla değer gibi yaptı, ardından da ellerini iki yana açıp 'Ne yapayım, bitmez bu dünyanın derdi tasası,' der gibi baktı bir an. Sonra omzundaki tozları elinin tersiyle alır gibi yapıp kendi ekseni etrafında döndü. Bir eliyle şapkasını tutup bu sefer kendi ekseni etrafında üç sefer hızla döndü ve birden durdu. İlk andaki soğukkanlı bakışını tekrarladı yine, ön jüriye 'Daha bir şey görmediniz, yeni başlıyoruz' mesajını da verdi böylece.

Moonwalklara gelmişti sıra. Önce, 'Bu çocuk oyuncağıdır, beni güldürmeyin lütfen,' havasında klasik bir moonwalk yaptı. Sonra yana doğru moonwalk olarak tabir edilebilecek harekete geçti. Ayaklarından biri doksan derecelik açıyla karşıya bakarken diğerini kırk beş derecelik açıyla onun yanına koydu, klasik moonwalk prensibinde olduğu gibi ikisinin konumlarını değiştirerek yana doğru yürümeye başladı. Tabii ilkinden daha ustalık isteyen bir hareketti bu, yana doğru yürürken kayıyormuş izlenimi vermek daha zordu çünkü.

Tabii bu iki moonwalk biçimi de kız kardeşimi kesecek türden atraksiyonlar değildi. Asıl sürprizini sona saklamıştı. Bir eli kemerinin tokasında, belini ileri geri hareket ettirerek ve bunu yaparken de komik olmaya çalışmayarak, çünkü Mayki komiklik olsun diye dans etmiyordu, elinden başka bir şey gelmediği için dans ediyordu, bu ruhsuz dünyaya ruhunu bağışlıyordu dans ederek, her neyse, kız kardeşim dizden kırmalı klasik Michael Jackson yürüyüşüyle yaklaştı jüriye ve birden dizleri üstüne çöküp aynı hızla ayağa kalktı. Aynı hareketin geliştirilmiş versiyonunda da dizleri üstünde kayarak iyice yaklaştı sahnenin önüne ve sonra mucizevî hareketine başladı. Moonwalk'u dizlerinin üstünde yapıyordu. Ayaklarının yerine dizlerinin konumunu değiştirerek kayıyordu sahnede. Bu hareketi Türkiye'de kaç kişi yapabilir bilmiyorum, Youtube'da, Hindistanlı bir gruptan görmüştük, sırf bu hareketi hakkıyla yerine getirebilmek sekiz günümüzü almıştı.

Finale doğru gidiyorduk artık, kız kardeşim mükemmeldi o gün, ben o ana kadar, 'Belki sahne heyecanına kapılır da istediği performansı yakalayamaz,' diye endişeleniyordum açıkçası, ama sahne için doğmuştu bu kız, hiçbir yerde olmadığı kadar rahattı sahnedeyken. Finalde hızını alamamış bir topaç gibi altı kez kendi ekseni etrafında dönüp birden duracak, şapkasını çıkarıp jüriye fırlatacak ve sonra da dizlerinin üstüne çöküp kollarını iki yana açarak tavana bakacaktı. Final anında hiç muhatap olmayacaktı jüriyle, onun derdi göklerdeki Michael Jackson'laydı, belki de bizzat Tanrı'ylaydı, kim bilir. Ama işte düşüncesiz denyonun biri, herhalde ilk kez diz üstünde moonwalk yapan bir Michael Jackson gördüğü için gözlerine inanamamış, bu performansın finali budur herhalde diyerek müziği kapatmıştı. Ama işte dediğim gibi, o gün bir harikaydı kız kardeşim, buna bile aldırmadı ve final hareketini yerine getirdi. Tabii, tam olarak altı sefer dönemedi ve sonda, kapanan müziğin etkisiyle bir an sendeler gibi oldu ama hemen toparlayıp tamamladı hareketini. Ben, dayım, ön jüri, bütün görevliler, sıradaki yarışmacılar, orada kim varsa, kız kardeşimin fırlattığı şapkaya bakıyorduk o anda. Jürinin arkasında, kameranın yanında duran görevli, havadaki şapkayı yakaladı ve çok büyük bir iş başarmış gibi sırıttı.

Performans bitince ortama sessizlik çöktü, beş-altı saniye kadar süren bir sessizlik, seyirci olsaydı muhtemelen çıldırırdı, oradaki boş koltuklar bile yerlerinde hareket ediyormuş gibi geliyordu bana. Herkes nefesini tutmuş, şimdi ne olacak acaba diye beklerken, ön jürinin kenarında oturan top sakallı herif, önündeki kâğıda bir şeyler karaladı, sonra da, "Evet," dedi. "Çok güzel. Sıradan devam edelim lütfen." Diğer iki jüri de başlarıyla onayladılar bu sözleri.

'Sıradan devam edelim,' ne demek! Gerçekten inanamıyordum buna. Dünyayla irtibatları yoktu galiba, belki de körlerdi. Dikkatle inceledim üçünü de. Belki de ölüydüler, bir tür zombilik hali hâkimdi onlara. Yani o an Michael Jackson bizzat gelse ve kendi taklidini yapsa, onu bile aynı kayıtsızlıkla izleyeceklerdi. Yani o an Hazreti Musa gelip sahneyi ortadan ikiye yarsa ve kavmiyle yürüyüp gitse, 'Çok güzel, sıradaki break dans grubunu seyredelim şimdi,' diyeceklerdi.

O esnada, bizi sahneye çıkaran tipini teptiğimin görevlisi, kız kardeşime doğru yürümeye başladı, koştum peşinden, bırakın kız kardeşime dokunmasını, gölgesinin bile değmesini istemezdim öyle birinin. Kendim çıkardım kız kardeşimi sahneden.

"Nasıldım?" diye sordu.

Ellerimi yanaklarına koyup "Tarihî bir performanstı bebeğim," dedim, "Harikaydın!"

"E şimdi ne olacak?" diye sordu dayım.

"Biz sizi arayacağız," dedi prodüksiyon amiri Afşar Hanım.

"Ne zaman arayacaksınız?" diye girdim araya.

"Seyircili çekimden önce."

"Kız kardeşim seyircili çekime katılacak mı şimdi?"

"Ona jüri karar verecek, haftaya belli olur."

"Şapkayı alabilir miyiz? Rahmetli dedemin şapkası."

Konferans salonunun önüne çıktık. Kovulan Michael Jackson'lardan biri, yüzünde gergin bir ifadeyle, hâlâ sahneye çıkma umudu varmış gibi bekliyordu orada. Çocuğun babası, dayımı bir köşeye çekti, konuştular, sahneye nasıl çıktığımızı öğrenmek istiyordu. Dayım ayaküstü geçiştirdi onu, ne dediğini duyamadım. Kovulan çocuk, kız kardeşimle bana dikmişti gözlerini. Dayımın Honda Civic'iyle uzaklaşırken çocuğun öfkeyle bize bakmaya devam ettiğini gördüm. Kız kardeşimin tarihî performansından sonra, o gün orada gördüğüm en gerçek şey onun öfkesiydi. Araba bir hayli uzaklaşmışken bile o öfkeli bakışları hissediyordum sırtımda.

Duble yola girdik, Bursa'dan Kıyıdere'ye dönüyorduk. Büyük heyecanlardan sonra insanın üstüne çöken bir bitkinlik vardı üzerimde. Dayım, tekdüze bir konuşmaya dalmış, kız kardeşime umut veriyordu, seyircili çekime, yani birinci tura katılacağımızdan adı gibi eminmiş, onun yeteneğini herkes görmüş, ayrıca görmeyenler varsa da Bursa İl Başkanı ve bölge vekilimiz de devredeymiş, bizi içeri alan Afşar Hanım da gizlice 'Sizin işiniz tamam, hiç merak etmeyin' demiş en son, bunun gibi şeyler işte. O geniş, dümdüz, uzun yolda, dayım tekdüze bir konuşmaya dalmışken ve araba da hep aynı hızla giderken bir anda, ilerlemiyormuşuz gibi bir hisse kapıldım. Camı açıp elimi dışarı çıkardım, rüzgârı hissettim parmaklarımda. Camı açınca arabanın içine bir uğultu dolmuştu, kız kardeşimin dikiz aynasından bana baktığını gördüm, çünkü kız kardeşim hep önde oturur, öyle seviyor.

Üç

Kıyıdere'ye döneli beş gün geçmişti ama arayan soran yoktu. Bir gözüm iPhone'umda bir gözüm kız kardeşimde bekliyordum, benim numaramı vermiştik aramaları için. Dayıma birkaç sefer sormuştum, "Hiç merak etmeyin, o iş tamam," demişti. Ona da telefonda görüştüğü yetkili kişiler öyle demiş en son. Seyircili çekimin günü belli olunca bizi arayacaklarmış. Biz çalışmalarımıza devam edebilirmişiz. Evin salonunda eğilme hareketine çalışıyorduk biz de. Salonda o kadar çok eşya vardı ki orta sehpayı yemek masasının üstüne koymuştuk yer açmak için.

Mayki'nin pek çok performansında vardır, hani böyle dansın ortasında dimdik durur, kolları yanda, yumrukları sıkılı, ağır ağır düşüyormuş gibi eğilir, neredeyse kırk beş derecelik açıya kadar varır, sonra da hiçbir şey olmamış gibi, bunu her insan evlâdı yapabilirmiş gibi eski haline döner. Kız kardeşim bu hareketi yapabiliyordu tabii, neredeyse otuz dereceye kadar iniyordu, seçmelere katılmadan önceki performansımızda bu da vardı. 'Tam kırk beş derece olmuyor,' diye yapmak istemedi seçmelerde. Ben de 'Okey yavrum,' dedim. Böylesi daha iyiydi zaten, yetenek yarışması da aşama aşama olduğuna göre, önümüzdeki turlarda kullanabileceğimiz bir numara olarak kenarda durmasında fayda vardı.

Mayki bu işi yaparken, ayakkabısında çivi olduğunu iddia eden haset insanlar olmuştu, gerçi şehir efsanesiydi hepsi ama ben yine de Fatih Kundura'ya gittim o günlerde. Tezgâhında oturan, temiz suratlı ihtiyara, "Böyle bir düzenek mümkün müdür?" diye sordum. İhtiyar, ellerindeki siyah lekelerle tezat oluşturan beyaz sakalını kaşıdı iki parmağıyla sertçe, "Ben öyle bir şey yapamam," dedi. "Zaten ben de öyle bir şey yaptırmak niyetinde değilim," dedim. "Kız kardeşimin doğal yeteneğine güveniyorum, sadece mümkün mü diye sormuştum." "Öyle bir şey yapamam," dedi yine.

Yılların gerginliği vardı üstünde, işleri kesat gidiyordu, kimse ayakkabı tamirine gelmiyordu artık. Uzun zaman önce kapatması gerekirdi o dükkânı ama direniyordu. İşlerinin sonunun gelmesini benim gibi tiplere bağlıyordu. Millet eskiden ayakkabısına pençe yaptırmak için gelirdi ama şimdi veledin biri gelmiş, 'Ayakkabının altına çivili düzenek yapabilir miyiz?' diye soruyordu. Deli ediyordu onu böyle sorular. Kendi mesleğinin sonunu getiren böyle sorulardı işte, belki de yarın öbür gün dünyanın sonunu getirecek şey bile böyle sorular olacaktı. Dükkân kapısının arkasına asılı ayakkabı bağcıklarının orada durmuştum, gözlerini bana dikmiş burnundan soluyan ihtiyara bakıyordum. Öfkesi o kadar kocamandı ki o küçücük dükkâna zor sığıyordu. Kendimi sıkışmış hissettim bir an, dönüp gittim. Bütün ruhuyla olumsuz yaklaşmıştı bana ihtiyar kunduracı, yine de kişisel algılamadım. Rüyalarında çöpe atılmış ayakkabılar görüyor ve uyanınca ağlıyordu belki de. Severdim zaten onu. Bayram namazlarından sonra Bahçelievler Camisi'nin avlusunda bekler, elini öptürüp harçlık verecek çocuk var mı diye dikkatle bakardı çevresine. Bir sürü bozukluğunu almıştım yıllarca. O beni hatırlamıyordu tabii, olsun, hatırlanmıyorum diye unutacak değilim.

Haliyle o hareketi çalışırken kız kardeşimin tam karşısında duruyordum ve nereden bakarsanız bakın, günde en az sekiz yüz-dokuz yüz sefer sarılmış oluyorduk böylece, tam düşmeden evvel. Zaten iki kişiyle çalışılması gereken bu hareket, dans figürü olduğu kadar bir güven testidir de. Sonuçta tamamen karşınızdakinin kollarına bırakacaktınız kendinizi. Kız kardeşim her seferinde biraz daha geliştiriyordu eğim açısını ama yine de buna sevinemiyorduk.

Her ne kadar dayım 'Çekim günü belli olsun arayacaklar' dese de genel bir belirsizlik hâkimdi havaya. Belirsizlik denen şeyin de arzular üzerinde keskinleştirici bir etkisi olur genellikle. Kız kardeşimin tavırlarında; oturup kalkmalarında, solgun gülüşlerinde, sessizliklerinde, dalıp dalıp gitmelerinde görüyordum o gittikçe keskinleşen arzuyu. Birkaç sefer konuşmak istedim bu durumu onunla ama net bir cevap alamadım, "Çağlar," dedi. "Biz çalışmamıza devam edelim istersen."

O programa çıkmayı o kadar çok istiyordu ki bu konuda hayal bile kurmuyordu artık. Gerçekten ciddi bir şeydi bu onun için. Belirsiz hayallerin ötesinde, elle tutulabilecek denli yakın, somut bir arzuydu. Belki de hayallerin en güzeliydi, daha hiç kurulmamış, sıfır kilometre bir hayal, hiçbir gerçek bozamazdı onun büyüsünü. Hayallerini anlatmıyordu bu yüzden. Ben de kız kardeşimin rüyalarını merak etmeye başladım. Sevdiğiniz biri size hayallerini anlatmıyorsa onun rüyalarını yorumlamaktan başka seçenek kalmaz elinizde. Bir şeyi çok isterseniz rüyasını görürsünüz çünkü. Deyimi bile vardır, rüyanda görürsün.

Mesela ben, iPhone sahibi olmadan evvel rüyamda gördüm. 4s'in yeni çıktığı zamanlardı. Rüyamda eve bir geliyorum masanın üstünde iPhone 4s kutusu duruyor. Babam almış, "Çağlar'a verin," diye eve bırakmış. Ev de bizim ev ama acayip bir ev, bizim ev ahşapmış, pencereleri de gemi kamaralarında olduğu gibi lombozmuş. Sorumsuz bir mimar tasarlamış o evi ama hiç yadırgamıyorum bunu, bizim ev hep öyleymiş gibi doğal geliyor bu durum bana. Masanın üstündeki iPhone'u kutusundan çıkarıyorum ama dört haneli giriş parolasını bilmediğim için kullanamıyorum. Her seferinde 'Yanlış parola yeniden deneyin' diyor, kırmızı ışık yanıp sönüyor. En sonunda, 'Bir sefer daha yanlış parola girerseniz telefon kilitlenecek' diyor. O ara rahmetli dedem geliyor, rüyayı gördüğüm zaman bile rahmetliydi, onu gördüğümde de hiç şaşırmıyorum, 'Dede sen yaşıyor muydun ya' demiyorum. Evin acayipliği ve rahmetli dedemin yaşaması gibi tuhaflıklar çok doğal şeylermiş gibi geliyor bana o an. Gerçek zannetmezseniz rüyaların ne anlamı kalır ki zaten. Tabii bir de yeni iPhone sahibi olmanın heyecanı var rüyanın gidişatında. Dedem diyor ki, "Babanı arayıp bir soralım bakalım şifresi neymiş?" Sonra kendi telefonunu çıkarıyor. Yüz yıl önce falan Alcatel'in ürettiği, dedemin de hayatının sonuna kadar kullandığı bir cep telefonu vardı, konuşmadan önce antenini açardı ve "Çağlar," derdi, "bu alet gerçekten bir mucize. Yürürken bile konuşabiliyorsun." İşte o telefonla babamı arıyor, "Sabahattin," diye bağırıyor, normalde sessiz sedasız konuşurken telefona bağırırdı çünkü, sesinin gittiğine inanamıyordu bir türlü, "sen bu çocuğa bir telefon bırakmışsın ama şifresini giremiyor," diye bağırmaya devam ediyor. Ben ne konuştuklarını duyamıyorum tabii, "Ha öyle mi," falan diyor dedem. Telefonda babamı dinlerken bana bakıyor ısrarla, hatta bir ara beyaz kaşlarını çatmış gibi geliyor bana. 'Dedem niçin öyle kaşlarını çattı, babam benim hakkımda kötü bir şey mi söyledi acaba?' diye düşünüyorum. 'Suçum ne acaba!' diye düşünüyorum. Burası çok net, rüyanın en net yeri burası hatta. O duygu. 'Suçum ne' diye düşünmem. Dedem telefonu kapatıyor. "Eee?" diyorum. "Şifresi yokmuş," diyor. "Nasıl yok, soruyor işte!" Birbirimize bakıyoruz. O ara uyanıyorum. Karışık duygular içinde bir süre öyle tavana bakıyorum. Sevinsem mi üzülsem mi bilemiyorum. Böyle rüyalar nadir olur, rüya gibi başlayıp kâbusa dönerler, sonra da ikisinin ortası bir noktada, saçma sapan bir yerde, tık diye biterler.

İşte böyle, kız kardeşimin rüyalarını merak ettiğim o sabah, kahvaltısını hazırlarken, çünkü ben hazırlamadım mı kahvaltı etmez, domates, salatalık ve havuçtan gülen yüz tabağı yaparım ona, gözler salatalık, ağız burun domates ve saçlar da havuçtan olur, çok da gerçekçidir, yeşil gözlü bir kadının saçlarını turuncuya boyatıp kırmızı ruj sürdüğünü düşünün, burnu da soğuktan kızarmış olsun, evet, o tabağı seviyor kız kardeşim, havadan sudan laflar gibi sordum, "Güzel rüyalar gördün mü bakalım dün gece?" dedim. Kız kardeşim, kibrit kutusu büyüklüğündeki yağsız diyet peynirine çatalını batırmışken durdu, bütün dansçılar gibi formuna dikkat ettiğinden sağlıklı beslenir çünkü, ayrıca zekidir de, niyetimi anlamıştı, "Çağlar," dedi. "Niye böyle bir şey sordun ki şimdi durup dururken?" "Hiç canım," dedim, yeni sıktığım nar-kivi-portakal karışımını önüne koyup. "Öylesine sordum." Yağsız diyet peynirini ağzına attıktan sonra gülen yüzün sol gözüne batırdı çatalını, bir süre şüpheyle baktı bana, sonra da çataldaki salatalığı yiyip gülümsedi. O gülümseyince tabii ben de hemen gülümsedim ve böylece kapandı konu.

O günün de akşamı işte, 23 Mayıs Perşembe, annem tapu dairesindeki memuriyetinden eve döndüğünde, salonda çalışıyorduk hâlâ. Kız kardeşim neredeyse 40 dereceye yakın eğilmiş öyle duruyordu, ben karşısındaydım, onu tutmama gerek yoktu o anda. Annem salon kapısında durup ikimize birden, 'Bunu hak edecek ne yaptım' bakışıyla baktı, sonra da hışımla gitti. Evet, bunu hak edecek ne yapmıştı, salondaki sehpanın yerinin değişmesini hak edecek ne yapmıştı? Evin taşınmazlarından biriydi salondaki sehpa, annemin üstüneydi tapusu.

Haliyle küsüp gitmişti, bulaşık makinesinden çıkardığı tabakları kafamıza atar gibi yerleştirmeye başlamıştı raflara. İnsanın kalbini kıran sinir bozucu bir durumdu. Yani gelip bağırıp çağırsa, ağzına geleni söylese, hatta o tabakları sahiden kafamıza atsa bile, o kadar sinir bozucu olmazdı. Psikolojik olarak tartaklıyordu bizi o her vurulan tabağın çanağın çıkardığı ses. Hadi ben neyse de kız kardeşim, daha dokuz yaşında, onun böyle şeylere muhatap edilmesine tahammülüm yoktu. Ne zaman annem mutfağa girip bulaşık makinesinden çıkardığı tabakları raflara çarpmaya başlasa, benim de kendimi duvardan duvara vurasım geliyordu. Biraz alakasız olacak ama elime bir matkap alıp hiç lüzum yokken bir yerleri delesim geliyordu. Sırf bu yüzden bulaşık makinesi durduğunda, genellikle ben yerleştirirdim tabakları. Ama o gün unutmuştum, dediğim gibi, çalışıyorduk çünkü, eğilme hareketinde 40 dereceye kadar yaklaşmıştık. Kız kardeşime, "Hadi sen biraz televizyon seyret," deyip çıktım salondan. Mutfak kapısında durup anneme baktım. Beni görmemiş gibi devam ediyordu işine.

"Ne oldu?" dedim.

Bir süre daha devam etti tangır tungur sesler çıkarmaya, sonra birden durdu, elindeki su bardağına kederle bakıp mutfak masasına oturdu. Dirseğini masaya yasladı, sağ eliyle yüzünün yarısını, az evvel sıkı bir yumruk yemiş gibi kapattı. Alnından, yüzünün sol tarafına doğru, çenesine kadar uzanan bir saç demeti düşmüş, öylece duruyordu. İçinde dört-beş beyaz tel de vardı o saç demetinin.

"Sehpa için bozulduysan indiririz şimdi," dedim.

Elini yüzünden çekip şaşkınca baktı, "Sehpaya ne olmuş?" diye sordu.

Başka bir derdi olduğunu anlayıp annemin karşısına oturdum. Masanın ortasına koyduğu su bardağını cam sürahi den doldurup önüne uzattım. Bardağa baktı ama içmedi, "Çiğdem'in öğretmeni çağırdı bugün," dedi. "Daireden erken çıkıp okula gittim."

"Eee? Ne diyor?"

"Efekan'ı merdivenlerden itmiş geçen gün."

"Hangi Efekan?"

"Perdeci Adnan'ın oğlu. İki gün önce itmiş kat merdiveninden, çocuğun alnı davul gibi şişmiş. Annesi de koşmuş gelmiş okula, 'Hepinizi dava edeceğim!' demiş."

"Yalandır. O çocuk kolpacı. Çiğdem'e sataşıp duruyordu zaten, güzel yazı defterini çizip duruyordu geçen yıl."

"Nöbetçi öğretmen görmüş, itmiş sahiden."

"Eee! İki gün önce olduysa bu olay niye bugün haber veriyorlar o zaman?"

Annem yüzüne düşen saçını sinirle geri atıp "Bugün vermiyorlar işte," diye bağırdı. "Dayını aramışlar o gün, dayını bilmiyor musun, 'Tamam tamam gelirim' demiş, gitmemiş tabii. Bugün beni aradılar. Müdürün odasında oturup konuştuk. Öğretmeni de zaten gencecik kız. Efekan'ın annesi sizi dava edeceğim deyince onun da eli ayağına dolaşmış. Efekan'ı okula da yollamıyormuş annesi iki gündür."

"Bu dava işinde ciddi miymiş sahiden?"

"Ne bileyim ben. Dayını da aradım, sorumsuz adam dedim, nedir senden çektiğimiz dedim, hadi kendin gitmedin bana niye haber vermiyorsun dedim. Git Perdeci Adnan'la konuş, özür dile, sakın konuşmadan eve gelme dedim. Ne olmuş ki diyor hâlâ! Hâlâ ne olmuş ki diyor bana! Elinin körü olmuş Altan dedim! Öğretmeni ağlıyor, ben şimdi ne yapayım diyor. Soruşturma mı açarlar, beni sürgün mü ederler diyor. Senelerce atamam yapılsın diye bekledim, şimdi bir de başıma bu çıktı diyor. Çiğdem ödevlerini de yapmıyormuş zaten!"

"Yalan!" dedim. Çünkü gerçekten yalandı, kız kardeşim bütün ödevlerini yapar, canı sıkkın olur da yapmak istemezse ben yaparım.

"Matematik ödevini yapmamış işte geçen hafta. 'Benim dayım belediye başkanı ben ödev yapmak zorunda değilim' demiş. Derste tahtaya kalk diyorlarmış, kalkmıyormuş. 'Bölge vekilimiz de beni çok sever, seni sürgün ettiririm' diyormuş öğretmenine. Bütün arkadaşlarıyla kavga çıkarıyormuş, ağza alınmayacak küfürler ediyormuş, sıra arkadaşı bile onunla oturmak istemiyormuş. Müdür Bey'in odasında başka öğretmenler de vardı, kızcağız bunları anlatırken hepsi bir yandan güldü bir yandan ayıpladı. Rezil oldum, yerin dibine geçtim."

Annem sahiden ağlayacak gibi olmuştu, hatta ufaktan başlamıştı ağlamaya. Önündeki sudan bir yudum içti. Sonra bana düşmanca baktı.

"Hep sizin yüzünüzden!" diye bağırdı. "Senle dayın şımarttınız bu kızı böyle!"

"Öyle bağırma. Seyircili çekim yaklaşıyor, moralimizi bozma!"

"Hiç derdiniz yokmuş gibi bir de bu yetenek şeyini çıkardınız başımıza şimdi."

"Tamam ben konuşurum, sen merak etme," dedim.

"Ne demek ben konuşurum," diye bağırdı. "Yok bundan sonra ben konuşurum demek!" Yerinden kalkıp "Çiğdem! Çiğdem!" diye öfkeyle seslendi içeri. "Gel buraya çabuk!"

Bir elimle annemi tuttum, dışarı çıkıp mutfak kapısını kapattım. Kız kardeşim koşup gelmişti o ara, "Sen odana git şekerim," dedim. "Çalışmana yatağın karşısında devam et, ben geliyorum." Annem diğer yandan kapı kolunu zorluyor, "Çağlar! Çağlar aç şu kapıyı!" diye bağırıyordu.

"Annem niye bağırıyor Çağlar?"

"Yok bir şey," dedim. "Dairede işleri yoğunmuş, sinirli biraz. Ben konuşup geleceğim, hadi sen git."

Kız kardeşim odasına gitti. Kapıyı kapattı. Ben de mutfağa girdim, sırtım kapıya yaslıyken anneme döndüm, "Sakın!" diye fısıldadım, "Bir daha!" diye fısıldadım. "Kız kardeşime sesini yükselteyim deme! Bunu aklından bile geçirme!" İçeri ses gitmesin diye fısıldayarak konuşmuştum. Başka bir amacım yoktu ama çok kötü çıkmıştı sesim. Annemin bana korkuyla baktığını gördüm o an. Aslında ben bile kendimden korkmuştum biraz. Öyle olunca da utandım kendimden. Tamam, itiraf ediyorum, annemi pek sevmem, ama işin bu noktaya gelmesini de istemezdim. Annem sessizce ağlamaya başladı. Şaşkın ve kederli bakıyordu bana, tanımaya çalışır gibi. 'Bu benim çocuğum mu acaba?' diye düşünüyordu muhtemelen. Her annenin bunu düşüneceği bir gün gelir.

Annemi omuzlarından tuttum hafifçe, sandalyeye oturttum, "Ben konuşacağım," dedim. "Halledeceğim diyorum. Bana bırak lütfen!"

Beni dinlemiyordu. Artık bakmıyordu bile bana. Önüne bakıyordu sadece, başka bir derdi varmış gibi, dişi ağrıyormuş gibi. Sessizce ağlamaya devam ediyordu diğer yandan.

"İyi misin?" diye sordum. Cevap vermedi. "Özür dilerim," dedim. Yine cevap vermedi. Başka bir boyuttaydı. Onu öyle bırakıp gitmek gelmiyordu içimden ama orada durmak da istemiyordum. Kendimi çok kötü hissediyordum. Mikseri alıp şakağıma dayamayı, beynimi falan karıştırmayı düşündüm bir ara, saçma geldi bu, hatta biraz komik.

"Ben gidiyorum o zaman," dedim, yine cevap vermedi. Kol çantasından Xanax kutusunu çıkardı, yarım bir hap attı ağzına, su içti çok az. Annemin karşısına oturdum, "O kaçıncı?" diye sordum. Bir an baktı bana öyle, sonra bakışlarını siyah mutfak tezgâhına çevirdi. Birbirimize bakmadan öylece oturuyorduk. Annemle aramızda çatışma yok, uçurum var. Nice zamandır böyle bu, iki yamaç gibiyiz, öfkeyle, acıyla ve hayal kırıklıklarıyla dolu bir vadi uzanıyor aramızda. O ağır sessizlikte buzdolabının motor gürültüsü gitgide belirginleşirken elimi yanağıma yasladım, buzdolabının kapağına baktım durdum, kırmızıydı rengi, çok renkli bir hayatımız vardı, bir milyon saat kadar bekledim öyle.

O gece uyku tutmadı, *Madam Bovary*'yi okuyayım dedim sarmadı, Facebook'ta online olayım dedim T.C. Sinem Uzun dışında muhabbet edecek doğru düzgün kız yoktu, ona da kasmak gelmedi içimden. Hugo Race oynayayım dedim, onu da bıraktım tren raylarının ortasında. Kız kardeşimin yatağının çaprazında duran koşu bandına baktım, üstünde beş balya belediye bülteni vardı, okunmayıp toplanmış eski sayılar. En sonunda balkona çıktım, elektronik sigaramdan bir-iki fırt çektim. Sokak lambasının cılız sarı aydınlığında parlayan parke taşlara baktım. Kaldırım kenarındaki yeşil çöp konteynırına baktım. Karşı apartmandaki yarı inik panjurlara, karanlık pencerelere, çatılardaki paslı çanak antenlere baktım. Gökyüzüne baktım. Hayatın anlamını düşündüm. En saf haliyle, başka bir gerçeğe indirgenemeyecek kadar saf haliyle. Yani eğer bir Tanrı varsa, biz garip insanlara, en sonunda, perde kapanırken ne diyecekti? Ben Tanrı olsaydım mesela çok basit bir şey söylerdim. Tek sözcük. Gözlerimi kapadım. Dinledim geceyi. Topuk mesela. Ya da daha komplike bir şey, emir kipli bir şey, ama ne, bilemiyorum şimdi. Tanrı'yla empati kurmak için peygamber falan olmak lazım. Geri döndüm, kız kardeşimin başucuna diz çöktüm, masum uykusunu seyrettim. 'Ne rüya görüyor şu an acaba' diye düşündüm. Yüzündeki değişimlerden gördüğü rüyayı tahmin etmeye çalıştım. Saat neredeyse dört olmuştu.

Gece saat dört olduğunda, bu dünyanın en şerefsiz hayvanları martılardır. Ortada hiçbir neden yokken gırtlaklarını sıkmışsınız gibi çığlık atmaya başlarlar çünkü ve sırf piçliğine yaparlar bunu, insanları tedirgin etmek için. Gecenin dördünü beklerler ısrarla, asla öğleden sonra ikide atmazlar o desibelde bir çığlığı. Gecenin dördünde yaparlar ki bunu, o çığlık yüzünden uyandığınızda, uyku sersemi halinizle, 'Herhalde az evvel iki yaşında bir çocuğun boğazını sokak ortasında kestiler' diye düşünün! Bütün pencereleri ve balkon kapısını kapatmama rağmen hâlâ odanın içine martı çığlıkları doluyordu. Martı çığlıkları odaya doldukça da uykudaki kız kardeşimin kaşları çatılıyor, dudağı seğiriyor, korkulu bir ifadeye bürünüyordu yüzü. Belki de o martılar yüzünden kâbus görmeye başlamıştı. Onu uyandırmayı düşündüm, sonra vazgeçtim, sabah erken kalkacaktı zaten, kararsızdım. En sonunda dayanamadım, nevresimin kenarına kıvrılmış parmaklarından öptüm usulca. Gözlerini açtı.

"Çağlar," dedi. "Ne oldu?"

"Bir şey yok aşkım," dedim. "Sadece martılar."

"Martılar mı?"

"Duymadın mı çığlıklarını?"

"Hayır. Sen uyumadın mı?"

"Uykum kaçtı. Ama yatıyorum zaten şimdi, hadi sen uyumana bak."

"Tamam."

Yatağıma geçtim, ellerimi ensemde kenetleyip başımı yastığa koydum, ışıl ışıl parlayan yıldızlara baktım. Odanın tavanına küçük, fosforlu yıldızlar yapıştırmıştık, böylece geceleri ışığı söndürünce, kız kardeşimle yataklarımıza uzanır, açık havada yatmışız da yıldızları seyrederken laflıyormuşuz gibi yapardık. Aradan birkaç dakika geçmişti ki kız kardeşim, "Çağlar," dedi.

"Evet."

"Benim de uykum kaçtı. Laflayalım mı biraz?"

"Laflayalım bebeğim."

Kız kardeşimle geceleri laflarken birbirimize bakmayız, yıldızlara bakarız ve çok kasmadan atmosfere uygun şeyler söylemeye çalışırız. Budur kural. Biraz düşündüm, sonra da,

"Benim küçük Maykim," dedim. "Evden uzak yollarda, karanlık bastırınca, soğuk dondurunca, iki insan sarılınca, aklıma tabii ki sen geleceksin."

Kız kardeşim de biraz düşünüp "Benim de aklıma sen geleceksin Çağlar," dedi. "Çünkü biz hiç tartışmayız. Krallar asla tartışmaz."

Güldüm. Hayatımda duyduğum en doğru laftı. Hangi açıdan bakarsanız bakın doğruydu, hangi görüşte olursanız olun doğruydu. İster monarşiden yana olun, ister meşrutiyetten, ister cumhuriyetten, isterse okul kitaplarında öğretilmeyen başka bir yönetim biçimi varsa ondan yana olun, yine de doğruydu. Krallar asla tartışmazdı. Bir eleştiri olarak da söyleyebilirdiniz bunu, övgü olarak da. Dokuz yaşında bir kız söylüyordu bunu, benim kız kardeşim. Biraz daha düşündüm, 'Bunun üstüne ne söylersem uyar' diye ama bir türlü bulamıyordum, kolay değildi.

"Çağlar," dedi en sonunda kız kardeşim. "Efekan beni seviyormuş. Bana sırılsıklam âşıkmış."

Gözlerimi yıldızlardan ayırıp ona dönmemek için güç tuttum kendimi, "Sana kendi mi söyledi bunu?"

"Hayır. Mervenaz'la Ecem'e söylemiş, 'Çiğdem'e sırılsıklam âşığım,' demiş. Onlar bana söyledi."

"Bu yüzden mi ittin onu merdivenden?"

Cevap vermek yerine iç çekti, ardından derin bir sessizlik kapladı odayı, en sonunda, "Çağlar," dedi yavaşça. "Galiba ben de Efekan'ı seviyorum."

Kız kardeşime döndüm, ellerini başının altında kenetlemiş, yüzünde hoşnut bir tebessümle yıldızlara bakıyordu. Martılar da hâlâ çığlık atıyordu.

Dört

Başka kötü şeyler düşünmeye çalışıyordum; başka kederli şeyler, başka büyük felaketler; depremler, seller, faaliyete geçen yanardağlar, düşen uçaklar, soykırımlar, nükleer santral kazaları, petrol yüklü tankerlerin batışı, o anda acaba dünyada kaç milyon kişinin kanser olduğu, tecavüz mağduru çocuklar, kalbinden bıçaklananlar, kan kaybından ölmek üzere olanlar, kız kardeşlerini tanıyamayan Alzheimer hastaları, kaybolup evine dönemeyenler, mezarı bile olmayanlar, 'Belki onları düşünürsem aklıma Efekan gelmez' diye, 'Efekan piçine sıra gelene kadar bu dünyada daha ne büyük felaketler var' derim diye. Ama Efekan bir türlü çıkmıyordu aklımdan. Perdeci Adnan'ın oğlu, kız kardeşime sırılsıklam âşık olan serseri, daha beteri, galiba kız kardeşimin de sevdiği çocuk, ilk aşkı olma ihtimali bile vardı. Ben açık görüşlü biriyimdir. Psikolojimin politik olarak muhafazakârlığa yatkın olduğunu kabul ediyorum. Ama meseleleri soğukkanlılıkla değerlendirebildiğim her anda açık görüşlü biriyimdir. Moralim iyiyken var ya, beni bir görseniz, pek çok ateistten daha açık görüşlü biri olduğumu anlarsınız. Ayrıca kız kardeşim daha dokuz yaşında. Ne kadar açık görüşlü biri olduğumu kanıtlamam için biraz daha süre verilebilirdi bana. Yargılamayın hemen, elinizi vicdanınıza koyun da biraz empati kurun, kız kardeşim diyorum, Çiğdem İyice, bütün gece başında bekledim, yemin ediyorum şu an bile gözlerim doldu yazarken ya!

Ertesi gün, daha fazla dayanamadım, Mikrop Cengiz'e dedim ki, kendisi benim en yakın arkadaşım, "Mikrop," dedim, "Dün gece o kadar az uyudum ki hiç uyumasam daha iyiydi." Yüzüme baktı, çukura kaçmış gözleriyle. Hayatında gereksiz tek laf etmemiştir, 'Ee?' bile demez insana, kendiliğinden devam etmenizi bekler. "Efekan," dedim. "Mervenaz ve Ecem'le haber göndermiş. Sırılsıklam âşıkmış kız kardeşime."

Mutfak dersindeydik, okulda değil, Uygulama Oteli'nin mutfağında olurdu o ders, Mikrop'la beraber dördüncü kez mayonez yapmaya çalışıyorduk. Yüksek devirde çalışan mikserle yumurtanın sarısını çırpıyordum, aynı yöne doğru, mayonez yaparken kural budur. Mikrop da yumurta sarısı kesilmesin diye zeytinyağı ekliyordu ara ara. Mayonezi dördüncü kez yapıyorduk çünkü dersin hocası olan şef; ilkinin rengini, ikincisinin kıvamını, üçüncüsünün de tadını beğenmemişti. Bizimle resmen dalga geçiyordu. İnsana tam bir kendini kötü hissettirme uzmanıydı bu herif. Mükemmel bir şekilde acilen yapmaya çalışıyorduk o mayonezi çünkü bizden başka mayonez yapan yoktu.

Mutfak dersine hiç girdiniz mi bilmiyorum, ama girerseniz aklınızda bulunsun, şef sizi aşağılamak istiyorsa mayonez yaptırır. Herkese adam gibi yemek sipariş eder, önceden gözüne kestirip kıllandığı iki tipe de, 'Siz ikiniz de mayonez yapın,' diye seslenir. Böylece herkes mutfak önlüğünü çekmiş, iki saat boyunca, büyük şef havalarında takur tukur mantar keser, bir yandan ocakta soğan kavurur diğer yandan kaşar rendeler, sonra fırına koşar, kapağını açıp dünyanın en büyük problemleri o fırının içindeymiş gibi, düşen uçakların kara kutuları, batan tankerlerin seyir defterleri, depremde enkaz altında kalan insanların ayakkabıları, tsunamilerde tutunacak dal bulamayanların kimlikleri ve hatta Efekan denen fırlamanın bizzat kendisi bile o fırının içindeymiş gibi ciddiyetle bakar oraya, 'Sizlere birazdan geri döneceğim yavrularım' diyerek kapatır fırının kapağını sonra, yan tezgâhta hazırladığı sosun hazırlığına geçer. Onlar bunları yaparken siz de, şefin kıllandığı o arka taraftaki iki tip olarak mikserle yumurta sarısı karıştırırsınız aynı yöne doğru. Dayınızın belediye başkanı olması fark etmez, sallamasyondan da olsa sizi seven bölge vekilleri işe yaramaz, şef bir kez kıllanmaya görsün adamdan, Allah'ın oğlu olsanız fark etmez, o mayonezi yaptırır. Ayrıca Mikrop'la ikimizi gözüne kestirip kıllanması da çok doğaldı: Hani bazen sokakta, önlerinde arkalarında park etmiş arabalar gidince, iki arabanın neden öyle dip dibe durduklarını anlayamazsınız ya, anlasanız bile saçma gelir, arabalardan birini biraz öne ya da arkaya çekesiniz gelir. İşte Mikrop Cengiz'le ben de öyleydik, bomboş bir sokakta tampon tampona park etmiş iki eski araba gibiydik.

Ve Mikrop bana bakıyordu hâlâ, sessiz bir tehlike gibi. Çünkü Mikrop'un uzun uzun bakmaları meşhurdur. Gözlerini çok kritik bir şey söyleyecekmiş gibi size diker, sonra da hiçbir şey söylemez. Siz de o zaman sahiden söyleyeceği önemli bir şey mi vardı, yoksa hiçbir şey yoktu da öylesine mi bakıyordu bilemezsiniz. Belki de sahiden vardı söyleyeceği önemli şeyler, belki de çok kasıyordu, bilemiyordum. Her neyse, işte o gün, "Merak etme reis," dedi bana, konuştuğu nadir anlardaki çekingen sesiyle, birinin sözünü kesmesinden korkarmış gibi, "Ben Efekan'la konuştum."

"Mikrop sen benimle bile konuşmuyorsun," dedim. "Efekan'la ne zaman konuştun?"

"Geçen sene. Sen, 'Çiğdem'in güzel yazı defterini karalamış' dedikten sonra. 'Uzak dur' dedim."

"Efekan'a gidip 'Çiğdem'den uzak dur,' mu dedin?"

"Hayır, sadece 'Uzak dur' dedim. O anladı ne dediğimi."

"İyi de bir yıl geçmiş üstünden."

"Merak etme," dedi, sonra da sağ gözünü hafif kırpıp yumurta sarısına iki parmak daha zeytinyağı ekledi. Peçeteyle tutuyordu zeytinyağı şişesini. Çıplak elle tutsa eli yağlanacaktı sanki. Üstündeki mutfak önlüğünde tek kırışık yoktu, tek yemek lekesi de, bembeyazdı. Hiçbir yemeğe doğrudan karışmayan şefin önlüğünden bile temizdi. Çünkü Mikrop Cengiz hayatımda tanıdığım en temiz, en tertipli, en düzenli heriftir. Mikrop denmesinin nedeni ise, elli-altmış yıl evvel falan herhalde biz sekizinci sınıfta mıydık neydik, birileri okul tuvaletinde tek sigarayı orospu mangalına çevirip döndüre döndüre içiyormuş, bu da başlarında durup uzun uzun bakmış, sonra da, "Öyle içmeyin, mikrop kaparsınız," demiş. O günden sonra adı Mikrop olarak kaldı. Gücenmiş gibi de bir hali olmadı hiç. Filozofça bir tavırla karşılamıştı bunu. 'Mikrop' diye dalga geçmek istediklerinde, belli belirsiz gülümsüyordu falan, en sonunda kimse onunla alay etmek için Mikrop diyemez oldu. Herkes, adı sahiden Mikropmuş gibi, doğal bir tavırla söylemeye başladı bunu. Düşmanca bir hava esmezdi ona Mikrop dediğinizde. İşte o dallamayla, mutfak dersinde mayonezin kıvamını tutturmaya çalışırken erkek erkeğe muhabbet ediyorduk, bu ne büyük bir kederdir, asla bilemezsiniz.

"Gözde Hoca seni sordu," dedi Mikrop, yarım su bardağı zeytinyağını iyice emmiş yumurta sarısına bir tatlı kaşığı limon eklerken. Ben çırpmaya devam ediyordum, mayonezin kıvamı tutsun istiyorsan çırpmaktan asla vazgeçmeyeceksin. Gözde Hoca, bizim edebi metinler dersine giriyordu, yirmi dört-yirmi beş yaşlarında, körpecik, açık yeşil gözlü, görene huzur veren, neşeli bir kızcağızdı. Biraz dişlekti ama gülerken öyle anlamlı bakardı ki gözlerinizin içine, kusurdan ziyade meziyetmiş gibi gözükürdü dişlekliği.

"Niye beni sormuş?" dedim.

"Derslere neden gelmediğini merak etmiş. Bilmiyorum dedim ben de."

"Aferin Mikrop."

"Gelsin artık dedi."

Limonun ardından, bir su bardağı zeytinyağının diğer yarısını yavaş yavaş döküp karıştırmaya devam ettik. Mikseri tuttuğum kolum uyuşmaya başlamıştı. Yağ bitince, birer çay kaşığı tuz ve sirke ekledi Mikrop, ben de çırpmaya devam ettim tabii. Kıvama gelmişti, mikserin titreşimlerinde hissediyordum o kıvamı. Şefin tadını beğenmediği üçüncü mayonezi, zaten bir tek onun tadına bakmıştı, karabiberle yapmıştık, Mikrop'a dedim ki, "Bu sefer biraz da beyazbiber ekleyelim, çünkü tam bir gurme bu herif."

Birer çay kaşığı karabiber ve beyazbiberi de kattık içine. Onları da çırptıktan sonra durdum, o noktada durmak gerekir. Mayonezin rengini bulması için bir tatlı kaşığı ılık su ekleyip son kez karıştırdım. Nihayet bitmişti. Tadına baktım, gayet iyiydi, "Sen de bir bak bakalım," diyerek bir tatlı kaşığı da Mikrop'a verdim. Kaşıktaki mayonezi yiyip gözlerini bana dikti, "Bir şey söyle!" dedim.

"Fena değil."

"Fena değil mi? Sadece bu mu? Calve'den gıda mühendisi gönderseler böyle bir tat elde edemez."

Mayonezi, karıştırma kabından alıp tatlı tabağına koydum, pürüzsüzdü, ışıl ışıldı. Galiba bu işi kıvırmıştık. Mikrop'un bakışlarından, onun da aynı kanıda olduğunu anlamıştım. Artık kendimizle gurur duyabilirdik. Turizm meslek lisesinde okursanız size çok iyi mayonez yapmasını öğretirler çünkü, ne işimize yarayacak diye düşünmeyin, siz de yapın. Markete gidip mayonez alamayacak kadar gerizekâlıysanız, üç katı maliyetine evinizde üretebilirsiniz. Doğru kıvamı, rengi ve tadı tutturana kadar bir koli yumurtayla iki kilo zeytinyağı boşa gitmiş, ne gam. Kendiniz kadar duygusal bir karınız olur belki, mayonez yaparken görüp âşık olmuştur size, 'İşte,' demiştir, 'her işini kendi yapan bir adam. Her şeyi derinlemesine düşünen bir adam.'

Mutfağın diğer köşesinde, fırından yeni çıkmış Chili soslu tavuğun tadına bakan şefe haber verdik, gelsin de bizim mayoneze de bir baksın diye. On dakika sonra geldi. Kendini keyifsiz görünmek zorunda hisseden tiplerden biriydi. Önce mayonezi dışarıdan gözlemledi, sonra tabağı alıp burnuna götürdü, kokusuna baktı. En sonunda tatlı kaşığının ucuyla alıp ağzına götürdü. Mayonezi damağında gezdiriyordu, ona bakıyorduk, daha yutmamıştı. Önceden yaptığımız üç mayonezden farklı olduğunu, bunun çok daha iyi olduğunu biliyordu. Mayonezi yuttu, dilini damağında gezdirdi, tekrar götürdü tabağı burnuna. Gözlerinden bir kusur aradığı belliydi.

En sonunda dedi ki, 'Dijon hardalı kullandınız mı?'

"Dijon hardalı ne Mikrop," diye fısıldadım. "Anahtar değil miydi o?"

"Bijon demedi, dijon dedi."

"Ha," dedim. "Yok şefim, öyle bir şey kullanmadık."

Şef, gözlerini kısıp boşluğa baktı, eliyle para işareti yapar gibi, "İyi bir mayonezde," dedi. "Böyle bir parça daha buruk, kekremsi bir tat olması gerekir. O yüzden dijon hardalı kullanmalısınız." Bunu dedikten sonra da yüzünde duvar gibi bir tebessümle, insanları kendine yakınlaştırmaya değil de uzaklaştırmaya yarayan o tebessümle, "Bir daha yapın!" diye ekledi ve dönüp gitti. Aynı zamanda Uygulama Oteli'nin baş aşçısıydı bu herif. 'O kodumun dijon hardalını kullanmamızı niye daha önce söylemedin, bunun için neden dört kez yapmamızı bekledin,' diye soramazdınız ona. Diyaloğa açık biri değildi. Oturup iki satır tartışamazdınız, sadece ana bacı düz gidebilirdiniz arkasından, fısıldayarak.

Dünyanın en acımasız adamları aşçılar arasından çıkar. İnanmıyorsanız gidin bir gün herhangi bir otelin mutfağında çalışın ve kare biçiminde doğramanız gereken domates parçalarından biri hafiften dikdörtgene benzesin. Daha şefin bakışını gördüğünüzde, daha size hiçbir şey söylememişken ne dediğimi anlarsınız. Ayrıca ben mesela, geçen yıl on beş tatilde, bütün toplumsal baskılara rağmen *Karamazov Kardeşler*'i okumuştum. Bizim Safalı Yılmaz Halk Kütüphanesi'nde çokbilmiş bir memure vardı, "Onu on beş tatilde bitiremezsin, *Yüzyıllık Yalnızlık*'ı oku," diye tutturmuştu, "*Yüzyıllık Yalnızlık* neymiş Allah aşkına," demek zorunda kalmıştım en sonunda. "Asırlardır yalnızız biz! Dostoyevski okumak istiyorum ben bu konjonktürde." "Bitiremezsin Çağlar." "Görürüz Nermin Teyze." Bitirmiştim. Mesela orada da, 'Dmitri mi yoksa İvan mı birazdan babaları Fyodor Pavloviç Karamazov'un götünü kesecek acaba,' diye heyecanlanırken, bir yandan da aşçılık yapan üvey oğuldan tırsar, aslına bakarsanız en çok ondan kıllanırdım, Smerdyakov. Bin sayfa okuduktan sonra ne oldu, büyük oranda haklı olabileceğim anlaşıldı. Beşinci mayonez denemesi için yumurtanın sarısını beyazından ayırırken bu Dostoyevski gerçekten dâhi bir adammış diye düşünüyordum, biliyordu aşçıların ne mal olduğunu, Smerdyakov'u aşçılık eğitimi alması için Moskova'ya göndermesi boşuna değildi.

Yumurta sarılarıyla uğraşıp Smerdyakov'un çakallıklarını düşünürken birdenbire zihnimde Gözde Hoca'nın safiyeti de belirdi. Bir türlü uzaklaştıramadım onu; yumurta kolilerine, baharatlara, karıştırma kaplarına ve o an dijon hardalı kavanozunu inceleyen Mikrop'a bakarken bile, sanki Gözde Hoca da oralarda bir yerdeymiş gibi geliyordu. Hatta gördüklerim zihnimdeymiş de asıl gerçek oymuş gibi geliyordu. Neden derslere çağırmıştı acaba beni? Şeffaf çoraplar ve dizinin üç dört parmak üstüne gelen siyah etekler giyerdi genellikle, tahtanın önüne çektiği sandalyeye oturur, bacak bacak üstüne atar, klasik yazarlardan parçalar okuyup yorumlatmaya çalışırdı bize. O parçaları okurken cümlelerin büyüsüne kapılıp da bacakları biraz fazla açılırsa eğer, eteğini çekiştirirdi hemen usturupluca. Ben de hayatın talihsizlikleri üstüne düşünürdüm o zaman, arzular ve yokluk üstüne, büyük edebiyat üstüne yani, konudan fazla uzaklaştığımı zannetmiyordum. Gözde Hoca benim kız arkadaşım olsaydı mesela, her gün öyle birkaç saat karşılıklı oturmak isterdim onunla, sessizce, özgürce bakabilirdim ona o zaman, derdim ki gerçekten bana hitap eden bir kız arkadaşım var, çok şanslı bir herifim. Bunu ona söylemezdim tabii, kadınlara böyle şeyler söylersen seni terk ederler. 'Bana yeterince hitap etmiyorsun,' demek gerekir kadınlara, 'şişmansın az ye,' demek gerekir kırk beş kilo bile olsalar, 'bu aralar biraz yalnızlığa ihtiyacım var lütfen çok üstüme gelme,' demek gerekir, 'ama sen benim ideallerime mani oluyorsun buna hakkın yok,' demek gerekir, 'ne yapayım elimde değil annemi yine çok özledim,' demek gerekir. O zaman sana âşık olurlar. Sende âşık olunacak bir şey kalmadığında, imkânsız aşkı yaşamak için.

Mikseri çalıştırdım, yumurta sarısını yeniden çırpmaya başladım. Mutfağın demir parmaklıklı penceresi otelin arka bahçesine bakıyordu. İçeri helezonlar halinde giren gün ışığı, ocaklardan çıkan yemek dumanları üstünde, dışarıdan bakıldığında masalsı bir atmosfer oluşturuyordu. İçeriden bakıldığında ise cehennemin ortasındaydık. Ara bir boyut keşfetmek lazımdı orası hakkında nesnel bir yargıya varabilmek için.

Durup dururken bir kahkaha attım. Mikrop ne oluyor gibilerden bakınca da "Mayonez yapmaya bayılıyorum!" diye bağırdım, mutfağın öbür ucundaki şefin de duymasına gayret ederek. Ben öyle bağırınca, fırının kapağını açan 341 Begüm Işıldar durdu, sınıfta Mikrop'la benim ön sıramızda otururdu, yoklama listesinde de benden bir önceydi, fırının içine değil de bana baktı o an, problem bendim çünkü, dünyanın en büyük problemi mayonez yapmaya bayılan 342 Çağlar İyice'ydi artık. Dudağımın kıyısındaki donmuş tebessümle bakıp göz kırptım Begüm'e. Sonra da bir kahkaha daha patlattım. Eğer biri bana sırf kıllık olsun diye, kişiliğimi çiğnemek için, kendi kişiliğini dayatmak için, burnumu sürtmek için, moralimi bozmak için, kendini ezen her şeyin intikamını benden almak için yahut hangi amaçla olursa olsun, hiç lüzum yokken beşinci sefer mayonez yaptırmaya kalkarsa, ben bir değil iki kahkaha atarım çünkü. Elimden geldiği kadar keyifli görünmeye gayret ederim, o görüntüm sayesinde de bir süre sonra gerçekten keyiflenirim.

"Şu dijon hardalını uzatır mısın Mikropçum?" diye bağırdım yine. "Ben çocukken her sabah annem ekmeğin üstüne dijon hardalı sürüp verirdi bana. Böyle biraz buruk ve kekremsi bir tadı olurdu o güzel sabahların. O gün bu gündür sabahları dijon hardalı yemezsem işlerim rast gitmez. Sana da tavsiye ederim."

"Mutlaka deneyeceğim reis," diye bağırdı Mikrop.

Beş

Eve gidene kadar neşemi koruyabilmiştim, gerçekten iyiydim, çok yüksektim o gün. Uygulama Oteli'nden çıkmıştık, bizim okul otele çok yakındır, önünden geçerken Mikrop'a, "Şurada biraz basket oynayalım mı?" diye sordum. Okulda kimse yoktu, bütün dersler bitmiş, herkes gitmişti. Kömürlükten girdik, spor salonundan basket topu alıp beton döşeli boş bahçeye çıktık yine. Basket oynamaya başladık, tek pota, iki kişi. Beş sefer mayonez yapmak beni kendime getirmişti. Beşinci sefer yaptığımız mayonezin tadına bile bakmamıştı şef, oteldeki önemli tiplerden biri çağırdığı için onun yanına gitmesi gerekiyordu, "Tezgâhın üstüne koyun dönünce bakarım," demişti, neden bakmadığını biliyordum ama. Altıncı sefer yapın dese öyle bir taşak geçerek yapacaktık ki o mayonezi, herkesin içinde zor duruma düşecekti, 'Beğendim,' demeyi de yediremiyordu kendine. Paradigması iflas etmişti.

Mikrop'la basket oynarken unutmuştum her şeyi, mikseri, yumurtaların sarısını, mayonezin kıvamını, Gözde Hoca'yı, zavallı şefi, Efekan'ı, kız kardeşimi bile biraz unutmuştum. Gömlekleri kravatları da çıkarmış, iyice kaptırmıştık kendimizi, kimin önde gittiği de umurumuzda değildi. Sona doğru kuralları da bir yana bıraktık, topu alan potanın önüne gidiyordu, dövüşür gibi oynuyorduk, mühim olan tek şey o portakal renkli topu filesiz çemberden geçirebilmekti, müthiş eğleniyorduk. En sonunda ikimiz de bir yana yıkıldık, sırtımızı geçen sene okulun bahçe duvarına paralel dikilen abuk subuk palmiyelere yasladık. Güç soluk alıyorduk, Mikrop'a dedim ki, "Mikrop, geberene kadar şınav çekelim mi?" Geberene kadar şınav çektik, seksen belki de doksan sefer, bir milyon sefer. Sırtüstü uzanıp bulutlara baktım, kalbim ağzımdan çıkacakmış gibi çarpıyordu. Mikrop, çantasından mavi bir havlu çıkarmış, sırtını, ensesini falan kuruluyordu o ara, "Çok pis terledim," dedi. "Eve gidip mükemmel bir şekilde acilen duş almam lazım."

"Tamam," dedim, "Ben de kaçıyorum zaten."

İşte böyle yüksek gittim eve ve kız kardeşimi salonun ortasındaki L koltuğun kenarında; kederli, mahzun, derinden yaralı bir biçimde otururken gördüm. Beni görünce yine gelip sarıldı ama her zamanki sarılmalarından farklıydı, koşup gelmemişti. Her zamanki selamlaşmamızı da biraz keyifsiz yaptı. Annemi gördüm salonun köşesinde ve dünyadaki bütün problemlerin kaynağı oymuş gibi, dizginlemeyi başaramadığım, asla başaramayacağım ve bir yerden sonra da başarmak istemediğim bir öfkeyle baktım ona. O muydu kız kardeşimi böyle üzen? "Biraz konuşabilir miyiz?" dedim, sesim titriyordu, bizim odaya geçtik.

"Ne oldu?" diye sordum.

"Ne, ne oldu?"

"Ne bu kız kardeşimin hali?"

"Televizyondaki reklamda çıkmamış"

"Ne reklamı?"

"Bu katıldığınız programın reklamı dönmeye başladı. Onların içinde yokmuş."

"Programın tanıtım reklamları mı dönmeye başladı?"

"Evet."

"E daha seyircili çekimi yapmamışlardı."

"Ne bileyim ben!"

Tekrar salona döndüm, kız kardeşim daha önce hiç seyretmediği, şimdi adını bile anmak istemediğim saçma sapan bir evlilik programını seyrediyordu. Posası çıkmış, yüz otuz yaşlarında bir herif, sahnedeki yüksek koltuğa oturmuş, kendini beğendirmeye çalışıyordu. Düzce'de evi varmış, Bağkur emeklisiymiş. Seyirci kadınlardan biri, 'neden üç yıl önce boşandığını' sordu. Düzce'de evi vardı, Bağkur emeklisiydi, yüz otuz yaşındaydı, neden boşanmıştı yüz yirmi yedi yaşındayken? Bunun cevabını vermek zorundaydı. Televizyon yakından gösterince dikkatle baktım adama, siyah lekeler vardı yüzünde, yanakları sarkmıştı, titreyen ellerini nereye koyacağını bilemiyordu; yaşamıştı, yıpranmıştı ve yok oluşa doğru sürükleniyordu, "Geçinemedik efendim," dedi güç duyulur ince bir sesle. "Neden geçinemediniz?" Bu sorunun ardından stüdyodaki bütün seyirciler merakla ihtiyar adama diktiler gözlerini, dudaklarının kıyısında 'Bizi kandıramazsın, ne mal olduğunu biliyoruz' diyen alaycı bir tebessüm de vardı. Adam bir şey diyemedi, gülümsemeye çalıştı, gülümsemeye çalışınca daha çaresiz göründü. Sonu yoktu bunun. Kız kardeşime baktım, endişeleniyordum onun için, sağ kolunu karnının üstüne paralel koymuş, sol eliyle de yanağını kapatmıştı.

"Birazdan çıkar," dedi.

"Ne çıkar," diye sordum, cevap vermedi. Evlilik programı reklam arasına girince, yetenek yarışmasının tanıtımı çıktı. O meşhur jürilerden biri, "Hazır mısınız!" diye bağırıyordu en başta, sonra da büyük bir alkış kopuyordu, seyirciler hep beraber ayağa kalkıp kendilerinden geçmiş gibi bağırıyorlardı, ouuuuvvvvv, vuuuuvvv... Oradaydılar, hissediyorlardı orada olduklarını, akılları başlarından gitmişti o yetenekleri görünce. Hayatlarının en mutlu anlarını yaşıyorlardı. Sonra mini etek giymiş seksi bir kızın söylediği duygusal şarkının nakaratı başlıyordu, iki seyirci görüyorduk, o şarkıyla hüzünlenip ağlamamak için kendilerini güç tutmuşlar ama birdenbire ağlamaya başlayıp makyajlarının akmasını bile umursamayacak kadar kopmuşlardı hayattan, az evvel 'ouuuuvvv vuuuvvvv' diye bağırdıklarına pişmandılar şu an, hayat aslında çok kederliydi. Sonra adamın biri dirseğiyle tuğla kırıyor, bununla da yetinmiyor kafasıyla yapıyordu aynı işi, jürideki meşhur kadınlardan biri de onu öyle görünce ağzını dehşetle açıp iki elini yanaklarına götürüyor, büyük bir şaşkınlıkla, gözleri yuvalarından fırlayacakmış gibi bakıyordu tuğla kıran adama, babasının tuğla fabrikası vardı çünkü, biliyordu o fırınlardan çıkan tuğlaların ne kadar sert olduğunu. Ondan sonra, seçmelerde kız kardeşimden evvel sahneye çıkan genç göründü ekranda. Şarkı söylerken birden durup ters çevirdi gitarını, kulağını gitarın sırtına yaslayıp 'hımmm' dedi ve sonra da darbuka gibi çalmaya başladı onu. Az evvel ağlarken makyajları akanlar da hırkalarını çıkarıp bellerine bağladılar, göbek atmaya başladılar aynı anda. Hayat aslında o kadar da kederli değildi, tamam bazen kederliydi ama bu hiç göbek atmayacakları anlamına gelmiyordu. Neşesiyle ve kederiyle bir bütün olarak kabul edebilmişlerdi hayatı, çok bilgeydiler göbek atarken. O yetenek yarışmasına borçluydular bu bilgeliklerini. Bütün bunların üstüne, dana gibi şişko bir tip çıktı sahneye, kendi şişkoluğuyla alakalı espriler patlattı arka arkaya, gülmekten kırıp geçirdi milleti. 'Ne güzel şeymiş şişmanlık' diye düşünüyordu gülerken gözlerinden yaş gelen seyirciler, onlar da yüz elli kilo olmak istiyorlardı artık.

Hüzün, sevinç, dehşet, bütün duygular oradaydı. Sonra da en korktuğumuz şey geldi başımıza, ufak tefek Michael

Jackson'lardan biri çıktı, altı yaşında, görmüştük onu kulisteyken. İyi bir moonwalk kesiti bile koymamışlardı onun tanıtımına, elini kemerinin tokasına koyup belini ileri geri hareket ettiriyordu, gülüyordu insanlar, eğlendiriyordu onları o küçük Mayki, öyle birini domaltmış gibi hareketler yapmaya başladığı an, jürideki adamlardan biri birden alkışlamaya başlıyor ve 'Yürü be koçum!' diyordu. Eğleniyorduk biz de, ruh hastasıydık çünkü, hepimizi Michael Jackson pompalamıştı, uzaylıydı Michael Jackson, gücenmemiştik bu yüzden. Mecburdu bizi pompalamaya, yoksa uzaya geri dönecek enerjiyi bulamayacaktı, sıla hasreti çekiyordu, bilirdik ne olduğunu. Siz bilmezsiniz!

Bir filmde falan olsaydık hemen kumandayı alır, televizyonda kendisiyle alakalı can sıkıcı şeyler görmüş bir karakter gibi basardım kapatma tuşuna. Ama bir filmde değildik. Maalesef, sadece yaşıyorduk. Kız kardeşime diyecek bir şey bulamadım. Salonun köşesindeki Josephine koltuğa baktım, onun paralelindeki ikili koltuğa, ikilinin iki yanındaki tekli koltuklara, öbür köşedeki berjere, onun önündeki pufa, yemek masasının çevresine sıralanmış yüzlerce sandalyeye baktım, oturun diye bağırıyordu salon, biz de oturuyorduk. Evlilik programını seyretmeye devam ediyorduk. Ümraniye'den bir kadın aradı amcayı, 'eğer evlenirlerse, adamın çocuklarıyla beraber mi yoksa yalnız mı oturacaklarını' sordu. Amca, iki katlı evinin müstakil olduğunu, kendisinin üst katta, çocuklarının alt katta oturduğunu söyledi dili döndüğünce. Bunun üzerine seyircilerden biri mikrofonu alıp "Peki," dedi, "evin girişleri ayrı mı yoksa ortak mı?" Akıl hastanesinden yeni salmışlardı soruyu soranı. Hepimiz delirdik, senin dc artık içeride daha fazla durmanın manası kalmadı demişlerdi.

Bizim odaya geçtim, dayımı aradım, o an başkasıyla görüşüyordu. Meseleyi bir an evvel netliğe kavuşturmam gerektiğini hissediyordum. 'Seyircili çekimden önce sizi arayıp haber vereceğiz' demişlerdi, peki, neden aramamışlardı? En iyisi doğrudan yapım şirketini aramaktı. Google'dan telefonlarını buldum.

Telefonu hemen açtılar, daha ilk çalışta hatta yarım çalışta. Tabii telefon öyle birden açılınca da insan bocalıyor, ne söyleyeceğini şaşırıyor. Uzun uzun çalıp da açılmış olsa yine bocalardım gerçi. İdeal telefon açılışı iki sefer çaldıktan hemen sonradır, iyi bir bilardo açılışından bile güzeldir bu. Mesela, hoşlandığın bir kız var diyelim, arıyorsun, iki sefer çaldıktan hemen sonra açarsa o telefonu, 'Akşama Özdilek Cinetime'a gitmeye ne dersin, *Hızlı ve Öfkeli 5* gelmiş,' diyebilirsin rahatlıkla, tak diye dersin. 'Oradan da çıkıp Palmiye Kafe Bar'a gideriz, bir şeyler içeriz istersen,' diye eklersin. Hiç, 'Senden hoşlanıyorum' demene, yüz yıl evvel olduğu gibi çıkma teklif etmene, bin yıl evvel olduğu gibi sinsice karasevda çekmene gerek yoktur. Ama yok, pat diye açarsa telefonu o iş biter, uzun uzun çalıp açarsa o iş yine biter, uzun uzun çalıp açmazsa zaten hiç yaşama, git kendinden falan istifa et, başka birini görevlendirsinler yerine.

Her neyse, "Bokum yapım mı?" diye sordum, o yapım şirketinin adını bile anmak istemiyorum şu an.

"Evet burası," dedi, hafiften agresif, orta yaşa yakın bir kadın sesi, biraz altoydu, belki de bir parça burnu tıkalıydı, bilemiyorum. Ona kız kardeşimin durumunu anlattım, aranmayı beklerken aranmadığımızı, seyircili çekimden önce arayacaklarını söylediklerini, eve gelip de programın tanıtım fragmanını görünce birden şaşkına döndüğümüzü falan. Üzgün olduğumu saklamaya lüzum görmeden, çok kibarca konuşuyordum.

"Eğer aranmadıysa, seçmeleri geçememiş demektir," dedi.

"Ama haber verecektiniz, bunu ısrarla söylemiştiniz," dedim.

Bu konuşmadan sıkıldığını belli eden bir sesle, "Biz sadece seçilenleri arıyoruz," dedi. "Herkese haber veremeyiz." Çok bezgindi sesi, bu dünyanın bütün çilesini o çekiyordu. Onunla bir yerlere varmanın imkânı yoktu.

"Bir prodüksiyon amiri vardı sizin," dedim. "Afşar Hanım. O yok mu? Onunla konuşmak istiyorum."

"Şu an burada değil!"

"Peki," dedim. "Önünüzde bir liste falan yok mu? O listeye bir daha bakın en azından."

"Öyle bir liste yok."

Derin bir nefes aldım. Karşı apartmanın gıpgri uzanan boyasız bahçe duvarına baktım. Apartmanın dış cephesini yenilemek için iskele kurmuşlardı geçen sene, bütün bahar onları seyretmiştik, süper olmuştu karşı apartmanın dış cephesi, ama kimse bahçe duvarını yenileyelim dememişti. Sanki orası apartmana ait değildi.

"Öyle bir liste elbette ki var," dedim. "Çünkü bir şirket olduğunuza göre mutlaka içinizde beyin özürlü olmayan birileri de vardır, 'Madem bir program yapıyoruz, bu programa kimleri çağıracağız' diye yazalım bir kenara demişlerdir. Şimdi o listeyi bul, o listeye bak ve o listedeki isimleri tek tek oku, ta ki içinde Çiğdem İyice olmadığından emin olana kadar."

"Benimle düzgün konuş! Terbiyesiz! Sen kimsin ki benle böyle konuşuyorsun! Sen kimsin ki bana şuna bak, buna bak diyorsun!"

"O listeye bak!"

"Bakmıyorum!"

Şimdi esasen, şirketlerde bu tarz telefonları cevaplayan iki çeşit çalışan tipi mevcuttur. Birinci tip gayet efendidir, kalenderdir, vurdumduymazdır, bakar ki karşı taraf ağzını bozuyor, tak diye kapatır telefonu. İkinci tip ise, işte bu konuştuğum kadın gibidir. Kavgadan çekinmez, karşı taraf ağzını bozuyorsa o da bozar, bağırıyorsa daha beter bağırır, sesinin şirket içinde yankılanmasını ister, onu görsünler ve ne çileler çektiğini anlasınlar ister, telefonu kapattıktan sonra yalandan bir sinir krizi geçirir, bütün çalışanlar başına toplanır, hiçbiri konuyu bilmedikleri halde telefonun öbür ucundaki insana düşman olurlar, ama bir türlü sakinleşemez bizim çalışan, hiçbiri onun derdini anlamıyordur çünkü, o yüzden tek başına havalandırmaya çıkıp sigara içmeye başlar, şirkette hoşlandığı bir adam vardır, geçen yıl gay olduğu dedikodusu çıkmıştır ama öyle değildir, iki fincan kahveyle gelir havalandırmaya o kibar, yakışıklı ve kariyerinde yükseliş içinde olan heteroseksüel adam, işten sonra yemeğe çıkmak için sözleşirler, yemekten sonra bir bara giderler, bardan sonra bizim çalışanın evine giderler çünkü adamın evinde tadilat vardır, mum ışığında birbirlerinin olurlar, ertesi gün adam şirkete gelir ama dün akşam hiç öyle bir şey yaşanmamış gibi davranır, bizim çalışan, herhalde işyeri atmosferinde ilişkimiz ortaya çıksın istemiyor, biraz zamana ihtiyacı var diyerek avutur kendini, ama öğle tatilinde bir öğrenir ki adamın başka bir sevgilisi vardır, sevgilisi olsa gene iyi, gene iyi sevgilisi olsa, nişan yapmak üzeredirler, kalbi çatır çutur kırılır bizim çalışanın, kulağına kadar gelir kırılan kalbinin sesi, uzun süre gitmez yankısı, ağlamaya bir başlasa kendini tutamayıp sonsuza kadar ağlamaktan korkar, gülmeye bir başlasa güle oynaya delirmekten korkar, bir yanı hadiseyi sessiz sedasız kabullenmek isterken diğer yanı rezalet çıkarmak ister, tehlikeli bir eşiktedir, ikinci bir sinir krizi geçirmesine ramak kalmıştır ve o an telefon çalar, tak diye açar telefonu, arayan benimdir, yetenekli kız kardeşinin durumunu merak eden Çağlar İyice.

"O listeye neden bakmadığını biliyorum," dedim.

Bunun üzerine sustu. O anlamlı suskunluğu dinledim biraz. Gözlerimi kapattım, iyice hissettim içimde o suskunluğu.

"O listeye bakmak otuz saniyeni bile almaz ama bakmıyorsun," dedim. "O listeye otuz saniye bakacağına benimle otuz dakika boyunca kavga etmek istiyorsun çünkü. Bir parça düşün. Bir parça düşünsen bizim ne durumda olduğumuzu anlarsın. Kız kardeşimle ben, seninle aynı saftayız bebeğim. Bizler sabırsızlık yorgunlarıyız. Bizler aranmayı beklerken aranmayanlarız. Güzel bir gecenin ardından, ertesi gün aranmayan bütün kadınlar da bizim safımızdadır."

O ara kediyi gördüm. Ağzında, boğazından kavradığı bir güvercinle sokağın başından içeri girmişti. Güvercinin boynundan kan damlıyordu, kafası sallanıyordu. İlk defa görüyordum böyle bir şey. Bu neydi şimdi! Afrika mıydı burası? Bizim apartmanın çaprazında duran Opel Corsa'nın altına girdi kedi. Telaşla koşan birkaç çocuk geldi sonra, 'nerede nerede' diye soruyorlardı. Telefona, "Bir saniye," dedim. "Devam edeceğim."

Pencereyi açıp "Şuradaki Opel Corsa'nın altında," diye seslendim. Telefona döndüğümde kapanmıştı. Belki de telefonu kapatıp ağlamaya başlamıştı. Bilemiyorum. Çocuklar arabanın altına eğilip kediyi kovaladılar. Kedi, ağzındaki güvercinle kaçıyordu. Bizim karşı apartmanın boyasız duvarına atladı. Atlarken güvercini düşürdü, duvarın üstünde durup güvercine baktı, çocukların geldiğini görünce kaçtı. Çocuklardan biri sopayla güvercini dürtüyordu.

"Ne oluyor!" dedim.

"Bir şey yok Çağlar Ağbi," dedi çocuklardan biri. "Biz kuşu vurduk, kedi de geldi kuşu kapıp kaçtı."

"Kuşu mu vurdunuz! Avlak mı lan burası! Siktirin gidin Hasanbaba'ya çıkın, kuş mu vuracaksınız ne halt vuracaksanız orada vurun! Bir daha görmeyeyim."

"Tamam Çağlar Ağbi, öylesine vurmuştuk zaten."

"Öylesine vurmak ne lan! Öylesine güvercin vurulmaz. İllâki vuracaksanız gidin martı vurun!"

O an, içimde kalan son gücü de çoluğa çombalağa ayar verirken tükettiğimi hissettim, büyük bir yorgunluk çöreklendi tepeme. Dirseğimi ahşap görünümlü pencerenin plastik pervazına yasladım, alnımı avucumun içine aldım.

Rahmetli dedem, içinden gelir de bazı akşamüstleri, titreyen elleriyle, bizim eski evin balkonunda iki tek atardı. O zamanlarda da derdi ki hep, "Çağlar," derdi. "Yoruldum artık evlâdım, yoruldum bu tantanalı dünyanın debdebesinden. Bu yalan çehrelerin sülalesinden." "Ben de dedecim," derdim. "Ben de yoruldum." Tabii ben öyle deyince dedem, elini kocaman göbeğine bastırıp ani bir kahkaha patlatır, sonra da başımı okşardı. Derin, yumuşak bir maviliği vardı gözlerinin. Tek bir siyah tel yoktu saçlarında, kaşları da saçları gibi bembeyaz ve gürdü. Kendimi yorgun hissettiğim akşamüstleri, güneş alçalıp da gölgeler uzarken, içim burukken, aradığım kişi o anda hep başkasıyla görüşüyorken aklıma ister istemez dedem gelir. Hafif dalgın bakarım sokağa pencereden, sonra biraz daha bakarım, biraz daha bakarım, ölü bir güvercin görene kadar bakarım o sokağa.

Altı

Hızla ve öfkeyle yürüyordum Kıyıdere Belediyesi'ne doğru. Arabacılar sokağın köşeyi dönerken İlgi Kırtasiye'nin sahibi İrfan Amca seslendi arkamdan, "Çağlar," dedi, "ne koşturuyorsun öyle, otur bir çayımı iç." Sağ elimi, kulağıma girmek isteyen delirmiş bir karasineği kovmaya çalışır gibi salladım sertçe, "Başka zaman İrfan Amca başka zaman," deyip yürümeye devam ettim. Severdim onu. Bayramlarda toplu SMS atmazdı. 'İrfan Amca'ya kaba mı davrandım acaba ayıp mı oldu yoksa yanlış mı anladı' falan filan diye düşünüp yürümeye devam ederken de dayıma olan sinirim daha beter tavan yaptı ister istemez. Kestirmeden Yalı Caddesi'ne çıktım, belediyeye girdim, düne kadar ipsiz sapsız gezen birkaç hısım akrabaya selam verdim, kimi özel güvenlik olmuştu belediyede, kimi de ciddi görünmeye gayret ederek danışmada oturuyordu boş boş. Merdivenleri ikişer üçer atlayıp dayımın kata çıktım, makamında yoktu. O makamda bir gün oturduğunu görmedim zaten. Şimdi bir şey söyleyeceğim inanmayacaksınız ama, pazar günleri gazete okurken bile salonda ileri geri yürür. Sürekli gezindiği için de yediyirmi dört görevinin başındaymış, sağa sola hizmet götüremezse çatlarmış gibi algılanıyor siyasi tabanı tarafından. Oysaki Belediye Başkanı olmasa da sürekli gezinecekti bu herif. Emlakçıyken de böyleydi. Bağladığı işlerden komisyon alıp da beni Çınarcık'a götürdüğü zamanlarda örneğin, bizim eski Renault Broadway'i girişte, ta limanın oraya bırakır, iskeleye kadar yürürdük. Güneş karşıdan vururdu, minicik ve kederli çakıllarla döşeli sahil yolu boyunca uzanan renksiz kaldırımda, tozlu ağaçların bir sağından bir solundan geçerek ilerlerdik slalom yapar gibi. Ufak olduğumdan zor yetişirdim dayımın adımlarına, neredeyse koştururdum yanında, o bunu fark etmezdi tabii, o zamanlar da düşüncesizdi, ama mutluyduk. Her şeyi enine boyuna sorgulamanın gerekmediği masum zamanlardı. Ya da en azından ben öyle hatırlıyorum o günleri.

Nefes nefese kalmıştım, dayımın özel kalem müdiresi olan akrabamıza dedim ki, dedemin üvey kardeşinin kızı olur, benim de çeyrek kuzenim sayılabilir, adı Bilge, ona dedim ki, "Bilge Abla," dedim, "dayım nerede?"

"Derede," dedi. "Köprünün ayakları gelmiş, ona bakmaya gitti."

"Ne köprüsü?"

"Eaah... Bilmiyor musun?"

"Bilmiyorum."

Nereden bilecektim ki, bu dünyadaki her şey benden habersiz olup bitiyordu. Bana da olmuş bitmiş şeylere bakıp yorumlama görevi verilmişti, henüz yaşamaya başlamamıştım. Bilge Abla, bir şeyler geveledi arkamdan köprüyle alakalı ama dinleyecek vaktim yoktu, 'Gidince görürüm artık' dedim. Sahile çıktım, derenin orada, postanenin köşeden döndüm, dayım beni ta uzaktan gördü, kafasına turuncu bir baret geçirmişti, "Vayyy," diye bağırdı, "gel gel." Sağ koluyla omzumdan sarıldı, yarım kafakola alıp karnıma yumruk atar gibi yapmaya başladı, "Koçum benim," dedi. "Ben de seni arıyordum."

Ellerinden kurtulup göğsünden ittim, "Bir rahat dur," dedim. "Sikerim elini ayağını şimdi ha! Kız kardeşim evde oturmuş bunalıma girmiş, sen hâlâ makara kukara yapıyorsun."

"Ben de o yüzden arıyordum seni," dedi. "O iş tamam, hallettim."

"Neyi hallettin lan! Hâlâ hallettim deyip duruyorsun ya! Programın reklamları dönüyor, kız kardeşim yok. Yapım şirketini aradım, 'Sen kimsin' dediler, köpek çektiler. Kız kardeşime boş yere umut veriyorsun, daha beter ediyorsun işi."

O an, on beş-yirmi adım ötemizde çalışan devasa vinci gördüm, kocaman bir demir iskeleyi derenin iki kenarına doğru indirmeye başladı. Aşağıda, demir iskeleye bağlı çelik halatları tutan işçiler vardı, dayımın yanındaki adam da, muhtemelen şefleriydi, telsizle vinç operatörüne bağlanıp 'Sağ yap, sol yap' falan diyordu. Derenin karşı tarafında yirmi kişilik meraklı bir kalabalık birikmişti, tanıyordum kimisini, onlar Kıyıdere'nin inşaat seyredenleridir. Nerede yapım halinde bir inşaat görseler, önünde durup ellerini arkalarında kavuşturarak seyretmeye başlarlar. Hatta çoğu zaman inşaata bile gerek yoktur, herhangi bir kazı çalışmasının, kaldırım döşemesinin, peyzaj faaliyetinin, refüjlerdeki yağmurlama sistemi montajının falan yakınlarında durup saatlerce seyredebilirler. Ufacık bir tadilat bile olsa, elinize çekiç alıp balkon duvarınıza çivi çaksanız örneğin, oradan geçiyorlarsa mutlaka durup seyrederler, o çivi o duvara yerleşene kadar kıpırdamazlar bir yere. Şimdi de vincin indirdiği demir iskeleye bakıyorlardı dikkatle, hiçbir ayrıntıyı kaçırmamaya özen gösteriyorlardı, görsel bir ziyafetti bu onlar için. Demir iskele zemine yaklaştıkça işçiler eldivenli elleriyle halatları çekiyorlardı kendilerine doğru, yüzleri kıpkırmızı olmuştu. Her taraf toz toprak içindeydi. Vinç çalışırken geri vitese takmış kamyonetler gibi 'dit dit dit dit' diye ses çıkarıyordu sürekli, tabii çok daha yüksekti sesi.

"Bütün gün bu program işiyle uğraştım," diye bağırdı dayım. "Her şeyi biliyorum."

"Nereden biliyorsun?"

"Annen söyledi öğlen, Çiğdem tanıtımda yok dedi. Haberi alınca Afşar Hanım'ı aradım birkaç sefer, telefonlarıma bakmadı."

"WhatsApp'tan mı yürüdün?"

"Ne?"

"Kadına WhatsApp'tan yürüdün mü gecenin bir vakti?"

"Saçmalama lan!"

"Neden bakmadı o zaman telefonlarına?"

"Bilmiyorum. O açmayınca yapım şirketini aradım, 'Bir şey yapamayız' dediler."

"Onu herkese diyorlar. Sonra?"

"Baktım olmayacak ben de Götüm Bey'i aradım," dedi, o beyin adını bile anmak istemiyorum şu an, bizim bölge vekili kendisi, "Dedim ki Götüm Bey, Sayın Vekilim, durum böyle böyle, sizi arayacağız dediler ama bizim cimcimeye haber vermeden seyircili çekimi yapmışlar. 'Tamam Altancım' dedi, 'ben direkt kanalı arıyorum şimdi. Senin yeğenin benim yeğenimdir. Bizim yeğenimizi kimse üzemez.' Direkt kanalı aramış, geri döndü bana. 'Hiç merak etmeyin ben hallettim' dedi. Bizi bir iki güne kadar çağıracaklar çekim için. O iş tamam."

"Harbi mi?"

"Evet. Çiğdem'i de aradım, 'Hiç moralini bozma, hazırlıklarına devam et' dedim. Yapım şirketi falan hikâye, programı yayınlayacak olan kanal. Son kararı onlar verir."

"Nereden biliyorsun, kanal da istemez belki kız kardeşimi."

"Orasını merak etme. Kanal bizde."

"Siz kimsiniz?"

Demir iskele, derenin iki yanına ağır ağır iniyordu, neredeyse bir metre kadar yaklaşmıştı zemine, birkaç başarısız denemenin ardından küt diye yerleşti yerleşmesi gereken çelik yuvaların arasına. İşçiler çelik halatları demir iskeleden söktüler, başparmaklarıyla tamam işareti yaptılar şefe. Şef de telsizden, "Hepinize teşekkür ederim arkadaşlar," dedi. "Şimdi ikinci operasyona geçelim." Köprüyü yaptıkları yerin hemen arkasında, Şehit Üsteğmen Necati Karapınar Parkı vardı, onun çimlerinde de iki tane devasa yarım daire vardı beyaz plastik doğramadan. O dairelerle ne yapacaklarını bilmiyordum ama işçiler yine halatları bağlamaya başladı.

Kıyıdere'nin ortasından denize açılan küçük bir dere geçer, ihtiyarlar boklu dere der hâlâ alışkanlıkla ama dedem yıllar evvel temizlemiş o dereyi, meseleyi çözmüş, ben de bir bokluğunu görmedim açıkçası. İşte o derenin üstünde iki tane köprü vardır. Biri postanenin oradadır, sahil yoluna açılır, diğeri de ondan otuz metre ötedeki Fetih Caddesi'ne. Dayım, baretini çıkarıp güneş gözlüğünü takmıştı, "Bu köprü ne işe yarayacak?" diye sordum ona. "Elli metre ötede, postanenin orada köprü var zaten."

"Yaya köprüsü bu," dedi. "Yürüyüş için."

"E o köprüden de yürünüyor zaten."

"Sahil yolunu trafiğe açacağım."

Bu lafı duyunca ister istemez gülümsedim, ağır da konuşurdum ama tuttum kendimi. Şimdi Kıyıdere'yi bilmeyenler için anlatayım, deniz kenarında bir yer düşünün, nüfusu da 100 birim olsun, bu yerin de gezilecek tek yeri sahil yolu olsun, o 100 birim nüfusun 99 birimi de, havaların ısınmasıyla birlikte o daracık sahil yolunda, bir aşağı bir yukarı yürümeye başlasın ağır çekimde. Başka bir eğlencesi olmasın o insanların. Hayattaki tek amaçları o sahil yolunda bir aşağı bir yukarı ağır ağır yürümek olsun. Bütün huzurlarını, iç barışlarını, o sahil yolunda bir aşağı bir yukarı sırayı bozmadan yürüyerek sağlıyor olsunlar. Hayatın anlamını, bu gezegende ne işimizin olduğunu ve bunun gibi birkaç basit meseleyi daha o sahil yolunda bir aşağı bir yukarı sakin sakin yürüyerek çözmüş olsunlar. Bu durumda tabii, sahil yolunda iğne atacak yer kalmaz. Ben mesela yazın sahilde yürüyüşe çıktığımda ellerimi cebime sokarım, karnımı da içime çekerim, yoksa yol taşar.

"Sen bu sahil yolunu trafiğe aç, ondan sonra da gel bunu aç!" dedim dayıma, burnuna doğru babayı alırsın manasında bir hareket yaparak. Kafama bir tokat atıp güldü, "Merak etme," dedi. "Herkese açmayacağım. Paralı olacak, belediyeden çip taktıracaksın arabana, çipi okuyunca bariyerler açılacak."

Çok büyük bir iş başarmak üzere olmanın keyfiyle sırıtmış bakıyordu bana. Heyecanına ortak olmamı bekliyordu. Güneş gözlüğünde kendi yansımamı görebiliyordum, hiç öyle bir halim yoktu. Belirsizlikten, umutların bir tükenip bir tazelenmesinden usanmıştım çünkü. Zaman bir diş ağrısına dönüşmüş, her geçen an sızlayarak hissettirmeye başlamıştı varlığını. Benim için bile vaziyet bu haldeyken, kim bilir kız kardeşim ne haldeydi.

"Kız kardeşim o programa çıkacak mı?"

"Evet."

"Yemin et."

"Garanti."

Dayımı orada bırakıp postane tarafına yürüdüm. Kavgaya gelmiş ama umutla ayrılmıştım yanından, bir ruh halinden diğerine geçerkenki bulanık ruh hali vardı üzerimde. Dirseklerimi köprünün korkuluklarına yasladım, Fetih Caddesi'nden gelip geçen arabalara bakmaya başladım. Mavi bir minibüs, caddenin sağ tarafından, iki tekeri emniyet şeridinin içinde, ağır ağır yaklaşıyordu. Kelebek Çayırı TOKİ Evleri yazıyordu ön camında. Şişman ve yaşlı bir teyze, ayaklarının dibine koyduğu market poşetleriyle bekliyordu kaldırımda. El etmesine gerek kalmadan durdu minibüs önünde. Minibüsün içinden orta yaşlı bir adam çıktı, teyzenin poşetlerini içeri aldı. Sonra teyzenin elinden tuttu minibüse bindirmek için. Yaşlı teyze bir türlü ayağını atamıyordu minibüsün kapı eşiğine. Şoför el frenini çekip indi minibüsten. Minibüsün içinden iki kişi daha çıkmıştı o ara. Teyzeyi koltuk altlarından tutup kaldırmaya çalıştılar, başaramadılar. En sonunda minibüsün içinden çekenler ve dışından itenlerin yardımıyla aldılar teyzeyi içeri. Şoför, yerine geçmeden önce minibüsün ön yolcu kapısı tarafında bir gariplik fark etti, elinin içiyle vurdu kapıya, sonra biraz uzaklaşıp baktı vurduğu yere. Teyzeyi minibüse bindirmek için minibüsten inenler de şoförle beraber o kapıya bakmaya başladılar. Aralarında bir şeyler konuştular, galiba ciddi bir sorun vardı o kapıda, şoför yine vurdu elinin içiyle kapıya, yolculardan biri de vurdu aynı yere. Bir şeyler daha konuştular. Minibüsten iki kişi daha indi o ara, onlar da kapıya baktılar. Onlarla da bir şeyler konuşuldu. Sonra şoför yerine geçti, yolcular da bindi minibüse. Şoför dikiz aynasını düzeltti, sonra omzunun üstünden arkasına bakıp dikiz aynasında gördükleriyle hayatta gördükleri birbirini tutuyor mu diye kontrol etti. Kontağı çalıştırıp vitesi bire taktı, 15 kilometreyi geçmeyen bir hızla, caddenin kenarından ayrılmadan devam etti yoluna.

Ben de günün stres ve yorgunluğunu atmak için Palmiye Kafe Bar'a gitmeye karar verdim o ara. Kız kardeşimi ev telefonundan arayıp biraz gecikeceğimi haber verdim, gelirken bir şeye ihtiyacı olup olmadığını sordum, Haribo Altın Ayıcık istedi. "Peki hayatım, alırım," dedim. Onu her şeyden çok sevdiğimi hatırlatıp telefonu kapattım. Tadım'ın önünden geçerken Doktor İhsan Amca'yı gördüm, yanlarına gidip elini sıktım, "Nasılsınız hocam?" diye sordum. Karısıyla beraber dondurma yiyordu, üçer top karışık.

"İyiyim Çağlar, sen nasılsın?" dedi.

"Gayet iyiyim hocam."

"Çiğdem nasıl? Dansa devam değil mi?"

"Aynen hocam."

"İyi iyi, aferin. Bırakmasın dansı."

"Tabii ki de hocam. Zaten dans etmek bizim için bir yaşam biçimi artık."

İhsan Hoca ile karısına iyi günler dileyip yanlarından ayrıldım. Palmiye Kafe Bar'a girdim, içeride kimse yoktu, sessizce mutfağa yürüdüm. Erol, evyenin önünde bulaşıkları duruluyordu, beni fark etmedi. Kendiliğinden fark etmesini bekledim. Musluğu kapatıp ellerini kurularken gördü beni, sanki o an gelmişim gibi, "Vay Çağlar," dedi. "Hoş geldin."

"Naber Erol?"

"Ne olsun? Senden?"

"Bana bir yetmişlik bira çeksene."

"Bomonti vereyim mi? Ondan da getirdik artık."

"Sakın ha!" dedim. "Malt biraydı falan öyle dalgalara gelemem. Kalori hesaplarınız yerin dibine batsın. Gerçek bir biracı gibi, bana mısın demeden, arka arkaya fıçı bira içmek istiyorum ben."

"Hayret bir şey," diye ekleyip çıktım mutfaktan.

"Niye kızıyorsun ki şimdi," diye seslendi.

"Bütün bunlar İngilizlikten Erol," dedim. "İngiliz dayatması bu malt bira. Alman ekolüne geri dönmeliyiz."

Deniz manzaralı güzel bir yerdi Palmiye Kafe Bar, çok reklam olmayayım diye arka tarafta, hafif kuytu köşeden sahil yoluna bakan masalardan birine oturdum. Efes, geçen yıl promosyon olarak vermişti oradaki masaları sandalyeleri, mavi bir çitle ayrılıyorlardı kaldırımdan. Denizden esen rüzgârla buruk bir yosun kokusu çarpıyordu burnuma. Denize bakan taraftaki masaların üstünde paralel uzanan beyaz Japon fenerleri asılıydı. Akşamın mavi alacakaranlığında sarı ışıklar yanıyordu içlerinde, o renkler de bütün yorgunluğunu alıyordu insanın.

Erol, sağ elini bacağına paralel koymuş, aksayan adımlarla yaklaşıyordu, diğer elinde yetmişlik bira ve bardakaltlığı vardı. O yürüyüşle birayı dökmemesi küçük bir mucizeydi. Önce bardakaltlığını koydu masaya, "Oğlum dayın büyük adam lan," dedi üstüne birayı koyarken. "Yeni köprü yapıyormuş dereye."

"Dayım bizim ailede, kendi kuşağının en vasat adamıdır," dedim biranın köpüklü kısmından yer gibi bir yudum alıp. "İktidar hırsı nedeniyle biraz öne çıktı, o kadar. Bizim ailede, onun kuşağındaki herhangi birinde iktidar hırsı olsaydı başbakan yardımcısı falan çıkarırdık, öyle ilçe belediyesiyle ilgilenmezdik. Arnavutluk'ta hükümet düşürmüş adam var bizim ailede."

"Kimmiş o?"

"Dedemin üvey kardeşi. Sen onu boş ver de bana bir duble patates at."

"Tamam."

Duble az gelir diye düşündüm bir an, "Patates en iyisi trible olsun," diye bağırdım arkasından.

"Trible ne lan?"

"Üç kişilik yap cahil."

Şimdi Mikrop da gelirdi, yemezdi ama bulunsun. Mikrop'a hemen bir elektronik mesaj patlattım, 'Palmiye'deyim ateşlen,' diye, yalnız içmeyi sevmem çünkü, nihilist falan değilim.

Biradan büyükçe bir yudum aldım, tozlu bar tezgâhına, boş masalara, denizin mavi karanlığına baktım. Küçük bir balıkçı teknesi pır pır ederek uzaklaşıyordu açıklara doğru. Çok tuhaf hissediyordum kendimi, rahatlama duygusuyla karışık garip bir hüzün çökmüştü üstüme. Göğsümün ortasında hissediyordum bunu, her şeyin yoluna gireceğini ama bu arada da o garip hüznün yakamı hiç bırakmayacağını seziyordum. Göğsümün ortasından bir türlü kalkmıyordu o anlam veremediğim ağırlık. Var olmayan birine âşık olmuşum gibi hissediyordum kendimi. Birayı alıp kalktım, mutfağın girişinde, enlemesine uzanan, yüz elli yıllık buzdolabının üstüne koydum dirseğimi, mutfağın isli tavanına, yağdan kararmış ocağa ve davlumbaza baktım. Erol, soyduğu patatesleri, içinde su bulunan plastik çukur kaba aktarıyordu. Bana dönüp gülümsedi elindeki bıçakla, "Cengiz ne yapıyor?" diye sordu.

"Gelir birazdan."

Biradan bir yudum alıp "Erol be," dedim. "Burada geçen sene ahşap sandalyeler vardı, ne oldu onlar?"

"Ahşap sandalyeler mi? Nereden aklına geldi ki şimdi ahşap sandalyeler?"

"Hiç, öylesine sordum."

"Valla onları Taşköprülü bir hızarcı almıştı galiba."

"Hızarcı ne yapacakmış ki sandalyeleri?"

"Parçalayıp fırına satacakmış."

Buzdolabını açtım, beyaz kayık tabakların içinde streç filmle sarılı duran peynirlere, patlıcan kızartmalarına, haydarilere, ezmelere ve ne olduğunu bilmediğim mezelere baktım. Kapattım buzdolabının kapağını. Erol, kesme tahtasının üstündeki patatesleri bıçağın tersiyle ocaktaki tavaya aktardı, büyük bir cızırtı kapladı mutfağı. Bira bardağının çevresindeki su damlacıklarını parmağımın dışıyla sildim.

"Satmış mıdır sandalyeleri?" diye sordum.

"Ne?"

"Hızarcı satmış mıdır sandalyeleri fırına?"

"Ne bileyim Çağlar ya."

"O sandalyelerle yapılmış ekmeklerden yeseydik keşke."

"Çağlar âlem adamsın lan!"

Mutfaktan çıktım, akşam havasını çektim içime, sanki

böyle bir şeyler yanmış da hoş bir koku bırakmış gibiydi arkasında, derin bir nefes aldım. Şeytan diyordu ki vefasızın birine âşık ol o tatlı havada, ondan sonra da kollarını göğsünde kavuşturup hayatını bombok edişini gülümseyerek seyret bir kenardan.

"Şu Japon fenerleri yerinde duruyor bari," dedim.

"Onları da kaldıracağız," diye seslendi Erol. "Bomonti ışıklı tabela verecekmiş." Mutfağın köşesine döndüm yine, biradan bir yudum daha aldım burnum bardağın içinde, Erol'a baktım ciddi görünmeye çalışarak.

Patatesleri maşayla toplamaya başlamıştı, "Ketçap mayonez?" diye sordu.

"Ketçap ver."

Yerime döndüm. O ara Avantaj Emlak Namık Ağbi geldi, deniz gören masalardan birine oturdu, beni fark edince de, "Vay Çağlar," diye seslendi. "Sen de mi buradaydın?"

"Beni görmedin."

"Eyvallah. Dayın sahili trafiğe açacakmış."

"Şu an bir şey söylemek için erken. Proje aşamasında."

"Beşinci parsel işi ne oldu?"

Beşinci parsel olayı bir senedir falan süren çok ayrı bir muhabbetti. Bizim Kıyıdere, neolitik çağların hemen ertesinde kurulduğu günden beri, esasen bir tatil beldesi sayılır. Sonradan deniz bulaşık suyuna dönünce tabii, artık kimse tatile gelmez olmuş. Bir vakitler yaptıkları yazlık siteler de çoğunlukla harap halde şu an. Depremden sonra da iyice harabeye döndü tabii. İki-üç site hariç hepsinde in cin top oynuyor, kiralayabilirlerse yol inşaatlarında ya da sağda solda çalışmak için dışarıdan gelenlere ucuza kiralıyorlar. Kıyıdere'nin turizmlik bir yanı kalmayınca, en iyisi bir Termal Otel yapalım diyor birileri, tek tük kaplıcaları da vardır çünkü bizim buranın, dayıma da diyorlar ki, 'Böyle otel yapabileceğimiz kamuya ait bir arsa varsa bul, Ankara'da tanıdıklar var, çökelim.' Dayım da arıyor tarıyor, TİGEM'in unutulmuş bir arsasını buluyor Samanlık Yolu'nda, kamu malı, beş parsel. Ankara'daki herifler hallediyor, inşaat şirketi de 49 yıllığına kiraladık ayağına çöküyor arsaya. Projeyi bitiriyorlar, finansman şu bu, her şey hazır, temeli atacaklar artık. İşte o günlerden birinde bizim Baba Sadi Hoca geliyor belediyeye, dayıma diyor ki, "Lan dingil!" diyor, "Senin ölünü dirini sikerim!" "Sakin ol Sadi Hocam," diyor dayım. "O silahı indir lütfen. Bak yeğenim de burada, bir kaza çıkar Allah korusun. Söyle, ne oldu? Neye kızdın bu kadar?" "Lan yavşak," diyor Sadi Hoca. "Sen kimin arsasına otel yaptırıyorsun?" Dayım, annemi arıyor bunun üzerine, annem tapu kayıtlarına bir bakıyor, beş parsel arsanın dört parseli TİGEM'e ait ama beşinci parsel Baba Sadi Hoca'ya ait, dedesinden kalmış, tapu çok eski, yeni sistemde gözükmüyor. Baba Sadi Hoca da bizim ortaokulda gittiğimiz dershanenin asabi Fen Bilgisi öğretmeni. Esasen dayımın da öğretmeniymiş vaktinde, emekli olduktan sonra dershanelerde çalışmaya başlamış. Bir gün hiç unutmam dersteyken orta şiddette bir deprem olmuştu, hepimiz tırsmıştık falan, bu herif, bu temiz yürekli ruh hastası, korkacağı yerde sinirlenmişti yine, 'Kim sallıyor lan sıraları?' diye bağırmaya başlamıştı.

"Valla bugün yarın tamam diyorlar o iş," dedim.

Avantaj Emlak Namık Ağbi, tilt topları gibi fıldır fıldır dönen küçük gözleriyle baktı bana, "Satmam diyormuş Sadi Hoca," dedi.

"Satmam diyordu da dayım ikna etti onu"

"Valla otelden yüzde on kâr payı isterim diye tutturmuş ama bunlar büyük şirket, öyle kimseye kâr payı vermezler. Önceki teklifi biraz yükseltmişler, sonra da baktılar olmuyor, tehdit etmişler. Benim kulağıma gelen bu."

"Kim tehdit etmiş?"

"Sikim Bey'in adamları," dedi.

Şu an adını bile anmak istemediğim Sikim Bey, oteli yapacak olan Sokum İnşaat'ın sahibiydi, bizim bölge vekili Götüm Bey'in de damadıydı. İşte böyle yarrak kulik bir ülkede yaşıyorduk, ondan sonra da diyorlardı ki Çağlar İyice çok ayıp, öyle konuşma lütfen ülkemiz hakkında, imajımız sarsılıyor, olimpiyat vermiyorlar.

"Dayım öyle bir şeye müsaade etmez," dedim. Sahiden de etmezdi dayımı tanıyorsam, yani o gün için, ne kadar it bir insan olduğunu bilmiyordum çünkü o zaman. Ayrıca dayım, kamu malına çöker ama özel mülkiyete saygılıdır. Sırf bu yüzden bir gün beni uzun uzun azarlamıştı, ilkokuldayken arkadaşın 0.7 Rotring'ini arakladım diye. Sırf azarlamak da değil, üzüntüsünden kahrolduğunu da görüyordum, acayip bir his olarak kaldı o olay bende, büyük bir suç işlemişim gibi. Bir daha kimsenin kalemini araklayamadım, uç isterken bile çekingenlik geldi üstüme.

Dayımı o akşam savunmamın bir nedeni de, bir kere bu Avantaj Emlak Namık Ağbi'nin dayımdan çok daha kepaze bir kişilik olduğunu bilmemdi. Senelerce deprem görmüş binaları sıvattırmış, mühendislere denetçilere para yedirip sağlam raporu almış, ucuza satmış, yüklü komisyonlar götürmüştü. Ankara'daki herifler deprem görmüş binaları komple yıkacağız, TOKİ üzerinden bizim müteahhitlere yaptıracağız deyince de bütün işleri bozulmuştu. Genellikle kötücül insanlar başkalarının yaptığı kötülüğün hemen farkına varırlar. Ellerine fırsat geçmediği için kötülük yapamadıklarından, başkalarının yaptığı kötülükleri en ağır şekilde yargılayanlar da onlar olur. Böyle tiplere karşı da kimseyi kötülemem. Yoksa dayım babamın oğlu değil. Erol sorsun, kötülerim, içi dışı birdir Erol'un, sade yaşar, basit düşünür, dedikodu yapmaz. Ama prensip olarak kötü bir adama başka kötü bir adamı kötülemem.

Erol patatesi getirdi o ara, önüme döndüm, Avantaj Emlak'la muhabbeti kestim, patatese yoğunlaştım. Hemen ardından Mikrop da damladı zaten, elektronik sigaralarımızı tüttürüp günün değerlendirmesine geçtik.

O ara, sahil yolundan Palmiye'nin önüne yaklaşan T.C. Sinem Uzun'u gördüm. On metre öteden bizi fark edip sırıtmaya başladı. Güzelliği sadece fiziksel bir şey olarak düşünürsek on numara kızdı diyebiliriz onun için, zımba gibiydi, ama tabii karakter sıfır. Çirkin bir arkadaşı vardı, Camwow'da çektikleri bir fotoğrafı Facebook'ta profil resmi yapmıştı. Çirkin kızı o zannetmesinler diye de arkadaki duvar resmine, yatak odası aynasından çektiği dekolteli fotoğraflarından birini koymuştu. Gerisini tahayyül edin. Derinlemesine karakter analizi yapacak vaktim yok şu an.

"Nasılsın Çağlar," dedi.

"Çok iyiyim," dedim. Biraz bekleyip "Niye sordun?" diye ekledim.

Neden sorduğunu ikimiz de biliyorduk ama yine de ortada hiç öyle bir şey yokmuş gibi şaşırdı yalandan, "Aaa," dedi. "Nasılsın diye de mi soramayacağız artık? Öylesine sordum işte."

"Öylesine sorduysan gayet iyi olduğumu bil!"

"Ben şimdi ne dedim ki, niye kızıyorsun?"

"Yo kızmıyorum," dedim. "Nereden çıkardın?"

Gerginliği azaltmak ister gibi gülümseyerek "Nasılsın Cengiz?" diye sordu Mikrop'a. Mikrop cevap vermedi. Sanki bana sorulmuş gibi ağzını hafif yamultup vekaleti bana devretti. Sonra da ne cevap vereceğimi merak eder gibi gözlerini benden ayırmadı. Mikrop'un o hali çok sevimliydi bana göre ama ben tabii, en iyi arkadaşım olduğundan, dışarıdan bakıp değerlendiremiyor olabilirim. Belki başkaları, özellikle o anda T.C. Sinem Uzun, çok gıcık kapıyordu ondan.

"Sinem, nasılsın Sinem!" diye bağırdı o ara, Avantaj Emlak Namık Ağbi.

"İyiyim Namık Amca sen nasılsın?"

"Ben de iyiyim. E bize gelmiyorsun artık Beril'le ders çalışmaya. Neden?"

"Dershanede etüt yapıyoruz zaten Namık Amca."

"Olsun. Evde çalışmanın yerini tutmaz. Gelin bizde çalışın yine."

T.C. Sinem Uzun, "Tamam Namık Amca tamam gelirim," dedi, sonra da küçücük ağzıyla, kırmızı rujlu dudağının kenarından pöfleyip bana döndü, "Kız kardeşin yetenek programına çıkacakmış, ha?" dedi.

"Evet."

"Tanıtımlara baktım, göremedim."

"Yakında görürsün. Gel otur, bir bira ısmarlayalım."

"Yok sağ ol, Eski Bankacılar Lokali'ne gideceğim," dedi. "Arkadaşlar bekliyor," diye de ekledi vurgulu, hangi arkadaşlar diye merak edip sormamızı canı gönülden istiyordu. Sormadım, onun yerine elektronik sigaramdan bir fırt çekip havaya su buharı üfledim.

"Size burada bira veriyorlar mı?" diye sordu.

"Buranın içki ruhsatını biz verdik. Belediyeden çıkarttık, geldik duvara çaktık Mikrop'la."

"Eh, Eski Bankacılar Lokali'ne niye uğramadığınız anlaşılıyor şimdi."

"Oraya," dedim. "Altı aydır adımımı atmıyorum. Daha da hayatta uğramam."

"Gömleğin çok güzelmiş," dedi alakasız bir şekilde.

"Sağ ol," dedim. Dayımın on beş-yirmi sene önceden kalma bir kot gömleği vardı siyah, onun kollarını kesmiştim havalar güzelleşince giyerim diye. Kenardan da kesik yerlerin püsküllerinin sarkmasına gayret etmiştim tabii biraz, o kolları kestiğim bilinmezse bir anlamı olmazdı. Tişörtün üstüne falan giyince gayet güzel durduğunu düşünüyordum. Kestikten sonra ilk Mikrop'a göstermiştim gömleği, "Biraz fazla şekil ama idare eder," demişti. Zevkine güvenirim.

T.C. Sinem Uzun 'Hadi görüşürüz' deme lüzumu görmeden, geldiği gibi gitti, sahil yolunda uzaklaşmaya başladı. Dikkatle baktım arkasından, o kadar dar bir kot pantolon giymişti ki nasıl giydiyse, muhtemelen akşam yatmadan evvel paçasına çekme halatı bağlayıp kamyonetle çekip çıkaracaktı dost bildiği insanlar. Birden Avantaj Emlak Namık Ağbi'ye döndüm, o da T.C. Sinem Uzun'un arkasından bakıyordu, baktığını fark ettiğimi anlayınca gözlerini kaçırdı benden, sinsi çakal.

Mikrop'la göz göze geldik sonra, hafiften kederli gülümsedik birbirimize. Biralarımızı tokuşturduk. Düzenli aralıklarla kıyıya vuran dalgaların hışırtısını dinledik biraz. Yumruğumu sıktım. Derin bir iç çektim.

"Hiç o moda girme reis," dedi Mikrop.

Yedi

Eski kız arkadaşım *Matrix*'teki Trinity'ye benziyordu. Trinity'deki sert halleri biraz yumuşatın, kadınsı halleri biraz çocuksu yapın, saçları düz ve siyah değil de kahverengiye yakın ve biraz da kıvırcık olsun, gözleri mavi değil de siyah olsun, bir de hiç eline tabanca alacak bir tip gibi durmasın, işte tam öyle biri. Tamam, pek Trinitiy'ye benzemiyor son kertede ama başlangıç noktası olarak Trinity'yi almakta fayda var. Bilmeyen birine adres tarif ederken de böyle yapmak gerekir, en temel noktalardan başlamak. Örneğin, bu mantaliteyle kız kardeşimi tarif etmem gerekse size, çıkış noktası olarak *Kill Bill*'deki Uma Thurman'ı alırdım, omzunun üstünden iki eliyle samuray kılıcını çekmek üzere olduğu andaki bakışını özellikle.

Geçen yaz, birtakım idealistçe arzular ve bunların tetiklediği ailevi problemler nedeniyle parasız kalınca, Eski Bankacılar Lokali'nde çalışmaya başlamıştım. Eski kız arkadaşımla da orada tanışmıştık. Eski Bankacılar Lokali, adı üstünde eskiden Bankacılar Lokali'ydi, sonra başka yere taşındı bankacılar. Onun yerine Meltem Kafe Bar açıldı ama kimse oraya

Meltem Kafe Bar falan demedi, Eski Bankacılar Lokali olarak kaldı adı. İki tarafı vardı lokalin. Ön tarafı sahil yoluna bakıyordu, kıraathaneyi andırıyordu daha çok. Bütün gün bıkıp usanmadan okey oynayan ya da oynayanlara yancılık yapan, iskambil kâğıtlarını hiç kimsenin beklemediği bir anda küt diye masaya vurup ilgi çekmeye çalışan tipler olurdu orada, onlar gene iyi; bir de hiçbir şey yapmayan, ne okey taşı dizen, ne kâğıt oynayan, ne televizyona bakan, ne gazete okuyan, önüne çay konulmazsa istemeyen, bir şey sorulmazsa konuşmayan, saatlerce sigara bile içmeden öyle bomboş oturan tipler olurdu. Onlara baktıkça ben sıkılırdım. Bir yandan da düşünürdüm, 'Çağlar,' derdim kendime, 'bu insanlar acaba nereden alıyorlar bu hiçbir şey yapmadan bekleme kuvvetini,' derdim, 'bir dış dünya yokmuş gibi, hiçbir şeye ihtiyaçları yokmuş gibi nasıl yaşıyorlar acaba?' derdim. Cevap veremezdim sonra kendime, içimi sıkıntılı bir sessizlik kaplardı.

Arka bahçesi vardı bir de Eski Bankacılar Lokali'nin. Daha çok gençler takılırdı orada. İşte o arka bahçede, cuma-cumartesi akşamları bizim patronun yeğeni Anıl, hafiften ışık ve ses düzeni kurduğumuz akasya ağaçlarının altında, elinde gitarıyla uzun sandalyesine oturur, önündeki nota sehpasının sayfalarını her şarkıdan sonra dikkatle karıştırarak canlı müzik yapardı. Fena çalmıyordu aslında, klasik takılıyordu, iki-üç sene klasik gitar kursuna gitmişti. Kısıtlı yeteneğinin bilincindeydi ve gayret ediyordu, oturmuş bir sound'u vardı, saygı duyardım ona. Ama kimse yeterli görmüyordu gayretini, şarkı söylemesi için de ısrar ediyorlardı ve o da zorla üç-beş şarkı söylüyordu.

İşte eski kız arkadaşımı da ilk olarak o akşamlardan birinde fark ettim. Yanında T.C. Sinem Uzun ve fen liseli iki angut vardı. Fen liseli angutlar sürekli yüksek sesle konuşuyor, ne kadar keyifli olduklarını kanıtlamak zorundaymışlar gibi de kahkaha atıp duruyorlardı sürekli, çok manyak bir dizi bulmuşlardı geçenlerde, iki sezonunu birden üç günde seyretmişlerdi, o dizi dururken başka dizi seyredenler kesin ameleydi. Buna benzer bayık bir muhabbet tutturmuşlardı dışarıdan duyabildiğim kadarıyla.

İşte dediğim gibi, ilk o anda fark ettim eski kız arkadaşımı, seneler sonra, yüksek sesle konuşan angutlara sıkıntıyla bakarken, başka bir yerde başka bir derdi varmış gibi duruyordu. Çevresindeki bütün ışığı emip yansıtan koyu gözleri, ta uzaktan belli oluyordu. Onu çok küçüklükten beri tanıdığımı hatırladım birden. O beni hatırlamazdı gerçi. Olsun. Tanışma öykümüz de biraz talihsizceydi, ama neyse işte, bazen uzun süredir tanıdığın bir arkadaşına da günün birinde âşık olursun, olursun dostum, bunlar olağan şeyler. Birkaç çam ve akasya ağacı vardı arka bahçede, dünyadan yalıtılmış, sessiz sakin bir yer izlenimi veriyordu insana. Kıyamet koptuktan sonra hayatta kalan üç-beş kişi orada toplanmak için sözleşmiş gibi. Bu yüzden de her şey biraz daha sade ve büyülüydü orada.

Sonra nereden akıllarına estiyse bizim Anıl'dan bir şarkı istediler. Anıl'ın repertuarı, özellikle söylemesi istenen şarkılar söz konusu olduğunda içler acısıydı. Önündeki vişne suyundan bir yudum alıp 'Çalabilirim ama sözleri tam yok' falan yaptı. Alkol kullanmadığından buzlu vişne suyu koyardık önüne, votka-vişne içiyor zannetsinler diye. Bunun üzerine eski kız arkadaşıma, "Aaa, sen bilirsin, sen söyle," diye ısrar etmeye başladılar, önce T.C. Sinem Uzun kancığı sonra da hep beraber. Eski kız arkadaşım uzun ısrarlardan sonra sahneye çıktığında ben, masa beşle birleştirdiğimiz masa dörtten sekiz shot Jägermeister sipariş edildiği için, onları doldurmakla meşguldüm tekila bardaklarına.

Şarkının ismini vermek istemiyorum şu an ama böyle en sevdiğiniz yerli şarkılardan slow bir şey düşünün. Zamana karşı da dayanıklılığını muhafaza etsin, en az on beş-yirmi senelik olsun. Eski kız arkadaşım, kırık ve kısık bir sesle söylemeye başladı şarkıyı, dinleyenlere fazla umut vermeden, sanki her an sözleri unutabilirmiş, detone olabilirmiş, ağlayarak sahneden inebilirmiş gibi. Ama şarkı ilerledikçe değişti durum. Sanki söylemiyor da sırtında taşıyordu o şarkıyı. Onun yükü altında eziliyor, güç nefes alıyor, ama kendisini hayata bağlayan son tutamak o şarkıymış gibi yine de bırakmıyordu söylemeyi. Öyle olduğu halde de dikkatleri üzerine çekmemeye gayret ediyor, şarkının önüne asla geçmiyordu, olur da geçerse de utanarak yapıyordu bunu, başka türlü söylenemeyeceği için.

Çocuksu ve tedirgindi sesi. En yüksek perdeden söylediğinde bile kırılgandı biraz. Yeri geldi mi duygusallaşmaktan çekinmeyen, yeri geldi mi de size en buruk haliyle bile tebessüm eden bir sesti. Delice yağan yağmurlardan sonra, kaldırım kenarlarındaki su birikintilerini, parklardaki ıslak bankları, yolların ortasında silkinen sokak köpeklerini, apartman boşluklarının rutubetli karanlığını, içlerinde otların filizlendiği ıssız telefon kulübelerini hatırlatan, insana gelmiş geçmiş bütün dertlerini hatırlatan, bu yüzden de durup dururken biraz kalbinizi kıran bir sesti. Ama kalbinizi kırdıkça da başınızı okşayan, teselli eden bir şey vardı o seste. İşte o sesle öyle bir söylüyordu ki şarkıyı, o bir şarkı değildi artık, bir meydan okumaydı, bir trafik kazasıydı, çığlıklar içinden gelip geçen bir ambulanstı. Şarkının derinliklerinde kayboldukça tuhaf bir hisse kapılıyordum, o an gelip çatmıştı sanki, geçmiş anları önüne katıp kovalayarak, kendisi de gelecek anlar tarafından kovalanarak. Belki de birazdan her şey affedilecekti.

Şarkı bittiğinde o kadar şaşkındım ki, alkışlamak bile gelmedi aklıma, doldurduğum Jägermeisterlerden ikisini kendim içtim. Çalışırken içmeme prensibim olmasına ve 'Jägermeister içeceğime pekmez yerim daha iyi lan' diye düşünmeme rağmen.

Masada oturan fenciler, şebek gibi alkışlamaya başladılar hemen. Kız kardeşimden sonra gördüğüm en büyük yetenek olan eski kız arkadaşıma hayran kaldıkları için değil tabii, ne olursa olsun öyle alkışlamaya önceden karar vermişlerdi zaten. Eski kız arkadaşım, alkışlar altında, hafif bir utançla kıstı gözlerini, belli belirsiz gülümsedi. Gülümsemeye giriş gibi bir şeydi bu. Hiç kimsenin hayranlığına ihtiyaç duymadığı o kadar belliydi ki. Bunlar hep virtüözlerin özelliğidir, mizaç meselesidir, doğuştan gelir, taklit edilemez.

Bunun üzerine Mikrop'a dedim ki "Kardeşim," dedim, "Bak bakalım bu kız ne içmiş?" Mikrop da orada çalışıyordu tabii, benden üç gün sonra başlamıştı garsonluğa, bizi parasız bırakan ortak ideallerimizin müşterek çilesini çekmek için. Adisyona bakmaya lüzum görmeden, "Sadece meyveli soda," dedi. "Emin misin?" diye sordum. Evliya falan olmak gerekir böyle mucizeleri ayık kafayla gerçekleştirebilmek için. Mikrop bir şey demedi. Mikrop bir şey demiyorsa ilk söylediği şey geçerlidir. İlk söylediği bir şey yoksa zorlayın. Neyse, onun baktığı masaydı, kimin ne içtiğini benden iyi biliyordu.

Lokalin ruhsatı gece bire kadardı ama emniyetten tanıdıklar olduğu için, ikiye üçe kadar sorun çıkmıyordu hafta sonları. Her çalışma gününün ardından uzun bir tatile çıkmamız gerektiğini hissediyorduk Mikrop'la. Arka bahçeye bakan iki garson vardı, onlar bizdik ve oradaki on altı masa da paso dolu olurdu. Mekânı en son kapatan da bizdik.

O gece, birkaç sene evvel sandalyeler çalındı dedikleri için, sandalyeleri demir zincirle birbirine bağlamıştık her zamanki gibi. Bütün ışıkları kapattıktan sonra, derin dondurucudan iki şişe Efes alıp bahçeye bakan merdivenlere oturduk. Çam kokusuyla karışık tatlı bir yaz havası vardı. Eski Bankacılar Lokali'nin arka bahçesi zaten, Kıyıdere'de gerçekten nefes alabildiğinizi hissettiğiniz ender yerlerden biridir, belki de tek. Hafiften esmeye başlayan rüzgâr, dalları birbirine karışmış akasya ağaçlarının yapraklarını hışırdatıyordu, o da yağmur yağıyormuş gibi bir izlenim uyandırıyordu insanda.

"Çisem," dedi Mikrop.

İki saat evvel, 'Mikrop, ben bu kıza âşık olabilirim, ismini öğrenirsen haberim olsun,' dediğim için. Başıma diktiğim bira dişlerimi sızlatmıştı. Birbirine sıkı sıkı bağlanmış sandalyelere bakarken, bir an, unuttuğum adını bile yeni öğrendiğim halde, uzun yıllardır bir selamımız sabahımız bile olmadığı halde, benim de Çisem'e öyle bağlı olduğumu hissettim.

Ama neyse şimdi, eski kız arkadaşımdan daha fazla bahsetmek istemiyorum. Bu kız kardeşimin hikâyesi. Eğer önemli yan rollerden birinde ben olmasaydım ve bu hususta daha sonra meydana gelecek bazı hadiseler, o fırtınalı günlerin telaşı içinde kız kardeşimi de doğrudan etkilemiş olmasaydı, eski kız arkadaşımdan hiç bahsetmezdim zaten. Ha, belki ileride bakarım, konuyla o kadar da alakası yokmuş derim, eski kız arkadaşımla alakalı bölümleri kopyalayıp başka bir dosyaya yapıştırırım. Adını da 'Ön Büro Yönetimi Ders Notları 3' koyarım, benden başka kimse okumasın diye. Her neyse, eğer bu satırları okuyorsanız, eski kız arkadaşımı bu hikâyeden silmemişim demektir. Demek ki bazı hatıralar hâlâ, kızgın tavaya damlayan sular gibi içimde cızlıyor demektir. Eğer o hatıraları yazmazsam şu an içimi yakan o cızırtılar ömür boyu yakamı da bırakmayacakmış gibi geliyor demektir. Allah hiç kimseye böyle dert vermesin demektir! Haleluya!

Palmiye Kafe Bar'da oturduğumuz akşamın ertesi, 25 Mayıs Cumartesi, Mikrop, Efekan'ı mendireğe çekmiş, beni arayıp haber verdi. Kız kardeşimle ikindi molası vermiştik çalışmamıza, onun için özel olarak yaptığım unsuz-yağsız-şekersiz diyet keki yiyorduk, tadı tuğlaya benziyordu, bilirsiniz işte, yoksa hiç tuğla yemediniz mi? "Mikrop'un babası rahatsızlanmış yine, ben bir bakıp geleyim," diyerek çıktım evden. Kararmış, yosun tutmuş kayalarla dolu mendireğin, öğle güneşiyle pişmiş uzun beton yoluna çıktım. Mendireğin başında, tripod kurmuş iki fotoğraf sanatçısı, antika bir fotoğraf makinesinde, kılı kırk yararak kadraj ayarı yapıyordu. Bulutsuz açık havada, olduklarından çok daha yakın gözüken İstanbul adalarının fotoğraflarını çekeceklerdi muhtemelen.

Çok kötü kokuyordu mendirek, arıtma tesisinin trafosu bozulmuştu üç ay evvel, yurtdışından parça bekleniyordu, arıtmadan veriyorlardı lağımı denize. Martılar, köpürerek, küçük girdaplar oluşturarak denize akan pisliğin çevresinde alçaktan uçuyor, yiyecek bir bok var mı diye bakıyorlardı. Mikrop ve Efekan, mendireğin ucunda, deniz fenerlerinin arasındaydı. Onlara doğru yürüdüm. Efekan'a bakmadan Mikrop'la tokalaşıp öpüştüm. Efekan'ın karşısına, kayalardan birinin üstüne oturdum, sol bacağımı öne uzatıp elimi üstüne koydum, kürdanla dişimi karıştırmaya başladım.

Efekan, leylek bacaklı, kumral saçlarını yandan ayırmış, dişleri telli bir tipti. Ben-Ten Çamur Ateş tişörtü giymişti. Mendireğe dizili elektrik direklerinden birinin ince gölgesi uzanıyordu aramızda. Ciddiyetimi bozmadan, dikkatle bakıyordum ona, o dikkatli bakışta düşmanca bir hava esmemesine de gayret ediyordum elimden geldiğince. Kendisine, düşmanca bir yaklaşımdan çok, olayların iç yüzünü anlamak isteyen polisçe bir tavırla yaklaştığımı hissetmesini istiyordum. Bir polis ne kadar dostça bakabilirse bir şüpheliye öyle bakıyordum Efekan'a. İlk sözü onun söylemesini bekliyordum. Bir itiraf, bir özür, bir korku ifadesi, ne olursa olsun. Efekan susuyordu, hiçbir yerde sabit tutamıyordu bakışlarını; Mikrop'a, bana, denize, martılara, fotoğraf sanatçılarına bakıp duruyordu. En sonunda, yakayı ele verdiğini anlayan suçlular gibi önüne eğdi başını.

"Efekan sen benim kardeşimsin," dedim. "Bunu unutma hiçbir zaman."

"Tamam Çağlar Ağbi," dedi.

Sesinde sinirli bir titreyiş vardı. Korkuyla bakmaya başlamıştı bana.

"Sen şimdi," dedim. "Mervenaz ve Ecem'le haber gönderdin mi? Çiğdem'e sırılsıklam âşığım dedin mi?"

"Hayır!" diye bağırdı korkuyla. "Öyle bir şey yapmadım." O korkuyla kendini ele mi vermişti yoksa bir yanlış anlaşılmadan ötürü göt altına gitmek üzere olduğunu mu düşünmüştü, ilk anda anlayamadım. Çok net okuyordum gözlerindeki korkuyu ve o anda ben de ondan korkuyordum aslında. Kız kardeşimin hayatının merkezindeki yerimi Efekan'a kaptırmaktan korkuyordum.

Kayadan kalktım, Efekan'ı omzundan tutup babacan bir edayla gülümsedim, tam tersi bir etki yaratmak için de sertçe sıkmaya başladım omuz kemiğini, "Efekan sen benim kardeşimsin," dedim, yine. "Kardeşler birbirine yalan söylemez."

"Ben valla billa öyle bir şey demedim Çağlar Ağbi."

Mikrop yandan ani bir tokat attı Efekan'ın kulağına, "Yalan söyleme lan!" dedi. Efekan'ın gözleri doldu, Mikrop'a dönüp "Ben yemin ederim öyle bir şey yapmadım Cengiz Ağbi," dedi.

"Sus lan!" dedi Mikrop. "Kaşın gözün ayrı oynuyor çakal! Atayım mı lan seni denize, atayım mı lan şimdi buradan seni denize!"

Efekan ağlamaya başladı, solukları sıklaşmıştı, güç nefes

alıyordu, bir şeyler söylemek istiyor ama söyleyemiyordu. Efekan'ı kendime çektim, "Bırak Mikrop," dedim. "Efekan benim kardeşim."

Mikrop beni hiç duymamış gibi Efekan'ın karşısında eğildi, eliyle sıkıca çenesinden kavrayıp gözlerini gözlerinin içine dikti. Dikkatle baktığı zaman hadiselerin içyüzünü görebilen biriydi Mikrop Cengiz; sert, acımasız ve bilge. En iyi arkadaşım. Bana döndü, gözleriyle deniz fenerlerinin oraya gelmemi işaret etti.

Hava karardığında biri yeşil, biri de kırmızı yanıp sönmeye başlayan deniz fenerlerinin ortasında durduk, "Merak etme," dedi Mikrop. "Denize atmayacağım, paçalarından tutup sallandıracağım biraz. Başka türlü konuşmaz bu."

Efekan'a baktım, ağlayarak bizi izliyordu. Kız kardeşim onu seviyordu galiba. Dolayısıyla ben de onu seviyordum galiba. Artık o da kız kardeşimden bir parça sayılırdı benim için. Karışık hisler içindeydim, bir duygu izdihamı arasında kalmıştım. Kız kardeşime olan sevgim öfkemi ezip geçmişti, ama merhametim de sıkışıp kalmıştı o hengâmede. Mikrop'a döndüm, heykel gibi duruyordu karşımda, tek kas oynamıyordu çehresinde, yüz felci geçirmiş gibiydi.

"Sağ ol Mikrop," dedim. "Gerek yok."

O ara Efekan topukladı, peşinden koştuk. Mikrop mendireğin ortasında tişörtünden yakaladı. Efekan, şu an bile nasıl yaptığına hayret ettiğim bir çeviklikle tişörtünü çıkarıp sıyrıldı Mikrop'un elinden. Mikrop, elindeki Ben-Ten tişörtüne şaşkın bakarken ben yardırdım Efekan'ın peşinden. Amatör fotoğraf sanatçılarının önünde yakaladım.

Sanatçılardan biri, "Çekilin şuradan!" diye bağırdı. "Sizin yüzünüzden ölçü alamıyoruz."

"Ne ölçüsü?" diye sordum.

Cevap vermek yerine, "Çekilin," diye bağırdı gene.

"Kardeşim," dedim. "Ben meraklı vatandaş değilim, Belediye Başkanı Altan Baysal'ın yeğeniyim. Neyin ölçüsünü alıyorsanız söyleyin."

Kartımı verdim adama.

Çağlar İyice

Kıyıdere Belediyesi
Halkla İlişkiler Dairesi
Uzman Personel
Mail: geceninsabirlisesi@gmail.com

"E bilmiyor musun o zaman?" diye sordu kartımı elinde evirip çeviren adam.

"Neyi bilmiyor muyum?"

"Marina yapılacak buraya."

Efekan bir şeyler diyecek oldu, ağzını kapattım, omzundan kavrayıp yürüttüm mendireğin ucuna doğru. Mikrop elindeki tişörtü sinirle sallayarak geliyordu karşımızdan, yaklaşınca Efekan'ın kafasına vurdu tişörtü.

"Çağlar Ağbi lütfen beni denize atmayın," dedi Efekan. "Yüzme biliyorum ama çok iyi değil, boğulurum."

"Bana doğruyu söyle," dedim.

Efekan yine ağlamaya başladı, konuşamıyordu.

"Efekan ağlamayı bırak, bana doğruyu söyle," dedim. "Sana zarar vermeyeceğim. Sadece gerçeği bilmek istiyorum kardeşim. Gerçeği bilme arzusuyla doluyum şu an. Gerçeğe; ekmekten, sudan ve GTA'dan daha fazla ihtiyacımız olduğu günlerde yaşıyoruz. Bana gerçeği söyle."

"Ben öyle bir şey yapmadım Çağlar Ağbi."

"Efekan, yalan söylerken zihninde, yüreğinde temiz bir yan vardır, hissedersin onu. Seninle doğrudan konuşmaz, yapma etme demez ama oradadır, hissedersin." Efekan'ı omuzlarından sıkı sıkı tutup salladım, "Hissediyor musun onu şimdi?" diye sordum. "O dürüst yanınla konuş benimle."

"Ben öyle bir şey demedim Çağlar Ağbi."

"Efekan sen kendini dünyanın en zeki adamı mı zannediyorsun?" diye sordum. "Steve Jobs öldü ve senin dönemin başladı da bundan bizim haberimiz mi olmadı kardeşim? Çevirdiğin dolaplar sonsuza kadar kendi iç dünyanda mı kalacak zannettin? Efekan sen beni ne zannettin?"

"Çağlar Ağbi benim bir suçum yok."

"O zaman Çiğdem seni niye merdivenlerden itti? Sırılsıklam âşığım diye haber göndermediysen seni niye merdivenlerden itti?"

"Bilmiyorum."

"Düşün o zaman. 'Karıncayı bile incitmeyen bir kız beni niye merdivenlerden itti' diye düşün."

"Bilmiyorum."

"Bilmeye çalış!"

"Bilmiyorum Çağlar Ağbi, yemin ederim bilmiyorum!"

Efekan'a tişörtünü geri verdim. Tişörtü elinde tutmuş, bana bakarak ağlamaya devam ediyordu. Bir süre sonra tişörtü giymeyi akıl etti.

"Sen dişlerine ne zaman tel taktırdın?" diye sordum.

"Geçen yaz."

"X-ray cihazından geçerken ötüyor musun?"

Cevap vermedi, hüzünle önüne baktı.

"Tamam git," dedim. Hâlâ öyle duruyordu.

"Efekan git kardeşim."

Bir an kendine geldi, telaşlı adımlarla, kimi zaman ayakları birbirine dolanarak uzaklaşmaya başladı mendireğin beton yolunda. Arada çaktırmamaya çalışarak arkasını kontrol ediyordu ama çakıyorduk. Sinsice bir gidişi vardı, az evvel birinin cüzdanını araklamış da ortalıktan kaybolmaya çalışır gibi. Ölçü alanlar karşıdan el ettiler kenardan yürümesi için, onları da görmedi, dümdüz yürümeye devam etti.

"Ne diyorsun Mikrop?" diye sordum.

"Valla bu işte bir iş var."

"Ne var?"

"Bilmiyorum."

"O kadarını ben de bilmiyorum."

Sekiz

26 Mayıs Pazar, öğlen, çürümüş yosunlarla kaplı ıssız sahil şeridi boyunca yürüyordum. Denizin karayla temas ettiği yer, suların üstünde gidip gelen yosunlardan belli olmuyordu. Hiç kimse orada yüzemezdi ama oradan geçen herkesin aklına, 'Bu deniz yüzmek için değil miydi?' sorusu gelirdi mutlaka. 'Ya o yosunların içinde olsaydım,' diye düşünüverirdi insan ister istemez. Kararmış yosun yığınlarının üstünde sinek sürüleri uçuşuyordu, bazen birkaç karganın konduğu da oluyordu kayalık olan taraflarda, bir-iki eşeledikten hemen sonra havalanıyordu kargalar. Dayım çağırmıştı konuşmak için sahil yolunun Akasya Plajı tarafına, telefondaki sesinden anlamıştım yine bir haltlar döndüğünü. Adımlarımı gitgide sıklaştırıyordum. Akşamüstü rüzgârlarıyla gelen, uzaklardan hafif hafif duyulan, sahil kasabalarına özgü yosun kokusu değildi tabii oradaki. Taşmış lağımlardan bile kötü kokuyordu. Kusası geliyordu insanın orada yürürken ama yine de kokuya aldırış etmemeye çalışıyor, yolumu değiştirmiyordum. Şimdi üst taraftaki sahil yoluna çıksam, öyle hızlı yürüsem, herkes durup hayretle bana bakar, ağır ağır

akan küçük dünyalarında, sanki ben de o dünyanın en doğal parçasıymışım gibi, ritmimi neyin hızlandırdığını, ahengimi neyin bozduğunu düşünmeye başlarlardı. Hem buna imkân vermek istemiyordum, hem de belki sevdiğim bir tanıdığı görürüm, ayaküstü muhabbet etmek ister, o andaki telaşla elimi kolumu sallayıp geçer, kalbini kırarım diye çekiniyordum. Çağlar İyice, kırılmayı hak etmeyen hiçbir kalbi kırmamıştır bugüne kadar. Kayıtlarımızda yok. Sol yanağımı yakıyordu deniz tarafından vuran güneş.

Ta uzaktan, önce Ayı Tufan Ağbi'yi gördüm, turuncu fosforlu belediye önlüklerinden giymiş, eline bir tırmık almış, deniz kıyısındaki yosunları alıp arka taraflara balyalıyordu. Hiç acelesi olmayan biri gibi çalışıyordu ama uyuşukluğundan değil, kendine güveninden, yaptığı işi iyi bilmesinden kaynaklanıyordu sakinliği. Ona, o tırmığı verdiğiniz zaman plajda karaya vurmuş tek bir yosunun kalmayacağından emin olabilirdiniz. Şu an kederden adını unuttuğum özel bir şirkete ait kepçe ve kamyon bekliyordu kenarda, sahilde balyalanan yosunları taşımak için.

Dayım, plajı gören kaldırımda sıralanan, geçen sene diktikleri garip gurup palmiyelerden birine sırtını yaslamış, ağacın cılız gölgesinde güneş gözlüğünü hafif burnunun önüne çekmiş, ayaklarını çaprazlamış, sağ elini cebine atmış, sağ omzu sol omzundan hafif aşağıda bekliyordu. Bir yandan Ayı Tufan Ağbi'nin tırmıkla sahile balyaladığı yosunlara bakıyor, bir yandan da denizin ötesinde, Pendik civarlarına falan rast gelmesi gereken yerlere göz gezdiriyordu. Beni görünce hafif döndü, ne diyeceğini bilemedi bir an. Ben anladım ama. En başından beri biliyordum zaten. Anladığımı o da fark etti, "Başka bir programa çıkarırız diyorlar," dedi.

"Hangi program?"

"Direkt dans yarışması. Sadece dansçıların katılacağı bir program. Ona alacaklarmış. Eylül'de."

Sessizce bakıyordum ona, kızamıyordum. Kızmaya bir başlasam ölçüyü tutturamayacaktım çünkü. En baştan böyle olacağını biliyordum ama yine yanılmıştım, her zamanki gibi yine yanılmıştım dostum. Hafif suçlu gözlerle bana bakıyordu dayım. Onda herkesi kandıran şey de buydu zaten: Üstünde hep biraz suçlu bir hava vardı, siz de ona öyle alıştığınız için, esaslı bir bok yemeye karar verdiğinde bunu fark edemiyordunuz. 'Her zamanki adam işte canım' diyordunuz. 'Geçende de böyle suçlu suçlu bakıyordu ama bizim işi halletmişti' diyordunuz. İşte siz öyle böyle derken de dayım çoktan ebenizi sikmiş oluyordu. Ama bunlar var ya, umurumda falan değildi artık, uzman psikolog sıfatıyla bulunmuyordum orada. Sessizce dayıma bakıp sinir krizi geçirmemeye çalışmaktan başka bir şey gelmiyordu elimden.

"Uğraştım işte olmadı ne yapayım," dedi bir çırpıda. "Birinci turun çekimleri bitmiş. Götüm Bey kanal müdürüyle görüşmüş, sırf onunla da değil, yapımcıyla da görüşmüş, 'ikinci turdan başlatamaz mısınız' diye de sormuş. Devamlılık bozulurmuş, 'Birinci turu geçemeyen bir yüzü ikinci turdan nasıl başlatalım' falan demişler. Eylül'de dans yarışmasına başlayacak aynı şirket, 'Oraya doğrudan alalım' demişler. Seçme falan olmayacak, doğrudan alacaklar."

"Tamam," dedim. "Anlatma! Bir sus, sadece sus!"

Ayı Tufan Ağbi ve fosforlu önlük giymiş diğer işçiler, balyaladıkları yosunlara tırmıklarının tersleriyle vurmaya başlayınca kepçe operatörü marşa bastı, motoru çalıştırdı, kumsala doğru harekete geçti. Kumsalda yatmış, patisiyle kulağını kaşıyan sokak köpeği motorun homurtusuyla durdu, kafasını kaldırıp kulaklarını dikti, yay çizerek yosun balyalarına yaklaşan sarı kepçeyi seyretmeye başladı.

Felaket kokuyordu yosunlar, bulunduğumuz yere kadar gelmişti kokuları. Sahilin o bölümünden geçenler avuçlarıyla ağızlarını burunlarını kapatıyorlardı. Dayımla ben kapatmıyorduk ağzımızı burnumuzu çünkü belediye bizdeydi. Bizim görevimiz, yosunların nasıl temizlendiğini seyrederken her şeyin birazdan yoluna gireceğini düşünmekti; etrafın yeniden mis gibi kokmaya başlayacağını, bundan böyle denizin üstünde sadece balıkların ve kayıkların gölgelerinin dolaşacağını, çarşaf gibi uzanan suların üstünde sektirilen yassı taşların şıpırtılarını dinleyeceğimizi, eski günlerde olduğu gibi tertemiz suların dibindeki çakılları sayacağımızı düşünmekti. Kıyıdere Belediyesi çalışıyordu, maziyi ayağınıza getirene kadar, hiçbir nostalji ihtiyacınız kalmayana kadar da çalışacaktı. Siyah gömleğimin cebinden elektronik sigaramı çıkardım. Çektiğim nikotinden bile yosun kokusu almıştım biraz. Sanırım psikolojikti, olsun, psikolojik olmayan ne var ki zaten.

"Bana da bir fırt versene," dedi dayım. Ona uzattım bataryayı bakmadan, normalde kimseye vermem, kişiye özel bir şeydir elektronik sigara. Bencillikle falan da alakası yoktur vermemenin ama öyle anlaşılmıyor. Genelde bir fırt isteyenlere 'Sen de diş fırçanı ver, ben de bir fırt dişlerimi fırçalayayım' diyorum. Dayım bir-iki fırt aldıktan sonra sigarayı geri uzattı, "Eylül'de gideriz işte, ne olacak," dedi.

"Eylül'de hiçbir yere gidemeyiz," dedim. "Bazı şeyler ya olması gereken zamanda olur ya da hiç olmaz. Kız kardeşimi tanıyorsam Eylül'de hiçbir yere gitmez. Madem emin değildin, niye kız kardeşime yine umut verdin?"

"Ben niye durup dururken umut vereyim. Michael Jackson olmasa bile komedi dalında alırız demişlerdi."

Elektronik sigarayı gömlek cebime koydum, sağ gözümü hafif kısıp dayıma baktım, devam etmesini bekliyordum, etmedi, "Ne komedisi!" dedim. "Ne saçmalıyorsun sen?"

"Biliyorsun işte."

"Neyi biliyorum! Böyle bir anlaşma mı yaptın adamlarla, kız kardeşimi komedyen olarak mı çıkaracaktın yarışmaya?"

"Hayır. En kötü ihtimalle komedi dalında alırız demişlerdi."

"Benim kız kardeşim komedyen değil," diye bağırdım yanımdaki palmiyeye tekme savurup. "Benim kız kardeşim insanları güldürmek için gelmedi bu dünyaya. Sizin gibi küçük hesaplar peşindeki dallamalara büyük mesajlar vermek için geldi. Dans ederek verecekti o büyük mesajları. Hangi rezil böyle bir teklifte bulunabilir?"

"Ne şimdi! Ben mi suçlu oldum! Bana niye kızıyorsun! Vurma lan palmiyelere! İtalya'dan geldi onlar."

"Sokarım palmiyene! Kız kardeşimden değerli mi? Memlekette ağaç mı yoktu da İtalya'dan palmiye alıyorsun."

Bunun üzerine dayım beni yarım kafakola aldı, nefesimi kesti, "Ulan," dedi. "Ben sana en baştan ne dedim! Ne dedim en baştan! Senin yüzünden gidemiyoruz yarışmaya."

"Niyeymiş?" diye bağırmaya çalıştım yarı boğuk bir sesle.

Beni bırakıp kravatını gevşetmeye çalıştı, o sinirle iyice ipe döndürdü, daha beter sinirlendi, boğazına bir yılan sarılmış gibi kravatla boğuşmaya başladı, en sonunda çıkardı yere attı, tekme savurmaya kalktı, kravatın üstünde gidip geldi ayakkabısının tabanı.

"Yerlere çöp atma," dedim.

Duymamış gibi baktı bana, dedi ki, "Ben istemez miydim," dedi. "Çiğdem televizyona çıksın da yarışsın. Herkesten çok ben isterim. Kızım olsa Çiğdem kadar severim. Her şeyim o benim. Yarışmaya gidemiyorsak senin yüzünden gidemiyoruz."

"Niyeymiş?"

"Niye olacak! En baştan arayacaktım ben gerekli yerleri. Kesinlikle olmaz dedin, kız kardeşimin torpile ihtiyacı yok dedin. Öyle bir şeyin dedikodusunu bile duyarsam yarışmadan çekerim kız kardeşimi dedin."

"Var mı? Kız kardeşimin torpile mi ihtiyacı var? Nasıl

dans ettiğini görmedin mi? Ama nereden göreceksin ki? Kendinizden başka kimi görüyorsunuz bu memlekette? Michael Jackson mezarından çıkıp gelse moonwalk kadrosu vermezsiniz, kendi tanıdığınızı dans ettirirsiniz."

"Ulan şimdi alacağım ayağımın..."

"Sözümü kesme lan bir sus! Bir de utanmadan kız kardeşime komedyenlik teklif ediyorsunuz."

"Kim ediyor? Ben mi ediyorum? Adamlar şişman Michael Jackson istemiyorsa benim suçum ne?"

Yosun balyalarıyla dolu kepçe az ötemizdeki kamyona yaklaşıyordu. Sahilde uzanmış kepçeyi seyreden kirli beyaz köpek durdu, bize döndü, hafif boynunu bükerek baktı. Gömlek cebimden elektronik sigaramı çıkarıp elimde evirip çevirdim biraz, dayımın yüz hatlarını inceliyordum, bir fırt çektim, yosunlar kamyonun kasasına boşaldı, su buharı üfledim, kepçe geri vitese taktı, "Şişman mı?" diye sordum. "Kız kardeşimin neresi şişman? Bacaklarını neredeyse yüz seksen derece açıp halıya oturuyor."

"Kız kardeşin koltuğa bile zor oturuyor."

"Kendi ekseni etrafında altı sefer döndü ama seçmelerde."

"İki sefer bile dönemedi."

"Yalan. O kadar şişmanlık herkeste olur." İki elimin baş ve işaret parmaklarıyla karnımı sıktım, "Bende de var," diye bağırdım.

"Kız kardeşin senden bile ağır."

"Hayır, aynı kilodayız, gelişim çağında o."

"Tarafsız bir gözle bakamıyorsun ki kız kardeşine."

"Niye tarafsız bir gözle bakayım ki, o benim kız kardeşim."

"Başkalarının kız kardeşi değil ama."

Bu son laf beynime çekiç gibi inmişti, aklım bulandı, sustum. Aramıza, elle tutulacak denli yoğun, tuhaf bir sessizlik girdi. Sessizliğin ardından da birbirimize söyleyecek bir şey bulamadık. Sessizliğin ardından gelen sessizliklerde olduğu gibi, sınırları belirsiz bir zaman dilimi içine sıkışmıştık, dile getirilemez ağır bir his altında eziliyorduk, sırtımızdaki yüke ekleniyordu her geçen an. Dayım, çevremizde biriken meraklı kalabalığı fark etti birden. Dayımı haliyle herkes tanıyordu. Beni de bilen bilir Kıyıdere'de. Dayım, kimseyi doğrudan hedef almayan kayıtsız gözlerle, kalabalığın merkezine doğru, "Ne bakıyorsunuz kardeşim," diye bağırdı. "Başka işiniz gücünüz yok mu?" İlk defa seçmenlerine sesini yükselttiğini duyuyordum. Kulaklarına inanamamıştı dayımı duyanlar; kırgın, pişman ve öfkeliydiler, o gün seçim olsa sandığa gömerlerdi onu. Dayım, kaybettiği sekiz-on oya bakıp sinirle uzaklaştı.

Dayımın arkasından bakarken bütün vücuduma yayıldığını hissediyordum az evvel sarf ettiği zehirli sözlerin. Tanıdığım akreplerden ve çıngıraklı yılanlardan hiçbiri beni böyle zehirlememişti o güne kadar. Belki de gerçeğin zehriydi bu, kana en çabuk karışan, en tehlikeli zehir. Tuhaf bir dinginlik çökmüştü üstüme, uyuşup kalmıştım. Gözümü bile ayıramıyordum baktığım yerden.

"Mutlu musun?" diye bağırabildim en sonunda arkasından. "Kız kardeşim dana gibi şişko! Mutlu musun şimdi?"

Dayım bana döndü, yanındaki palmiyenin kabuklu gövdesine tekme atıp "Ben öyle bir şey mi dedim lan ben öyle bir şey mi dedim," diye bağırdı.

"Dedin tabii dedin! Ama şunu unutma, bu ruhsuz dünyaya ruhunu bağışlamak için dans ediyordu kız kardeşim."

Dayım, saçını başını elinin içiyle deli gibi karıştırmaya başladı, "Ne ruhu lan ne dünyası lan ne diyorsun lan sen!" diye bağırdı. "Doktor İhsan 'Dans etsin' dedi diye dans ediyordu. Sadece diyetle olmaz, hareket etmesi de lazım dedi diye dans ediyordu. Zayıflamak için dans ediyordu. Ama sen her şeyi abarttığın gibi bunu da abarttın, bokunu çıkardın. Dansçı olduğuna inandırdın onu!"

Dayım, bunları söyledikten sonra, elektrik direğine asılı küçük yeşil çöp tenekesine bir yumruk geçirdi. Direkten kopup yerde yuvarlanmaya başladı çöp tenekesi, üstünde Kıyıdere Belediyesi 2012 yazıyordu. Çöp tenekesinin ters yönüne uzaklaşmaya başladı.

"Olsun," diye bağırdım arkasından. "Ben onun dansa gönül vermesini sağladım hiç olmazsa. Bu hayatta kendine bir pusula, bir amaç, bir hedef, bir tarz, bir duruş, bir şekil şemal, bir ajanda belirlemesine yardımcı oldum. Senin gibi komedyen yapmak istemedim onu! Şişko patates bir Mayki görsünler de gülsünler istemedim senin gibi."

Dayım bana döndü, bir şey söyleyecek gibi oldu ama vazgeçti, önce kendi kafasına bir yumruk attı, sonra da hırsını alamadı, elektrik direklerine asılı çöp tenekelerini tek tek tekmeleyerek uzaklaşmaya devam etti.

"Çöp tenekelerine vurma lan!" diye bağırdım arkasından. "Çöp tenekelerine vurma it! O kadar çöp vergisi verdi bu halk sana!"

Bunun üzerine dayım döndü, bana doğru koşmaya başlayıp "Gel lan buraya," diye bağırdı.

Ellerimi iki yana açıp "Buradayım lan zaten," dedim.

Dayım yumrukları sıkılı, dişleri kenetli, yüzünde aptalca bir öfke ifadesiyle üstüme koşuyordu. Soğukkanlılıkla gülümseyip, "Gel gel," dedim, bacaklarımı iki yana açtım, hafif eğildim, sağlam bir sağ ekledim karnına. O da suratıma iyi bir sol direkt çıktı iki büklüm olduğu yerden. Sonra çeneme bir sağ geçirdi, dişlerimin ağzımın içinde yer değiştirdiğini hissettim. Elektrik direkleri, adalar, çaktırmadan iç içe geçmiş bulutlar, gökyüzünde beyaz çizgiler bırakarak yükselen uçaklar ve tedirgin bakışlarla dolu bir dünyada yaşıyorduk. Acı dolu bir dünyada yaşıyorduk ve bu acıların çoğunun mantıklı bir açıklaması yoktu. Kör bir boşluğa düşer gibi yaşıyorduk ve dik bir yokuşu çıkmaya benziyordu bu düşüş. Özümüzden kopmuştuk. Tam yere çarpmak üzereyken Ayı Tufan Ağbi tuttu yakamdan, kaldırdı beni, nerede olduğumu kestiremiyordum. Kendime geldiğimde, "Kız kardeşim şişko patates!" diye bağırdım ağzımdaki kanı tükürerek. "Mutlu musun lan şimdi mutlu musun it!"

"Ben mi şişko patates dedim lan kız kardeşine ben mi dedim!"

Ayı Tufan Ağbi ellerini iki yana yüz seksen derece açmıştı, bir eliyle dayımı tutmuştu yakasından, bir eliyle de beni, birbirimize ulaşamıyorduk, "Sakin olun," dedi. Tuhaf bir etki yarattı bu söz üzerimizde, çünkü Ayı Tufan Ağbi ne söylese, sesinde minnettar bir titreyiş bulunurdu. Dayımla beni, birbirimize ulaşmaya çalışmaktan vazgeçip sakinleşene kadar yakalarımızdan sıkı sıkı tuttu. En sonunda biraz gevşetti, baktı sakiniz, komple bıraktı. Dayım arkasına bile bakmadan sinirle yürüyüp gitti. Sürekli yanında gezip yalakalığını yapan bir-iki memur da kavga gürültü sesine gelmişlerdi, bana tip tip bakıp dayımın ardından yürüdüler.

Ayı Tufan Ağbi, bakkaldan iki karton kutu meyve suyu alıp geldi, omzuma vurup hafiften gülümsedi, göz kırptı, meyve sularından birini uzattı. Diğerini kendi içmeye başladı. Elimdeki meyve suyu kutusuna baktım, %100 karışık. Siyah kot gömleğimin yakasıyla ağzımdaki kanı sildim. Pipeti poşetinden çıkarıp meyve suyuna soktum, ilk fırtta yarısını içtim, ikinci fırtta büzüşme sesi getirene kadar çektim içinde ne kaldıysa, meyve suyu kutusunu şişirip kanatlarını açtım, yere koydum, patlatmaya çalıştım, patlamadı.

"Ben delirdim galiba," dedim sessizce.

Ayı Tufan Ağbi, "Delirdin mi Çağlar?" diye sordu aynı tonda. Sakin gözleriyle, delirip delirmediğimi anlamaya çalışır gibi bakıyordu bana. Belediye amblemli turuncu bez şapkasını çıkardı, gözlerini benden ayırmadan işaret parmağıyla kafasını kaşıdı. Terli, karmakarışık saçlarından bir-iki tutam ensesine yapışmıştı. Alnında izi kalmıştı şapkanın.

"Evet," dedim. "Delirdim."

"Neden?"

"Bilmiyorum. Delirdim işte Ayı Tufan Ağbi. Kötü oldu bu. Bu kadarını beklemiyordum açıkçası. Madem delirecektim, mutlu bir deli olsaydım bari."

Sırtımı palmiyenin kabuklu gövdesine yasladım, kollarımı kavuşturup denize bakmaya başladım. Sakinleşemiyordum bir türlü, kalp atışlarım hızlanıyor, şakaklarım zonkluyor, çenem titriyordu. Bir süre sonra Ayı Tufan Ağbi, beni yalnız bırakmasının daha iyi olacağına karar verdiğinden olsa gerek, yerdeki patlamamış meyve suyu kutusunu ve dayımın toza bulanmış siyah kravatını alarak uzaklaştı, kutuyu çürümüş yosunlarla dolu kamyon kasasına attı, kravatı da yan cebine tıkıştırdı. Denize bakıyordum. Dalgaların beyaz çizgiler bıraktığı açıklarda bir tanker vardı. Ağır ağır gidiyor muydu yoksa yerinde mi duruyordu belli değildi. Ağır ağır gidiyordu galiba, ama o kadar ağır ağır gidiyordu ki sadece usta bir denizci 'Ağır ağır gidiyor bu tanker' deseydi inandırıcı olurdu bu. O kadar ağır ağır gidiyordu ki asla o tankerin içinde olmak istemezdim, sinirim bozulurdu. Yan tarafında M S C harfleri vardı, tıka basa konteynır doluydu içi, iki-üç kat konteynır doluydu görebildiğim kadarıyla. Ön tarafına yakın bir yerde sanırım kaptanın yahut onun gibi yetkili kişilerin oturması, dümeni falan idare etmesi için yapılmış kocaman bir kule vardı. Bacası arkadaydı, belli belirsiz bir duman çıkıyordu, bulut rengiydi duman, bulutlara karışıyordu sonunda. Açıklarda oluyordu bütün bunlar. Bir süre sonra bakmayı kestim o tankere, dayanamıyordum çünkü. Acı vericiydi.

Ağaçların arasından plaja çıktım. Balyalanmış yosunları taşımak için bekleyen sarı kamyonetin çevresindeki kuma saplı tırmıklardan birini çekip aldım. Havaya kaldırıp elimde evirip çevirdim biraz, sonra da bir tüfekmiş gibi omzuma koydum. Ayı Tufan Ağbi'nin, çalışan diğer işçilerin ve sikip atılan hayallerimizden bile kötü kokan yosunların ortasına doğru yürüdüm. Yaptığım işi coşkuyla, kendimden geçercesine yapıyordum. Tırmıkladıkça tırmıklayasım geliyordu kumsala yapışmış yosunları. Sanki o yosunlardı kız kardeşimi eleyen. Sanki o yosunlardı kız kardeşime şişman diyen. Sanki o yosunlardı durup dururken kalbimizi kıran. Sanki o yosunlardı beni eski kız arkadaşımdan ayıran. Hepsini alıp alıp balyalıyordum.

Kan ter içinde dört balya yosun biriktirmiştim. Sırtım, kollarım, bacaklarım, hissedebildiğim her yerim uyuşmuştu, başıma da güneş geçmişti galiba, yosunları sarı görmeye başlamıştım çünkü. Dördüncü yosun balyasını tırmığın tersiyle düzeltip kepçeye işaret ettiğimde, Ayı Tufan Ağbi durup bana baktı, 'Bu iş böyle yapılmaz,' diyerek uyarma gereği duymadı. Yosun balyalarken gebermek istediğimin farkındaydı. Saygı duyuyordu buna.

Ayı Tufan Ağbi, tanıdığım insanlar arasında karakteri en yüksek olanlardan biridir zaten. Devamlı gülümserdi, bir insan ne kadar saf gözlerle bakabilirse öyle bakardı hep etrafına. Her zaman hafif aralık duran dudakları şişkinceydi. Dişleri ise tuvalet taşlarından daha sarıydı, tabii bu hijyene dair bir meseledir, kalp temizliğine engel olamaz. Dedemin üvey kardeşinin, Arnavutluk'ta hükümet düşüren Reçko Baba'nın oğluydu. Bizim ailede ne zaman pis, sakat bir iş olsa Ayı Tufan Ağbi'ye havale edilirdi. Örneğin bir akrabanın evinden fare tıkırtıları mı geliyor, ev derhal boşaltılır, anahtar Ayı Tufan Ağbi'ye verilirdi. Dayım belediye başkanı olduktan sonra da ipsiz sapsız gezen ne kadar hısım akraba varsa, gerektiğinde annemi de aracı sokup rica minnet, makamlı mevkili temiz bir iş ayarladı kendine belediyede, en kötüsü sözleşmeli personel statüsünde başladı, Ayı Tufan Ağbi'ye de eline tırmığı alıp yosunlarla mücadele etmek düştü. Ayrıca geçen sene açılan arıtma tesisinin sorumlusu da oydu. Sorumlusu diyorlardı ama bildiğin bekçisiydi işte.

İki saat sonra, tırmığı bir yana atmış, kumlara sırt üstü yatmış, gözlerimi kırpıştırarak güneşe bakıyordum, Ayı Tufan Ağbi ise hâlâ tekdüze ve kendinden emin çalışmasıyla devam ediyordu işine. Diğer işçiler de aynı şekilde devam ediyorlardı çalışmaya. Keşke belirsiz bir zaman diliminde geçen sikindirik bir masalda olsaydık da o zaman, bundan da elbet alınması gereken bir ders vardır deyip kapatabilseydik konuyu.

Aynı akşam dayımla, aramızda hiçbir problem yokmuş gibi, güle oynaya, şakalaşarak, kahkahalar atarak, arada birbirimizin omzuna yalandan yumruklar çakarak, büyük bir sevinçle girdik eve. İkimiz de çakaldık çünkü, masum kız kardeşimi kandıracaktık, dayımın aklına gelen dâhiyane gerzeklikte bir planımız vardı. Telefonda otuz dört dakika anlatmıştı.

Kız kardeşim salonda, annemin karşısında eğilme hareketine çalışıyordu biz içeri girdiğimizde. Onu gördüğümde gözlerime inanamadım, orada olmalıydınız, kırk beş derecelik açıyla eğilmiş öyle duruyordu, bizi görünce Mayki gibi, bu hareketi her insan evlâdı yapabilirmiş gibi doğruldu, başarmıştı artık. Annem de gülümsüyordu.

Bir akşam evvel, umutlarımız tazeyken dayım da katılmıştı kız kardeşimle bana, üçümüz beraber çalışmıştık eğilme hareketini. Annem önce salonun girişinde durmuş, her zamanki bezgin ve soğuk bakışlarından birini yöneltmişti ama öyle üçümüzü birden eğilmiş görünce de kendisini tutamamış, gülmüştü. Hep beraber gülmüştük bunun ardından. Gerçekten birlik olduğumuzu, bir aile olduğumuzu hissetmiştik belki de uzun zaman sonra. Böyle toplu gülmeler bizim ailede nadir olur, birilerini güldüren şeyler diğerlerini ağlatır çünkü, ağlatmasa bile somurtur en azından.

"Sana bir müjdemiz var," dedi dayım. "Hadi Çağlar sen söyle."

"Yok sen söyle," dedim. "Her şeyden evvel senin başarın."

"Tamam," dedi, "KIYFAD," dedi, Kıyıdere Folklor Araştırma Derneği'nin kısaltması, "Kapanış şenliğinde sahneye çıkacaksın haftaya, finalde. Son sanatçı olarak. Mustafa Keçeciler'den bile sonra çıkacaksın sahneye."

Kız kardeşim bu lafı duyar duymaz dudakları titredi. İri, boncuk mavisi gözlerinde yaşlar parladı, sonra da bir anda akmaya başlayan o yaşlarla sırılsıklam oldu yanakları. Anlamıştı her şeyi. İşte böyle zeki bir çocuk da seçmelerde elenince insanın kalbi daha beter kırılıyordu. Bahsettiğimiz şenlik, KIYFAD 16. Uluslararası Türk Boyları Şenliği'ydi. Kıyıdere TV'nin dışında, büyük televizyonlar da çekim için geleceklerdi, kız kardeşim baştan sevinse, çakalca uyduracağımız yalanın ikinci perdesi de buydu. Sanki büyük televizyonlar on beş sene boyunca, Kıyıdere Uluslararası Türk Boyları Şenliği'ni naklen yayınlamışlar da, on altıncıdan kusur kalamazlarmış gibi.

Dayım, kız kardeşimin önünde hafiften eğildi, çenesinden usulca tutup kaldırdı kendine doğru, Eylül'de başlayacak yeni dans programını anlatmaya başladı. Annemin de desteğini aldı bu konuda, ben yorum yapmadım. Kız kardeşim dinlemiyordu onları, ağlamaya devam ediyordu. Böyle sürecekti artık, biliyordum.

Kız kardeşimin ağlama krizleri enteresandır, böyle transa girmiş gibi sekiz-on saat ağlayabilir. Gerçekten hayatından endişe etmeye başlarsınız. Ağlar ama yakınmaz, mızmızlanmaktan, kendi kendini gaza getirip daha beter ağlamaktan bahsetmiyorum burada, kendini tutamayıp ağlamaktan bahsediyorum, insanın içindeki canavarın ağlamasından bahsediyorum, delirmemek için son çare olarak ağlamaya başlamaktan ve ağlarken delirmekten bahsediyorum. En sonunda dayıma, "Bir çekil," dedim, kız kardeşimin ellerini tuttum, sıcak gözyaşlarını öptüm yavaşça. Koltuğa oturduk beraber. Öfke nöbeti olarak ağlıyor olsa, ağlarken elimi niye öyle tutsun, niye öyle çırpınsın eli elimde, işte bu çaresizlikten ötürü ağlamaktır, hayata tutunma gayretidir.

Geçen yıl okulda, güneş enerjicinin oğlu, kız kardeşimin sözde şişmanlığıyla dalga geçecek olmuştu açıktan açığa, onun yüzünden de böyle üç gün ağlamıştı. Gerçi Mikrop dalga geçen çocuğu mendirekten denize atmıştı, ben de yüzmüş çıkarmıştım. Sonra çocuğun babası beni İskele Taksi'nin önünde kıstırmıştı, ense derisi iki kat olmuş, pala bıyıklı, azman bir tipti, hiç suçum olmadığı halde dövmüştü beni, daha doğrusu dövmeye doyamamıştı. Çünkü her seferinde, ağzım burnum kan içindeyken yerden kalkmış, beni tutmaya çalışan taksicilerin arasından sıyrılıp yürümüştüm yine üstüne, kırık dişimi tükürmüştüm yüzüne, "Ulan," demiştim, "Sen kim köpeksin! Sattığın iki tane güneş paneli, kendini nükleer santral mafyası mı zannettin! Zaten Teşvikiye'ye HES yapacaklarmış, elektrik sudan ucuz olacakmış bundan sonra, bir seneye kadar iflas edersin, o panelleri de götüne takar öyle gezersin!" demiştim. "Sen mi öğrettin lan piçine, kız kardeşime dobişko demesini kendi koca götüne bakmadan!" demiştim. "Kız kardeşimin gözyaşlarının hesabını senin yedi sülalenden sormazsam bana da bu Kıyıdere'de Çağlar İyice demesinler bundan sonra, selamı sabahı kessinler, çayımı çorbamı içmesinler!" demiştim. Arada altı kişi olmasına rağmen o dövmeye doyamamıştı ben de sövmeye, denk getirip bir tane bile çakamamıştım, hâlâ yanarım. Aynı akşam Ayı Tufan Ağbi gidip çocuğun babasını dövmüştü, çocuğun babasının Emniyet'te tanıdığı bir amir varmış, bizim tanımadığımız o Emniyet amiri de sekiz dokuz meslektaşıyla Ayı Tufan Ağbi'yi dövmeye çalışmıştı o gece, bunu duyan dayım sinir krizi geçirip emniyete doğru yola çıkmıştı müşahede altında tutulduğum acilden, kaymakam da gaza gelip makamında kudurmuştu 'Ne oluyor lan burada benden habersiz!' diye, bütün saflar sıklaşmış, herkes birbirine girmek üzereydi artık, işte o zaman, annem öyle bir çığlık koparmıştı ki tarafların toplandığı Kaymakamlığın önünde, herkes pişman olmuştu yaptıklarına.

Bu geçmiş bir hikâye tabii, o kadar önemli değil, o akşam ikili koltukta el ele otururken, kız kardeşimin söylediği tek şey, "Ama bütün arkadaşlarıma haber vermiştim," oldu. "Hepsi beni seyredecekti."

Sofraya oturduğumuzda diyet yemeğini de yemedi. Bu kadarını ben bile beklemiyordum açıkçası. Ne vardı ki önünde, bir dilim çavdar ekmeği, sebze çorbası, bir parça yağsız ızgara tavuk, yarım kâse Paşaköy yoğurdu ve yeşil salata. Benim önümde de aynı menüden vardı. Onu öyle görünce fena oldum. Sebze çorbasından bir-iki kaşık alıp ben de bıraktım. Kız kardeşimin, formuna dikkat etmeye başlamadan önceki yeme alışkanlıklarını bilmeyenler için belirtmeliyim ki, kıymalı pidenin ortasına yumurta kırdıracak denli protein müptelası, belâlı bir tipti. Asla yemek seçmezdi, tabağındaki her şeyi yerdi; salatayı yerdi, karpuzu yerdi, kavunu yerdi, tatlıyı yerdi, eğer mümkün olsaydı tabağı tencereyi, sofra örtüsünü, o andaki şaşkın bakışlarımızı ve aramızdaki sessiz gülüşleri bile yerdi. İşte böyle iştahlı bir çocuk da yemek yemeyi bırakınca insan bir kez daha kahrolmaz da ne olurdu, insan bir kez daha kalbinin orta yerinden vurulmaz da ne olurdu, insan bir kez daha boğazına oturan yumruklarla mücadele etmeye başlamaz da ne olurdu. Ne olurdu kodumun ön jürisi ne olurdu kız kardeşimi elemeseydiniz de birinci tura çıkarsaydınız, elinize mi yapışırdı benim yetenekli güzel kız kardeşim.

Dokuz

Bütün varlığımızı sarmıştı keder. Buruk bir tat bırakarak gelip geçen sözleşmeli kederlerden değildi. Yiyip içtiğimize, konuşup sustuğumuza, düşünüp taşındığımıza, hatta o kırgınlıkla düşünemeyip taşınamadıklarımıza bile sızmıştı. Hiç bitmeyecekmiş gibi uzayıp giden günlerde, ağır ağır çöken ilkyaz akşamlarına doğru, kendimizi her an biraz daha gerilen bir tel gibi hissediyorduk ya da bir asır kaç saatse ona göre ayarlanmış, saniye saniye geri saran saatli bir bomba gibi. O iri yarı günlerin ve kasvetli gecelerin içinde, zamanın dışına sepetlendiğimizi, orada iki kişi olsak bile çoktan yapayalnız kaldığımızı biliyorduk. Karaya vurmuş iki balık da bilir bunu. Çoğu zaman bilir.

Kız kardeşim ağlamaya devam ediyordu ve onun ağlaması geçen sene Teşvikiye'de çıkan orman yangınını hatırlatıyordu bana. Bazen hızlanıp bazen yavaşlıyor, tam 'artık bitti' derken de bir kıvılcımla coşuyordu yeniden. 28 Mayıs Salı günü, kız kardeşim ikilinin köşesine çekilmiş, led TV'nin kapalı ekranına bakıp için için ağlarken, ben de ayaklarının ucuna uzandım, sağ dirseğimi halıya yaslayıp başımı avucumla destekledim, yaşlarla parlayan göz bebeklerine baktım ve dedim ki, "Ne diyeceğimi bilemiyorum bebeğim," dedim. Doğruldum sonra, pufu karşısına çekip oturdum, bana bakana kadar bekledim öyle, gözlerimiz buluştu, "Hayatımın ışığı!" diye fısıldadım. "Televizyona çıkamayacaksın belki ama bu senin harika bir dansçı olduğun gerçeğini değiştirmez."

"Niye değiştirmesin ki?"

"Senin bu kadar iyi dans etmen de başlı başına yeterli. Kimse görmese de olur, biz bilelim yeter."

"Niye bir tek biz bilelim ki Çağlar? Televizyona çıksaydım herkes görürdü. Daha iyi olurdu o zaman."

"Herkes görürdü ama herkes anlar mıydı bakalım senin yeteneğini?"

"Niye anlamasınlar Çağlar? Anlarlardı."

Kız kardeşimin ellerini tutup omuzlarıma koydum, "Bak," dedim. "Öyle değil işte o işler yavrum. Hadiseyi derinlemesine düşünelim istersen biraz. Bu Karl Marks yok mu?"

"O kim?

"Ya bu ota boka muhalefet edip dayak yemek için düzenli olarak bir araya gelen 50-60 kişilik insan toplulukları yok mu?"

"Ayla Teyzeler mi?"

"Hayır. Daha radikal düşün."

"Merkez Terzi Orhan."

"Hayır. Biraz sol düşünmen lazım."

"Nasıl Çağlar?"

"Hani polisler fıs fıs sıkar onların gözüne, ağlarlar, herkes sinirlenir sonra Twitter'da, ortalık karışır, timeline Arap saçına döner, kimse bizim tweet'lerimizi okumaz öyle zamanlarda."

"Kırmızılı Kadın mı bugünkü?"

"Aynen. İşte onların başkanı Karl Marks'tır."

"E ne olmuş?"

"İşte o demiş ki, 'Din halkın afyonudur,' demiş ateist. Ama bugün yaşasaydı öyle demezdi, eminim ki, 'Televizyon halkın afyonudur,' derdi."

"Afyon ne ki?"

"Esrar."

"Esrar?"

"Cigaralık."

"Cigaralık?"

"Ya bu Ercan Mehmet Erdem yok mu? Hâkim Bey. Hani polisler alıyor sürekli. Genelde hepsini o içmiş tek başına diyorlar, yaygın bir şey değil, piyasada kalmadı. Unut bunları."

"Tadı güzel mi?"

"Değil! Kafayı buluyorsun, bulanık görüyorsun her tarafı. İşte televizyon da öyledir, seni görürler ama bulanık görürler. Gerçekten görmezler. O yüzden de şöhret budalalarının merkezidir televizyon. Ama çok şanslısın ki daha dokuz yaşındayken önüne, bütün büyük yeteneklerin bir gün karşılaşacağı ve seçim yapmak zorunda kalacağı o çetin ikilem çıktı. Erdemle şöhret arasında seçim yapmak zorunda kaldığında kaç insan erdemi seçer? İşte onlardır, erdemi seçenlerdir dünyamıza yön verenler, led televizyonlardan çok daha geniş vizyonları vardır."

Kız kardeşim söylediklerimi hazin bir dikkatle dinliyordu, elinin dışıyla burnunu silip, "Olsun, televizyona çıksaydım yine daha iyiydi," dedi, sonra da sessiz sessiz ağlamaya devam etti. Belki de dayımın günlerdir önümüze sürdüğü sahte avuntular nedeniyle, gerçek tesellilerin de kıymetini bilemez hale gelmişti. Kim suçlayabilirdi ki onu, kim kınayabilirdi? Mesela ben bile, onu teselli etmeye çalışırken aslında kendimi teselli etmek istediğimi fark etmiştim. Kız kardeşimin o programa çıkmasını ben de istiyordum aslında. Dertleri günleri televizyon seyretmek olan o miskin psikopatlara yaman bir ders vereceğine ben de inanıyordum. Kız kardeşimi gördükleri zaman kalkacaklardı ekranın başından ve diyeceklerdi ki, "Suzan," diyeceklerdi eğer karılarının ismi Suzan'sa. "Dokuz yaşındaki bir kız bunu başardıysa ben haybeye yaşamışım onca yıl! Göbek bağım annemden ayrıldığından beri güneşin çevresinde otuz dokuz defa döndü bu dünya, zavallı bense hiçbir şey katamadım ona. Ah! Ah ki ne ah o zaman! Yazıklar olsun bana! Sana da teessüf ederim Suzancım, hayat arkadaşım olarak bana bunu daha evvel hatırlatmadığın için."

O gün öğleden sonra dayım, kız kardeşimin gönlünü almak için tasmasından çekelediği bir köpekle geldi eve. Cılız, kirli sarı bir köpekti. Yıkanınca sarıya döner miydi yoksa orijinal rengi mi öyleydi bilemiyorum. Islak, sivri kulakları vardı. Hızla soluyordu, pembemsi dili dışarı sarkmıştı, açlığı andırır bir hırsla parlıyordu gözleri, salyaları akıyordu parkelere. Annem köpeği görür görmez elinin tersini alnına koyup diğer eliyle sağa sola tutunarak mutfağa gitti, "Altan o köpeği çabuk götür! Çabuk götür o köpeği!" diye bağırmaya başladı. Dayım, "Ne var ki, ne olacak ki," diye sesleniyordu anneme. "Mutfak balkonunun yarısı pimapen, oraya koyarız." Bunları söylerken köpeği ensesinden ve çenesinden tutmuş, kız kardeşime göstermeye çalışıyor, "Şunun adını koyalım," deyip duruyordu. "Adını koyalım!"

Kız kardeşimin umurunda değildi, köpeğe göz ucuyla bir kez bakmış, sonra da kollarını göğsünde kavuşturup gözlerini karşı duvardaki tabloya dikmişti. Annem yapmıştı o tabloyu, halk eğitim merkezi on ikinci dönem yağlı boya resim atölyesinde. İskeleye bağlı kayıklar, durgun deniz ve birkaç martı... Renk uyumu, kompozisyon, perspektif, her şey yerli yerindeydi, bir manzara resminden çok manzara resmi dersine benziyordu.

Ben de tabii o ara, salondaki yemek masasına koyduğum sandalyenin üstüne çıkmış, başım tavana çarpmasın diye boynumu bükmüştüm dolu minibüste gider gibi, çünkü köpekten korkarım. 2009 yerel seçimlerinde dayım, Kimsenin İplemediği Atlar'dan aday olduğu için kendini ezik hissetmesin diye, seçim çalışmalarında ben de eşlik etmiştim ona. Çınarcık'ta, Eski Kale Disko'nun üstünde bir İkizler Mandıra vardır, ürünleri çok tazedir, köy yumurtası-keçi peyniri-günlük süt, vaktiniz varsa bir gün gidin de görün, perakende satış imkânları da mevcut. İşte o mandıranın kapısında kırmızı yağlı boyayla "Dikkat Katil Var" yazar. Ve o katil, "Dağıttığımız erzak torbalarından bir miktar kuru et çıkarayım da ikram edeyim fakire," derken dirseğimden ısırmıştı beni. Ne bir hırlama, ne bir uyarı, önüne koyduğum ete bile bakmadan dirseğimden kapıvermişti.

Eve köpek getirme hamlesi; sinir krizi, ilgisizlik ve korkuyla karşılanan dayım, hayvancağızı dışarı çıkardı. Annemle balkondan baktık, sokağa çıkınca tasmasını açtı köpeğin, "Hadi git," dedi. Köpek birkaç adım ilerleyip durdu, tekrar dayıma dönüp olup bitenlere anlam veremiyormuş gibi baktı, belli ki biraz da kırılmıştı, dayım işaret parmağıyla sokağın ucunu gösterip "Git," dedi yine. Köpek biraz daha durdu, sonra da dayımın gösterdiği yöne doğru başı öne eğik ama ağırdan, gururlu adımlarla uzaklaştı. Annem buzdolabından çıkardığı kolonyayla bileklerini ovarken "Altan o köpeği niye öyle bıraktın?" diye seslendi balkondan. "Nereye gidecek o köpek?"

"Belediyenin barınağına," diye bağırdı dayım. "Yolu biliyor."

Giden köpeğin arkasından bakarken artık dayıma olan sinirimin etkisiyle mi yoksa köpeğin kendine güvenen gururlu adımlarında 'Bu dünyada her şeyin hal çaresi bulunur' diyen bir yaklaşım sezdiğimden mi olsa gerek bilemiyorum, aklıma çok daha önce gelmesi gereken bir fikir geldi. Sosyal medyayı kullanacaktık. Aklınıza çok daha önce gelmesi gereken bir fikir yeni geldiğinde, kendinizi salak gibi hissetmeniz gerekirken dâhi gibi hissedersiniz. Çok enteresan bir psikolojidir bu ama oraya takılmayalım şimdi. Derhal içeri koştum, dünyadan kopmuş gözlerle halının püsküllerini sayan kız kardeşime, "Pes etmeyeceğiz aşkım," dedim. "Hemen bir video çekip Youtube'a koyacağız ve o videoyu 100 milyon kişi seyredip sen dünya çapında bir star olana kadar da bilgisayarın başından kalkmayacağız." Kız kardeşimin ağlaması bir anda kesildi, kederli gözlerinde keskin bir ümit ışığı parladı. Kız kardeşimin ağlaması kesilince ben de hemen büyük bir ümide kapıldım. Sarıldık, saçlarının kokusunu çektim içime, tuttum o kokuyu içimde tutabildiğim kadar. İşte kız kardeşimle ben böyleyizdir. Bir anda ümitsizliğe kapılma eğiliminde olduğumuzdan, aynı şekilde, bir anda ümide kapılma eğilimini de taşırız içimizde.

Dayımın geçen sene Kelebek Çayırı'nda yaptırdığı, dayayıp döşediği ama içinde bir gün bile oturmadığı üç katlı bir villası vardı, onun kapalı garajında çekecektik videoyu. Kız kardeşim üst katta son hazırlıklarını yaparken ben de '94 model Renault Broadway'i boşa almış, bagajdan iten Mikrop Cengiz'in yardımıyla garajdan çıkarmaya çalışıyordum. Klibin görüntü yönetmenliğini Mikrop yapacaktı, görsel sanatlarda benden yeteneklidir, Instagram'da takip edebilirsiniz, kullanıcı adı altinelkadraj_96, özellikle siyah beyaz çekimlerde tam bir amatör fotoğraf sanatçısı diyebilirim.

Mikrop sağ elinin ayasını, garajın önüne çıkardığımız süt beyazı Broadway'in aşınmış kaportasına yaslamış, sol eli çenesinde, düşünceli gözlerle evin dış cephesini inceliyordu. Nadiren soru soran insanlardaki sahici merakla, "Altan Ağbi bu evde niye hiç oturmuyor?" dedi.

"Çünkü tam bir yalnızlık korkağıdır," dedim, el frenini

cümleye nokta koyar gibi sertçe çektim sonra, çıktım arabadan. "Bütün gün birilerinin başına ekşiyip durması yetmiyormuş gibi uyurken bile odasının kapısını açık bırakır. Gelip geçenler horlayışını dinlesin, açık ağzından akan salyalarını görsünler diye."

"Niye evlenmiyor o zaman?"

"İyi bir dayak yemediği için. Beni bilirsin Mikrop. Aile kurumuna karşıyım çünkü sonunda hep mutsuzluk var. Mutsuzluğa da karşıyım çünkü sonunda bir boka yaramıyor. Ama konu dayımın evlenip sonunda mutsuz olmasıysa buna karşı değilim çünkü bu olağan sonu herkesten çok hak ediyor şerefsiz. Evlenip bizim başımızdan gitse, bundan böyle karısına salça olsa diye çok bekledim."

"Kültür Dairesi'nde bir Nilüfer vardı, ne oldu o?"

"Ne olacak! Aylarca peşinden koştu, türlü yalakalıklar yapıp sinsice baştan çıkardı kızı. Görüştüler, çay içtiler, yiyiştiler. Kızın ailesi şunun adını bir koyalım artık deyince de dayım siktirip gitti. Aldık karşımıza konuştuk, hayvan dedik, kız aile kızı, bizi rezil ettin dedik. Sinir krizi geçirdi. Sakinleştirdik. Lan bir otur dedik, rahat dur. Biz sana illa Nilüfer'le mi evlen şimdi dedik? Ayşe olur, Fatma olur, Merve olur, ama senin de yaşın geldi artık. Bir düşün. Sen artık siyasete soyundun, bekârlık zaten bu işin doğasına ters, sektörde barındırmazlar dedik, hiçbirini dinletemedik. 'Şu ev bir bitsin önce' diye oyaladı bizi. Ev bitti, böyle duruyor bir yıldır. Bir adamda evlenecek ruh olmadıktan sonra ev sahibi olmuş ne faydası var, boş yere tapu kaydı, emlak vergisi israfı."

Mikrop, "Hımmm," dedi. Sağ ön lastiğe ayağının burnuyla iki sefer vurdu sonra. Elini kaportaya yaslayıp eğildi, dikkatle baktı lastiğe. Arabanın çevresinde dolaşıp diğer lastiklere de aynı işlemi uyguladı. Peşinden gidip onunla birlikte inceledim lastikleri.

"Bunlar iptal," dedi. "Kabaklamış."

Ayağımın burnuyla yokladım, "Yok," dedim. "O kadar da değil bence."

Elini sağ ön lastiğin üstüne koydu, lastiği sıkmaya çalıştı, şap şap vurdu üstüne, sağlam iki yumruk attı sonra. Umutsuz bir ifadeyle bana dönüp "Kabaklamış," dedi. "Değişmesi lazım."

Sabırla iç çektim, üstelemedim. Sonuçta onun uzmanlık alanıydı, Pirelli'nin 1994'ten beri çıkardığı bütün takvimler vardı evlerinde. Yine de sinirlenmiştim bayağı. O Broadway dede yadigârı olduğu için kusursuz görünürdü bana, toz kondurmazdım, kimseye laf söyletmezdim, ama sonuçta Mikrop Cengiz, en iyi arkadaşım.

Sosyal medyayı kullanma kararını aldıktan bir saat sonra çekim için hazırdık. Kız kardeşim garajın ortasında büyük bir konsantrasyonla şapkasını önüne eğmiş, iPhone'nu video moduna alan Mikrop'un 'motor,' demesini bekliyordu. Mikrop'sa batmak üzere olan güneşin garajın dikdörtgen pencerelerinden içeri vurmasını, masalsı bir atmosfer oluşturmasını bekliyordu. Ben de yerimde zıplayıp duruyordum o ara, toz kalksın da güneş vurduğunda daha güçlü bir etki yaratsın diye. Mayki'nin pek çok klibi de böyle tozlu dumanlı, büyülü bir atmosferde başlar.

"Mikrop," dedim kız kardeşimin konsantrasyonunu bozmamak için yavaşça, "Hazır vaktimiz varken şu kamp malzemelerini dışarı çıkarsak daha mı iyi olur acaba?"

İki çadır, üç uyku tulumu, sarılı duran üç mat, üç dağcı çantası ve biri ufak olmak üzere üç dağ bisikleti vardı kız kardeşimin dans edeceği alanın arkasında. "Hayır," dedi Mikrop. Klip çekilirken fonda tozlanmış kamp malzemelerinin durması fikri ona aitti. Böylece hem gotik bir atmosfer yaratacak hem de küçük insanlara, tozlanmış hayallerinin peşinden gitmek için henüz çok geç olmadığını hatırlatacaktık. Bu fikir ilk başta biraz mantıksız gelmekle birlikte, Mikrop bu kadar uzun, tafsilatlı açıklamalar yaptığına göre haklı olmalı diye düşünmüş, fazla sorgulamamıştım. Ayrıca görüntü yönetmeni oydu, kararlarına saygı göstermek icap ederdi.

Nihayet güneş o küçük pencerelerden içeri vurunca beklediğimizden de güzel bir atmosfer oluştu. Hoparlöre bağladığımız iPad'in tuşuna bastım, They Don't Care About Us çalmaya başladı. Kız kardeşimin tozu dumana katarak nasıl dans ettiğini uzun uzun anlatmayacağım şimdi size. Bu sefer eğilme hareketini de yapmıştı. Bütün kozlarımızı oynamıştık. Seçtiğimiz şarkıdan da anlaşılacağı üzere, son şanslarını kullandıklarının bilincindeki insanların ruh haliyle, daha atak, daha agresif bir koreografi benimsemiştik. Kaybetmeye başlayınca daha büyük oynayan kumarbazlar da böyledir. Bu konu ilginizi çektiyse Dosto Reis'in *Kumarbaz*'ını okuyabilirsiniz, her şeyi de ben anlatamam size maalesef, o kadar vaktim yok.

Çektiğimiz videoyu bilgisayara atmış, Movie Maker'da son düzeltmeleri yapıyorduk o gece. İşini hakkıyla yerine getirmiş insanların huzuruyla garajda iki kutu Efes açmış, kayıntı olsun diye de sarı leblebi yuvarlıyorduk. Uyku tulumlarından birinin üstüne oturmuştum, "Eline sağlık," dedim. "Yüz sefer seyrettik tek falso yok, klip şahane oldu."

Mikrop ağzını sağa büküp göz kırptı. Bu hareketiyle mütevazılık mı göstermek istemişti yoksa yaptığı işle övünmüş müydü, bilemiyorum. Kamp malzemelerine bakarken tuhaf bir özlem kapladı içimi, farkında olmadan iç çektim, "Bu yaz yabana gider miyiz be Mikrop?" diye sordum. Mikrop, başını laptop'tan ayırıp bana döndü, gözleri ekrana bakmaktan kanlanmıştı, birasından büyükçe bir yudum aldı ağzının kenarıyla, üstüne yarım avuç leblebi atıp yavaşça çiğnemeye başladı. Mikrop gözlerini bana dikmiş leblebileri ağır ağır çiğnerken ben de hayatımı gözden geçirmeye karar verdim. Şu yeryüzünde yaşadığım on yedi yılı tek tek gözden geçirdim Mikrop o leblebileri tek tek çiğnerken, "Çağlar İyice," dedim kendime. "İyi kötü günlerin oldu oğlum, dostların oldu ve düşmanların da oldu tabii ki, seni seven insanlar oldu ve sevmeyenler de maalesef, herkesin seni sevmesi güzel bir şey olmazdı zaten, o zaman ne değeri kalırdı ki sevilmenin, dur bakalım koçum hele bir dur bakalım, daha neler var önünde, nasıl günler ve nasıl geceler var bilmiyorsun, neler yaşayıp neler yaşamayacaksın belli değil, neler konuşup neler susacaksın büyük bir sır, belki kendinin bile bilmediğin bir süper güce sahipsindir, bir gün tesadüfen açığa çıkar ve sen de Spiderman tarzı biri oluverirsin, hele bir Mikrop Cengiz şu leblebileri yesin bakalım, yesin o leblebileri canın kardeşin, belki de birazdan hayatın anlamını açıklayacak sana."

O ara bir şeyler geveledi Mikrop, "Ne dedin?" dedim, "Gideriz," demiş.

"Beni düşündüren kız kardeşim," dedim. "Psikolojisi buna müsait mi emin değilim. Geçen sene gelirim diyordu ama bu yaz işler değişti. Işıklı dünyaların özlemi içinde. Bunu da anlıyorum. Kim tanınmak istemez ki? Hele onun şartlarında bir çocuk."

Mikrop, "Biz bu uğurda stajımızı yakmış adamlarız reis," dedi. Nazik ama kararlı bir edayla, "Gideceğiz dediysek gideriz," diye de ekledi.

Konuyu bilmeyenler için özetleyeyim, geçen yaz büyük hayallerimiz vardı. Mikrop Cengiz'le beraber, bencil, kibirli ve övgüye susamış insanlardan uzağa, yabanın kalbine gidecektik. Tabii ki kız kardeşim de bizimle birlikte gelecekti. Orada sansarlar, kurtlar ve bozayılar olacaktı, ama kız kardeşime bulaşmadıkları sürece onlarla sorunumuz olmayacaktı, uyum içinde yaşayacaktık. Herhalde biz de mal mal dolaşmak için gitmeyecektik yabana, sahici bir benlik arayışı içinde olacaktık. Yapabileceklerimizin sınırını keşfedecek, hürriyetimizin kotasının nerede dolduğunu anlayacaktık. Diyeceksiniz ki niçin! Ne bileyim niçin! 'Önce bir özgür olalım da, ondan sonra o özgürlükle ne yapacağımızı düşünürüz' demiştik. Belki de hiçbir şey yapmazdık. O hissin kendisi yeterdi bize. Özgürlüğü hep insanın canının istediğini yapması zannediyoruz, oysa özgürlük her şeyden evvel bir histir. Eylemden önce o his gelir. İnsana bir şey yaptıran yahut yaptırmayan şey o histir.

İşte o hisle, sınıfta kalmayı da göze alarak, Uygulama Oteli'ndeki zorunlu stajımızı yarım bırakmıştık. Annem bu duruma şiddetle tepki göstermişti. Yabana gitme arzumuzu, belki de birtakım kişisel nedenlerden ötürü, kendisini terk etmek istediğimiz şeklinde yorumlamıştı. Tabii işin içinde kız kardeşim de olunca, annemle aramızdaki çatışma büyümüş, daha evvel de bahsettiğim gibi öyle bir noktaya gelmişti ki, çatışma vasfını yitirip bir uçuruma dönüşmüştü. Ben de işte bu yüzden ailemle olan bütün para ilişkilerimi kesip Eski Bankacılar Lokali'nde çalışmaya başlamıştım. Amacım, kazandığım parayla doğada bizi hayatta tutacak kadar kamp malzemesi temin edip bir an evvel yola çıkmaktı. Tabii yeterli parayı toplayana kadar 2012 yazı bok gibi geçip gitmiş, yeniden okullar açılmıştı. Mikrop'la beraber okulu bırakmaya da o ara karar vermiştik. Turizmde kendimiz için bir gelecek görmüyorduk zaten. Üniversitede başka bir bölüm de tercih edemeyeceğimize göre en iyisi liseyi açıktan bitirmekti. Ayrıca bu yola çıkarken amacımız hayatımızı sadeleştirebildiğimiz kadar sadeleştirebilmekti. Okuldu, eğitimdi, böyle kariyerist zımbırtılar için kaygılanıp durmaya devam edeceksek yabanda olmanın ne anlamı kalırdı. Huzursuzluğumuzu bir yerden başka bir yere taşımaktan başka bir işe yaramazdı bu. Bizim için yabanda gezmenin kendisi başlı başına bir müfredat olacaktı. Hareket yoksa çürüme başlar. Temel fizik yasalarından biridir bu. Değilse de yapılsın bir zahmet. Yapmazlarsa da, 'Bize öyle dendi,' deyip pislik çıkarın, tabii hoşunuza gittiyse bu fikir.

Bizimkiler, fikirlerimizin iyice olgunlaşıp kararlılığımızın arttığını görünce yeni bir anlaşma sürmüşlerdi önümüze. Bu anlaşmaya göre seneye, yani bu yaz, kız kardeşimle birlikte, Erikli Yaylası'na çıkmamıza müsaade edeceklerdi. Bizim buralara en yakın yaban hayatı orada var. Bunun karşılığında bizden istedikleri tek şey okula devam etmemizdi. Mikrop'la oturup önerilen anlaşmayı masaya yatırmış, kız kardeşimin eğitim hayatı aksamasın diye biz de okula dönmeye karar vermiştik.

Uyku tulumunun üstünden kalktım, "Ben kız kardeşimsiz hiçbir yere gidemem," dedim. "Bunu biliyorsun. Kız kardeşimsiz gelecek özgürlüğü istemiyorum."

"Merak etme," dedi Mikrop. "O da gelecek." Bu sözüyle özgürlüğün geleceğini mi kastetmişti yoksa kız kardeşimin mi, ilk başta anlayamadım, "Klip bitti," diye devam etti. "Çiğdem bu kliple meşhur olup da insan içine çıkamaz hale geldiğinde, o da bizimle gelmek isteyecek."

Gözlerimi Mikrop'tan ayırmadan biradan bir yudum aldım, birkaç leblebi attım ağzıma, söylediklerini düşündüm. Belki de haklıydı. Birkaç leblebi daha attım. Zaten bütün şöhretler de yabana gitmek ister. Gerçi hiçbirinin gittiği yok ama olsun. Kız kardeşimin karakteri sağlamdı, o kesin gelirdi bizle. Yeter ki şöhret olsun, şöhret olsun da o şatafatlı dünyanın yalanlarından bıksın, "Çağlar," desin o zaman bana, "vaktinde kalbimi kıran herkesi affediyorum. Hadi artık yabana gidelim."

Videoyu o gece, 'Sekiz Yaşındaki Kızdan Muhteşem Moonwalk ve Daha Fazlası' ismiyle yükledik Youtube'a, sonra da Twitter'dan Facebook'tan art arda linkler verip mail ve arkadaş listelerimizdeki herkese toplu mesaj atarak canlı tutmaya çalıştık. O gece 124 kişi seyretti, ertesi gün bu rakam 216'ya çıktı, kız kardeşime çaktırmamaya çalışıyordum ama durum pek parlak sayılmazdı. Bilgisayarın başında, elim çenemde, hâlâ hangi ümitle beklediğime kendim de şaşarak bekliyordum öyle, belki mutluluk yüklenir diye. Yüklenmiyordu. Bağlantı hızımız çok düşük ve kotamız kederle doluydu. Mikrop'la beraber Kolombiya'ya gitmeyi, palmiye yağı işine girip geçim derdini çözdükten sonra da kız kardeşimi yanıma aldırmayı düşünüyordum, hayatın başka alanlarında denemeliydik belki de şansımızı.

Ve işte o bekleyiş anlarından birinde, talih bizim de yüzümüze güldü. Bunu hiçbir zaman unutmayın, iyimser bir hayat felsefesi olarak not edin şu an sevinçten adını unuttuğum o küçük yapışkanlı kâğıtlardan birine, sonra o kâğıdı buzdolabının üstüne koyup vurun avucunuzun içiyle, iyice yapışsın oraya, kimse çıkaramasın. Mesele şudur, talih bir gün size de güler. Kâğıdın adını da hatırladım: post-it.

Şöyle oldu hadise, kız kardeşimin videosunu seyredip hayran kalan bol takipçili bir Twitter fenomeni, 'moonwalk yaparken deliren toraman kız' diye tweet atıp link verdi önce. Twitter'da onu takip edenlerin üstünden Facebook'a sıçradı bizim klip, Facebook'ta görüp sözlüklere başlık açtılar, sözlüklerde görüp forumlara yazdılar, forumlarda görüp tekrar Facebook'a sardılar, her yere birden bir anda yayılıverdik. Seyredilme sayımız bir saat içinde 216'dan 12 bine çıktı. Öbür saat 23 bin. Sonraki saat 38 bin. Saat başı on binden fazla seyirci, sevinçten uçuyorduk. Videonun seyredilmesi bu oranla artarsa bir-iki haftaya kadar dünya çapında şöhret olacaktı kız kardeşim. Kâğıt üstünde bakkal hesabıyla vardığımız sonuç buydu. Elbet bu düzenli artan sayıların matematikte bir ismi vardır, belki bir denklem falan kurulup kız kardeşimin tam olarak ne zaman meşhur olacağına dair bir tarih de saptanabilirdi ama bunu öğrenmek için de bizim matematik hocası Kepçe'yi aramak gelmedi içimden. Pek sevmezdim onu, insanları böyle inceden gözlemleyen, gizli psikologmuş ayakları çeken biriydi.

Videomuza yapılan 976 yorum da genellikle iyiydi. Gerçi ağırlıklı olarak, 'Sekiz yaşında demişsiniz ama milli güreş takımına girer bu kız,' tarzında yaklaşımlar vardı ama fazla önemsemedim. Kız kardeşime de yorumları okutmadım, "Büyük yetenekler başkalarının eleştirilerini dikkate alarak zaman kaybetmemelidir," dedim. "Çünkü zaten onlar kendilerinin en acımasız eleştirmeni olacak kadar yeteneklidirler. Bir kusurları oldu mu herkesten evvel kendileri fark eder bunu." Kız kardeşim, "Sana katılıyorum Çağlar," dedi. Zaten dünya çapında bir şöhret olmaya hazırlandığından yabancı dilini ilerletmeye karar vermişti o ara, benim Torrent'ten indirip yedek harddiske attığım filmleri İngilizce altyazıyla seyrediyordu.

Videonun seyredilmesi elli bine yaklaştığında, Eski Foto Yıldız'ın kızı Yıldız Abla aradı. Kıyıdere TV'nin Genel Yayın Yönetmeni'ydi, "Çağlarcım," dedi, "Az evvel Çiğdem'in videosunu gördüm Sağlıklı Yaşam Forumu'nda."

"Hayırdır hangi topic?"

"Obezite Kader Değildir. Bak ne diyeceğim, Çiğdem yetenek yarışmasına katılacak diyorlardı ama galiba olmadı o iş. Bizim hafta sonu programına gelin isterseniz?"

"Teşekkürler Yıldız Abla," dedim, "Ama biz artık insanlara sosyal medya üzerinden ulaşmaya karar verdik. Televizyon defterini kapattık."

Bir an anlayamadı ne söylediğimi, "Aaa, öyle mi?" falan diye bir şeyler geveledi, sonra da detaya girerse fikrimi değiştirebilirmiş gibi hafta sonu programının içeriğini anlatmaya başladı. Telefonu kulağımdan uzaklaştırıp bizim Kepçe'yi düşündüm. Belki de iyi bir adamdı, gereksiz yere kıllanmıştım ondan. Ne olursa olsun ondan bir şey istemek zordu, yapamazdım bunu. Kız kardeşim bilgisayar ekranının içine girmişti o ara, yüzünde parlıyordu ekran, "*What the fuck is going on here, huh*?" diye bağırdı. "Hayır Yıldız Abla, hayır," dedim. "*Hey. Take it easy man*!" dedi kız kardeşim.

Sonra olan oldu, olan gene bize oldu dostum. İstanbul'da direniş çıktı. İstanbul'da direniş çıkınca da bizim videonun seyredilmesi 200 kilometre hızla giderken düz duvara çarpan bir kelebek gibi yamuldu. 79 binde çakılıp kaldık, saatler boyunca on beş-yirmi kişi ya seyretti ya seyretmedi. Yeni bir keder dalgasına kapılmaması için kız kardeşime, "Youtube'da teknik bir arıza var, birazdan düzelir," demiştim. Ama aradan saatler geçtikçe bu açıklamanın inandırıcılığı kalmamıştı. En sonunda kız kardeşim, yumruğunu benim yedek harddiske vurup ıslığı andıran bir fısıltıyla "Çağlar ne oluyor bu internette," dedi. "Bana gerçeği söyle!" Öyle fısıldadığını duyunca korktum bir an.

"Taksim'de her zaman polisten dayak yiyen bir grup radikal, dayak yemez oldu şekerim," dedim. "Onların dayak yemediğini gören diğerleri de kudurdu. Hadiseler hakkındaki ilk izlenimim bu."

"E bundan bize ne Çağlar! Allah aşkına! Bütün gücümle üzüldüm. Yoruldum artık üzülmekten. Ağlamak istemiyorum daha fazla. Bizim videomuz niye seyredilmiyor?"

"Artık sadece direnişçilerin videoları seyrediliyor, sadece onlar paylaşılıyor. Böyle zamanlarda böyle olur. Ama hiç merak etme. Hava kararmak üzere, güvenlik kuvvetlerimiz bu direnişi bir-iki saate kadar bastırır, ondan sonra da her şey eski haline döner sosyal medyada."

Velâkin hiç de beklediğim gibi olmadı, 31 Mayıs gecesi direnişin bokunu çıkardılar. Senelerdir sessiz sedasız yerlerinde oturan insanlar, tam kız kardeşim meşhur olmak üzereyken hep beraber ayaklandılar. Öyle olunca da ister istemez hükümete karşı değil de kız kardeşime karşı ayaklanılmış gibi bir hisse kapıldık. Sadece sokakları değil bütün sosyal medyayı da ele geçirmişlerdi. Bizim video bir anda unutulmuştu, 79 bin 356 seyircimiz buharlaşıp havaya karışmıştı sanki. Yorum yazanlara tekrar ulaşmaya çalıştım, o kargaşada kimseye duyuramadım sesimizi.

Gecenin ilerleyen saatlerinde kız kardeşimin yüzü yavaş yavaş gölgelendi, en sonunda da daha önce onda benzerini hiç görmediğim dehşetli, kapkara bir anlatıma büründü. Bana da dedi ki işte o zaman, o isyan gecesi, "Çağlar," dedi, "Bunu hak edecek ne yaptım?"

"Hiçbir şey bebeğim," dedim.

Birdenbire delice bir tebessümle gözlerini kısıp "Şimdi ne istiyorum biliyor musun?" diye sordu.

"Ne istiyorsun sevgilim?"

"Altı top karışık dondurma yemek sonra da hayatımı gebertmek istiyorum."

On

Eylül-Ekim ayları gelip de geceleri, aç yaban domuzları karanlık dağlardan, sarp kayalıklardan, en kuytu patikalardan ve hiçbir insan evlâdının geçemeyeceği dar boğazlardan geçerek tarlalardaki ekinleri yemek için düze indiklerinde, dedem elli yıllık çiftesini omzuna takar, ben de tenekemi sırt çantama koyardım, yollara düşerdik, Hasanbaba'ya çıkardık. Dedemin bir vakitler Istranca Dağları'nda ortak tatbikatlara katıldığı bir asker arkadaşı vardı orada. Ben köy evinin düz damında, yaban domuzları mısır tarlasına yaklaşmasın diye teneke çalarken, dedemle asker arkadaşı da tarlaya inen eğri büğrü patikalarda, ellerinde tüfeklerle nöbet tutar, yaklaşan bir karaltı sezerlerse de dokuz köy öteden duyulan dokuzluk domuz kurşununu basarlardı havaya. Bütün çabalarımıza rağmen her sabah, ekinlerden bir kısmının yenmiş olduğunu görürdük. İşte o sabahlarda dedem derdi ki hep, "Çağlar," derdi. "İnsan bu hayattaki en büyük hayal inkisarını, gayretlerinin boşa gittiğini gördüğünde yaşar evlâdım." "Haklısın dede," derdim, o zamanlar inkisarın, kırıklık demek olduğunu bilmeyen bir cahil olmama rağmen. Çünkü dedemin, benimle konuşurken söylediği bazı kelimeleri anlamasam bile, ses tonundaki iniş çıkışlardan anlardım ne demek istediğini. Yorgun bakışlarından anlardım. Onlardan anlamazsam eğer, sararmış parmaklarında titreyen Maltepe'nin uzamış külünden anlardım. İşte bunlara gerçek hayat tecrübesi denir. Boş beleş muhabbetlere benzemez. Gerçek hayat tecrübesi uykusuz kalınan gecelerde elde edilir ve gündüzleri de bir sikime yaramaz.

Evet, öyle, ne diyordum, benim güzel kız kardeşim. Gayretlerinin yine boşa gittiğini gören, taptaze hayallerinin bir kez daha yıkıldığını anlayan kız kardeşim, kendini yatağa atmış, nevresimi gözlerine kadar çekmişti 31 Mayıs gecesini 1 Haziran'a bağlayan sabah. Nevresimin ucuna kıvrılmış parmaklarıyla oynamak isteyince itti elimi, "Üzülme bebeğim," diye fısıldadım. "Elbet bu direniş de biter. Bir düşün. Neler bitmiyor? Ha?"

Nevresimi küt diye çenesine indirdi, kederden ve uykusuzluktan kan çanağına dönmüş gözlerini bana dikti, "Ne kadar direnişçi varsa burnuna sıçayım," dedi.

İşaret parmağımı dudaklarına bastırıp "Lütfen aşkım," dedim. "Böyle hakaretamiz ifadeler sana hiç yakışmıyor. Ayrıca çocuklar küfretmez. Yeni anayasada öyle bir madde yok."

"Sıçarım Çağlar, çok mutsuzum."

Tekrar nevresimin altına girdi, kaybolmak ister gibi dizlerini karnına çekti sonra. Gün aydınlanana kadar yanı başında oturdum, koşu bandındaki belediye bültenlerinin üstünde, hiç kullanılmamış minicik spor ayakkabılarını elimde evirip çevirerek. Uyumadığını biliyordum ama elimden bir şey gelmiyordu. Bazı hadiseler vardır ki insanın elinden bir şey gelmez. O sabah kalksam mesela gitsem İstanbul'a, 'Hadi arkadaşlar,' desem, 'bırakalım artık şu direnişi, rica ediyorum bak lütfen diyorum, size yemin ediyorum ki şu başımızdaki dallamaları sevdiğimden değil bu ricam, başka bir meselemiz var bizim, sizin meselenizden küçük bir mesele zannetmeyin sakın, inanın bizim de bu dünyaya vermek istediğimiz büyük bir mesaj var.' Kime dinletebilirdim ki? Zamanı mıydı? Değil miydi? Pardon.

Ayriyeten sokaklardaki yüz binlerce insana küfredecek kadar mutsuz olan kız kardeşimi titiz mahkemelerinizde yargılamadan evvel şunu da düşünmenizi tavsiye ederim. Direniş çıkınca en sade vatandaşından en komplike devlet büyüğüne kadar her Allah'ın kulu, acaba bu durumun bana etkisi ne olacak diye düşünürken kız kardeşim niye düşünmesindi? Daha dokuz yaşındaydı; minicik, açık yeşil bir sırt çantası vardı, içine defterlerini kitaplarını koyardı her sabah, biraz uyku mahmuru biraz da dalgın, kim bilir aklından neler geçirerek yürürdü, yürürdü Evliya Çelebi İlköğretim Okulu'na doğru, 3-A sınıfına çıkardı orada, öğretmenlerini can kulağıyla dinlerdi, Mervenaz ile Ecem'di en yakın arkadaşları, diğer arkadaşlarını da çok severdi, herkes de onu çok severdi. Tabii ki ben de ağbisi olarak onu çok severdim. Bunların hepsi hafifletici sebeplerdir.

Öğlene doğru kız kardeşimin kahvaltısını hazırladım, içdış tereyağlı kaşarlı tost yaptım kalp şeklinde, pastırmalı yumurta yaptım, sucuk kızarttım, reçel koydum, bal koydum tepsiye, sızma zeytinyağı koyup üstüne kekik serptim, çay demlenirken Yağmur Fırın'a koştum, simit-poğaça-açma-ayçöreği-galeta aldım, annemin aylardır sakladığı Nutella kavanozunu buldum, onu da koydum tepsiye, Haribo Fantastik bile koydum. Reddedilemez bir kahvaltı hazırlamak istiyordum ona, diyet falan umurumda değildi artık. Aylardır açtı bu kız, Allah kahretsin, niçin! Güneş enerjicinin oğlu dobişko demesin diye mi? Üç tane zombi emeklisi ön jüri onu reddetsin diye mi? Tam meşhur olacağı zaman cümbür cemaat sokaklara dökülüp 'Hayır şimdi zamanı değil, sen köşede dur, biz memleketi kurtaracağız' desinler diye mi?

Tepsiyle başucuna gittim. Nevresimi gözlerine çekmiş duruyordu hâlâ. Daha bir şey dememe fırsat vermeden kahvaltının kokusunu aldı, "İstemiyorum Çağlar," diye homurdandı.

"Yavrum şu kahvaltıya bir sefer bak, ondan sonra yine istemiyorum de bakalım."

Kıpırdamadı.

"Hadi bir sefer bak."

Nevresimi burnuna indirdi yavaşça. Önce meraklı sonra da iştahlı gözlerle kahvaltı tepsisine baktı uzun uzun. Aylardır kendisinden esirgenen her şey o tepsinin içindeydi.

"İstemiyorum."

"Hayatı reddediyorsun yani."

"Beni üzmek mi istiyorsun Çağlar?"

"Niye öyle dedin ki şimdi?"

"İki aydır sadece dört kilo verdim. O kahvaltıyı yersem on kilo alırım ben. Herkes yiyor bir şey olmuyor, ben ne yersem içimde kalıyor."

"Diyeti falan boş ver şimdi. Baskı dönemlerinde diyet yapılır, isyan günlerinde yemek serbest. Kalori ihtiyacı olur o zaman, tarihin yasası bu. Bak Köprü'yü bile yürüyerek geçtiler bu sabah, sırf Beşiktaş'ta kahvaltı yapmak için."

"Ben mi geçtim sanki köprüyü? Onlar yesin."

"Olsun. Senin de yemeye hakkın var. Hep onlar mı yiyecek, hep sen mi aç kalacaksın?"

"Haklısın Çağlar, getir!"

Kız kardeşim kahvaltısını yaparken Mikrop, Tango'dan görüntülü bağlantı isteği gönderdi, odadan çıkıp kabul ettim. Evlerinin çatısındaki çalışma ve dinlenme ofisindeydi.

"Sende," dedi. "Spor Kanalı Haber Kanalından Daha Fazla Haber Veren Kanal'dan birilerinin telefonu var mı?"

"Ne yapacaksın?"

"International Şapşik'i aradım, 'Elimizde ilginizi çekeceğini düşündüğüm bir video var,' dedim, ihtiyaçları yokmuş. Diğerlerini de aradım ama sürekli meşgul çalıyor."

Kız kardeşim içeriden seslenince, "Bir saniye Mikrop," dedim. Biraz daha zeytinyağı getirebilir miymişim? "Tabii ki," deyip mutfağa yöneldim.

"Salça da getirir misin?" diye seslendi.

"Salça mı?"

"Ekmeğin üstüne sürmek için."

"Dijon hardalı da var o zaman, Uygulama'dan hacılama."

"Ateşle!"

"Ne oluyor," diye sordu Mikrop.

"Kız kardeşim diyeti bıraktı."

"İyi yapmış, yerinde bir karar. Sen dayına bir sor bakalım, belki onda vardır o kanaldan birilerinin telefonu. Bizim videoyu orada yayınlatırız belki."

"Tamam. Sana döneceğim."

Kız kardeşimin istediklerini odasına götürdüm. Kahvaltı tepsisinin yarısını halletmişti çoktan. Mutlu gözükmüyordu, hırsla bir ilgisi vardı yaptığı kahvaltının. Odadan çıktım, dayımı aradım, "Ne yapıyorsun lan?" dedim.

"Makamdayım, oturuyorum."

"Yusuf mu?"

"Ne?"

"Götün üç buçuk atıyor mu şu an korkudan?"

"Saçmalama lan!"

"Niye makamda oturuyorsun o zaman ampul kafası! Bugün mü aklına geldi o makamda oturmak!"

"Çağlar düzgün konuş senin ağzını burnunu kırarım!"

"Sözümü kesme lan bir sus! Kız kardeşim bunalıma girdi, diyeti bıraktı, çabuk eve gel erzak torbalarıyla."

"Ne! Ne yaptın sen! Allah kahretsin! Öldürmek mi istiyorsun kardeşini. Çabuk al önündekileri yemesin."

"Ha ha! Yemesin. Hep siz yiyin. Bütün memleketi yediniz doymadınız."

"Çağlar ağzına sıçarım senin, sakın kız kardeşinin diyetini bozma. Ciddi mesele bu, Doktor İhsan'ın dediklerini biliyorsun."

"Eve gel o zaman."

"Öğleden sonra gelebilirim, bir görüşmem var şimdi."

"Başka partiyle mi?"

"Çağlar yürü git!"

"Dün gece neredeydin?"

"Toplantı vardı İl Başkanlığı'nda."

"Ulan bütün memleketi isyan ettirdiniz hâlâ neyin toplantısının peşindesiniz siz ben anlamıyorum ya! Dur kapatma! Kapatma sakın! Kapatma oyarım! Başka bir şey diyeceğim. Sende, Spor Kanalı Haber Kanalından Daha Fazla Haber Veren Kanal'dan birilerinin telefonu var mı?"

"Yok."

"Nasıl yok? Canlı yayına çıkmadın mı sen orada, arıtma tesisinin açılış töreninde."

"Bir tek ben mi çıktım? 48 tesis aynı anda açılıyordu. Yok bende telefon melefon! Kız kardeşin yemesin sakın!"

"Tamam lan kapat, meşgul etme şerefsiz!"

Google'dan kanalın telefonunu buldum, aradım. Meşgul çalıyordu, sonundaki numaraya baktım, 00'dı. 01'den başlayıp 99'a kadar aramaya karar verdim, elbet biri açardı, 17'de açıldı. "Alo," dedim ama kimse cevap vermedi. Bir hıçkırık sesi duydum, "Alo," dedim tekrar. "Alo! Orada mısınız?" Yine bir sessizlik oldu, sonra bir hıçkırık sesi daha duyuldu, inceden, inler gibi bir ses eklendi buna. Sanki biri hattın öbür ucunda can çekişiyordu sessiz sedasız. İyice kulak kabarttım o sese. En sonunda bir kadının ağlama sesi olduğuna hükmettim.

"Sanırım ağlıyorsunuz," dedim yavaşça. "Sorun nedir, lütfen söyleyin, çekinmeyin. Halkla ilişkiler uzmanıyım ben."

Genç bir kadın sesi, "Benim suçum ne?" diye sordu.

"Senin suçun yok güzelim," dedim. "İnan ki yok. Lütfen ağlama. Ben bir kuruma kızdığı zaman bütün sinirini karşısına çıkan ilk personelden alacak kadar düşüncesiz biri değilim. Müdürün falan yok mu orada? Onu bağla bana. Uçaksever'i bağla, öğlen çıkan keli bağla, gece haberlerini sunan sarışın lolitayı bağla, hava durumunu sunan amca bile olur, yeter ki birini bağla bana."

"Bağlayamam."

"Ama bizim derdimiz başka. Biz de sizle aynı saftayız."

Yine hıçkırıklara boğuldu, "Bağlayamam," dedi. "Çok üzgünüm."

"Üzülme yavrum," dedim. "Sakın üzülme, senin suçun değil. Asla üzülme. Çağlar İyice her zaman yanında, Facebook'tan ekleyebilirsin. Canın sıkkın olduğunda yaz bana. Bütün dertlerini yaz, seni zorladıkları hayatı yaz ve hayallerini yaz, içine itildiğin sahte zevkleri yaz ve gerçek arzularını yaz. Çevrende dönen dolaplara daha fazla dayanamadığında yaz bana. Seksi bir bilek hareketiyle topuklu ayakkabını çıkarıp haber müdürünün kafasına patlatmadan hemen önce yaz. Delice yaz bana, içinden geldiği gibi yaz, sıraya koymana gerek yok, ben tasnif ederim."

"Hı hı," deyip kapattı. İnsana gerçekten değer veriyorlar bu kanalda.

On beş dakika sonra annem damladı, anahtarıyla açmak istedi kapıyı ama zinciri takmıştım, öyle kaldı. Koridora çıkıp "Kim o?" diye seslendim o olduğunu bilmiyormuşum gibi.

"Benim," dedi.

"Ne istiyorsun. Dairede işin yok mu? Kimse mülkiyet edinmiyor mu bugün?"

"Çağlar aç şu kapıyı!"

Kapıyı ileri geri zorlayıp sinir bozucu bir ses çıkarmaya başladı.

"Dayın aradı. Çiğdem diyetini bozmuş. Ne yiyor o?"

"Ne mi yiyor? Kahvaltı yapıyor. Her insanın yapması gerektiği gibi."

"Aç şu kapıyı!"

"Açma," diye bağırdı kız kardeşim.

"Açmıyorum," dedim. "Açız biz. Kahvaltı yapmak istiyoruz. Allah kahretsin hepinizi. Ülke yanıyor hâlâ yediğimiz lokmayı sayıyorsunuz."

Annem kapıyı zorlamayı bıraktı. Biraz bekledikten sonra parmak uçlarıma basarak yaklaştım, kapı aralığından usulca baktım, karanlık merdivenlere oturmuş, sağ elini gözlerine siper etmiş, sessizce ağlıyordu, kırmızı vanalı su sayaçlarının hemen yanı başında, eve gelmiş de kimseyi bulamamış bir çocuk gibi, gelenin geçenin tekmelediği çaresiz bir köpek gibi. Zinciri çıkarıp kapıyı açtım. Bana baktı. "Ne yaptım ben sana," dedi. "Seni sevmekten başka ne yaptım? Neden bana böyle davranıyorsun? Neden kız kardeşini de bana düşman ediyorsun? İnsanda hiç anne sevgisi olmaz mı? Ne yaptım ben sana?"

"Gel," dedim. "Çok zor sorular bunlar. İçeride konuşalım."

İçeri girip çantasını portmantoya koydu. Garip bir sakinlik çökmüştü üstüne, çok ağır hareket eden ihtiyarlar vardır ya, öyleydi. Bana bakıp duruyordu. Kız kardeşim için gelmemişti sanki eve, bendim mesele.

"Evet," dedi.

"Ne evet?"

Az önce sorduğu soruların cevabını merak ediyordu. Onu neden sevmediğimi. Ama böyle şeyleri konuşmak o kadar zordur ki. Böyle şeyleri susmak bile zordur. Hemen anlaşılır neyi sustuğu insanın, en usta yalancı bile bir şey yapamaz o noktada. Sadece salakça gülümseyebilir ve o haliyle kahreder karşısındakini, tabii kendini de kahreder bu arada. Her şey yıkılır böylece iki insan arasında, tuzla buz olur, ayağı kırık at olur, daha da düzelmez, ne geçmişe özlem kalır, ne gelecekten bir beklenti, ne de şimdi de yaşanabilir bir an, hiçbir şey kalmaz. Hangi sivri zekâlı zamanı üçe ayırmış ki zaten? Her şey o şimdide olup bitti çoktan, yaşananlar bitti, yaşanamayacaklar bitti, her şey yaşanamayıp bitti o şimdide. Çok mu karamsar? Çok mu umutsuz? Allah kahretsin! Annem burada bana, onu neden sevmediğimi soruyor. Bunun nesi karamsar, bunun nesi umutsuz, bu benim hayatım, bu senin hayatın, bu herkesin hayatında bir gün köşeye sıkışacağı o yer, o ilk büyük pişmanlık, o asla telafi edilemeyecek hata, kapanmayacak yara, ayağa kalkamayan at, boğulan balık, hepsini tek tek mi anlatayım, hukuk kitaplarındaki gibi sonuna örnek davaları mı ekleyeyim, hani nerede kaldı anlayış, hani nerede kaldı anlayışın dostum.

Kız kardeşim elindeki reçellikle odadan çıktı o ara, "Kendini güzel zannetme," diye bağırdı anneme. "Sen de güzel değilsin! Güzel olsan babam seni terk etmezdi!" Sonra da elindeki reçelliği koridor duvarındaki natürmort tabloya salladı. Annemin, halk eğitim merkezi on birinci dönem yağlıboya resim atölyesinde yaptığı papatyalar, çilek reçeline bulandı bir anda. Tabloya dikkatle baktım ve kız kardeşimin sanatsal konulardaki yeteneğine olan inancımın boşuna olmadığını bir kez daha anladım. O sıradan natürmort tabloyu modern bir sanat eserine çevirmişti bir anda, tek reçellik darbesiyle. Annemle ben şakülleri kaymış papatyalara bakarken kız kardeşim ikimizin arasından hızla geçerek banyoya girdi, kapıyı kilitledi ve direniş bitene kadar da oradan çıkmayacağını ilan etti.

Annem ayakları birbirine dolanarak yatak odasına attı kendini, ben de koridorda kaldım öyle. Kız kardeşimin sözünde duracağını biliyordum ama çok da dert etmiyordum açıkçası bunu, güvenlik kuvvetlerinin bir-iki saate kadar duruma hâkim olmasını bekliyordum. 31 Mayıs gecesi işler biraz çığrından çıkmıştı ama artık o gün her şey normale dönerdi. Biz de yeni bir video çeker, baştan denerdik şansımızı. Belki eski videomuz yeniden keşfedilirdi, o yaza damgamızı vururduk ilk haftadan, olmayacak şey değildi.

Öğleden sonra Mikrop aradı, "Direnişçiler polislere çata çuta girip kombo çekmişler reis," dedi. "Taksim Meydanı'nı ele geçirmişler." Facebook'tan ilk görüntülere baktım, başımı ellerimin arasına aldım, "Yuh artık," dedim. "Çüşenzi!"

"Ne oldu?" diye seslendi kız kardeşim.

"Yok bir şey."

"Direniş bitti mi?"

"Bitmek üzere. Çık istersen."

"Tam bitmeden çıkmam."

"Güzel."

Şaşkındım. Çok şaşkındım. Gittim dayımın çekyat altı zulasını patlattım, bir duble Jack Daniels koydum kendime kesme bardakta. İki buz ekledim, salladım biraz bardağı. Ne oluyordu bu memlekete böyle? Ben böyle viski içecek tip miydim gündüz vakti? Bir de tabii ben o zamanlar bu direniş işlerini ilk çıkartan solcuların böyle dişli tipler olduklarını bilmiyordum. Gözlerine iki fıs fıs sıkınca ağlayıp kaçarlar zannediyordum. Ne olmuştu bu tiplere böyle? Bu insanlar madem böyle süper kahramandılar da bize niye bu konuda bilgi verilmemişti o güne kadar? Solcuları övmek için söylemiyorum bunu. Çağlar İyice kimseyi övmez, en duygulu anında bile nesnel yaklaşımını korumaya özen gösterir. Ayrıca niye öveyim, hiç kimse babamın oğlu değil, bazen ben bile babamın oğlu değilmişim gibi hissediyorum kendimi. Oooov! Cizıs Krayst!

Yatak odasına gidip gardırop aynasından annemi seyretmeye başladım. Antidepresanlarını alıp derin uykuya dalmıştı. Eteğini ceketini yere atıp öyle uzanmıştı yatağa, üstünü bile örtmemişti. Bacaklarında o tip konular ilgimi çekmediği için adını unuttuğum şeyden yoktu, göğüsleri sarkmamıştı, kalçaları hâlâ sıkı sayılırdı, kalçasının hemen altında minik bir ben vardı, siyah, görende öpme isteği uyandıran sevimli bir ben, aynı benden sol ayak bileğinde de vardı, sutyen kopçasının teninde bıraktığı kızarıklığa göz attım biraz, yatağın yanına diz çöktüm sonra, küçük bir yüzü vardı annemin, sevimli bir yüz, kendisini olduğundan daha genç gösteren bir yüz. Size annemi böyle anlatıyorsam tahrik olun diye değil, sikerim bak tahrik olan olduysa, başka bir şey anlatmaya çalışıyorum ben burada. Güzel bir kadındı annem, çağımızın güzellik kriterlerine göre yani, çekici bir kadındı hâlâ, onu anlatmaya çalışıyorum, ama çok mutsuzdu, mutlu olsa daha güzel olurdu. Mutlu olunca kim biraz daha güzelleşmez ki?

Kız kardeşim tuvaletten, "Çağlar son durum nedir?" diye seslendi. Viskiyi dipledim, boğazımdan aşağı yaka yaka indi, annemin üstünü örtüp çıktım yatak odasından, "Sana karşı dürüst olacağım," dedim. "Taksim'i kaybettik."

"Nasıl?"

"Taksim Meydanı, 15.40 itibariyle direnişçilerin eline geçti."

"Hayır olamaz, inanmıyorum."

"Ben de. Ağaç diye geldiler, bütün meydana el koydular. Tek polis kalmadı piyasada."

"Ama bu büyük bir terbiyesizlik."

Kız kardeşim banyodan çıkıp iPhone'umu istedi, birkaç kısa video seyredip fotoğraflara baktı. Taksim Meydanı'ndaki mahşerî kalabalığı gördü. İnsanların yüzündeki, kendi yenilgisi anlamına gelen zafer ifadesini gördü. İnsanların yüzündeki neşeyi gördü kendi kederi anlamına gelen ve ferahlığı gördü onu boğan. Suratı kıpkırmızı oldu bir anda, telefonu geri verdi, ağlayamayacak kadar öfkelenmiş, elinden bir kaza çıkacak hale gelmişti. Koşar adım mutfağa gitti, tahta bıçaklık gözünden ekmek bıçağını çekip aldı. Kendimi yatak odasının önüne atıp kollarımı iki yana açtım, annemi bıçaklayacak sanmıştım ama o, yatak odasına gelmek yerine bizim odamıza girdi. Gardırobu açtı, Merkez Terzi Orhan'da yaptırdığımız beyaz ceketini çıkardı, yatağın üstüne koyup bıçaklamaya başladı. Ceketi çekip aldım. İki elimle havaya kaldırıp uzakta tutmaya çalıştım, kız kardeşim bıçakla üstüme yürüdü, bir anda kendimi arenaya çıkmış matador gibi hissettim.

"Yapma," dedim. "Daha çok dans edeceksin o ceketle. Her şey bitmedi."

"Her şey bitti Çağlar, her şey bitti!"

Tekrar gardıroba yürüyüp mavi gömleğe, şapkaya, moonwalk ayakkabılarına saldırmaya başladı, bileğini kıvırıp aldım bıçağı elinden, bıçağa uzanmak istedi ama havaya kaldırdım. Bıçağı alamayacağını anlayınca saçlarını yolmaya başladı, "Şu an büyük yeteneklere özgü bir buhran geçiriyorsun," dedim.

"Ne istiyorlar benden!" diye bağırdı. "Dertleri ne! Ağaçsa ağaç, hep kesiyorlar. Sanki bir tek bugün mü kestiler! Niye bugün böyle yapıyorlar ki! Niye böyle yapıyorlar!"

"Sana niye böyle yaptıklarını açıklayayım istersen. Ama önce bir sakin ol. Otur. Kimin bu işleri kışkırttığını söyleyeyim sana sonra?"

Kız kardeşim yatağın kenarına oturdu. Ağlamamak için dudağının içini ısırdığından tombik yanakları hafif içeri kıvrık duruyordu, "Kim kışkırtıyormuş?" diye sordu, güç duyulur, sakin bir sesle.

"Kim olacak!" dedim. "İpsiz sapsız bekâr gezen, ateist mimarlar. Babam ve arkadaşları."

Kız kardeşim, yatağının başucundaki komodinin üstündeki çerçeveye baktı, babamın resmi vardı içinde. Deniz kenarındaki bir restoranda, uzaklara bakarken, kız kardeşim çekmişti o resmi geçen sene.

"Babam yapmaz öyle şey," dedi.

"Yaptı. Yaptılar. Babam iki haftadır neden seni görmeye gelmiyor zannediyorsun. Hep bu direniş işlerini kışkırtmak için işte. Bir yıldır uğraşıyorlar, attıkları her adımdan haberim var, sen üzülme diye bugüne kadar söylemedim. Ama istersen arayıp ağızlarının payını veririm."

"Babamı mı arayacaksın?"

"Şahsen aramam, resmi kanallardan."

iPhone'u hoparlöre alıp Mimarlar Odası İstanbul Şubesi'ni aradım. Sonsuza kadar çaldı telefon, en sonunda bir kadın açtı, ya kim açacaktı, bütün kurumların telefonlarını kadınlar açıyor.

"Mimarlar Odası İstanbul Şubesi."

Keyifliydi sesi, işveliydi, kendine güveni yerindeydi, neden olmasın ki zaten, gençsin, güzelsin, Taksim'i ele geçirmişsin, daha ne istersin bu hayattan.

"Sabahattin İyice'yle görüşebilir miyim?" diye sordum.

"Kim arıyordu?"

"Çağlar İyice."

"Bir saniye," deyip kayboldu ortalıktan. Yarım milyon saniye sonra geri döndü, "Şu an dışarıda," dedi, "Bir notunuz varsa kendisine ileteyim."

Öfke ve merakla dudaklarını kemiren kız kardeşime baktım, "Var," dedim. "Aynen yazın."

"Evet," dedi.

Biraz düşündüm, aklıma bir şey gelmedi, "Allah kahretsin!" dedim.

"Anlamadım."

"Onu yazmayın. Pardon. Tamam, bir saniye, sen yazın. Sen yazmayın siz yazın, daha resmi olsun. Evet, siz yazın. Ne kadir kıymet bilmeyen vefasız insanlarmışsınız yazın. Ne istiyorsunuz lan yazın! Yok. Öyle yazmayın, amacınız nedir yazın. Masum duygular vardı yazın, evet, masum duygular. Hepimizin içinde olan masum duygular! Allah kahretsin lan! Kız kardeşim daha dokuz yaşında! Kimse onu düşünmüyor mu? Düşünmüyor mu lan! Neyse, tamam, onları yazmayın, şey yazın. Burada bir çocuk var yazın. Her türlü talihsizliğin karşısında asla vazgeçmeyen bir çocuk. Adı Çiğdem İyice'dir o çocuğun. Her türlü talihsizliğin karşısında asla vazgeçmeyen o çocuğun neden vazgeçmediğini asla unutmayın yazın. Bu eylemlere derhal son vermenizi istiyor yazın. Yazdınız mı?"

Telefonun ucundaki kadın sustu biraz, "Tamam," dedi. "Ben Sabahattin Ağbi'ye söylerim sizi aramasını."

"Ne? Ne dedin?"

"Sabahattin Ağbi'ye söylerim sizi arar."

"Sokarım Sabahattin Ağbi'ne senin! Sabahattin Ağbi kim lan! Burada resmi bildirimde bulunuyorum ben. Mimarlar Odası'na resmi bildirimde bulunuyorum burada. Ültimatom çekiyorum! Sabahattin Ağbi'ymiş... Ağbi ayağı göt ayağıdır kızım, dikkat et kendine."

"Ne diyorsun sen be!"

"Beni küçük düşürmeye ne hakkın var diyorum! Sabahattin Ağbinizi arayacak olsak arardık herhalde, burada resmi bildirimde bulunuyoruz. Bu söylediklerimi bir kâğıda yazıp bilgi notu olarak vereceksin bütün mimarlar odası yöneticilerine. Bütün o ateist mimarların hepsine tek tek vereceksin o notu, içlerinde Sabahattin İyice de olacak! O amına kodumun Sabahattin İyice'si de olacak notu verdiklerin arasında!"

Telefonun kesik kesik çizgiler halindeki kapanma sesini duydum. Dinledim biraz o sesi. Gözlerimi ayıramıyordum elimdeki iPhone'dan, yüzüme kapanmış karanlık bir kapı gibi bakıyordum ona. Kulaklarımda derin bir uğultu vardı, hızla soluk alıp vermeye başlamıştım, göğsüm inip kalkıyordu, "Sabahattin Ağbiymiş," diye bağırdım. "Ağbinizi sikeyim sizin! Ne zaman ağbi oldu lan o!"

İçimi ateş bastı, üstümdeki tişörtü yakasından sıyırıp çıkardım, duvara çarptım. Sinirden gözlerim dolmuştu. Ellerim titriyordu, yumruklarımı sıktım titremelerini önlemek için.

"Çağlar," dedi kız kardeşim. "Lütfen sakin ol."

"Sakinim," dedim. Değildim.

On Bir

O akşam Tadım'a gittik, akasya ağaçlarının altında, sahile bakan masalardan birine oturduk. Her çeşit dondurmanın bulunabileceği güzel bir yerdi orası, parça çikolatalı-damla sakızlı-kavunlu, vaktiniz varsa bir gün gidin de görün, sonbahara kadar açık. Garson sipariş almaya gelince, "Ne istersin?" diye sordum kız kardeşime, cevap vermedi. Sol avucundaki adisyon koçanına tükenmez kalemle not almaya hazırlanan garsona, "Hepsinden karışık koy işte," dedim. "Altışar top olsun. Üstüne duble çikolata ve fıstık. Yani... Anlarsın..."

'Çok mutsuzuz lan,' diyesim de geldi ama tuttum kendimi, sosyoloji bunu gerektirir, duyguların sessizliği. Sessizce yedik dondurmalarımızı, dedem öldükten sonra helvasını da öyle yemiştik. Kız kardeşim o zaman daha beş yaşındaydı ama hadisenin ciddiyetini kavramıştı hemen. Çok yönlü ve karmaşık bir kişiliğe doğru evrilmekte olduğunu da ilk o zaman fark etmiştim. Dondurmaların üstüne ikişer bardak su içtik, hesabı ödeyip para üstünü aldıktan sonra da hayatta ölümü beklemekten başka yapacak işimiz kalmamış gibi cılız, kasvetli adımlarla Fetih Caddesi'ne çıkıp eve yürümeye başladık.

Eve yaklaşmak üzereyken çevreden takır tukur sesler yükselmeye başladı. Ne olduğunu anlamak için kaldırımın ortasında durduk, balkonlardaki üç-dört teyze tencere tava çalmaya başlamıştı. Sesleri duyup balkonlarına çıkanlar da onlara katıldı, kimisi alkışladı, kimisi bayrak salladı, kimisi içeri girip kendi tenceresiyle geri döndü. Bir-iki dakika içinde otuz-kırk balkonda birden tencere tava çalınmaya başladı. Evlerin ışıkları yanıp sönüyordu. Dörtlülerini yakmış usta bir şoför, bir eliyle aralıksız korna çalarken diğeriyle zafer işareti yaparak geçti caddenin ortasından ve bayağı alkış topladı. Onu gören diğer şoförler de kornaya basmaya başladılar. Fetih Caddesi'ne ahenksiz bir senfoni hâkim olmuştu bir anda. Seslerdeki ahenksizliği sezen bir amca, elleriyle orkestra yönetiyormuş gibi hareketler yapmaya başladı, yüzündeki gayriciddi tebessümle bir düzen arayışı içindeydi. O ara bizim yedinci sınıftaki Vatandaşlık öğretmenini gördüm Fidanlar Market'in üst balkonda, göbek atıyordu, notu bol bir tipti zaten, goygoyu da severdi, yadırgamadım. Bir amca pencereden rakı kadehini kaldırıp "Hükümet istifa," diye bağırdı. Hepimiz dönüp amcaya baktık, "Ne bakıyorsunuz?" diye bağırdı. Yanımda duran ihtiyar, "Hasbinallah," çekti. Amcanın karısı, "Seyfi gir içeri," dedi. Amca karısına baktı, sonra kendine bakanlara baktı. O anda hepimiz bakacak doğru yerin neresi olduğunu anlamaya çalışır gibi birbirimize bakıyorduk aslında.

Kız kardeşimin elinden tuttum korkmasın diye, "Ne oluyor Çağlar?" diye sordu.

"Olaylar Kıyıdere'ye de sıçradı sanırım," dedim. "İlk izlenimim bu."

Tempolu adımlarla eve yürümeye başladık. Bizim sokağın köşesinde kirli sarı köpeği fark ettim, barınağa gitmemişti. Gözlerini kız kardeşimle bana dikmiş, hem gücenik hem de tehditkâr bir ifadeyle havlıyordu. Köpeğin on beş-yirmi adım ötesinden hızla geçip eve attık kendimizi. Tencere tava sesleri bizim sokakta da başlamıştı, bir türlü bitmek bilmiyordu. Sesler arttıkça kız kardeşim tırnaklarını kemirip durmaya başladı, sonra iki avucunu kulaklarına bastırdı sıkıca, baktı olacak gibi değil kanepelerin üstündeki küçük yastıkları ısırdı. Bir türlü sakinleştiremiyordum onu. Bir yastığı elinden alsam diğerini kapıyordu, kıyamet kadar kanepe yastığı vardı salonda, bunu da işte o zaman fark ettim.

En sonunda balkona çıktım, söz ister gibi parmağımı kaldırdım, bizim karşı apartmanda tencere tava vuran Ayla Teyze'ye, "Bir saniye bakar mısınız Ayla Teyze!" diye seslendim. "Niye vuruyorsunuz tencerelere tavalara şimdi?"

Ayla Teyze elini çenesinin altına paralel koyup "Buramıza geldi," dedi.

"Ne oranıza geldi?"

"Senelerdir susuyoruz, yeter artık, sen de vur."

"Ben niye vurayım Ayla Teyze? Ben senelerdir susmuyorum sizin gibi. Bir şey söylemek istesem yine söylerim."

"Hani nerede, ne söylüyorsun? Neye karşı çıkıyorsun öyle evde oturarak?"

Tencereyi tavaya vurabildiği için bana muhalefet dersi vermeye kalkıyordu ama ciddiye almadım, pis pis bakmakla yetindim. Çünkü muhalefet benim için bir varoluş tarzıdır. Öyle ki bir şeye karşı çıkmam gerektiğinde sessiz kalırsam eğer, sessiz kalmamışım da yok olmuşum gibi bir hisse kapılırım. Ayla Teyze ile muhabbeti kesip sokağa yoğunlaştım. Sokağımızın sakinleri tencerelere tavalara bütün gayretleriyle vuruyorlardı, bir filmi hızlı çekimde seyreder gibi bir his uyandırıyorlardı bende, tabii ses de vardı. Onlardaki bu gayreti görünce biraz alttan alıp yol yordam göstermek maksadıyla bizim yan komşulara döndüm, "Twitter'ı takip etmiyor musunuz acaba?" diye sordum. "Kıyıdere'de de destek eylemi var bu gece. Vapur'un oraya gidin, orada çalın tencerenizi tavanızı bence. Daha etkili olur."

"Biz burada yapıyoruz eylemi, Twitter'da değil."

"Lan ben size Twitter'da eylem mi var dedim? Eylemin yeri saati yazıyor orada."

Kız kardeşim de o ara, elinde salladığı oklavayla deli gibi koşarak çıktı balkona, "Hepinizi bölge vekilimiz Götüm Bey'e şikâyet edeceğim," diye bağırdı tencere tava çalanlara. Kız kardeşimi güç belâ içeri soktum. Tam balkon kapısını kapatıyordum ki karşı apartmandaki bir kadının diğerine, "Vah vah," diye seslendiğini duydum. "Çocukları da dinci yapmışlar."

Başımdan aşağı kaynar sular döküldü bu söz üzerine, "Ne!" diye bağırdım ellerimi iki yana açıp "Biz mi dinciyiz? Allah aşkına bizim neremiz dinci?"

Dayımı, Dedemi Kanser Eden Parti'ye geçtiği için dinci zannediyorlardıysa şunu bilmeliydiler ki, gençliğinde teravihe gidiyorum diye evden çıkıp bilardoya kaçan, rahmetli dedemin bu sebeple kafasında isteka kırdığı biriydi. Bundan bahsetmedim onlara, dayım hakkında ne düşündükleri pek de umurumda değildi.

Bir elimi kız kardeşimin omzuna koyup "Biz dinci değiliz," dedim. "Kız kardeşimle ben agnostiğiz!"

"Ne gostiz?"

"Ya kapat kapıyı gir içeri cahil! Seninle tartıştığım hata!"

Tam dönüp içeri girecektim ki annem balkona attı kendini, çok derin bir sudan yüzeye çıkmış gibi şaşkın bir ifade vardı yüzünde, panik içindeydi, "Çağlar ne oluyor?" diye bağırdı. "Çağlar Çağlar Çağlar ne oluyor!"

"Yok bir şey," dedim. "Sakin ol."

Tencere tava seslerini duyunca iyice kendinden geçti, "Bizi öldürecekler," diye bağırmaya başladı.

Omuzlarından sıkıca tutup "Saçmalama," dedim.

"Silah var ellerinde."

"Silah falan yok, sadece tencere. Sakin ol."

"Kapıya vuruyorlar. Kapıya geldiler."

"Kapıya falan vurduğu yok kimsenin. İlaçlardan öyle geliyor sana, sakin ol. Gel içeri."

Annemi içeri sokup mutfak masasına oturttum. Kız kardeşim de mutfak kapısından bize bakıyordu. "Sen salona git şekerim," dedim. Annemi o halde görmesini istemiyordum, üstünde benim mavi eşofman altım vardı, ters giymişti. Saçı başı dağınıktı, yüzünde uykudan kalkmış gibi değil de günlerdir uykusuz kalmış gibi bir ifade vardı. Bir bardak su içirmeye çalıştım. Kolonyayla bileklerini, alnını ovdum. Korkuyla bakıyordu, "Bizi öldürecekler," dedi yine.

"Bizi niye öldürsünler? O kadar önemli insanlar değiliz ki biz."

"Sana niye bağırıyorlardı?"

"Dinci zannettiler bizi. Küçük bir yanlış anlama, ufak bir tartışma sadece."

Yerinden fırladı yine, "Kapıya vuruyorlar!"

"Hayır, kimsenin kapıya vurduğu yok, dışarıdan geliyor sesler, balkonlardan."

Balkon kapısını araladım, "Bak dinle," dedim. Dışarıdan gelen sesleri duyunca gözleri dehşetli bir anlatıma büründü, kapattım hemen balkon kapısını. Onu sakinleştirmek için başka bir yöntem düşünmeye çalıştım.

"Sokak kapısına vurdular," dedi yine. Takmıştı sokak kapısına.

"Kimse kapıya vurmadı," diye bağırdım.

"Vurdular."

"Gel o zaman, bakalım kapıya."

"Gelmem ben."

"Gel!"

Dirseğinden tutup kaldırdım, sokak kapısına götürmek istedim. Mutfaktan çıkmıyordu, acayip bir kuvvet gelmişti üstüne. Omuzlarından sertçe çekmeme rağmen mutfağın içinde kalmak için direniyordu. Mutfak kapısının kenarına iki eliyle tutunup ayaklarını yere sımsıkı basmıştı. Tişörtünün yakası yırtıldı onu mutfaktan çıkarmaya çalışırken. En sonunda iki büklüm olup beline sarıldım ve bütün gücümü omzuma vererek ittirdim, ikimiz birden mutfak kapısının önüne düştük. Ben altta kalmıştım, annem üstüme düşmüştü, hemen kalkıp mutfağa kaçmak istedi, kolundan çektim, yanıma düştü. "Bak şu sokak kapısına," diye bağırdım. Başını çevirip sokak kapısını görmesini sağlamaya çalıştım, yüzümü tırmaladı. Can havliyle kendini savunan bir kediden tırmık yemişim gibi hissettim sağ yanağımdaki o beş tırnağı. Mutfağa kaçtı yine.

Elimi yanağıma bastırıp "Buraya gel ve şu kapıya bir bak lütfen," diye bağırdım. Annem mutfak tezgâhının önüne oturmuş, dizlerini karnına çekmiş, sıktığı yumruklarını da gardını almış bir boksör gibi yüzünün önünde kavuşturmuştu. Sokak kapısını söküp getirmeyi düşündüm bir an. Anneme yaklaştım, korkudan büyümüş gözlerle bana bakıyordu, "Üstüme gelme," diye bağırdı. "Üstüme gelme!"

Bana sadece korkuyla da değil, tanımayan gözlerle baktığını gördüm. Tanımaya çalışan gözlerden bahsetmiyorum, o güne kadar annemde görmediğim, bambaşka bir bakıştı o.

"Anne ne oluyor," dedim. "Ne oluyor sana?"

"Sen kimsin?"

"Ben kim miyim? Ben benim. Benim lan! Ben!"

Beni tanımadığını görünce annemin o an delirdiğini zannettim. Öyle zannedince de kendimi o kadar çaresiz hissettim ki mutfak dolabına bir yumruk attım. Kız kardeşim kolumdan tutup "Çağlar yapma," diye bağırdı.

"Sen televizyon seyret şekerim," dedim. "Lütfen televizyon seyret."

Yatak odasına yürüdüm, komodinin üstünden annemin siyah deri çantasını alıp mutfağa geldim. Çantayı açıp içindeki her şeyi mutfak masasına döktüm. Bir sürü ıvırın zıvırın arasındaki Xanax ve Prozac kutularını ayırdım, bir tanesini alıp anneme salladım.

"Sen bu ilaçları beni tanımamak için mi içiyorsun?" diye sordum. "Ha! Beni tanımamak için mi? İyi, güzel! Ben de içmek istiyorum o zaman bu ilaçlardan."

İlaç kutusunu açarken kız kardeşim koluma yapıştı, "Çağlar lütfen lütfen lütfen," dedi. "O ilaçlardan içme!" İlaç kutusu elimden düştü, içindeki mavi haplar yerlere saçıldı. Kız kardeşim yerdeki hapları toplayıp ceplerine tıkıştırmaya başladı.

Telefonumun çaldığını çok sonra fark etim, Mikrop arıyordu, "Ne yapıyorsun?" diye sordu.

"Deliriyorum."

"Yapma reis. Vapur'a gel."

"Sen de mi eyleme gittin Mikrop?"

"Hayır. Mervenaz ile Ecem burada, Efekan meselesinde önemli gelişmeler var."

On İki

Sakin görünmeye çalışıyordum ama kalbim hızla çarpıyordu ve bunu bir tek ben biliyordum. Kirli sarı köpek evden çıktığımdan beri peşimdeydi, başını hafiften sola yatırmış, tehditkâr gözlerle beni takip ediyordu. Birkaç sefer durdum Fetih Caddesi'nde, o da durdu. Yanından geçip giden kimseye aldırdığı yoktu, bana takmıştı kafayı, belki de karanlık bir sokak köşesi arıyordu üstüme atlayıp ısırmak için. İŞKUR'un önündeyken arkamdan bir minibüsün yaklaştığını duydum, hemen dönüp el edeyim dedim fakat caddenin ortasından o kadar hızla geçip gitti ki nerenin minibüsü olduğunu bile anlayamadım, "Yavaş!" diye bağırıp koştum peşinden, ben koşunca köpek de koşmaya başladı, bir sokak lambasının altında soluk soluğa durdum. Köpek birkaç adım ötemdeydi, burnundan soluyordu, kulakları dikleşmişti, hafif aralık duran ağzından sivri dişlerini görebiliyordum. Çaresizce caddeye baktım, mavi minibüs çoktan uzaklaşıp gitmişti, o kadar hızlıydı ki plakasını bile alamamıştım, alabilseydim seneye Minibüsçüler Odası hatları yenilemek için belediyeye başvurduğunda, o plaka sahibinin durumunu da ayrıca konuşabilirdik.

Omzumun üstünden yan gözle arkamı kollayarak usul usul yürümeye devam ettim, adımlarımı gitgide sıklaştırdım, caddenin sonundan Kurtuluş Meydanı'na saptım. Eski Atacan'ın meydana bakan merdivenlerinde bizim İlçe Emniyet Müdürü'nü görünce rahat bir nefes aldım, yanına çıkıp elini sıktım hemen, "Nasılsın Hakkı Müdürüm?" diye sordum. Bir gözüm köpekteydi, o da bana bakıyordu ama polislerin yanında olduğum için yukarı gelemiyordu. "İyiyim Çağlar, sen nasılsın?" diye sordu Hakkı Müdür bana bakmadan.

"İdare eder Müdürüm."

Hakkı Müdür siyah takım elbise giymişti, telsizini kulağına yakın tutmuş, donuk bakışlarla meydanı inceliyordu. Saçları önden açılmaya başladığı için alnı olduğundan daha geniş gözüküyordu, sert görünmeye çalışıyordu ama esasen dalgın bir hali vardı. Belki de bir parça üzgün, haksızlığa uğramış gibi bir hal. İki yıl önce, ulusal basının da ilgisini çeken çifte cinayet olayında da böyle görmüştüm onu. Yanında korumalığını ve aynı zamanda şoförlüğünü yapan iri kıyım bir tip vardı, Hakkı Müdür'den daha sinirli gözüküyordu, Müdür nereye bakarsa o da aynı anda başını çevirip oraya bakıyordu. İşte o an ben de meydanda toplanmış insanlara bakmayı akıl ettim, geçen seneki 29 Ekim ücretsiz halk konseri ve havai fişek gösterisinden sonra gördüğüm en büyük kalabalıktı.

Kalabalıktılar ama biraz dağınık bir izlenim de veriyorlardı, merkezleri yoktu, kürsü yahut sahne olmadığı için bakacak bir yer bulmakta da zorlanıyorlardı kimi zaman. Bir kısmı geçen sene yeri değişen Eski Atatürk Heykeli'ne doğru dönmüştü yüzünü, bir kısmı da pas tutmakta olan vapura doğru. Ağırlıklı olarak Türk bayrakları ve Atatürk posterleri vardı ellerinde. Vapurun yakınında, Küçük Balıkları Yediler Paraları Sökülün örgütünden yirmi beş-otuz kişilik bir grup da vardı. Üç ay önce AKSA'da yangın çıkınca gidip kendilerini fabrikanın kapısına zincirlemişlerdi sızıntı var diye. Geveze elemanlardı ama severdim onları, kendilerine göre bir hırgür anlayışları vardı. Beni dergilerine abone bile yapmışlardı konuşa konuşa. Hâlâ orta boy yeşil bir zarfın içinde geliyor o dergi, büyük edebiyatla ilgilenmekten bir türlü fırsat bulamadım, bir gün de açıp onları okuyacağım.

Ayın önünden geçen parça parça bulutlara bakıp meydanın uğultusunu dinledim biraz. Soru işaretleriyle doluydu kafam o gece. Taksim'de başlayan olaylar büyük şehirlerin ardından Kıyıdere'ye kadar yansımış, milyonlarca insan meydanlarda toplanmıştı. Peki, bu insanlar ne yapacaktı şimdi? Hükümeti mi düşüreceklerdi? Devrim mi yapacaklardı? Dayım gibileri asacaklar mıydı? Son isteği ne olacaktı acaba dayımın? Avrupa Birliği'yle ilişkiler ne olacaktı ayrıca? Vizesiz dolaşım hakkımız ne olacaktı? Her şeyden önemlisiyse Mervenaz ile Ecem, Efekan meselesinde ne gibi gelişmeler aktaracaktı bana?

Mikrop'u arayıp Eski Atacan'ın önünde olduğumu söyledim. Sağ taraftan, o güne kadar sadece Kıyıderespor'un maçlarında ve Her Şeye Başka Bir Şey Diyen Parti'nin basın açıklamalarında gördüğüm Çevik Kuvvet polisleri yaklaşmaya başladı, on beş-yirmi kişi kadar vardılar. Hakkı Müdür, Çevik Kuvvet amirine durmalarını işaret edip onlara doğru yürüdü, şoförü ve koruması da hemen bir adım arkasından seğirtti. Polisler gidince köpek merdivenleri çıkıp sol tarafımdan yaklaşmaya başladı, sağ taraftan indim, peşimdeydi, beni önüne katmıştı, meydandaki kalabalığa doğru ilerliyorduk. Kalabalığın arasına karışıp izimi kaybettirmeyi düşünürken biri koluma girdi, dönüp baktım, Mikrop, derin bir nefes aldım.

"Ne oldu?" diye sordu. "Yüzün bembeyaz."

Köpeği gösterdim. Mikrop, köpeğe kaşlarını çatarak yaklaştı, aralarında bir karışlık mesafe kala durdu, sonra da başını ani bir hareketle çevirip uzaklaşmasını işaret etti. Beni ısırmak isteyen zavallı köpek, kuyruğunu kıstırıp uzaklaştı hemen. Dünyayı sessizce değiştirmek mümkün olsaydı, muhtemelen bu görevi Mikrop Cengiz'e verirlerdi.

"Mervenaz ile Ecem nerede?" diye sordum.

"Gel."

Eski Atatürk Heykeli'ne doğru yürümeye başladık. Mervenaz ile Ecem anneleriyle birlikte gelmişlerdi eyleme. Ellerindeki Türk bayraklarını sallayıp "Türkiye laiktir laik kalacak!" diye bağırıyorlardı. Bizi görünce daha güçlü bağırmaya başladılar. Sadece kadın ve çocukların seyrettiği cezalı maçlardaki gibi çıkıyordu sesleri.

"Biraz konuşabilir miyiz kızlar?" diye sordum.

Beni duymamış gibi devam ettiler slogan atmaya.

"Kızlar," dedim. "Sizi temin ediyorum ki Türkiye laik kalacak ve plajlarda güneşlenmeye devam edeceğiz. İki dakika gelin de şu Efekan meselesini bir konuşalım."

"Biz zaten Cengiz Ağbi'ye anlattık," dediler.

"Olsun, bir de bana anlatın. Şimdi bu Efekan sizinle haber gönderip Çiğdem'e sırılsıklam âşık olduğunu söyledi mi?"

"Hayır," dedi Mervenaz.

Ecem de, "Hayır," dedi. Birbirlerinin söylediklerini ya tekrarlıyorlar ya da tamamlıyorlardı. Sadece tamamladıkları zamanlarda hoş bir ikili sayılabilirlerdi.

"Çiğdem bize gelip Efekan'a sırılsıklam âşık olduğunu söyledi," dediler. "Bunu da ona söylememizi istedi."

"Söylediniz mi peki?"

"Hayır?"

"Neden?"

"Efekan'ı rahatsız etmek istemedik. Geçen sene de âşık olmuştu ona Çiğdem, o zaman gidip söylemiştik. Efekan, Çiğdem'i sevmediğini söylemişti. Çiğdem de gidip onun defterine kalp çizmişti. Efekan kalbi silince Çiğdem de gidip Efekan'ın bütün defterlerini karalamıştı üçüncü teneffüste."

"E bu Efekan da onun güzel yazı defterini karalamıştı."

"Ama önce Çiğdem karaladı."

"Kızlar siz Çiğdem'in en yakın arkadaşları değil misiniz? Kimin tarafını tutuyorsunuz bakayım."

"Biz Çiğdem'le artık konuşmuyoruz."

"Niye?"

"Efekan'la konuşmadığımız için bize çok ayıp bir şey söyledi."

"Ne söyledi?"

"Söyleyemeyiz, çok ayıp."

"Kulağıma söyleyin."

Mervenaz sol kulağıma Ecem de sağ kulağıma aynı anda söylediler. Kız kardeşimin ne söylediğini yazmayacağım şimdi, çok terbiyeli bir çocuktur o, ama tabii stresliydi o aralar; tereddütler içinde, kalbi kırık ve yalnızdı, otuz dokuz yaşında bir insanın taşımakta zorlanacağı manevi yükleri dokuz yaşında sırtlanmış durumdaydı, bunu bilin yeter.

"Merdivenlerden itme hadisesi ne peki?"

"Orasını görmedik. Efekan ona bakmıyor diye gitmiş, yine çok ayıp bir şey söylemiş burnuyla kulağıyla alakalı, itmiş onu merdivenlerden. Çağlar Ağbi, Çiğdem'e bu ayıp küfürleri sen mi öğretiyorsun?"

"Hayır canım, ne münasebet. Hep üst sınıflardan duyuyor."

Mervenaz ile Ecem bayraklarını sallayarak annelerinin yanına döndüler. Sağımdan solumdan her yaştan insan geçiyordu, kiminin elinde bayrak vardı, kiminin poster, kiminin el yazılı karton, kiminin de hiçbir şey yoktu elinde, sadece kızgınlığını alıp gelmişti yahut kırgınlığını yahut merakını yahut ne bileyim ben, herhangi bir duygunun etkisiyle gelmişti işte oraya. Herkes bağıra çağıra konuşuyordu, öfkeli görünüyorlardı ama tuhaf bir neşeleri de vardı o haldeyken, attıkları sloganlara ara verdiklerinde birbirleriyle tartışıp duruyorlardı, her kafadan bir ses çıkıyordu, en sonunda bütün o sesler birleşti, hep bir ağızdan, "Hükümet istifa," diye bağırmaya başladılar. Başımı önüme eğdim, avucumu alnıma yasladım.

"Neyin var?" diye sordu Mikrop.

"Yorgunum."

"Gidelim istersen."

"Ne olacak bu işler Mikrop?"

"Çiğdem'le konuşuruz."

"Onu demiyorum."

Çevremizdeki insanları gösterdim. Ben de içlerindeydim ama orada değilmiş gibi bir halim vardı, Kolombiya'dan gözlemci sıfatıyla gönderilmiştim sanki, anlamadığım bir dil konuşuluyordu çevremde.

"İnsanlar üzgün," dedi Mikrop. "İnsanlar bıkmış."

"Haklısın ama neden?"

"Bilmiyorum. Aynı şeyleri hissetmekten bıkmışlardır belki. Aynı yüzlerden. Aynı dertlerden. Değişik bir şeyler istiyorlar artık."

Biraz hava almak için deniz tarafına yürürken Ya Kime Vereceksiniz Mecbur Bize'nin Merkez İlçe Başkanı Yavuz Amca'yı gördüm. Uzaktan el etti bana, "Vay Çağlar," diye seslendi. "Sen de mi buradaydın?"

"Kıyıdere neredeyse ben oradayım Yavuz Başkan."

"Aferin koçum benim," diyerek bir elini omzuma attı. Patlıcan burnunun üzerinde ince ince mavi damarlar vardı, soluğundaki anason kokusu da belli oluyordu ama esasen ruhen sarhoş olmuştu.

"Güzel bir akşam," dedi.

"Evet," dedim. "Bize müsaade."

"Bir dur," deyip kolumdan tuttu. Söylemek istediği önemli bir şeyler varmış gibi gözlerini kıstı, sonra gülümsedi, bir an söylemekten vazgeçer gibi olduğunu hissettim. Mümkün mertebe ifadesiz bir yüzle bakıyordum ona, bir şey söylemek istiyorsa buyursun söylesindi, ayrıca teşvik edecek değildim.

"Bizim sitenin yolu ne olacak?" diye sordu en sonunda.

"Asfalt hazır, Karayolları'dan mıcır bekliyoruz."

"Gelemedi bir yıldır o mıcır."

"Şimdi o iş öyle değil Yavuz Başkan. Dayım sizin site yönetimine yansıtmadı ama inşaat esnasında gidip gelen hafriyat kamyonları yüzünden ana yolun asfaltı da delik deşik oldu. Kaç aydır onların yamalarıyla uğraşıyoruz. Şimdi bizi de bir düşün, ana arterleri onarmadan yan yola nasıl girelim."

"Taş döşeseydiniz bari."

"Asfalt dururken biz sana niye taş döşeyelim Yavuz Başkan. Sen yabancı mısın?"

"Dayın da öyle diyor ama hep bizi sallıyorsunuz gibi geliyor."

O an takatimin tükendiğini hissettim. Mikrop'a baktım destek almak için. O ise gözlerini Yavuz Başkan'a dikmiş, on küfür gücünde bakıyordu. Farkında değildi Başkan o bakışların.

"Biz seni niye sallayalım Yavuz Başkan, hiç öyle şey olur mu?" diye açıklamaya çalıştım. "Ben bu Kıyıdere Belediyesi'ne yıllarımı verdim, dayım da dahil hiç kimsenin particilik yapmasına müsaade etmem o çatı altında. Bizde hizmet her yere eşit gider. Ayrımcılık olmaz. Sözleşmeli Alevi bile çalışıyor Fen İşleri'nde. Reçko Baba telefon açtı Tiran'dan, bir ahbabının ahbabıymış, dedi böyle böyle tanıdıktır, biz de Alevi demedik, yaptık sözleşmeyi, kadro bile verebiliriz önümüzdeki yıl."

"Önümüzdeki yıla kalırsanız tabii."

Eliyle omzuma vurup sırıttı. Mikrop koluma girip başıyla uzaklaşmamızı işaret etti, Başkan'a cevap vermedim, yürüdük. O ara daha evvel referandum meselesi nedeniyle kavgalı olduğum bir-iki tipi gördüm. Ya Kime Vereceksiniz Mecbur Bize'nin gençlik teşkilatındandılar. "Hükümet istifa!" diye bağırırken bana bakmaya başladılar. Neden öyle yaptıklarını anlayamadım.

Mikrop, "Yürü gidelim," dedi.

"Bir dur," deyip "Hayırdır gençler," diye seslendim bana bakanlara. "Ne alaka şimdi?"

Ben öyle deyince daha beter bağırmaya başladılar. Yavuz Başkan kollarını iki yana kaldırıp "Çağlar'ın ne alakası var hükümetle, yapmayın gençler," diye araya girmek istedi ama o kargaşada kimseye sesini duyuramadı. Bu arada milletin bana baktığını görenler de bana döndü, sadece Ya Kime Vereceksiniz Mecbur Bizeliler değil, meydana gelen pek çok kişi de bana bakıp "Hükümet istifa!" diye bağırmaya başladı. Başımı sallayıp kederle gülümsedim.

Karşımdaki bir-iki gencin üstüne yürümek isteyen Mikrop'u tutup çektim, "Bırak kardeşim," dedim. "Bağırsınlar."

Orada durup onlara bakıyordum. Göğsüme bir ağırlık çökmüştü. O an, sırf belediye başkanının yeğeni olduğum için, öfkelerini yöneltecek başka kimse bulamadıklarından, bana bakıp da sanki hükümet benmişim gibi, 'Hükümet istifa,' diye bağırmalarını dinlerken, elimde öyle bir imkân olsaydı eğer kendimden istifa ederdim. Bu neydi şimdi? Mizacımı, kişiliğimi, hatıralarımı çiğnemeye, tekme tokat dövüp hastanelik etmeye ne hakları vardı? Çifte dışlanmışlık hissediyordum içimde, çifte incinmişlik hissediyordum. O insanların hepsiyle tek tek konuşmak istedim o akşam, akıllarını başlarına getirmek için gerekirse hepsini tek tek yumruklamak istedim. Aradan epey zaman geçti şimdi, pek o ruh halinde değilim artık, içimdeki yönetimi çok sevdiğim bir arkadaşım devraldı sanki. O gece tek tek yumruklamak istediğim insanların hepsini tek tek anlamak istiyorum şimdi. Sadece duygularını düşüncelerini de değil, yüreklerinin en saf noktalarını, ruhlarının en derin, en gizli köşelerini anlamak istiyorum. Sonra da, "Ey insan kardeşlerim," demek istiyorum onlara, "siz de Çağlar İyice'nin nasıl biri olduğunu anlamak istiyor musunuz sahiden?"

Ve ayrıca yine şimdi düşünüyorum da, bu hadisenin bende böyle derin bir etki yaratmasının bir nedeni de, hemen akabinde eski kız arkadaşımı görmüş olmamdı. Kollarıma Mikrop'la Yavuz Başkan girmişti, bana tepki gösteren insanların arasından uzaklaşıyorduk. T.C. Sinem Uzun'un vapurun oradan el ettiğini görünce oraya yürüdük, eski kız arkadaşım da yanındaydı. Ayrıldıktan sonra bir sefer de okulların kar tatiline girdiği gün karşılaşmıştık. Bizim sokağın çocuklarıyla yaptığım kartopu savaşını kaybetmiş, çam ağaçlarını siper alarak nokta atışlarıyla geri çekiliyordum Yağmur Fırın'a doğru. Yüzümü dönünce, birden onunla karşılaşmıştım fırının sıcak ekmeklerden buğulanmış camlarının önünde. Ama bu ikinci görüşüm, belki de çevremizdeki atmosfer nedeniyle daha etkili olmuştu. Tişörtünün önünde boynundan bağladığı Türk bayrağı asılıydı, bayraktaki hilalin üstünde Atatürk'ün kalpaklı bir resmi vardı. Eski kız arkadaşımın yanında yeni erkek arkadaşı duruyordu. İçimden bir şeyler kopup gitti onu öyle görünce, uzaya fırlatılan mekiklerden kopan parçalar gibi. Zaten böyle karşılaşmalar nerede sönmüş solmuş bir duygunuz varsa gelip bulur, yeniden canlandırırlar. Şimdi anlatmaya bir başlasam var ya sabaha kadar sürer. Tutmalıyım kendimi. Evet, güzel günlerimiz olmuştu; Eski Bankacılar Lokali'nde, Eski Atacan'da, Eski Ergun Düğün Salonu'nun köşede, Eski Şefika Sokak'ta.

Gayet rahat bir tavırla, "Nasılsın Çağlar?" diye sordu.

"İyiyim Çisem, sen nasılsın," dedim sesimdeki titremeyi gizleyemeden.

Yeni erkek arkadaşı da gayet rahat tavırlar içindeydi. Tokalaştıktan sonra bana dönüp doğru düzgün bakmamıştı bile. Bir ben miydim böyle huzursuz olan? Benim niye sesim titriyordu, elim ayağım birbirine dolaşıyordu ki şimdi? Eski kız arkadaşımın peşinden koşmuyordum artık, onunla tekrar birlikte olabilmek için en ufak bir çaba da sarf etmiyordum. Ama yine de onu düşünmeden tek günüm geçmemişti, tek saatim geçmemişti. O da biliyordu bunu. Herkes biliyordu. Martılar bile biliyordu. Sabahın köründe çığlık atıyorlardı bu yüzden, hiç kimse onlara fikirlerini sormamışken üstelik, biz de biliyoruz demek için, sırf piçliğine.

Bu ufak sohbetin ardından attıkları slogana geri dönmüşlerdi. T.C. Sinem Uzun, iki kolunu kaldırmış, gece kulübünde dans eder gibi atıyordu sloganı. Eski kız arkadaşım ise çok asildi o an; duru, sakin ve sevgi dolu bakışlarla eşlik ediyordu kitleye. Ben o an Mustafa Kemal olsam eski kız arkadaşımı kesinlikle askerim yapardım. T.C. Sinem Uzun'u da geri hizmete verirdim, ortalıkta dolaşıp ordumun aklını karıştırmasın diye.

Mikrop'la beraber yanlarından ayrıldık. Vapurun oraya geçtik, elimi vapurun pas tutmuş gövdesine koydum. Eski kız arkadaşıma göz ucuyla bakarken dayım olacak iti de düşündüm ister istemez. Dayıma sahiden acıyorum bazen, merhametle doluyorum ona karşı, diyorum ki 'Acaba çocukken bu dallamayı hiç kimse sevmedi mi, hiç kimse başını okşamadı mı, hiç kimse kulağına sevgi sözcükleri fısıldamadı mı, hiç kimse ona oyuncak ayı almadı mı, hiç kimse onu elinden tutup deniz kenarına götürmedi mi hafta sonları, hiç kimse ona kumdan kale yapmasını öğretmedi mi de belediye başkanı olur olmaz, ilk icraat olarak, İstanbul Şehir Hatları'nın hurdaya çıkardığı bir vapuru alıp Kıyıdere'nin ana meydanına koydu?' Vapurlar ki denizde yüzer, insanlar ki meydanda yürür, yarın öbür gün helâl süt emmiş bir müfettiş gelir de, 'Kardeşim sen bu milletin vergileriyle saçma sapan işler yapma yetkisini nereden aldın,' diye sorarsa, 'ben ne bok yerim,' diye hiç düşünmedi mi acaba?

Vapuru aldıktan sonra otel yapayım dedi, üstüne bir kat çıktı, bir boka benzemedi, onu yıktı, restoran yapayım dedi, o proje de rafa kalktı. Vapurun iskele tarafında sadece bir tabela var şu an, 'Vapura Girmek Tehlikeli ve Yasaktır' diye, bir de sancak tarafında bir pankart: "Kıyıderespor'a katkılarından ötürü Belediye Başkanımız Sayın Altan Baysal'a teşekkür ederiz."

Elimi vapurun gövdesine yaslanmış eski kız arkadaşıma bakıyordum. Gözlerimi alamıyordum ondan, o hengâmenin içinde beni görmemesi tek tesellimdi. Sadece Mikrop Cengiz farkındaydı ona baktığımın. Kalabalık bir tartışmanın ortasında birinin yüzüne, benim için sadece senin düşüncen önemli dermiş gibi bakıyordum eski kız arkadaşıma.

Mikrop, "Gidelim istersen," dedi.

"Dur kardeşim," dedim. "Biraz daha duralım lütfen."

Geçen yaz âşık olmuştum eski kız arkadaşıma, cesaretimi toplayıp bir girişimde bulunana kadar kış gelmişti, sinsice kara sevda çekmiştim o arada. Hemen hemen her gün geliyordu Eski Bankacılar Lokali'ne. Sonbaharla birlikte de Eski Atacan'a, Eski Liman Kafe'ye. Aynı çevrede takılıyorduk, bir sürü ortak arkadaşımız vardı diyemem ama ortak bir muhabbetimiz vardı. Güzel bir arkadaşlığımız vardı, her yöne gidebilecek bir arkadaşlık. Yine de tedirgindim biraz. İnsanda çekingenlik uyandıran kızlardan biriydi, biraz daha ileri gidersem büyük bir suç işleyecekmişim gibi hissediyordum kendimi. Tabii o kadar bekleyince, gecikmiş bir tutkuyu da bütün şiddetiyle hissediyor insan. En sonunda bir akşamüstü dayanamadım, sarıldım iPhone'a, ikinci çalışında açtı, *Hızlı ve Öfkeli 5*'e gittik o akşam Özdilek Cinetime'da, sonra da Palmiye Kafe Bar'a gidip bir şeyler içtik.

Bir ay kadar sonra ona, "Gerçekten bana hitap eden birisin," demiştim. İşte o güne kadar her şey yolunda gidiyordu ya da bana öyle gelmişti. "Çağlar ben seni öyle görmüyorum," demişti bana o zaman. "Denedim ama olmadı. Ben seni öyle görmüyorum."

"Beni öyle görmüyorsan Eski Şefika Sokak'ta öptüğün adam başka biri miydi?" diye sormuştum, cevap alamamıştım. Ama kafama takılmıştı bir kere bu soru. O soru kafama takıldığı için de başka hiçbir şey yapamıyordum. Aynı akşam aradım, "Başka birini mi düşünüyordun Eski Şefika Sokak'ta öpüşürken?" diye sordum. "O bir yanlıştı," dedi. Böylece kapandı konu. Hayatta bir sürü yanlış yapıyoruz. Eski Şefika Sokak mesela, artık yok. Bazen gidiyorum oraya, öpüştüğümüz yere yirmi metre aşağıdan bakıyorum. Tünel-altgeçit inşaatı var orada şu an, Dörtyol Köprülü Kavşak'a geçiş güzergâhı olacak, oradan da İzmit-İstanbul yoluna bağlanacak.

Eski kız arkadaşım beni öyle görmediğini söylemişti. Takılmıştı kafama bu soru bir kere, tatmin edici bir cevap da alamamıştım. Ben de, 'Acaba beni nasıl görüyordu?' diye düşünmeye başladım. App Store'dan ücretsiz ayna application'ı yükleyip öyle görülmeyen adam nasıl görünüyor acaba diye baktım yüzüme, şarjım bitene kadar baktım. Hiç kimsenin beni tanımadığı bir yere gidip iki bira içme ihtiyacı hissetim sonra. Karamürsel'de bir birahaneye gittim. Bar tezgâhının ortasına yan oturup fıçı bira söyledim. Herkesin beni göreceği merkezî bir yerde oturuyordum ama o akşam içerideki herkes televizyondaki diziyi seyrediyordu. Bol reyting alan bir diziydi. Birahanenin kapısındaki kedi bile televizyondaki diziyi seyrediyordu. Eski kız arkadaşımın da o diziyi seyrettiğini biliyordum, kız kardeşim de seyrediyordu, annem de seyrediyordu, dayım eve geldiyse mutlaka o da seyrediyordu, bütün ev hanımları, bütün işsizler, işçiler, gençler, ihtiyarlar, akşamcılar ve alkolikler, sokaktaki köpekler ve kediler ve ölenlerin ruhları bile o diziyi seyrediyordu. Hepimize şah damarımızdan daha yakın olduğuna göre bizzat Tanrı'nın kendisi bile o diziyi seyrediyordu o gece. Herkesi aynı anda oyalayabilen, herkesi birbirine bağlayan, herkesi eşitleyen sihirli bir hava vardı o dizide. Keşke o dizide oyuncu olsaydım diye geçirdim bir an aklımdan, küçük bir rol, Çağlar İyice için, her bölümde bir sahne gözüksem yeterdi, bir şey söylemesem bile olurdu. Telefonu şarja verdim, reklam arasında geri alıp Çisem'i aradım, "Şimdi biz ayrıldık mı sahiden?" diye sordum.

"Ayrıldık," dedi.

"Eski TİGEM'in bahçesinde olanlar yüzünden mi? İngiliz yüzünden mi?"

"Anlamadım."

"Anlatmıştım sana."

"Ne alakası var Çağlar."

"Her şeyin her şeyle alakası vardır."

"Kaç yıl geçmiş üstünden, doğru düzgün hatırlamıyorum bile ben o olayı, ne alakası var şimdi onunla bunun."

"O zaman şimdi biz ayrıldık mı sahiden?"

"Evet."

Kesin bir karar vermiş insanların sakinliği vardı sesinde. "İyi tamam," deyip kapattım. Bir bira daha söyledim. Birahanenin önünde sandviç satan adama baktım. Reklam arasında belki müşteri gelir diye el arabasından bozma tezgâhının başına geçmiş, soğuktan uyuşan ellerini ovuşturmaya başlamıştı. Rehbere göz gezdirip kimi arasam diye düşündüm, beni tanıyan hiç kimseyle konuşmak istemiyordu canım. En sonunda Sağlık Bakanlığı Alo 171 Sigarayı Bırakma Hattı'nı arayıp "Kız arkadaşımdan ayrıldım," dedim operatör kadına. "Tütünü bırakmak gibi bir şey oldu bu."

"Bizi meşgul etme," dedi.

"Neden?"

"Bizi böyle meşgul etmen suç."

"Suç mu? Bu da mı suç? Bunun neresi suç, bir tane akıllı insan kalmadı mı bu memlekette? Kafayı mı yediniz hepiniz benden habersiz?"

"Numaran şu an sistemde gözüküyor. Kamu görevlisini lüzumsuz yere meşgul etmek suçtur."

"Kapatıyorum o zaman telefonu. Kendini iyi hissedecek misin ben bu telefonu kapatınca? Bir suçu önlemiş olmanın mutluluğunu duyacak mısın? Kafanı yastığa koyduğunda huzurla uyuyabilecek misin? Aklına ben hiç gelmeyecek miyim bundan sonra? Benden vazgeçmek bu kadar kolay mı? Beni sonsuza kadar unutmak bu kadar kolay mı?"

"Evet."

Telefonu kapatıp birahaneden çıktım.

"Hişt genç, nereye gidiyorsun?" diye seslendi arkamdan bar tezgâhında oturan şişman herif.

"Karşıya," dedim, "Sigara almaya."

"Hesabı ödemedin."

"Sigara alıp geleceğim."

"Nereden bileyim sigara alıp geleceğini?"

"Çünkü ben sigara alıp gelirim ve kimseye hesap takmam."

"15 lira."

"Peki."

Hesabı ödedim, yolun karşısındaki tekele gidip "Bir sigara alabilir miyim?" diye sordum.

"Ne sigarası?"

"Hımm... Maltepe ver, Maltepe iyidir."

"Uzun var."

"Daha iyi."

Birahaneye geri döndüm. Bir sigara yaktım, içime çekmeden önce tuttum biraz dumanı ağzımda.

"Burada sigara içmek yasak," dedi bardaki.

O an beynimde bir-iki devrenin yandığını hissettim, cız cız etti kafamda bir şeyler.

"Sigara içmek de mi yasak? Allah kahretsin! Ne yasak değil bu ülkede? Lütfen bana bir liste ver, yasak olmayan şeylerin listesini ver bana."

"Arka kapının oradaki masalarda içebilirsin. Bar tezgâhında içmek yasak. Ekipler geziyor."

"E bunun külü de var, onu ne yapacağım?"

"Çerez tabağını kullan."

Arka masalardan birine geçtim, "Bir gün beni öyle görebilir misin acaba?" diye mesaj attım eski kız arkadaşıma. Yarım saat kadar bekleyip "Acımasız bir yaklaşım içindesin," diye bir mesaj daha attım. "Yetmez ama arkadaşlık," yazdım sonra. Bir bira daha söyledim, "Sokarım artık sevmiyorum," yazdım, "Özür dilerim," yazdım hemen ardından, "Arkadaşlık da yeter," yazdım. Baktım olacak gibi değil, "Ben her şeyi vermeye hazırım Çisem, peki sen, her şeyi almaya hazır mısın?" yazdım. Birayı fondip yaptım. "Kaldırımda yürürken kafana damlayan klima suyu olsam cevap yazardın," yazdım. Son olarak da, "Birini hiçliğe mahkûm edersen elbette o senin her şeyin olmak isteyecektir," yazdım. Bu sonuncuya artık cevap gelir diye bekliyordum. Bir teselli cümlesi ya da anlayış ifadesi de beklemiyordum, herhangi bir şey yazması yeterliydi, bir sembol bile olabilirdi, bir küfür bile olabilirdi, sorun değil, yeter ki cevap gelsin. Benimle iPhone arasında bir mücadeleye dönmüştü artık mesele. İçimde pes etmeyen tatlı bir duygu vardı, birazdan o telefonun dit dit edeceğini söylüyordu ve sahiden dit dit sesi geldi. Hemen bakmadım ekrana, bir bira daha söyledim, o mesajın tadını çıkarmak istiyordum, sıkı bir yudum aldım biradan ve okudum, şöyle bir şeydi: "Sevdiklerinizle mesajlaşmak artık çok daha ucuz. SMS kampanyamızdan yararlanmak istiyorsanız EVET yazıp 2222'ye gönderin, 5 liraya haftada 500 SMS fırsatını kaçırmayın. Sevdiklerinizle doyasıya mesajlaşın."

Yine de o kadar kederli değildim o ilk ayrılık günlerinde. Kederliydim ama verimli bir kederdi bu, başka bir enerjiye dönüşebilirdi. Seni öyle görmüyorum demişti belki ama beni öyle göreceği bir gün gelir diye bekliyordum. Öpüşmüştük Eski Şefika Sokak'ta. Eski Şefika Sokak'tan kalanlar biliyordu bunu. Mikrop da biliyordu. Ben de Mikrop'la beraber bekliyordum. Onu da sigaraya başlatmaya çalıştım. "Başladım," diyordu, Marlboro Light paketi taşıyordu ceket cebinde, yanımdayken de içiyordu bir-iki tane, ama biliyordum, başlamamıştı aslında, gizli gizli içmiyordu. Bir gün elektronik sigarayla geldi, "Ben artık bunu içeceğim," dedi. "Bir fırt versene," dedim, ben de elektroniğe geçtim.

Mikrop'la beraber bir yandan elektronik sigaralarımızı tüttürüyor, bir yandan da çanak antenlere konan kargalara, dalgaların kıyıya attığı yosunlara, kaldırımların ortasında uyuklayan köpeklere, arabaların üstünde pinekleyen kedilere bakıp bekliyorduk. Uzaklardan geçen uçakların homurtularını dinliyorduk sonra. Bazen yoğunluğumu kaybetmişim de boşlukta süzülüyormuşum gibi hissediyordum kendimi. Ağır bir ruh halindeydim ama bedenim hafiflemiş gibiydi. Mikrop'u da yanımdan ayırmadan içime kapanmıştım. O da anlıyordu bunu, gerçek bir kötü gün dostuydu Mikrop Cengiz. Yanımda o da olmasa, öyle bir bekleyişin içindeyken kaybolduğum hatta düpedüz yok olduğum hissine kapılabilirdim.

O günlerden birinde T.C. Sinem Uzun'dan, eski kız arkadaşımın Fen Liseli bir angutla beraber olmaya başladığını öğrendim. Okulları bizim Turizm Meslek'in hemen yanındaydı, her gün okul çıkışında bekledim o herifi, dikkatle baktım ona, öyle gördüğü adam nasıl oluyor acaba diye. Zaten benim dibe çakılmam da böyle oldu.

İnsan ayrılınca değil, yeniden kavuşma ümitleri tükenince yıkılır. O zaman hayat son zerresine kadar kocaman bir can sıkıntısına dönüşür. Sanki son vapuru kaçırmışsın da bir adada mahsur kalmışsın, güneş ağır ağır batarken sonraki vapurun hiç gelmeyeceğini söylemişler sana, bunun can sıkıcı bir şaka olmadığını, gerçek olduğunu söylemişler. Buydu vaziyetim. Beni o kış bir kişi terk edip gitmişti ama sanki iki yüz elli kişi terk edip gitmiş gibi hissetmiştim.

Omzuma bir el dokundu. Meydandan bize doğru gelmiş ihtiyar bir amcaydı. Düzgün giyimliydi, sinekkaydı tıraşlıydı, yakasında Atatürk rozeti vardı, Mikrop'la ikimizi gösterip, "Siz niye bağırmıyorsunuz evlâdım?" diye sordu.

"Mustafa Kemal'in askerleri değiliz ki biz amca," dedim.

"Ya neyin askerisiniz?"

"Biz neyin askeriydik Mikrop?"

"Uykusuz gecenin askerleriyiz reis."

On Üç

2 Haziran Pazar, Adalar İskelesi'ndeki İDO Kafe'nin bahçe tarafında oturmuş, çay içip profiterol yiyorduk kız kardeşimle. Denizin üstü güneşte pul pul parlıyordu. İskelenin biraz ötesinde balık tutan beyaz saçlı bir adam vardı. Küçük bir iskemleye oturmuş, sırtını elektrik trafosuna yaslamıştı. Oltasını, içine çimento döktüğü orta boy bir teneke kutunun içine sabitlemişti. İlk defa öyle bir olta görüyordum. Kız kardeşim profiterolünü bitirdikten sonra, "Çağlar," dedi ama devamını getirmedi. Bir şey söylemek isteyip çekindiği belliydi. Minik burnunun ucuna dokundum parmağımla, "Söyle bebeğim," dedim.

"Annemle babam neden ayrıldı?"

Kaşığımı profiterolün içinde gezdirip düşündüm biraz, "Bilmiyorum," dedim. "İnsanlar çok çabuk ayrılıyor artık."

"Anneme sordum, geçinemedik dedi. Ama daha ciddi bir sebebi olmalı bence..."

"Haklısın," dedim. "Ontolojik sebepler lazım ayrılmak için."

"O nasıl oluyor?"

"Birini mutlu eden şeyler diğerini mutsuz edince."

"Neden öyle oldular ki?"

"Kim bilir?"

Garson geldi, elindeki tepsiyi masanın üstüne koyup boş tabakları bardakları aldı.

"Bir profiterol daha ister misin?" diye sordum kız kardeşime.

"Evet ama hayır."

"Nasıl?"

"İstiyorum ama yemeyeceğim."

Ellerimi masanın üstünde kavuşturdum, başparmaklarımı birbirinin çevresinde döndürmeye başladım, "Hazır konu açılmışken," dedim. "Sana bir şey söyleyeyim o zaman. Ama sakın seni eleştirmek için söylediğimi zannetme."

"Tamam."

"Annemin yanında bu güzellik konularını açmazsan iyi olur, hassas bir dönemde zaten, biliyorsun."

"Biliyorum Çağlar, dün çok kızgındım, üzgündüm. O yüzden öyle konuştum. Selülitlerini söylemedim zaten, tuttum kendimi."

"Annemde selülit yok ki."

"Dikkatli baktın mı? O kadar emin olma bence."

Annemle konuşmadığımız bir sürü konu vardı, buna benzer, kontrolünü kaybetmesini istemiyorduk çünkü. Babamın kız arkadaş yapıp bayram tatilinde Prag'a gittiğini öğrendiğinde, çeyizinden kalan bütün porselen tabakları kırmıştı. Bir tek o zaman karşıma alıp konuşmuştum onunla, "Bak," demiştim. "İstersen sen de kendine bir erkek arkadaş bul ve Amsterdam'a gidin." "Benimle düzgün konuş," demişti. "İyi tamam," demiştim ben de. "Babam her boku yerken sen de evdeki bütün tabağı tencereyi kır, böyle çok daha mutluyuz sanki."

Annemin bir erkek arkadaşı olsaydı, ara sıra gelip bizde

otursaydı, çekinseydi bizden, samimiyet kurmak istediğinde soğuk davransaydık, eli ayağına dolaşsaydı, bu durumdan çok daha iyi olurdu. Olur muydu? Olabilirdi. Belki. Yani. Eh işte. Emin değildim. Annemle konuştuktan sonra balkona çıktım kafamda bir ton soru işaretiyle. Karşı apartmandaki açık televizyona baktım, yarısı gözüküyordu koca televizyonun. Diğer yanda ne olduğunu göremiyordum, bir adam vardı ama kiminle konuştuğu belli değildi. Silahını çıkardı, ateşledi. Nereye, kime? Belli değil. Başka sahneye geçti. Öyle baktım o televizyona. Her şeyi anlıyormuşum gibi hissettiğim anlarda bile hep bir şüphe oluştu kafamda. Karşı komşunun yarım televizyonunu seyredip annemin olmayan erkek arkadaşını düşünürken ağlayacak gibi oldum o balkonda. Sanki içeride oturuyordu amınevlâdı. Benimle bir derdi yoktu. İyi çocuktum ona göre. Annemle seviştikten sonra benden bahsediyorlardı, bizim Çağlar diyordu bana, akıllı çocuk, severim keratayı, iyi ki doğurmuşsun. Bir hafta boyunca aklımdan çıkmadı annemin hayalî erkek arkadaşı. Annemin boynunu öperken görüyordum onu, omuzlarını öpüyordu sonra, sutyeninin kopçasını açıp göğüslerini öpüyordu, benlerini öpüyordu, aynanın önünde domaltıyordu sonra. Aman Allah'ım! Napıyonuz lan siz! Annemin telefonunu çantasını falan karıştırmaya başladım. Dairedeki biriki mesai arkadaşından şüphelendim, suçladım onu yok yere. Onu suçladığım için babama olan kızgınlığım daha beter arttı, iyice sinirli bir tip olup çıktım. "Allah kahretsin!" diye bağırdım bir akşam. "Beni içine soktuğunuz şu duruma bakın. Çağlar İyice'ye ne yaptığınıza dönüp de bir bakın!"

Adalar vapuru geldi, her manevrasında çevresine beyaz köpükler saçarak ağır ağır yanaştı iskeleye, halatlar atılıp bağlandı. Kız kardeşimi yolcu çıkış kapısının kenarına götürdüm, biraz ötede durup elektronik sigaramı tüttürmeye başladım. Vapurdan inen yolcuları tasnif ediyordum, gençler ve yaşlılar, çantalılar ve çantasızlar, iner inmez sigara yakanlar ve yakmayanlar, taksi arayanlar ve aramayanlar, çevresine hayretle bakanlar ve bakmayanlar, bekleyeni olanlar ve olmayanlar, Japon turistler ve dünyanın geri kalanı, çiftler ve yalnızlar ve gruplar, herkes indi o vapurdan, babam hariç. Kız kardeşimin yanına gittim.

"Acaba babamı arasak mı?" dedi. "Vapurun içinde düşüp kafasını bir yere çarpmış olmasın."

Annemi arayıp "Şunu bir arasana," dedim. "Neden gelmemiş?"

Kız kardeşim, "Sen niye aramıyorsun Çağlar?" diye sordu.

"Bunu daha önce konuşmuştuk bebeğim. Aynı tartışmaya girmeyelim."

"O zaman ben kendime cep telefonu alınmasını istiyorum. Belki de babam vapurun içinde düştü, yaralandı şimdi."

"Babam vapurun içinde falan düşmedi, merak etme. Annem arar birazdan."

"Çok acımasızsın."

"Ben mi acımasızım?"

Göğsümün ortasında bir boşluk oluştu, sonra da o boşluğa bıçak gibi bir acı doldu. Bir bardak kızgın yağ içmiş gibi oldum. Gömleğimin yakasını çekiştirdim iki yana.

"Bakar mısınız?" diye seslendim az evvel yolcu çıkışını açan görevliye. "Vapurun içinde düşüp kalan var mı acaba?"

"Hayır."

"Duydun mu?" diye sordum kız kardeşime.

"Görmemiştir," dedi.

"Görmemiş midir? Gel o zaman bakalım."

Kız kardeşimi elinden tuttum, vapura doğru yürümeye başladık.

"Nereye?" diye seslendi arkamızdan görevli.

"Vapura bakıp geleceğiz."

"Oraya giremezsiniz, yasak."

Kartımı uzatıp "Kıyıdere Belediyesi Halkla İlişkiler," dedim. Görevli karta bakmadı bile, "Fark etmez," dedi, "Yasak."

"Bak," deyip meydandaki vapuru gösterdim görevliye. "Sizin şehir hatlarının hurdaya çıkardığı o kocaman vapuru alıp bu ilçenin meydanına koyan at kafasının yeğeniyim ben. Sıradan bir belediye başkanının yeğeni zannetme. O yüzmeyen vapura bile para ödedik biz, belki de bu yüzden yargılanırız ileride, bırak da o kadar hakkımız olsun, şu vapurun içine bir bakalım, kız kardeşimin içi rahat etmeyecek yoksa."

Annem arıyordu, telefonu açtım.

"Son anda önemli bir işi çıkmış," dedi. "Haber de verememiş. Çok özür diliyor."

"Pazar günü ne işiymiş bu?"

"Konuşma yapması gerekiyormuş."

"Ne konuşması?"

"Bilmiyorum."

"Bilmiyor musun? Nasıl bilmiyorsun ya! Sormadın mı?"

"Çağlar bana bağırma! Bu Taksim meseleleriyle alakalı bir şeymiş işte. Miting mi ne olacakmış, orada konuşacakmış. Ne bileyim ben. Bu da mı benim suçum?"

"Tamam. Senin suçun değil. Al kız kardeşime anlat o zaman senin suçun olmadığını. Babasını vapurun içinde düştü zannediyor."

Telefonu kız kardeşime verdim. Önüne bakıp bir şey söylemeden annemi dinledi. O ara görevli bana bakıyordu, "Ailevi bir mesele," dedim.

Kız kardeşim, annemle konuştuktan sonra iskeleden çıktık. Balık tutan adamın olduğu tarafa yürümeye başladık. Oltada bir hareketlenme olunca adam iskemlesinden kalktı. Oltayı kontrol edip misinayı çekmeye başladı. Kenarından yosun öbeklerinin sarktığı siyah bir poşet çıktı sudan, deniz çöpü.

Cebimdeki telefonun titrediğini duydum, bir süre bakmadım, en sonunda dayanamadım, çıkardım cebimden, babam arıyordu, meşgule aldım.

"Babam mıydı?" diye sordu kız kardeşim.

"Evet."

"Neden meşgule aldın?"

"Zihnimi yeterince meşgul ediyor zaten, bir de telefonumu etmesin."

"Benimle konuşmak istiyordu belki."

"Seninle mi konuşmak istiyordu? Seninle konuşmak isteseydi burada olurdu. Meydanı işgal edenlerle konuşmak istiyor o. Bu yüzden Taksim'de kaldı."

Elimdeki telefon yine titremeye başladı.

"Al bir daha arıyor," deyip kız kardeşime gösterdim telefonu. "Konuşmak istiyorsan al buyur konuş. Bizi bu durumlara düşüren biriyle konuşmak istiyorsan al buyur konuş lütfen. Annemi terk edip gidip genç kız arkadaş yapan, seni haftalardır arayıp sormayan, bütün bu vefasızlıkları yaparken memlekette isyan çıkarmaktan da geri kalmayan ateist provokatör biriyle konuşmak istiyorsan al buyur konuş. Ben engel olmayayım."

Telefonu kız kardeşime verdim, "Ama onunla konuşursan benimle de bir daha konuşma," dedim.

Dudaklarını büküp telefona baktı bir süre öyle, "Haklısın Çağlar," dedi en sonunda. "Üç haftadır gelmedi, beni hiç merak etmedi, hep benden daha önemli toplantıları vardı."

"Bekâr arkadaş toplantısıdır. Bu aralar kimi götürsek diye tartışıyorlardır."

"Öyle değil. Bizimle alakalıymış."

"Nasıl bizimle?"

"Sizin geleceğinizle alakalı dedi."

"Demagojiye bak! O önce kendi geçmişini düzeltsin de ondan sonra bizim geleceğimize baksın."

"Haklısın Çağlar. Bir hafta gelmedi, iki hafta gelmedi, üçüncü hafta gelmeyince benim geleceğim de geçmiş oldu."

"Büyük filozofsun."

"Bir daha babamla konuşmayacağım."

"O kadar da abartmana gerek yok," dedim. "Sonuçta biyolojik olarak hâlâ baban, bütün köprüleri atmasan da biraz mesafe koymanda fayda var."

Şehit Üsteğmen Necati Karapınar Parkı'na yürüdük. Rüzgârda hafifçe sallanan boş salıncakların arkasındaki bir banka oturduk. Zincirle demire bağlıydı salıncaklar, yere düşen gölgeleri de hafifçe sallanıyordu o rüzgârda. Parkın merkezindeki temsilî topun yanında, bardakla süt mısır satan, yeşil arabalı bir kadın duruyordu, "Mısır alalım mı?" diye sordum.

"İstemiyorum."

Kız kardeşimin gözleri boş salıncaklardaydı, "Hani ben bire giderken salıncağa sıkışmıştım, hatırlıyor musun?" diye sordu.

"Evet," dedim. "Çok eğlenmiştik o gün."

"Ben hiç eğlenmemiştim. Herkes gülüyor diye gülmüştüm. Çağlar ben niye böyle şişmanım?"

Kız kardeşime dönüp baş ve işaret parmaklarımla karnımı sıktım, "Ben de şişmanım," dedim. "Ne var. Bu dünyayı şişmanlar kurtaracak. Bu dünyaya adaleti getirirse dalga geçilen şişmanlar getirir."

"Hayır. Sen şişman değilsin. Malt bira sevdiğin halde normal bira içiyorsun. Bir sürü patates kızartması yiyorsun yanında. Şişmanlamaya çalışıyorsun ama beceremiyorsun. Sen şişman değilsin, annem şişman değil, babam şişman değil, ben uzaydan mı geldim?"

"Saçmalama," dedim. "Dedem şişmandı, Ayı Tufan Ağbi'yi biliyorsun, Bilge Abla'yı biliyorsun, Reçko Baba da şişman. Sen ailemizin bir üst kuşağının yapısal özelliklerini taşıyorsun. En sağlam kuşak. Hem fiziki olarak hem de karakter olarak. Her açıdan kalıplı adamlar. Arnavutluk'ta hükümet düşürdüler."

"Mısır alsak mı?" diye sordu.

"Gidip alayım. Üstüne ketçap mayonez ister misin?"

"Evet. Hardal varsa ondan da koysun."

"Tamam."

Mısırcı kadına giderken "Çağlar," diye seslendi arkamdan kız kardeşim. Dönüp baktım.

"Beni gerçekten seviyor musun?" diye sordu.

Yanına dönüp yanaklarını avuçlarıma aldım, dedim ki, "Tabii ki de seviyorum aşkım," dedim. "O nasıl soru?"

"Galiba senden başka kimse beni sevmiyor," dedi. "Dişleri telli diye Efekan'ı sevdim. O bile beni sevmedi."

On Dört

Aynı akşam, Mikrop'la vapurun kaptan köşkünde oturmuş meydandaki destek eylemini seyrediyorduk. Bir yandan da biralarımızı yudumlayıp kız kardeşimin uğradığı haksızlığa çözüm üretmeye çalışıyorduk. Yeni bir klip çeksek olur muydu mesela, videoya doymuş gözler için yeni bir ilginçlik keşfedebilir miydik? Keşfedemedik ama bayağı içtik. Meydanda dünkü eyleme oranla daha az kişi vardı, yine de hayli kalabalık sayılırdı. Gözüm eski kız arkadaşımdaydı. Biriki küçük havai fişek atılınca herkes gibi o da alkışladı. Yeni erkek arkadaşının elinden tuttu sonra, ayaklarının ucunda yükselip yanağından öptü, başını omzuna yasladı. Vapurun düdüğünü öttüren kolu çektim. Eski kız arkadaşım vapur düdüğünü duyunca başını yeni erkek arkadaşının omzundan çekti. Meydandaki herkes vapura döndü o ara, kaptan köşkünü göremedikleri için eyleme gelenler vapuru ele geçirdi zannedip alkışlamaya başladılar. Alkış seslerini duyunca gaza gelip arka arkaya çektim kolu. Meydandakiler çılgına döndü vapur düdüklerini duyunca, eski kız arkadaşım da sevinçle yerinde sıçrayıp duruyordu, o sevinç dalgası içinde yeni erkek arkadaşını dudaklarından öptü uzun uzun, düdüğü öttürmeyi kestim. "Bir daha bir daha," diye tempo tuttular, muhatap olmadım. "Bu kadarı da fazla," dedim Mikrop'a. "Gidelim de Eski Hayat Eczanesi'nde döner yiyelim bari." Köşedeki altmış yıllık eczane, geçen ay Taksim Döner olmuştu, sanki Kıyıdere Meydanı'na değil de Taksim Meydanı'na bakar gibi. Kaptan köşkünü kilitleyip vapurdan çıktık. Eski kız arkadaşımla göz göze gelmemek için Doğum Gününde Fidan Diktik Aldın Babayı Hediye Vakfı'nın flamalarının arkasından yürüdüm. Onunla karşılaşmak istemiyordum artık. Eski kız arkadaşımın bende yarattığı öfkenin önünü alamadığım bir kine dönüşmesinden korkuyordum. Öfkemi kine dönüştürmektense kedere dönüştürmeyi yeğlerim.

Tam meydandan çıkmış gidiyorduk ki, "Çağlar, lan Çağlar!" diye seslendiğini duydum birinin, dönüp baktım, Kaytazdereli Özer Ağbi. Modifiye ettirdiği bir Polo 98'i vardı kırmızı, bütün camları siyahtı, arkaya kanat taktırmıştı, 'Hatalarım Sitilimdir' yazıyordu altında. Onu görünce içim yanmış da bir bardak soğuk su içmişim gibi oldum. Yanına gittik. Meydanda toplanmış kitleyi göstererek, "Ne yapıyor lan o mallar orada?" diye sordu.

"Taksim'e destek eylemi Özer Ağbi," dedim.

Arabanın yan camından beline kadar sarkıp içtiği sigarayı dudağının kenarına koydu, "Bravo bravo," diye bağırarak alkışlamaya başladı meydandakileri. Kendisini duymadıklarını görünce Polo'nun kornasına basarak bağırmaya devam etti. Toplanan insanlara destek mi veriyor yoksa protesto mu ediyor belli değildi. En sonunda üç-beş kişi fark etti onu, onlar da Özer Ağbi'yi alkışladılar.

Özer Ağbi kendisini alkışlayanlara, "Ekonomiden bahsedin biraz ekonomiden!" diye bağırdı. İleri geri salladığı elini titreterek üç-dört sefer bağırdı, "Ekonomiden bahsedin ekonomiden!" diye. Boynundaki damarlar şişmiş, suratı kıpkırmızı olmuştu. En sonunda orta yaşlarda bir adam dönüp "Sen ne diyorsun kardeşim!" dedi.

Elinin dışını o adama sallayıp "Asıl sen ne diyorsun!" dedi. "Şimdi İstanbul Caddesi'nden geçerken gördüm, kırk yıllık Kasap Ömer olmuş sana Garanti bankamatiği. Ne istediniz lan Kasap Ömer'den!"

"Bizim yüzümüzden mi battı Kasap Ömer?"

"Sizin yüzünüzden battı tabii. KİPA'dan kıymaları ben mi aldım gevşek!"

Baktım Özer Ağbi arabadan çıkacak, araya girip "Sakin ağbi," dedim. Eski Kale Disko'nun sahibini bıçaklamıştı iki sene evvel, dört ay yatıp adli kontrol şartıyla salıverilmişti, onu yaşatmazlar artık diyorlardı ama birileri araya girip işi tatlıya bağlamıştı sanırım. Bana dönüp "Çağlar lan," dedi, "Çınarcık'a gidelim mi? Kale'de DJ arkadaş çıkacak, takılırız."

"Harbi mi?"

"Atla."

"Mikrop da var."

"Gelsin."

Ben öne atladım, Mikrop arkaya. Özer Ağbi meydanda toplananlara son kez bakıp el freniyle kaldırdı arabayı, pati çekmeyi bitirince bileğinin içiyle vites topuzuna vurdu, ikiye taktı. Samanlık Yolu'na çıktık, öndeki pick-up'ı sollayamayınca sağlamaya kalktı, sağa sola savrulan mıcırlara bakıp modifiye egzozun böğürtüsünü dinledim, harbiden güzel arabaydı Polo 98. Çınarcık yoluna saptık, yol genişletme çalışması vardı, gündüz trafik aksamasın diye akşam yapılıyordu. Merak etmesin diye kız kardeşimi aramaya hazırlanırken Özer Ağbi dozerleri gösterdi, "Çağlar lan," dedi. "Bütün belediyeyi yediniz ama yolları da iyi yaptınız!"

"Benim belediye ile doğrudan bir ilişkim yok Özer Ağbi."

"Hadi lan!" dedi kaşındaki yara izini kaşıyarak. "Götündeki dondan elindeki iPhone'a kadar neyin varsa belediyenin. Geçen de dayın Kaytazdere'ye geldi, bizim Ricoys'un internet kafeden geçiyor, bahçesinde oturuyorum, gel lan buraya dedim. Öyle kaldırımdan bakıyor, yanında da üç-beş yalak, seçim yaklaşıyor ya, ne koparırız derdindeler, gel lan buraya mal mal bakma oradan dedim. Geldi karşıma oturdu, Özer dedi, herkesin içinde benle böyle konuşma. Siktir lan piç dedim. Senin kim olduğunu bilmiyor muyuz? Kıyıdere Lisesi'nin Fırlama Altan'ı gelmiş başımıza adam olmuş. Bizim Baba Sadi vardı ya, buna bir gün uçan tekme atmıştı yemin ediyorum, Baba Sadi'nin Baba Sadi olduğu zamanlar tabii. Rahmetli deden geldi sonra okula, o da harbi adamdı ha, asıl adam oydu bence, çok hizmeti oldu Kıyıdere'ye, Baba Sadi'ye dedi ki, hayırdır hocam senin babalığın kime dedi, benim oğlumu ben döverim sen kimsin lan, dedi. Gel önce bir konuşalım Ragıp Bey dedi, Baba Sadi. Bunlar baş başa verdiler, iki dakika konuştular, ondan sonra eve gidip bir de deden dövdü dayını. Çünkü bu piç ne yapmıştı, Aygazların kızı Nuran yok mu, onun götünü ellemişti Beden Eğitimi'nde!"

"Vay yavşak," dedim.

"Yavşak ki ne yavşak," dedi Özer Ağbi. "Bir de yanlışlıkla elim çarptı diyor. Masum ayağı çekiyor."

Koruköy rampayı çıkarken Eski Kale Disko'nun reklamını gördüm, Club Kale olmuştu adı, kollarını kaldırmış insanlar neşeyle dans ediyordu fiber optik ışıkların altında. Özer Ağbi, Dostel Tekel'de durdu, elli lira uzatıp "Çağlar lan," dedi, "Git altı kutu Efes'le iki kola al gel."

"Bende var ağbi," dedim.

"Siktir lan," deyip kafama bir tokat attı, elli lirayı gömlek cebime koydu.

Biralarla kolaları alıp geldim, para üstünü verdim, "Koruköy'de bir cigara içelim, öyle geçeriz Kale'ye," dedi.

Koruköy'de arabayı manzaraya çekti, farları kapattı. Boxer'ın kapağında tohumları ayıklarken "İçecen mi lan?" diye sordu.

"Fişeğin otunu bol koy da bakarız," dedim.

Çarşaf gibi bir cigaralık sardı. İçteki ışığı kapattı, dudağının kenarındaki cigaradan art arda iki-üç nefes çekti. Karanlığa diktiği gözleri iki çelik nokta gibi parlıyordu her nefes alışında. Bana uzattı, baş ve işaret parmaklarımla tuttum, kafamı hafif sağa eğip derin bir nefes aldım, gözlerimi kapatıp iç çeker gibi içime çektim dumanı, tuttum uzun süre, bıraktım, bekledim biraz, "Yalnız çok iyi cigara," dedim. "Kafası hemen geldi."

Mikrop'a uzattım, başını yukarı kaldırdı, Özer Ağbi'ye geri verdim.

Özer Ağbi dikiz aynasından bakıp "Cengiz," dedi. "Evde kova mı yaptın lan yoksa?"

"Yok ağbi, ben bıraktım," dedi Mikrop arkadan.

"Kolanı açayım mı ağbi?" diye sordum Özer Ağbi'ye.

"Yok, dursun şimdi."

İki kutu Efes açıp birini Mikrop'a uzattım. Dışarıdaki temiz yaz havasını çektim ciğerlerime. Adalara baktım, adaları ne zaman böyle uzaktan, ince ince parlarken görsem içimi bir hüzün kaplar.

"Beton Muzaffer de ölmüş ha," dedi Özer Ağbi. "Geç duydum, cenazesine gelemedim. İyi adamdı... Allah rahmet eylesin."

"İyi adamdı," dedim. "Toprağı bol olsun."

"Nur içinde yatsın," dedi Mikrop arkadan. "İyi adamdı."

Ensemi sıkıp "Çağlar lan," dedi Özer Ağbi. "Kaytazdere maçını hatırlıyor musun? Boş kaleye atamamıştın."

"Evet," dedim. "Fırsatçılığımı konuşturamamıştım."

"Ne fırsatçılığı lan. Cengiz herkesi çalımlamıştı, kendi de atabilecekken önüne yuvarlamıştı topu."

"Şimdi maçın atmosferi farklı Özer Ağbi."

"Siktir lan! Beton Muzaffer var ya pancar gibi olmuştu o pozisyondan sonra. Saçını başını yolmuştu, bir ara göğsünü tuttu, ölecek zannettik. Belki de senin yüzünden öldü lan adam."

Çelikten bir el boğazımı sıkıyormuş gibi hissettim bir an. Başımı camdan çıkarıp derin bir soluk aldım. Biraz rahatladım ama sonra daha beter oldum. Bırakmıyordu boğazımı o çelikten el. Kalbim hızla atmaya başlamıştı. Baktım olacak gibi değil, arabadan çıktım. Gömleğimin düğmelerini açtım.

"Çağlar lan," dedi Özer Ağbi. "Ne oldu lan?"

"Yok bir şey ağbi."

"O gözler ne lan! Tribe mi girdin? Bonzai değil lan bu, torbacımız sağlam bizim."

"Yok ağbi ondan değil."

"Ya neden?"

"Ağbi öyle deme."

"Ne dedim ki ben?"

"Ağbi, Beton Muzaffer senin yüzünden öldü dedin ya. Ben çok severdim Beton Muzaffer'i, sen şimdi niye öyle dedin ki?"

"Oğlum saçmalama lan, şaka yaptım ben. Takıldığın şeye bak ya. Ciddiye mi aldın? Sikerim özür dilerim senden o zaman. Kendine gel."

"Tamam ağbi, ben iyiyim."

Bana sarıldı, "Oğlum kader bu," dedi. "Bugün ona, yarın bize. Sen kimsin ki senin yüzünden adam ölsün?"

"Çok yaşlıydı zaten," dedi Mikrop. "Takımı müsabakalara mental anlamda hazırlamakta zorlanıyordu."

Tekrar arabaya girdik.

"Çağlar kafamı açtın lan," deyip bir cigara daha sardı Özer Ağbi. Bir-iki fırt çekip bana baktı, "Vereyim mi lan, iyi misin?" diye sordu. Gömlek cebimden elektronik sigaramı çıkardım, "Yok ağbi, ben bundan devam edeceğim," dedim.

"Kafası var mı lan o elektroniğin?"

"Var ağbi. Üst üste çekince kendini robot gibi hissediyorsun."

Enseme bir tokat atıp "Çağlar lan," dedi. "Senin en çok bu huyunu seviyorum. Her şeyle taşak geçiyorsun."

İkinci biraları açıp birini Mikrop'a verdim.

"Şimdi nereden çıktı bu işler?" diye sordu Özer Ağbi.

Yüzümü sıvazlayıp iç çektim, "Bıçak kemiğe dayanmıştı," dedim.

"Vay. Çağlar'ıma bak. Sen dayınlardan yana değil misin?"

"Ben ne zaman dayımlardan yana oldum ki Özer Ağbi. Benim belediyedeki misyonum farklıydı."

"Aferin lan Çağlar. Senin en çok bu huyunu seviyorum. Karakter sahibisin. Bütün belediyeyi yedin, yine de dayınlara karşısın."

Cevap veremedim, Özer Ağbi ayaklarımın dibinde duran kolayı gösterdi işaret parmağıyla, torbadan çıkarıp uzattım, yan dişleriyle açıp arkaya döndü, "Sen ne diyorsun bu Gezi'ye Cengiz?" diye sordu.

"Sıkıntılar vardı," dedi Mikrop arkadan.

"Ne sıkıntısı?"

"Mükemmel bir şekilde acilen çözülmesi gereken sorunlar vardı."

"Sen kimden yanasın?"

"Ben bizden yanayım."

"Siz kimsiniz?"

"Bakacağız."

"Bana da bir şey söyleyin, ben de ona göre İstanbul'a gideceğim gene," dedi.

"Niye ki?" diye sordum. Özer Ağbi gözlerini bana dikti, yara izi bulunan sağ kaşı diğerinden daha yukarıda gözüküyordu, "E Gezi Parkı'nı halka ben açtım," dedi. "Haberiniz yok mu?"

"Yok ağbi."

"Anlatmadılar mı?"

"Yok ağbi, öyle bir şey duymadık biz."

"Alla alla!"

Araya bir sessizlik girdi. Özer Ağbi cidden bozulmuştu, cigarasından derin bir nefes çekti. İşaret ve başparmaklarıyla burnunu sıvazlayıp sümüğünü içine çekti birkaç sefer, "Alla Alla," dedi gene. "Duymadınız ha?"

"Yok ağbi, anlat ne oldu?"

"Şimdi kafanızı şişirmeyeyim o zaman, boş ver."

Mikrop'a baktım, bir şey diyeceği yoktu, "Yok ağbi estağfurullah," dedim. "Merak ettim şimdi, ilk günden beri takip ediyorum hadiseleri, gözümden kaçtı herhalde, bir anlat."

Özer Ağbi cigarasından derin bir nefes daha çekti, radyoyu kapattı, "Geçen gün işte," diye başladı anlatmaya. "Bizim Altınovalı İsmail yok mu kartonpiyer led döşeme. O dedi ağbi İstanbul'a mal götüreceğim sen de gelsene, iyi dedim, atladık bunun Caddy'ye gittik. Malı teslim ettik Dudullu'da, dedi karşıya geçelim Eminönü'den malzeme almam lazım, malzemeyi de aldık, arabayı çektik Karaköy'de katlı otoparka, oturduk Galata Köprüsü'nün altına, büyüğü söyledik. Dubleyi vurduk ikinciye buzları atıyorum, bizim Gölcüklü İbo yok mu dijital baskı tabela, o aradı, halası ölmüş, Maltepe'ye cenazeye gelmiş, toprağı bol olsun. İbo da damladı ikindiüstü yanımıza Kangoo'suyla, dedim git Sirkeci'de açık otoparka çek gel. Bir büyük daha söyledik, böyle hava hafiften karardı, millet yukarıdan oltaları sallıyor, motorlar geçiyor vızır vızır, benim keyfim yerinde. Baktım bunlar kaşınmaya başladı, bana da açamıyorlar şimdi mevzuyu, dökülün dedim. Ağbi dediler Aksaray'da Club Karizma Turan Ağbi var, onun yanına uğrasak da iki birayla cila mı yapsak? Dedim rakının üstüne birayla cila yapılmaz, bu bir. Dedim ikinci lafım sana İsmail, ben buraya mal getireceğiz dedin diye geldim, manitacılık yapmaya gelmedim. Sonra İbo'ya döndüm, ulan dedim sen ne zaman adam olacaksın grafiker köpek, cenazeye geldin bir sevap işledin, hemen zina yapıp eksiye düşme derdindesin. Yok ağbi bildiğin gibi değil dediler, bizim de bayanla işimiz olmaz, maksat muhabbet olsun, bir tek atar kalkarız, şimdi gitmezsek Turan Ağbi'ye de ayıp olur, bekliyor. Dedim o zaman hadi yürüyün. Gittik Club Karizma'ya Turan Ağbilerine, bunlar bira söyledi, dedim bana bir duble Jack ver Turan, rakının üstüne daha düşük alkollü içkiyle cila yapılmaz, onu yapacak adam bu merete en baştan hiç ağzını sürmesin. Turan da böyle ellerini ovuşturuyor sürekli, götü başı ayrı oynuyor, dibimizden ayrılmıyor. Ondan sonra masaya üç Özbek kons gönderdi emrivaki, biri de benim yanıma oturdu, oturduktan sonra da ne içersin diye sorduk tabii ayıp olmasın diye, bir Jack de ona söyledik. Güzel de bir kız, yirmi yaşında, iki ay önce gelmiş Taşkent'ten, annesi hastaymış, para biriktiriyormuş. İçkisini bitirdi, dedi otele geçelim mi? Dedim ne kadar? Dedi saati 400, sabaha kalırsam 600. Bak kızım dedim, ben çevremde sosyal demokrat kimliğiyle bilinen biriyim, para karşılığı böyle münasebetlere girmek bana ters, bu bir. İkincisi, sen de madem yeni gelmişsin bu İstanbul'a, sana da bir çift laf söyleyeyim de kulağına küpe olsun, bütün Türki Cumhuriyetlerdeki çakalları toplasan bu İstanbul'da daha fazla çakal vardır, kaptırır gidersen sonun kötü olur. Gençsin güzelsin endamın yerinde, Allah sahibine bağışlasın, başka bir iş bak kendine. Kartımı verdim, ben de senin bir Özer Ağbin sayılırım bundan sonra dedim, başın sıkıştığında her türlü arayabilirsin, Kaytazdere'ye de beklerim, telefonunu aldım gönderdim. O ara İsmail kulağıma yanaştı, ağbi biz İbo'yla bayanları alıp otele geçeceğiz dedi, şimdi gitmezsek ayıp olur, anlaştık bir kere. Ne anlaşması lan dedim. İkimiz 750 liraya anlaştık ağbi dedi. Lan dedim gerizekâlılar, 750 liraya değil o bayanları bütün Özbekistan'ı sikersiniz ama size acımıyorum artık bundan sonra Özer Ağbiniz olarak. Ne haliniz varsa görün. Neyse bunlar gitti, ben de bir Jack daha vurdum, çıktım mekânın önüne, baktım gün aydınlanıyor, kurşuni bir hava var. Çağlar ne anlatıyordum lan ben?"

"Gezi Parkı'nı Ağbi."

"Ha tamam. İşte mekânın önüne çıkınca dedim ki bir Taksim'e gideyim de çay çorba bir şey içeyim, atladım Taksi'ye. Tam Taksim'e yaklaştık, baktım böyle Gezi Parkı'nın önünde ağlayan birileri var, indim taksiden. Hepsi çoluk çocuk, kızlar mızlar da var. Çocuklardan birine dedim ki, bir ağlamayı bırak da anlat bakayım ne oldu? Ağbi dedi, polisler geldi sabah bizi dövdü, çadırlarımızı yaktı, parktan attı. Kim lan onlar dedim, göster! Gel ağbi dedi. Böyle polisler duruyor heykel tarafında, gittik oraya. Memur beyler bir bakar mısınız diye seslendim ortaya, çoluğa çocuğa çöküntü olmuşsunuz sabah vakti, hayırdır? Böyle yakası yaldızlı bir amir, sen kimsin lan diye bağırdı. Dedim ben Kaytazdere çocuğuyum benimle lanlı lunlu konuşma! Bizim her yerde şeklimiz her kızda resmimiz vardır. Asıl siz kimsiniz lan dedim! Sizin şekliniz kime amına koyayım lan ha dedim! Öyle deyince amir dedi yapıştırın, bunlar başladı gaz atmaya. Pıt pıt atıyorlar. Millet çil yavrusu gibi dağıldı. Gaz bombası kapsülünün birini yakaladım havada, tuttum böyle elimde, fırın gibi tütüyor. Çocuklar dedi ağbi öyle tutulmaz, eldiven al. Dedim ben bu mereti böyle tutarım! Sonra amire döndüm, gel lan buraya dedim, yapıştırın demeyi biliyorsun, ben de bunu senin götüne yapıştırmazsam bana da Kaytazdereli Özer demesinler bundan sonra. Elimde tüten gaz kapsülüyle başladım amiri kovalamaya. Yakaladım böyle İstiklal'in ara sokaklarından birinde, o ara gaz kapsülü söndü, attım sinirle, iki tokat yapıştırdım buna sıcak elimle, tuttum yakasından getirdim parkın önüne, iki tokat da orada yapıştırdım. Dedim derhal takımınızı taklavatınızı toplayın siktirin gidin, bir daha Taksim'de polis görmek istemiyorum bundan sonra. Bu çoluğu çombalağı da rahat bırakın, çadır mı kurarlar, kamp mı yaparlar bir daha bulaşmayın. Ondan sonra polisler gitti, millet de geldi yerleşti Gezi Parkı'na. Sonra eylemcilerin içinden iki tip çıktı geldi böyle yüzlerini gözlerini sarmışlar tülbentle, ağbi polisleri niye kovdun, biz daha onlarla çatışacaktık dediler, siz önce bir yüzünüzü gözünüzü açın bakayım dedim, ikişer tokat da onlara attım gönderdim, dedim bunlar provokatördür bir daha da içinize almayın. Ondan sonra huzur ortamı oldu, böyle çocuklar kızlar çevremi sardı, gitar falan çaldılar söylediler, çok teşekkür ederiz şu bu, basın geldi röportaj yapacak senle dediler, dedim ben öyle dalgaları sevmem, konuşmadım. O ara çıtı pıtı kızcağızın biri geldi böyle kısa şortla, Özer Ağbi dedi, ben sana galiba âşık oldum. Dedim kızım bir git, ben buraya gönül eğlendirmeye gelmedim bu bir, yaşın çok ufak gösteriyor benim başımı belâya sokma bu iki, onun da telefonunu aldım gönderdim. O ara Cemal Süreyya mıdır ne karın ağrısı, bir milletvekili var ya, o geldi. Özercim dedi işte sana çok teşekkür ederiz, parkı halka açtığın için falan şu bu. Bak dedim, sen iyi bir insana benziyorsun aslında, diğerleri gibi fazla terörist değilsin ama şimdi bir git, elimin altında durma, rencide ederim. Son dönemde bakıyorum da her gün İmralı'ya gidiyorsun, ondan sonra Özercim teşekkürler. Ortalık karışınca İmralı'dan başkanınız gelmiyor, Kaytazdere'den Özer Ağbi'niz kalkıp geliyor yine götünüzü toplamaya. Bıktım artık. Benim suçum sosyal demokrat bir insan olarak bilinmek mi Cemal Bey? diye sordum en son. Ama Özercim dedi, biraz ağır konuşuyorsun, ben de gaz bombası yedim. Dedim senin yediğin gaz bombasını biz Kaytazdere'de elimizle tutuyoruz. Böyle avucumun içini gösterdim kıpkırmızı, bakın hâlâ biraz kızarıklık var. Ha öyle mi falan dedi. Onu da kovdum gönderdim. Hadi gençler dedim Allah'a emanet olun, ben dönüyorum Kaytazdere'ye. Bunlar ağlamaya başladı işte gitme Özer ağbi şu bu falan, lütfen kal. Dedim gitmek zorundayım, sırf sizin problemleriniz yok bu memlekette. Bizim Kaytazdere'de de büyük sıkıntılar var, onlarla da ilgilenmek zorundayım. Zaten ne zaman İstanbul'a gelsem bir baş ağrısı saplanıyor beynime trafikten, kavganız gürültünüz, taciziniz tinerciniz, kapkaçınız gaspınız bitmiyor, bunalıyorum. E sen gidersen şimdi bizi kim koruyacak dediler. Tamam dedim, merak etmeyin, aradım bizim Arıza İmdat'ı, dedim buraya sağlam bir ekiple gelin, çocukların başında durun, benim işim var gidiyorum. Terso bir durum olursa da arayın hemen gelirim. Öyle işte. Durduk yere beni de olayların içine çektiler."

Uzun bir sessizlik kapladı arabayı. Sanki ilk konuşan önümüzdeki yılbaşında verilecek büyük ikramiyeyi kaybedecekti. Özer Ağbi sönen cigarasını tazeleyip boğuk boğuk öksürmeye başladı, "Ne diyorsunuz," diye sordu iki öksürük arasında. "Ne yapayım şimdi ben? İstanbul'a gideyim mi?"

"Git ağbi bence," dedim. "İnsanları yalnız bırakma."

"Gideceğim ama kadir kıymet bilmiyorlar ki Çağlar. Bu bir değil iki değil, hayatımdaki kaçıncı vukuat. Herkes reklamcı olmuş. Sessiz sedasız yaptığımız kahramanlıklar unutulmuş. Kaytazdere unutulmuş Çağlar, Taşköprü, Altınova, Değirmendere, Gölcük unutulmuş. Yıkılanlar yıkıldı, kalanlar da unutuldu. Neyse lan, kafanızı şişirmeyeyim. Bir on beş dakika kestireyim ben, öyle gideriz Kale'ye."

Özer Ağbi koltuğunu hafiften geriye yatırıp gözlerini kapattı. Bizim üçüncü biraları aldım, el frenini kontrol edip arabadan indim. Mikrop'la beraber sözleşmiş gibi uçurumun kenarına yürüdük, bir adım kala durduk, sessizce biralarımızı yudumlamaya başladık.

"Çok tuhaf," dedim. "Şimdi buradan bir adım atsak ölürüz."

"Doğru," dedi Mikrop.

"Gerçekten bazen aklım almıyor. Ölmenin bu kadar kolay olmasını aklım almıyor. İnsan ölmek istedi mi hemen ölebilir. Pencereyi açıp atlayabilirsin. Tavandaki çengele bir ip bağlayabilirsin. Mutfağa kadar gidip doğalgazı açmak yeter. Şuradan bir adım atsak yeter."

Uçuruma bakıyordum, karanlık kayalara, bir an dizlerim titremeye, ayaklarım karıncalanmaya başladı. İçimde kontrol edemediğim bir güç bana o adımı attıracakmış gibi hissediyordum. Geriye gittim bir-iki adım, büyükçe bir taşın üstüne oturdum. Mikrop da yanıma oturdu, "Özer Ağbi haklı," dedi. "Bazen her şey üstüne geliyor insanın."

"Evet."

"Ama bence biraz salladı galiba. Yani şortlu kız ona âşık olmuş falan."

Mikrop'a bakıp gülümsedim. Saflığından sarf etmemişti bu cümleyi. İyi niyetli biriydi. İnsanların yalan söylemesine gerek olmadığına inanan başka türlü bir saflık vardı onda. Zeki biriydi yoksa, okumayı beş yaşında kendi kendine sökmüştü, birinci sınıfta bir hafta yan yana oturmuştuk, sonra onu ikinci sınıfa almışlardı, ikinci sınıfta kaldı sonra, ben ikiye geçince de beraber okumaya devam ettik. İkilik bir öğrenci değildi, bir buçukluk falandı herhalde o zaman. Hep öyle bir buçukluktu. Bir insan için bir buçuk kişiydi, iki insan olamayacak kadar da tekti. Belki de bu yüzden böyle sessizdi çoğu zaman.

On beş dakika bekleyip Özer Ağbi'yi uyandırmaya gittik. Uyanmadı, anlayamadığım bir şeyler söyleyip eliyle itti beni, başını öbür tarafa çevirdi. Beş dakika sonra tekrar uyandırmak istedim. Yine uyanmadı. "Özer Ağbi biz o zaman gidelim," diye seslendim kulağına. Anlayamadığım bir şeyler geveledi yine. "Biz gidiyoruz ağbi o zaman, teşekkürler her şey için," dedim. Mikrop'la beraber yan yoldaki zeytinliğin kenarından yürüyüp asfalta çıktık. 15 dakika sonra bir Koruköy-Kıyıdere minibüsü geldi, Eski Donanma'nın köşede indik, kollarımızı birbirinin omzuna atıp sallana sallana bizim eve yürüdük, kafayı bulmuştum bayağı, apartmanın önünde tokalaşıp öpüştük, eve çıktım.

Yatağıma uzanıp gözlerimi kapattım ve hemen açtım. Bütün oda çevremde dönüp durmaya başlamıştı. Tavandaki yıldızlardan birine odaklanmaya çalıştım. Odaklandığım yıldız iki tane gözüküyordu ama gözlerimi kapatmaktan iyiydi. Soğuk soğuk terlemeye başlamıştım, üstümdeki çarşafı attım. Cam açıktı, balkon kapısını da açmayı düşündüm. Kalkmak için elimi yatağın kenarına bastırdım ama vazgeçtim. Kalkarsam daha kötü olacağımı hissediyordum. Midemden bir basınç yükseldi, boğazım doldu, ağzıma acı bir tat geldi, doğruldum, sağa sola tutunarak banyoya gittim. Aynada yüzüme bakıp rahatladım, yemyeşil bir canavara dönüşmüş görmeyi bekliyordum kendimi. Tuvaletin önüne diz çöküp kusmak için bekledim, öğürüyordum ama kusamıyordum bir türlü. Aklıma yosunların arasında yürüdüğüm günkü kokuyu getirip kustum. Enteresan bir keşif oldu bu benim için, bir kokuyu düşününce o kokuyu duyabiliyordum. Belki de süper gücüm buydu benim. Aklıma eski kız arkadaşımın kokusunu getirmeye çalıştım. Gelmedi, sanırım ortam müsait değildi, Özdilek Cinetime'da film izlerken gelirdi belki, Palmiye Kafe Bar'da bira içerken ya da Eski Şefika Sokak'ta dolaşırken gelirdi. Sifonu çekip doğruldum. Annem banyonun kapısında duruyordu, "İçki mi içtin?" diye sordu.

"Evet."

"Neden?"

"Doğal nedenlerle. Ben içki içerim sen de antidepresan. Hepimiz bir şekilde uyuşturmaya çalışıyoruz kendimizi bu dünyada. Yargılamayalım. Lütfen yargılamayalım."

"Senin kafanda bir cin var."

Annemi alkışlayıp "Bravo," dedim. "Bravo. Yıllardır aradığım teselli buydu."

Anneme bakmadan yürüdüm, aspirin içmek için mutfağa gittim. Mutfağa girdiğimde niçin oraya gittiğimi unuttum. Kustuğum için rahatlamıştım, çevrem artık dönmüyordu ama gözlerimden ateşler çıkıyordu. Buzdolabının üstünde mıknatısla duran bir fotoğrafımız vardı. Kız kardeşim, iki sene önceki doğum gününde pastayı üflerken çekmiştik, solunda dayımla ben vardık, sağında da annem. Mikrop çekmişti fotoğrafı kendi iPhone'uyla, Engin Color'dan fotoğraf kâğıdına çıktısını almıştık. Dörde böldüm fotoğrafı, hepimizi buzdolabının ayrı köşesine yerleştirdim, sonra da odama döndüm. Yatağın üstüne çıkıp yıldızları kopardım birer birer. Gülen yüz biçiminde bir ay vardı ortalarında, onu bıraktım bir tek. Sonra da tavana bakıp sessizce ağladım. Tavanı öyle yıldızsız, karanlık görünce duygulanmıştım birden.

Babamı gördüm rüyamda. Bir turnuvadaydık, bizim Kıyiderespor'un maçından önce babamların maçı vardı. Kazanan takımlar final oynayacaktı. Babam aşırı terliydi, koşuyordu sürekli, ben bir şey olacak, hastalanacak diye korkuyordum. Babamlar yeniliyordu maçta, arada atlamalar olduğundan maçı hatırlamıyordum, sadece yenildiklerini biliyordum. Babam, yenildikleri için kızgındı maçtan sonra. Terli formasının üstüne deri ceket giymişti. İçinde balıklar olan küçük, oval bir akvaryum tutuyordu elinde. Akvaryumun içindeki suyu içti, sonra onun akvaryum olduğunu fark edip tükürdü suyu. Bizim maç başlıyordu. Ethem Kudnuva, "Çağlar, gel çabuk gel," diye bağırınca sahaya çıktım. Maç başladı ama koşamıyordum. Neden koşamıyorum acaba diye düşündüm. Bir baktım, beni karşı takımın defans oyuncusu tutmuş, bırakmıyordu. Artık futbol kurallarını da geçmişti hadise, hakeme bağırıyordum ama sesim çıkmıyordu. Yedek kulübesine baktım, Beton Muzaffer yerinde yoktu. Babama baktım, o da yoktu. Sonra yine bir atlama oldu. Biz maçı kazanmıştık, babamları yenen takımla final oynayacaktık. Ama saha değişmişti, plajdaydık. Plaj futbolu oynayacaktık. Ben babamı arıyordum sürekli plajda, bulamıyordum. O ara uyandım.

Kız kardeşim başımdaydı. Elindeki ıslak bezi alnıma koymuştu, "Çağlar," dedi. "İyi misin?"

"İyiyim aşkım," dedim. "Ne oldu?"

"Bir şey yok, sadece martılar."

"Martılar mı?"

"Duymadın mı çığlıklarını?"

"Hayır."

"Yıldızları niye kopardın?"

"Bilmiyorum. Bilmiyorum. Özür dilerim."

"Boş ver Çağlar, yenisini yapıştırırız."

"Sen niye uyumadın?"

"Uyudum. Sen sayıklayınca kalktım."

"Ne dedim?"

"Anlamadım, karışık şeyler."

"Hadi yat, sabah erken kalkacaksın."

"Laflayalım mı biraz?"

"Sarhoşum bebeğim, yorgunum ve hastayım ve çok pis bir rüya gördüm."

Bir gözüyle oda kapısını kontrol edip "Beni dinle o zaman," diye fısıldadı. "Sadece dinle. Bir plan yaptım. Hani bana erdemle şöhret arasında seçim yapmak zorunda kalsaydın diye sormuştun ya. Hatırlıyor musun?"

"Evet."

"Erdemle şöhreti birleştirmek için plan yaptım."

"Nasıl?"

"İstanbul'a gideceğiz. Sokağa çıkıp direnişçilerin arasına karışacağız, burası işin erdem kısmı. Ben TOMA'nın karşısında dans edeceğim sen videoya çekeceksin, 10 yaşındaki kızdan TOMA'nın karşısında moonwalk diye Youtube'a yükleyeceğiz, burası da işin şöhret kısmı. Nasıl fikir?"

Elimi kız kardeşimin yanağına koydum.

"Bütün gece bunu düşündüm," dedi. "Lütfen güzel fikir de. Bizim videonun yorumlarını okumana gerek yok demiştin ama hepsini de okumuştum ben. Herkes şişman olduğum için seyretmiş eski videomuzu. Kimse dansıma bakmamış. Belki TOMA'nın karşısında dans edersem şişman olduğumu fark etmezler."

Kız kardeşimi yanağından öptüm. Heyecanla cevabımı bekliyordu, "Lütfen güzel fikir de," dedi.

"Çok güzel fikir aşkım," dedim. "Ama dansa başlamadan önce parmağınla şapkanı kaldırıp polislere soğukkanlı bir ifadeyle de bakman lazım."

"Bakarım."

"Ayrıca tazyikli sudan sırılsıklam olsan, sıçana da dönsen hep gülmelisin. Psikolojik üstünlük her zaman senin elinde olmalı."

"Olur."

"Dansa başlarken de Michael Jackson'ı gaz bombasıyla öksürtemezsiniz diye bağırmalısın."

"Orasını bana bırak."

On Beş

Akşamdan kalınan sabahlarda insanın dün gece yaşananları kare kare anımsadığı ama büyük fotoğrafı tam olarak göremediği alacakaranlık bir devre vardır. Beyninizin içini nöron amcıklaması geçirene dek kurcalamaya niyetlenmediğiniz sürece sorun çıkmaz, pek çok sevimsiz hatıra, o huzurlu alacakaranlıkta dolanmaya devam eder. Başıboş, bencil ve serserice dolanmaya devam eder o huzur bulmuş sevimsiz hatıralar beyninizin içinde. Ne hatırlanacak kadar berraktırlar ne de unutulacak kadar bulanık. Dünyanın kendisi gibidirler. Evet. Bizzat dünyanın kendisi gibidir o yarı unutulmuş sevimsiz hatıralar. Ayrıca herkesin böylesi zihinsel bir alacakaranlığa da az çok ihtiyacı vardır. Alkoliklerin sabahtan içmeye başlamasının nedeni de içkiden çok, o huzurlu alacakaranlığa olan ihtiyaçtandır. Alkolikseniz ve bu konu ilginizi çektiyse bana Facebook'tan yazabilirsiniz, fotoğrafınızı beğenirsem cevaplarım, şu an vaktim yok.

Kollarımı yastığın üstünde kavuşturmuş, deniz yatağında keyif yapar gibi yüzüstü yatıyordum, 3 Haziran 2013 Pazartesi sabahı. Pek çok kez kendime kalk emri vermiştim ama içimdeki muhalefet buna engel olmuştu. En sonunda, iyisi mi biraz daha yatayım dedim ve kalktım, yatağın kenarına oturdum, başımı ellerimin arasına aldım. Vapurun düdüğünü öttürünce bütün meydanın beni alkışladığını ve Özer Ağbi'yi Koruköy'de yalnız bırakıp döndüğümüzü anımsadım. Aklım yastıktaydı, tekrar dönmek istiyordum yatağa. Ayağa kalktım, elimle perdeyi aralayıp açık pencereden sokağa baktım.

Güneşli bir gündü, apartmanların gölgesi sokağın yarısına dek vurmuştu. Sokağın gölgeli kısmında, ihtiyar bir kadın, demir çöp konteynırının kenarındaki tutamak yerine dizleriyle çıkmış, elindeki çengelle çöpü karıştırıyordu. Kâğıt toplayanlarınkine benzeyen, kenarları çuvalla çevrilmiş derme çatma bir arabası vardı. Çöpün içinden mavi bir plastik top çıkardı yarı patlak. Arabasına götürdü, çöplerin içinde oturan çocuğa verdi. Sonra konteynırı karıştırmak için geri döndü. Çocuk o kadar ufaktı ki topu elinde tutamayıp düşürdü, yanındaki çöpleri sağa sola eşeleyerek aramaya başladı. Annemle banyo kapısında yaptığım tartışmayı ve eski kız arkadaşımın yeni erkek arkadaşıyla meydanın orta yerinde öpüştüğünü anımsadım. Bizim klozete kustuğum da geldi sonra aklıma.

Kız kardeşim de tam o esnada odaya girdi ve, "Ben hazırım Çağlar," dedi. "Hadi toparlan! Fazla vaktimiz yok, annem eve dönmeden gidelim."

Michael Jackson kostümünü giymişti. Beyaz ceketinin bıçakladığı yerlerine çengelli iğneyle yeşil yapraklar tutturmuştu. Elindeki bez maskeyi bana uzatıp "Eczaneden senin için aldım," dedi. "Benim maske takmam doğru olmaz. Biraz Viks sürerim burnuma, o da fark edilmez zaten."

Elindeki Viks kutusunu işaret ve başparmağıyla tutmuş bana sallıyordu, sevimli ve kurnazca bir tebessüm vardı yüzünde. İhtiyar kadına baktım, çöp konteynırının içini ısrarla karıştırmaya devam ediyordu. İyice eğilmişti, muazzam bir dengede duruyordu, konteynırın içine düşmesinden korkuyordum ama düşmüyordu, en dipleri karıştırıyordu çengeliyle, işinde gerçekten bir numaraydı bu kadın. Daha önce de çöp karıştıran pek çok kişiyi seyretmiştim ama böylesine büyük bir tutkuya ilk defa şahit oluyordum, bu mesleği sanat haline getirmeye çalışıyordu. Gerçekten umut vaat eden bir ülkede yaşıyorduk, çalışkan insanlarımız vardı yediden yetmişe.

Göğsüme bir sancı saplandı, kız kardeşime ve yıldızsız tavanımıza baktım. Sokağın öbür ucunda bir KIYEDAŞ işçisi sıkı sıkı tuttuğu hiltiyi çalıştırdı, tek düze bir takara tukarayla zemini delmeye başladı, kargo şubelerinde fatura çıkaran o eski yazıcılar gibiydi. Başparmaklarımla şakaklarımı ovdum ve sonra dedim ki, "İstanbul'a gidemeyiz bebeğim," dedim.

"Neden?"

"İstanbul'da başın ağrır şimdi çok pis."

"Ağrımaz."

"Ağrır. Dedemin emekli milli boksör bir arkadaşı vardı Bostancı'da, ne zaman onun işlettiği büfeye gitsek, çevreden vızır vızır geçen arabalara bakıp 'Bu kodumun yerinde başıma bir ağrı saplanıyor Selami' derdi."

"Benim de bu kodumun evinde başıma bir ağrı saplanıyor."

"Aşkım lütfen küfretme."

"O zaman hazırlan da gidelim."

Kız kardeşim elindeki Viks kutusunu, sırt çantasının ön gözüne yerleştirmeye çalışıyordu. Çantası tıka basa dolu olduğu için bir türlü içine sokamıyordu kutuyu. Yanına eğilip "Bana bırak aşkım," dedim. Ön gözün fermuarını tamamen açıp içindekileri kontrol ettim. Dayımın çocukluktan kalma sapanı ve misketleri vardı ön gözde, kız kardeşime dehşetle baktım ama bir şey demedim. Sapanı misketlerin arkasına paralel yerleştirip önüne de Viks kutusunu koydum ve rahatça çektim fermuarı. Küçük çanta yoktur kötü yerleştirme vardır. Bir şey söylemeden çıktım odadan.

"Nereye Çağlar?"

"Tuvalete."

Çişimi yaptıktan sonra sifonu çektim ve şeyimi elimde tutmaya devam ettim bir süre. Bazen böyle yaparım, şeyimi elime alıp konuşurum onunla, 'Bak oğlum,' derim, 'burada kararları ben veririm, tamam mı, eğer buna saygı gösterirsen seninle iyi geçinebiliriz.' 'Ama ağbi falan,' çeker, 'Sus lan,' derim, 'kırarım şimdi kafanı gözünü ha!' 'Kusura bakma ağbi, çok özür dilerim,' der. 'Tamam,' derim, 'son dönemde T.C. Sinem Uzun yüzünden çok yıprandın, farkındayım. Ama Gözde Hoca ne lan, Gözde Hoca ne! Hayvanoğluhayvan Gözde Hoca ne!' O gün konuşmadım şeyimle, yeri değildi, birbirimize boş boş baktık. Elimi yüzümü yıkadım, kulak çubuğuyla kulaklarımı temizledim, annemin koltukaltlarına sürdüğü, şu an telaştan adını unuttuğum şeyin kapağını açtım, kokladım biraz. Kız kardeşim banyonun kapısına vurdu iki sefer.

"Geliyorum," dedim.

"Çağlar çabuk lütfen."

Klozetin kapağını kapatıp üstüne oturdum. Ellerimi yanaklarıma yaslayıp yerdeki karoların desenleri arasında simetrik bağlantılar kurmaya çalıştım. Her karonun üstünde değişik renklerde küçük kareler vardı, hiçbir karo birbirini tutmuyordu, ciddi matematiksel hesaplamalara giriştim, o karoların arasında trigonometrik bir bağlantı olmalıydı mutlaka. Rastgele yerleştirilmiş olamazlardı. En azından duygusal bir bağlantı olmalıydı aralarında. Fayans ustaları, matematik profesörleri ve üzgün insanlardan oluşan bir heyetin buna çözüm bulması gerekirdi. Kız kardeşim kapıyı yumruklamaya başladı. Banyodan çıktım, "Her zamanki gibi seninle açık konuşacağım," dedim. "İstanbul'a gidemeyiz."

"Neden?"

"Çünkü İstanbul'daki polisler bugün çok sinirliymiş. Yeni anayasada öyle bir madde olmamasına rağmen gaz fişeklerini yere paralel atıyorlarmış. Kör ediyorlarmış insanları."

"Çok güzel. İnşallah ben de kör olurum. Kör olursam herkes ağlar. Kimse bu kız şişman demez."

"Ama her şeye tazyikli su sıkıyorlarmış. Kedilere, köpeklere ve balkonlardaki kuru çamaşırlara bile, tekerlekli sandalyedeki insanlara bile. Dünya sikime minare götüme gezen Japon turistlere bile su sıkmışlar. TOMA'ları şebekeye bağlayıp kafaları sıyırmışlar."

"Hava sıcak sorun olmaz."

"Seni her şeyden çok seviyorum sevgilim. Ağbin olarak seni bu riske atamam."

"Riske girmezsen kral olamazsın Çağlar. Mayki riske girdiği için kral oldu. Şimdi de Çiğdem İyice riske girecek. Gitmek zorundayız."

Kız kardeşim hayattaki son dayanağı benmişim gibi gözlerini bana dikmiş, umut ve kederle bakıyordu. Sanki hayatının ondan sonrasındaki bütün mutluluğu da o andaki isteğinin gerçekleşip gerçekleşmemesine bağlıydı. Bunu şiddetle hissettiğini anlamıştım. İnsan böylesine büyük bir yanılgıya hayatında bir ya da en fazla iki sefer kapılır. Saçlarını okşadım, "Tamam," dedim. "Senin de riske gireceğin zaman gelecek. Biz de gideceğiz merak etme. Büyüyünce gideriz."

"Büyüyünce hiçbir yere gidemeyiz, büyüyünce anca bize benzeyen insanlara misafirliğe gideriz."

"Tamam, o kadar beklemeyiz biz de. Seneye gideriz o zaman. Belki seneye de direniş çıkar."

"Çıkmaz."

"Ama aşkım olmaz bu iş. Feribotta tanırlar bizi. Dayım hep bizim akrabaları yerleştirdi gişeye. Kaçtığımızı anlarlar, bilet kesmezler, göndermezler."

"Topçular'dan gideriz."

"Topçular'dan gitsek bile seni İstanbul'a almazlar ki?"

"Neden almayacaklarmış?"

Mutfağa gittim, kız kardeşim de öfkeyle peşimden geldi. Jaluzinin sopasını çevirip tezgâhın üstüne çubuk çubuk dolan günışığını seyrettim. İşaret parmağımı aşağıdan yukarıya kaldırarak o günışığı parçaları arasında beşinci bir boyut aradım, bulamadım.

"Neden almayacaklarmış beni İstanbul'a?"

"Çocukları İstanbul'a almıyorlar artık. İstanbul'da çocuk yok."

"Yalan söylüyorsun."

"Allah belâmı versin ki İstanbul'da çocuk yok. İstanbul'da çocuklar ya evde oturur ya da otobanda su satar. Ayrıca ben de gidemem İstanbul'a. Yapamam bunu."

"Neden?"

Sandalyeye oturup dirseklerimi mutfak masasına yasladım, ellerimi çenemin altında kenetleyip derin bir iç çektim. Düşündüm biraz. Sık sık yaparım bunu. Düşün oğlum derim kendime, bir parça düşün. İstanbul'da yirmi milyon insan, iki milyon araba ve bunların hepsinden daha fazla martı vardır. Martıların içinde bir martı, arabaların içinde bir araba, insanların içinde bir insan ararsın İstanbul'da, gerçekten sana hitap edebilecek, ruh sahibi bir şeyler ararsın, bulamazsın.

"Yaşanacak yer değil," dedim.

"Babam da İstanbul'da oturuyor."

"Hayır. O İstanbul'da oturmuyor, o Burgazada'da oturuyor. Orası İstanbul sayılmaz çünkü orada araba yok. Babamı bilirsin, tam bir sefa gurmesidir. Trafik sıkışıklığına bile tahammül edemediği halde İstanbul'da yaşamaya çalışır sivri zekâlı. Bir halt bilmediği halde, zekâsını sadece hayatın gerçeklerinden kaçmak için kullandığı halde, kendini herkesten zeki zanneder."

"Ama dün gece bana söz vermiştin."

Kalktım masadan, buzdolabını açtım, yan raftaki soğuk su şişesini ve buzluğun altındaki kuru pasta kutusunu çıkardım. Bir bardak soğuk su içtim. Kuru pastalardan birini attım ağzıma, ağır ağır çiğnemeye başladım.

"Sen beni sevmiyorsun," dedi kız kardeşim. "Dün gece fotoğrafımızı da yırtmışsın zaten."

"Ne fotoğrafı?"

Buzdolabının üstündeki dörde ayrılmış fotoğrafı görünce şaşkınlıktan ağzımdaki kuru pastayı çiğnemeyi unuttum. Hemen buzdolabına gidip kız kardeşimle benim fotoğraf parçalarımızı yan yana getirdim, üstüne de Mutlu Kıyıdere magneti yapıştırdım.

"Bu tamamen alkolle alakalı yapılan, irade dışı bir şey olmalı," dedim. "İçmiyorum artık zaten, bıraktım içkiyi. Bundan sonra bira yerine soğuk Nescafe içeceğim."

"Altı ay önce de öyle dedin, sonra yine başladın."

"Stres girdi araya."

Elimi alnıma vurdum, birdenbire dehşete kapılmıştım çünkü, "Senin okulda olman gerekmiyor muydu?" diye sordum.

"Birinci teneffüste Resul Amca'dan kırtasiyeye gitmek için izin alıp çıktım, eve geldim."

"Bu nasıl okul! Okuldan kaçmak bu kadar kolay mı? Öğretmenin fark etmeyecek mi ikinci derste olmadığını?"

Kız kardeşim masanın üstündeki şapkasını alıp içine göz gezdirdi biraz, başına koydu. Başparmağının ucuyla çenesine iki sefer vurup "O kancık bana karışamaz," dedi. "İstemediğim derslere girmiyorum, bahçede oynuyorum kendi kendime. Ama Resul Amca bahçede olmadığımı fark ederse, o arayabilir annemizi. O yüzden hemen gidelim."

"Gidemeyiz aşkım."

Kız kardeşim iki elini beline koyup sağ ayağını dört-beş sefer sertçe yere vurdu, "Niye! Niye! Niye!" diye bağırdı.

"Dün gece bana söz verdin. Çok iyi düşünmüşsün dedin. Psikolojik üstünlük zaten bizim elimizde dedin. Hepsi sadece laf mıydı? Yoksa sen korkak mısın?"

"Aşkım ben senin için korkuyorum. Senin saçının teline gaz bombası fişeği değerse ben ne yaparım. Bana sıksınlar sorun değil, göğsümde yumuşatıp geri atarım. Senin için korkuyorum ben."

"Benim için korkma!"

"Seni seviyorken senin için nasıl korkmayayım?"

"Gitmiyor muyuz şimdi?"

"Gitmiyoruz."

"Piçorospuçocuğuyavşakgötverengöt...!!!"

Kız kardeşimin ağzını kapattım, elimi ısırdı. Yüzü kıpkırmızı olmuştu. Kaval kemiğime bir tekme salladı moonwalk ayakkabısının burnuyla, acıyla inledim.

"Hep senin yüzünden olmuş zaten," diye bağırdı.

"Ne benim yüzümden olmuş?"

"Senin yüzünden bu haldeyim ben! Dayım gerekli yerleri arayacakmış seçmelerden önce, sen araya girmişsin, ararsan çalıştırmam demişsin, dansı bıraktırırım, yüzmeye başlattırırım demişsin. Şüphelenirsem bile yarışmadan çekerim demişsin."

"Dayım mı söyledi bunu sana?"

Kız kardeşim şapkasını çıkardı, gözyaşlarını tutmaya çalıştığı için hece hece konuşmaya başlamıştı, "Hayır," dedi. "Annemle konuşurlarken duydum. Ben uyuyordum o zaman. Ağlayıp ağlayıp uyumuştum ama dinliyordum onları. Belki bir mucize olur diye bekliyordum ağlayıp ağlayıp uyurken. Dinliyordum onları hep."

"Öyle haksız bir başarıyı isteyecek miydin peki?"

"Ben başarı istemiyorum ki Çağlar. Televizyona çıksaydım babam da beni seyredecekti. Babam beni sevecekti. İstanbul'da yaşayacaktık. Ne olurdu ki bir sefer de bana torpil yapılsaydı. Anıtkabir'e okul gezisine giderken kimse benle oturmak istemedi otobüste, ben onlara bir şey dedim mi? Herkes burada benle dalga geçiyor sokakta, ben onlara bir şey diyor muyum? İstanbul'da şişmanlara gülmüyorlarmış, dönüp dönüp bakmıyorlarmış. Çok fazla insan var çünkü, fark edilmiyormuş."

Kız kardeşime sarılmak istedim, itti beni, "Keşke hayatımı gebertseydim," dedi. "Salıncağa sıkıştığım gün hayatımı gebertseydim keşke. Sana inanacağıma hayatımı gebertseydim keşke. Artık benim ağbim değilsin! Benim kimsem yok artık! Bir daha benle konuşursan kendimi bıçaklarım. Ekmek Kuran nimet çarpsın kendimi bıçaklarım!"

Kız kardeşim odamıza yürüdü sinirle, kapıyı o kadar hızlı çarptı ki camı kırıldı kapının. Faraşla süpürge alıp cam kırıklarını topladım, sonra elektrik süpürgesiyle ince ayar çektim.

On Altı

Ne zaman kendimi işe yaramaz bir pislik gibi hissetsem, bizim belediyenin arıtma tesisine giderim, boka dönen hayatımı orada arıtabilirmişim gibi. Atık kazanlarının ve havuzların arasında dolaşırım biraz, girdisine çıktısına göz atarım çevredeki alet edevatın, 'Çağlar,' derim kendime, 'evlâdım, hayat pastasının lezzetli dilimleri başka yerlerde kalmış, bugün senin payına düşen yalnızlıktır, acıdır, çamurdur ve boktur. Buna alış artık. Alış oğlum. Alış ki daha fazla üzülme.'

O gün öğleden sonra da ağzımdaki bez maskeyle arıtma tesisinin içinde yürüyordum. Kız kardeşimle konuşmak istediğimde pergelin iğnesini koluna batırmıştı. O sahne gözümün önünden gitmiyordu bir türlü, pergeli elinden alıp kendi koluma batırmıştım, "Allah kahretsin," demiştim. "Gerçekten acıtıyor bu. Nasıl yaparsın böyle bir şeyi kendine?" Mikrop, "Sen biraz çık hava al istersen reis," demişti. "Ben Çiğdem'le konuşurum." Elimle Mikrop'un omzuna hafifçe dokunup çıkmıştım. Asansöre binip zemin kata basmış sonra aynaya dönmüştüm, iyice yaklaşmıştım aynaya, burnum değecekti neredeyse, buğulanmaya başlamıştı, göz bebeklerimin içinde bir şey arıyordum, gizli bir ruh, yaralı bir canavar, delirmiş bir martı, kudurmuş bir köpek, kanlı bir köle ya da herhangi bir şey, vardı orada bir şey, olmalıydı, asansör zemin kata vardı ama çıkmadım içinden, bekledim, ışıklar sönünce tekrar bizim kata çıktım. Mikrop'a dedim ki sessizce, "O pergel aklımdan çıkmıyor," dedim. "Lütfen! Kız kardeşim daha dokuz yaşında." "Merak etme," dedi.

Atık su havuzunun üstündeki demir platforma, yandaki paslanmış merdiveni iki elimle sıkı sıkı tutarak, her basamağı dikkatle yoklayarak çıktım. Dayım ve İtfaiye Şefi Nadir Amca platformun ortasındaydılar, onların ağızlarında da maske vardı, karşıdan vuran gün ışığında parlayan, fokur fokur eden, köpükler saçan, dünyanın bütün bokları oradaymışçasına dayanılmaz kokular yayan havuza bakıyorlardı. Platformun hemen önünde, bir-iki metre aşağıda, iki koca metal kazanın küflü kubbeleri görünüyordu. Kazanların kubbeden aşağısı havuzun içindeydi. Nadir Amca, yanındaki plastik taburenin üstünde duran, eski pikaplara benzeyen bir aletin ön tarafındaki göstergelere baktı. Aletin yuvarlak hoparlörlerinden "tıssss tıssss..." diye sesler çıkıyordu sürekli. Gözlerimi kapattım, acımasız bir canavar, derin uykusunda düzenli biçimde horluyormuş gibi bir izlenim veriyordu o ses.

Dayım bana baktı, "Sen git aşağıda otur?" dedi, cevap vermedim, üstelemedi. Nadir Amca'ya döndü, "Bir şey var mı Nadir Ağbi?" diye sordu. Nadir Amca göstergelere yaklaştı, iki tanesinin dış camına hafif fiskeler attı. Sonra kalktı, platformun korkuluklarını tutup havuzun içine baktı, "Yok," dedi. "Normal." Dayım, dedemden kalan kurmalı kol saatine endişeyle göz attı, sinirden tizleşmiş sesiyle, "E yarım saattir niye çıkmıyor bu adam?" diye sordu.

Sürekli dayımın yanında gezip yalakalığını yapan tiplerden yaşlı olanı, maskesini hafif aşağıya çekip "Yirmi dakika Altan Bey," dedi. "Normal, anca yapılır."

Dayım adama dönüp o kadar düşmanca baktı ki ceketinden kravatından tutup havuza atacak zannettim. Nadir Amca gerginliği fark edip "Telaşa gerek yok," dedi. "Göstergeler normal!"

"Hayır, benim kızdığım o değil Nadir Ağbi," dedi dayım. Kravatını gevşetti, "Benim kızdığım o değil!" diye bağırdı. "Durup dururken başımıza iş alıyoruz! Çağlar beni aramasa benim bu işten bile haberim olmayacaktı."

Hepimiz gözlerimizi havuza dikmiştik, en küçük kıpırtıyı, fokurtuyu, fıslamayı, tıslamayı bile çok önemli gelişmelermiş gibi ciddiyetle takip ediyorduk. Dayım bir şeyler daha homurdandı dudakları arasından, ne dediğini anlayamadım. Sonra birdenbire, o ana kadar düzenli sesler çıkaran alet, tıst edip susuverdi. Bir iki tiz gıcırtının ardından, cızırtılı radyo dalgaları gibi sesler çıkarmaya başladı. Hepimiz dehşetle alete bakıyorduk. Nadir Amca başına eğilmişti, yanlarına biriki tane vurdu, biraz bekleyip tekrar vurdu, düzelme yoktu, elinin dışıyla alnındaki teri sildi.

"Allah kahretsin sizi!" diye bağırdı dayım.

Sırtımda soğuk bir ürperti hissettim, gizli bir güç bana parmağıyla dokunup kaçmış gibiydi, paniğe kapıldım bir anda, bu kadarı da fazlaydı, "Siktir lan!" diye bağırdım farkında olmadan.

"Allah sizi kahretsin!" diye bağırdı yine dayım. Arıtma tesisinin yanındaki tarlada çapa yapan kadınlar bile duymuştu sesini, başlarını kaldırıp bize baktılar. Dayımın bağırdığı adamlardan genç olanı, iki avucunu göğsüne yaslayıp "Altan Bey," dedi. "Biz zaten sanayi dalgıcı çağıracaktık. Firmayla haberleşmiştik. Bize geldi kendi söyledi, ana vanada küçük bir lehim işi var, ben yaparım dedi. İtfaiyeden malzeme alıp hemen yaparım dedi."

"Yaparım dediyse illâ yap mı demen lazım? Yapılacak iş var yapılmayacak iş var. Bu adam ne anlar dalgıçlıktan? Normal dalgıç getirsen bile dalmaz bu boka."

"Küçük bir iş, ben hallederim dedi. Zaten ana trafonun parçası için ayırdığımız bütçeyi aşmıştık, küçük bir lehim deyince, iyi tamam yap dedik biz de."

"Bütçenizin amına koyayım! Kuzenim lan o adam benim! Kuzenim!"

Dayım, platformun sol tarafındaki, havuza inen merdivenlere koştu, birkaç basamak inip bir eliyle demirleri tuttu, diğer elini ağzının yanına koydu, havuzun içine doğru "Tufannnn! Tufannnn!" diye bağırmaya başladı. Dayımın peşinden gittim, ceketinden tuttum, o panikle onun da havuza düşmesinden korkuyordum.

"Bir susun," diye bağırdı Nadir Amca yukarıdan. "Dinleyin."

Dayım sus işareti yaptı bana, korkudan büyümüş gözlerle, sessizce dinledik, tısss-tısss sesleri yeniden duyulmaya başlamıştı. Aletin yanına çıktık. "Tüpün basıncında bir sorun yok," dedi Nadir Amca. "Sanırım hoparlörde bir sıkıntı oldu."

"Emin misin Nadir Ağbi?"

"Benim gördüğüm o Altan. Ama bizim işimiz değil bu, en başta söyledim ben arkadaşlara da. Şimdi bu adam burada ölse kalsa ben de sorumluluk altına giriyorum."

Dayım yanındaki adamlara tekrar döndü, "Allah sizi kahretsin," dedi kindar bir fısıltıyla. Adamlar önlerine baktı. Daha genç olanı kulaklarına kadar kızarmıştı. Bir an acıdım o adamlara, onların yerinde olmak istemezdim.

"Sanayi dalgıcı ne kadar istiyordu?" diye sordu dayım.

Adamlar cevap vermedi. Dayım, genç olanın omzunu parmağıyla dürttü, "Dalgıç ne kadar istiyordu?" diye sordu yeniden. "Sana soruyorum."

"750 lira."

"750 lira... 750 lira için mi daldırdınız adamı bu bokun içine? Şimdi bu adam ölse kalsa 750 lira için mi ölecek?"

Araya girdim, dayımın kolunu tuttum, "Tamam sakin ol," dedim. Dayım ceket cebinden çıkardığı tükenmez kalemi fırlattı birden, kalem genç adamın omzuna çarpıp havuza düştü. "750 lira için mi lan!" diye bağırdı dayım. "Kuzenim lan o benim!" Gözleri adama kilitlenmişti. Adam önüne bakıyordu. Dayımı kolundan çektim, bana baktı, adama baktığı aynı ifade asılı kaldı bir an yüzünde, "Sakin ol," dedim.

Genç adamın gözleri dolmuştu, "Benim suçum ne," diye fısıldadı kendi kendine. "O ısrar etti. Hiç merak etme dedi, bütün malzemeleri topladım dedi, hallederim dedi." Yanındaki adam, "Hişş, tamam," diye susturdu onu.

"Çakallar," diye bağırdı dayım. "Hayvanlar! 750 lirayı cebe atmak için yaptığınıza bak! Ne istediniz de vermedim lan ben size! Ne istediniz de vermedim! Senin ağbine büfe bile verdim lan ben hayvan! Askerden döndü evlenecek dediniz diye bedava büfe verdim lan merkezde! Hayvan!"

Genç adamın ağlamaklı gözlerindeki ifade değişti birden, dayıma öfkeyle baktı, "Ama ben size geçen hafta söylemiştim bu durumu," dedi. "Bir problem varsa Tufan çözer, bana başka masraf çıkarmayın dediniz."

Adamlardan yaşlı olanı, "Hişşş..." diye susturdu yine onu.

Dayıma baktım, gözlerini benden kaçırdı.

"Lan ben sana Tufan çözer dediysem adamı bok havuzunun içine daldır mı dedim?" diye sordu.

"Havuzun içine girmeden o vanaya nasıl lehim yapılsın Altan Bey! Ben size anlatmıştım her şeyi!"

Adamlardan yaşlı olanı onun koluna girip aşağı indirdi. Genç adam aşağıdayken birden yaşlı olanın kolundan sıyrıldı, "Sen kime hayvan diyorsun lan!" diye bağırdı yukarı. Aşağı hareketlenen dayımı tuttum kolundan.

"Bir durun bir durun!" diye bağırdı Nadir Amca. Havuzdaki kazanların arasında tok bir ses yükselince korkuluklara döndük yeniden. Yüzeyde belli belirsiz bir hareketlenme vardı. Bir süre sonra hareketlenmenin olduğu yerde simsiyah bir dalgıç başlığı göründü.

Nadir Amca, "Çok şükür," dedi.

Ayı Tufan Ağbi, elinde tuttuğu, su altında kaynak yapmaya yarayan garip aleti platformdan sarkıtılmış haznenin üstüne koydu. Başını yukarıda tutup kollarını iki yana açarak kurbağalama yüzmeye başladı bokların içinde. Çıkış merdivenine kadar dikkatle izledim yüzüşünü, kendinden emin ve akıcı bir stili vardı. Platforma çıktı, aramızdan geçip aşağı indi. İki-üç dakika hortumla su tuttular üstüne. Sonra dalgıç başlığını çıkardı. Dayım gitti, geniş bir ağacın gövdesini kucaklar gibi Ayı Tufan Ağbi'ye sarıldı. Ayı Tufan Ağbi de bir kolunu onun omzuna atıp "Hallettim," dedi. Dayımın ona, ana vanayı lehimleme işini hallettiği için sarıldığını zannetmişti, ışıl ışıl bir tebessüm yayıldı yüzüne. Geçen sene Teşvikiye'de orman yangını çıktığında, ormandan kaçan yılanlar, civardaki evlerin çatı aralarına, bodrumlarına falan saklanmışlardı. Onları maşayla toplama görevi de Ayı Tufan Ağbi'ye verilmişti, yılanın biri sokmuştu onu, hastanede ziyaretine gitmiştik dayımla. Kendisini sokan yılana bile gülümsediğini söylediler, zehirli olmasına rağmen.

On Yedi

Çarşafın bir ucundan ben tutmuştum bir ucundan Mikrop, iyice gerdik, silkeledik, ikiye katlayıp çevirdik, birbirimize yaklaştık, üst uçları o aldı, alt uçları ben, yine gerdik, tekrar yaklaştık, bir daha ikiye katladık, sonra da uzun demir raftaki yerine, katlanmış üç yüz bin çarşafın üstüne koyduk. Aynı günün akşamı, Ön Büro Yönetimi dersindeydik, Uygulama Oteli'nde. Esasen resepsiyonda falan durmamız gerekirdi o derste ama dersin hocası olan ön büro müdürü, artık bizim tipimizi resepsiyonda durmaya uygun mu görmedi kendi otuzbirci tipine bakmadan yoksa başka bir güven problemi mi vardı bilemiyorum, "Siz gidin kat hizmetlerine yardım edin," dedi. "Orada ihtiyaç var." Üç ay önce söylemişti bu lafı, o ihtiyaç da bir türlü bitmedi. Her pazartesi akşamı dörtle sekiz arasında nevresim katlamaya başladık böylece, maaş yok, sigorta yok, milli eğitim aşkıyla.

Ütü odasından yeni nevresimleri kucaklayıp getiren Mikrop, "Aslında olabilir," dedi.

"Ne olabilir?"

Nevresimleri suntalam masanın üstüne koydu, "Çiğdem'le konuştum reis," dedi. "İstanbul'a gitme fikri o kadar da mantıksız değil."

Üstteki çarşafı çekip aldı, sıcaklığını hâlâ muhafaza eden çarşafın diğer uçlarından tutup şüpheyle süzdüm onu, bir şey demedim, devam etmesini bekledim. Etmedi, "Eee?" dedim.

"Taksim Meydanı nasılsa direnişçilerin elinde," dedi. "Biz de gidebiliriz. Bir tehlike yok."

Çarşafı gerdim, "Taksim Meydanı direnişçilerin elinde ama her yerde çatışmalar sürüyor," dedim. "Öyle bırakacaklar mı sanki Taksim'i de? Geri gelmeyecekler mi?"

İyice silkeledim çarşafı, "Kız kardeşim daha dokuz yaşında diyorum," dedim. "Anlamıyor musun sen beni! Kız kardeşimi biraz sakinleştir dedim sana, vazgeçir dedim, sen bunları mı konuştun onunla?"

"Hayır reis. Beni yanlış anladın. Çiğdem'le tabii ki böyle bir şey konuşmadım. Benimki sadece bir öneriydi, sana söylüyorum."

Çarşafı var gücümle çektim, elinden kayıp düştü. Mikrop, yerdeki çarşafa, külahtaki dondurmasını düşürmüş bir çocuk gibi şaşkın ve üzgün baktı biraz.

"Öneri yaparken biraz düşün o zaman!" dedim. "Bir parça düşün! Söylediğin şeye bak ya!"

Karanlık, kasvetli çamaşırhanenin acil çıkış merdiveninden otelin ikinci kat koridoruna çıktım. Uzun koridorun krem badanalı duvarındaki röprodüksiyon tablolara parmağımın ucuyla dokunarak, ilerledikçe önümdeki sensorlu lambaları yandırıp ardımdakileri söndürerek, kalın, yeşil halıdaki adım seslerimi duymadan yürüdüm. Otelin yangın merdivenine çıktım, Bağlaraltı Caddesi'nden takır tukur geçen hafriyat kamyonlarını seyredip elektronik sigaramı tüttürmeye başladım. Bir yandan da iPhone'umu çıkarıp 'Şu üstünde tepinip durduğumuz yaşlı dünyamızda son kırk beş dakikadır neler olup bitiyor acaba, nasıl bir hayat sürüyoruz, nereden gelip nereye gidiyoruz böyle?' sorularının yanıtlarını bulmak için; Facebook'u, Twitter'ı, Instagram'ı, Tumblr'ı, Foursquare'i, Yonja Netlog'u ve Badoo'yu güncelledim. Mikrop da damladı merdivene, kendi elektronik sigarasını çıkardı. Başparmağı deri kemerinin tokasında, kafası hafif eğik bana bakıyordu, kahverengi gözlerinin derinlerinde yabani bir ışık vardı, belki bir parça da küskün bir ışık.

"Kusura bakma reis," dedi.

"Sen kusura bakma kardeşim," dedim. "Biliyorsun, kız kardeşim, hassas olduğum bir konu bu."

Dayımın tweet'lerini de o ara gördüm. Birkaç gündür sosyal medyada sessizdi, o güne kadar binlerce tweet attığı için ilk başta şüpheyle yaklaşmıştım bu sessizliğine. Tırsıyor muydu, eleştirel bir sessizlik içinde miydi yoksa görmüş geçirmiş insanların sessizliği miydi bu, anlayamamıştım. Twitter hesabını iki yıl evvel ben açtım ona, Dörtyol orta refüje ağaç dikerken çektirdiği güneş gözlüklü fotoğrafını profil resmi yaptım, *'Mutlu bir Kıyıdere için burada da sizlerle birlikteyim artık,'* diye ilk tweet'ini girdim, şifresini verip teslim ettim hesabı. Başlarda iyi gidiyordu, belediyenin hizmetlerini falan paylaşıyordu, tabii sonra bütün yeni kullanıcılar gibi cıvıttı, içip içip timeline'a çökmeler, unfollow'ları yedikçe bunalıma girmeler, karşısına çıkan ne kadar ünlü varsa laf sokma gayretleri, bilindik şeyler işte, hepsine başladı. O zaman da aldım karşıma konuştum, "Bak," dedim. "Burada sarf ettiğin her söz, seni siyaseten de bağlar," dedim. "Sen belediye başkanısın, Twitter'dan hatuna yürüyeceksen mention'la yapma bari bunu, D.M.'den yürü," dedim. Bayağı bir sosyal medya danışmanlığını yaptım, maaş yok, sigorta yok, acıdığım için.

İşte o gün de dayım, tweet'lerine sükûnet çağrısıyla başlamış, ardından 'kimden para alıyorsunuz'a geçmiş, oradan da komplo teorilerine bağlamıştı. iPhone'umu baş ve işaret-parmaklarım arasında tutup dayımın tweet'lerini gösterdim

Mikrop'a. Başını iki yana salladı ne desem boş ifadesiyle.

Çamaşır odasına geri dönüp bir milyon nevresim daha katladık. Turizm meslek lisesinde okursanız size çok iyi nevresim katlamasını öğretirler çünkü. Ne işimize yarayacak diye düşünmeyin, siz de katlayın. Kendiniz kadar düşünceli bir kocanız olur belki. Nevresim katlarken görüp âşık olmuştur size. İşte demiştir, nevresim katlayan bir kadın. Çok iyi ütü de yapar bu. En iyisi evleneyim bununla ben, çamaşır, bulaşık, bedava seks, canım sıkılırsa da boşarım, kız arkadaş yaparım kendime gencinden.

O akşam evde kız kardeşime Nesquik yaptım ve şu notu uzattım önüne:

Bilgi Notu

Sevgilim,

Sana söz veriyorum bebeğim. Varan 1: Dans edecek ve hak ettiğin haklı şöhrete ulaşacaksın! Varan 2: İstanbul'da yaşayacaksın! Varan 3: Ama biraz sabırlı olmalısın... Bu tozun dumanın ortasında dans edersen kimse görmez. İstanbul'da TOMA'ların önü çok kalabalık şimdi, ipini koparan TOMA'nın önüne atlıyor, sen o hengâmede moonwalk yapsan bile hak ettiğin haklı ilgiyi bulamayabilirsin. Bugün Mikrop Cengiz Ağbi'nle de konuştuk, bütün olasılıkları değerlendirdik ve şu karara vardık. Eylül'de, dayımın ayarladığı dans programına gideceğiz. Bu yaz da tüm gücümüzle o programa hazırlanacağız. Zaten güvenlik kuvvetlerimiz bir-iki aya kadar bu direnişi bastırır, her şey eski haline döner. Sakin bir dönem başlar. Sana söz veriyorum aşkım! Sen de o dönemin yıldızı olacaksın! İnsanlar özledikleri heyecanı sende bulacaklar...

Seni her şeyden çok seven sevgili ağbin,

Çağlar İyice

3 Haziran 2013 Kıyıdere

Kız kardeşim bilgi notunu dikkatle okudu, Nesquik fincanından bir-iki yudum alıp masanın kenarına koydu, güzel yazı defterinden bir sayfa kopardı. Kalemi parmakları arasında dimdik tutarak cevap yazmaya başladı. Beş dakika sonra yazdıklarını bana uzattı. Defalarca okumama rağmen, "Ben Eylül'de hiçbir yere gitmem," cümlesinden başka bir şey anlayamadım. Stresten ve üzüntüden ötürü inci gibi el yazısı okunmaz hale gelmişti sanırım. Notu okuyamadığımı anlayınca, "Dayıma güvenmiyorum," dedi. "Ben her şeyi hallettim diyor, halletmiyor."

Çevrede kesici-delici alet var mı diye kontrol ettikten sonra, "Orasını hiç merak etme," dedim sessizce. "Bu sefer ben bizzat görüşeceğim her şeyi, hem kanalla hem de yapım şirketiyle. Seni riske atmam, en ufak risk görürsem tekrar sosyal medyaya yükleniriz. Ona göre bir planlama yaparız. Dayıma da güvensizlik besleme, seni çok seviyor, iyi niyetle çalışıyor senin için ama biraz tecrübesiz."

Sokak kapısının anahtarla açıldığını duydum. Dayım geldi, bizim odanın girişinde durdu, elini kapının kenarına yaslayıp bana baktı. Küskün ve öfkeli bir hali vardı. Yüzüme pis bir anlatım yerleştirip bir şeyler söylemesini bekledim.

"Sen mi yaptın?" diye sordu.

"Neyi ben mi yaptım?"

"Sen yaptın!"

"Ne!"

Dayım hırsla gömlek yakama yapıştı, elinden kurtulmak istedim, kurtulamadım. Odadan çekip çıkardı beni, koridor duvarına çarptı elini yakamdan ayırmadan. Sakal tıraşı uzamıştı, yüzünün rengi kaçmıştı, yorgun ve uykusuz görünüyordu. Sahip olduğu öfkeden daha öfkeli bir hal veriyordu bu ona. Kız kardeşim yanımızda bize bakıyordu, elleriyle ağzını kapatmıştı, gözleri korkuyla açılmıştı, "Ne oluyor," diye bağırdı.

"Bütün gün Twitter'da bana küfretti," dedi dayım.

"Küfür değil sert eleştiri," dedim.

"O lafları ediyorsun da, senin Kıyıdere Belediye Başkanı'nın yeğeni olduğun anlaşılırsa, nasıl bir rezalet olur farkında mısın?"

"O zaman girdiğin tweet'lere özen göstereceksin."

Dayım beni birkaç sefer duvara çarpıp iki gömlek düğmemi kopardı, "Tweet giremiyorum ki lan tweet giremiyorum ki!" diye bağırdı. "Geberteceğim seni!"

"Dayıcım bırak lütfen," dedi kız kardeşim, gözleri dolmuştu. Dayım yakamı bıraktı, gözlerini kapattı, derin bir nefes alıp yüzünü sıvazladı. Sonra da kız kardeşime dönüp çaresiz bir ifadeyle, "Spam'lemiş beni," dedi. "2300 takipçim kayboldu, sıfır gözüküyor, hesabım açılmıyor, kafayı yiyeceğim. Maskeli Dijitaller Örgütü'nden misin lan sen yoksa!"

"Şekerim sen biraz odana git," dedim kız kardeşime. "Dayımla konuşmamız lazım."

"Gitmiyorum Çağlar, niye hep ben gidiyorum, niye hep kavga ediyorsunuz? Niye hep kavgalar bizim ailemizde oluyor? Niye hiç Mervenaz'la Ecem'in annesi babası kavga etmiyormuş?"

"Merak etme," dedim. "Onlar da ediyordur. Dışarı yansıtmıyorlardır sadece."

Dayım yumruğunu sıkıp vuracakmış gibi yaklaştırdı yüzüme, "Hesabımı aç lan," dedi. "Hesabımı aç yeniden! Hesabımı aç!"

"Bu dönemde Twitter'da gözükmemen siyaseten daha uygun," dedim. "İleride bana teşekkür edeceksin."

Dayım tekrar yakama yapıştı. Kudurmuş gibi bir hali vardı, çektiği derin acı yüzünden okunuyordu. Twitter hesabı kapanınca, 2300 sanal takipçisi onu somut olarak terk etmiş gibi bir hisse kapılmıştı. Bu yüzden bir delilik yapabilirdi.

"Hareketlerine dikkat et," dedim. "Kız kardeşim bize bakıyor."

Yakamdan çekti elini, iki parmağıyla burnunu sıvazladı, yumruğunu mutfak kapısının kenarına koyup alnını üstüne yasladı, "Çağlar üstüme gelme," dedi. "Çok yorgunum."

"Saklanan yalanların yorgunluğudur."

"Hesabımı aç lan! Hesabımı aç!"

"Açmıyorum. Seni Twitter'a ben soktum, bugün de çıkarıyorum."

"Niye lan niye?"

"Belediyenin hizmetlerini paylaşacağın yerde, yalanlar iftiralar atmaya başladın çünkü."

Dışarıdan tencere tava korosu yükseldi, koridorun sonundaki saate baktım, dokuz olmuştu. Dayımın yüzündeki öfke ifadesi yerini hayrete bıraktı. Önüne bakıp saçındaki aksiyi kaşıdı işaret parmağıyla. Dışarıdaki tencere tava sesleri iyice yükselmişti.

"Sen bunlardan yana mı geçtin şimdi?" diye sordu. "Beni sinir etmek için öyle konuşmuyor muydun? Sen şimdi sahiden bunlardan yana mı geçtin?"

"Hayır," dedim. "Ben hiçbir yere geçmedim, olmam gereken yerdeyim zaten. Ne bekliyordun ki? Sizden yana olmamı mı? Senelerdir yaptığınız baskıların faturasını halk bana kesti geçen akşam Kurtuluş Meydanı'nda, tek başıma göğüsledim o tepkileri, yine sustum!"

"Darbeci onlar!"

"Kimmiş darbeci! Balkonda tencereye vuran Ayla Teyze mi darbeci? Telefonunda dakika kalmamış on beş yaşındaki çocuk mu darbeci? Eyleme topuklu ayakkabıyla gelen benim bakımlı kadınlarım mı darbeci? Depremden sonra 32 yaşında bedelli askerlik yapmaya giden anti-militarist sefa pezevengi babam mı darbeci?"

"Olayları çarpıtıyorsun, yanlış değerlendiriyorsun! Oynanan büyük oyunun farkında değilsin."

"Neymiş büyük oyun, anlat bakalım o zaman,"

"Tamam," dedi dayım. "Ben bağırmadan konuşuyorum, sen de insan gibi dinle."

"Dinliyorum."

"İlk günlerde ben de destek veriyordum Gezi'ye, herkes gibi."

"He he..."

"Sözümü kesme! Destek veriyordum, içimden veriyordum. Üç yıldır palmiye diktim ben Kıyıdere'nin her yerine, akasya diktim, limon çamı diktim. O çocuklar çok haklıydı bence de. Ama iş yeşillikten çıktı, kamu malına zarar verildi."

Gülmeye başladım. Tutamıyordum kendimi, elimi karnıma bastırmış gülüyordum.

"Ne gülüyorsun," dedi dayım. "Lan niye gülüyorsun? Oğlum ne gülüyorsun, varsa diyeceğin söyle. Otelin arsasına gülüyorsan orada yapılan işlemlerin hepsi yasal. Sadece Baba Sadi Hoca'yla bir pürüz çıktı, onu da çözdük. Lan oğlum beni sinir etme! Varsa bir bildiğin söyle. Gülme lan! Vapura gülüyorsan müze yapacağım orayı. Her zaman geri dönüşümü mümkün bir yatırım o."

Derin bir nefes alıp kendimi toparlamaya çalıştım, "Ya ben şimdi sana," dedim. "Otel mi dedim arsa mı dedim vapur mu dedim? Kendiliğinden başladın anlatmaya. Yarın öbür gün mali polis belediyeye geldiğinde ne bok yiyeceksin onu merak ediyorum asıl ben."

"Verilmeyecek hiçbir hesabım yok benim."

"Sen öyle san! İşler tersine bir dönsün, Götüm Bey gelip alacak oğlunu aradan, okkanın altına sen gideceksin."

"Hiçbir şey olmaz. Her şey yasal! Hizmet ediyoruz biz, vandal değiliz. Otobüs yakmadık, cam çerçeve indirmedik. Başörtülü kadınlara saldırıyorlar sokakta, toplumun hassasiyetlerini zedeliyorlar. Sabrımızın da bir sınırı var, hepimiz dindar insanlarız."

"Ulan senin neren dindar betonatapan!"

Yakama sarıldı yine, ben de tuttum yakasından, hafif yamuk duran kravatından bütün gücümle çektim, o daha sıkı çektiği için boğuşarak karşı duvara gittik, beni çevirmek istedi, son gayretimi kullandım, dönmedim. Sonra da ittim elini, gardımı aldım. Kız kardeşim koşup sarıldı bana, ağlamaya başladı.

"Sen," dedim dayıma. "Allah seni kahretsin!"

Bu dayım olacak itten siyasetçi falan olmazdı. Öfke kontrolü problemi vardı. Biraz dedeme çekseydi, onu örnek alsaydı, o zaman belki şansı olabilirdi. Rahmetli dedem ağırbaşlı biriydi, gerçek bir beyefendiydi, söylediği her sözü tartarak konuşurdu, öyle ki onunla konuşanlar bir teraziyle konuştukları izlenimine kapılırlardı çoğu zaman.

"Sen kendini ne zannediyorsun?" dedim. "Sen kendini siyasetçi mi zannediyorsun! Dedem beş dönem evvel belediye başkanlığı yapmasaydı sen seçilebilir miydin? Boklu dereyi kim temizledi? Postanenin önündeki ilk köprüyü kim yaptı? Fetih Caddesi'ne asfaltı ilk kim döktü? Bu ilçenin imar planını kim genişletti? Dedem genişletti! Her yerde ben Ragıp Baysal'ın oğluyum dedin. Dedemin adını kullandın. İnsanlar dedeme oy verdiklerini zannedip sana oy verdiler."

"Alakası yok. Benim projelerime oy verdiler."

Kravatını düzeltti, eliyle ceketinin kırışmış bölgelerine vurdu, paniklemişti, "Babam Fetih Caddesi'ni yaptıysa ben de Dörtyol Köprülü Kavşağı yaptım," dedi. "1500 araçlık kapalı otopark yaptım, Kıyıderespor Ragıp Baysal Tesisleri'ni yaptım. Ben babamın adını kullanmadım, onun adını tesislere verdim."

"Diyet borcu olarak verdin o adı. Köylerdeki ihtiyarlardan oy isterken ben Ragıp'ın oğluyum demedin mi sürekli? O köylere telefonu ilk dedem götürmedi mi? Su ve elektrik şebekelerini dedem yenilemedi mi? Yollarını dedem yapmadı mı? Ağır hastaları olduğu zaman başhekimi arayıp ambulansla aldırmadı mı?"

"Tamam, köylerde babamın etkisi oldu biraz. Ama merkezde hakkımla kazandım. Senelerce sevdirdim herkese kendimi. Herkesin işini kovaladım, çıkarlarını kovaladım karşılıksız."

"Sen karşılıksız aşk bile yaşayamazsın, çıkarsız ne kovalayacaksın. Fırıldaklık yaptın sen! Dedem ölene kadar Arılar'da kaldı. Arılar yokken bile Arılıydı, Alcatel'den sonra en bağlı olduğu şey peteğin üstündeki arıydı. Arılar'dan Atlar'a geçmediği için kaybetmişti '94 yerel seçimlerini."

"Sen ne bilirsin lan '94 seçimlerini! Dünyada bile yoktun o zaman."

"O günleri görmediysem dedem bana anlatmadı mı zannettin? Tek sırdaşıydım onun son gününe kadar, kara kutusuydum. Ama sen ne yaptın, koltuğunu sağlama almak için ilk fırsatta Dedemi Kanser Eden Parti'ye geçtin."

Dayım iki elini beline koydu ceketinin içinden, kafasını sağa eğdi, ağzının kenarındaki yapışkan tebessümle baktı bana, "Sen mi söylüyorsun bunu?" diye sordu. "Sen bunu söylerken yüzün kızarmıyor mu? Kimsenin İplemediği Atlar'ı bırak deyip durmadın mı bana senelerce, Dedemi Kanser Eden Parti'ye geç deyip durmadın mı?"

"Yalan!"

"Anayasa referandumunda hayırcıların afişlerini yırtmadın mı?"

"Yalan!"

"Ya Kime Vereceksiniz Mecbur Bize'nin gençlik teşkilatındaki çocuklarla bu yüzden kavga etmedin mi?"

"Yalan!"

"Babamı Kanser Eden Parti'ye geçtiğim zaman beni ilk sen tebrik etmedin mi?"

"Yalan!"

"Hadi lan oradan! Arabada yer olsaydı Mecliste'ki grup

toplantısına bile gelecektin rozet takma törenini seyretmek için. Yüzüme bak yere değil."

"Cahildim o zaman iPhone'um yoktu."

"Kim aldı sana o iPhone'u? Ben almadım mı doğum gününde?

"Ha ha! Sen aldın. Eski Bahadır Elektronik'ten alıp belediyeye fatura ettirdin. Araştırıp öğrenmeyeceğim mi sandın bunları! Benim saygımı satın alabileceğini mi zannettin? Benim saygımı hediyelerle satın alamazsın. Benim saygımı parayla satın alamazsın. Benim saygımı övgüyle satın alamazsın. Benim saygımı köprülü kavşakla satın alamazsın. Sana satılık saygım yok benim! Hırsız! Yolsuzlukçu Hırsız!"

"Ver lan o zaman o telefonu geri."

"Vermiyorum. Halkın telefonu bu! Belediyenin parasıyla alındı."

Cebimden elektronik sigaramı çıkardım, hırsla çektim bir-iki fırt. Elimin dışını alnıma koydum, ateşim çıkmıştı. Dayımın alay dolu bakışlarında, gizli, zehirli, rezilce bir sevinç vardı. Dürüst bir insanı kendisiyle aynı çamurda görmenin sevinciydi bu.

"İşine gelince böyle olduk ha!" dedi. "Dur sen dur! Ben sana yapacağımı biliyorum."

"Ne yapacakmışsın?"

"Ne mi yapacağım? Ulan bugüne kadar götünü kim topladı senin. Ben topladım. Gittin Karamürsel'de arabayı vurdun trafik lambalarına. Ehliyetin yok, alkollüsün. Bir de gelen polise mukavemet etmişsin, ağzını burnunu kıracaklardı karakolda. Kim geldi kurtardı seni, bölge vekilimizle ben gelip kurtarmadık mı? İçtin içtin Gözde Hoca'nın kapısina dayandın şerefsiz, senin için bin sayfa roman okudum diye ağladın, seni seviyorum diye ağladın. Hocan şikâyetçi olacaktı senden, kim topladı götünü, Merkez İlçe Başkanı'yla ben topladım."

Gittim salona oturdum. Yanaklarımı ellerimin arasına aldım. Bekledim öyle biraz. Boğazıma bir yumruk oturdu. Boğazıma oturan o yumruğu oradan alıp dayımın suratına çakasım geldi, tuttum kendimi.

"Bir daha başın sıkıştığında arama beni," dedi.

"Aramam merak etme."

"Nah aramazsın!"

Kalktım dayımın üstüne yürüdüm, kız kardeşim aramıza girdi, kendi kafama bir yumruk attım, "Derin bir aşağılık duygusu var sende," dedim. "O kadar derin bir aşağılık duygusu ki aşağılık duygusu olmaktan çıkmış artık, kibre dönüşmüş, kibri de aşmış hayattaki tek meziyetin olmuş."

"Ne diyorsun lan sen?"

"Pes diyorum! Benim için ne dersen de, tamam haklısın, serserinin biri olabilirim. Birtakım sevgisizliklerden ötürü kontrolümü kaybettiğim zamanlar da olmuş olabilir. Ama senin dedem hakkında ileri geri konuşmaya ne hakkın var! Dedem ne yaptı sana? Nedir sendeki bu baba düşmanlığı? Nedir bu İvan Karamazovluk?"

"Babama düşmanlığım yok benim."

"Var! Düşmansın! Köylerde faydası oldu ama merkezi hakkımla kazandım diyorsun. Kendi vasat projelerini anlatıp dedemin yaptığı büyük atılımları gölgelemeye çalışıyorsun. Dedem gerçek bir hizmet adamıydı. Her yeri mevcut haliyle güzelleştirmeye çalıştı senelerce. Sonra sen geldin her yeri kazmaya başladın, yıktın, baştan yaptın, yine yıktın! Alkışladılar seni. Onlar alkışladıkça sen daha çok yıktın, daha çok yaptın. Peki, sen bu insanlara ne yaptığının farkında mısın? Sen bizim hayatımıza ne yaptığının farkında mısın? Sen benim çocukluğuma ne yaptığının farkında mısın? Hani nerede Eski TİGEM? Babam arkadaşlarıyla otururdu bahçesinde, muhabbet ederlerdi, bira içerlerdi, ben taso oynardım küçük havuzun önünde, şimdi otel inşaatı. Hani nerede Eski Aydın Sineması? Dedemle patlamış mısır yerdik en festival filminde bile, şimdi kapalı otopark. Hani nerede Eski Ergun Düğün Salonu? Tamam, kimse orada düğün yapmıyordu artık, herkes otellere gidiyordu ama barajı geçemeyen partiler panel falan yapardı, siyaset konuşulurdu, şimdi alışveriş merkezi. Hani nerede Eski Şefika Sokak? O büyük aşklar, ilk öpüşler, şimdi tünel-alt geçit. Hayatımızı eskittin dört yılda."

"Ben eskitmedim hiçbir yeri. Her yeri yeniledim. Gece gündüz çalıştım, uykusuz kaldım, strese girdim, hasta oldum, toplu açılış törenlerine yetiştiremezsek diye kâbuslar gördüm. Dev projelerdi hepsi. Hepsinde emek var, alın teri var, yatırım var, modern şehircilik anlayışı var. Eskiye saplanıp kalmaktan kurtardım hepinizi, ilerlemeyi sağladım."

"İlerlediğimiz falan yok. Gitgide alçalan ve kararan bir yoldayız. Dedemi geçme telaşıyla körleştiğin için farkında değilsin bunun. Dedemi geçeyim derken kendi kişiliğini kaybettin. Olmayan kişiliğini kaybettin. Bu yüzden yok sayıyorsun dedemi."

"Yok saymıyorum. Ben de çalıştım, bunu da görün artık diyorum, bunu söylemeye çalışıyorum sadece, ben de varım diyorum."

"Dedemi ölüm döşeğinde bırakıp oy saymaya gittin, böyle mi ispat edecektin varlığını? Dedemi öldürüp belediyecilikte yeni bir dönem başlattın, tebrikler sana o zaman."

"Çağlar sözünü geri al!"

"Almıyorum!"

"Çağlar bak sözünü geri al, yoksa ağzını burnunu kırarım yeminle!"

"Kır lan o zaman kır! Senden mi korkacağım. Zaten adam olsan dedem sana son nefesinde öyle der miydi?"

"Ne demiş babam bana?"

Bir tokat patladı suratımda. Annemdi. Bembeyaz suratıyla, acıdan gerilmiş dudaklarıyla, derinlere kaçmış gözbebekleriyle annemden çok annemin hayaletine benziyordu. Yatak odasından ne zaman çıkıp geldiğini bile anlayamamıştım, "Yeter," diye bağırdı. "Allah ikinizi de kahretsin!"

Dayımı yakasından tutup silkeledi, "Topla eşyalarını defol git," dedi. "Bir daha da bu eve gelme!"

Dayım gülümsemeye çalıştı ama beceremedi, "Abla ne oldu ki şimdi?" diye sordu titrek bir sesle.

"Ne mi oldu? Senin yüzünden ruh hastası oldum ben, o oldu işte. Beni kandırdın. TİGEM'in dört parsel arsasını çaldın, ne oluyor deyince iş işten geçti dedin, şimdi sus dedin, tehdit ettin. Kendi ablanı tehdit ettin sen."

"Abla çocukların önünde nasıl konuşuyorsun ya, saçmalama."

"Ne saçmalaması! Bu işten kimseye bahsetme yoksa kötü olur demedin mi bana? İki senedir ha polis gelecek, ha Milli Emlak'tan müfettiş gelecek diye bekliyorum. Uykum uyku değil günüm gün değil. Zaten vardı bir ton derdim, bir yolsuzluğum usulsüzlüğüm eksikti, onu da yaptırdın bana. Allah seni kahretsin! Defol git şimdi! Defol git!"

Dayım kapıyı çekip çıktı. Annem bana dönüp "Sen de ne halin varsa gör," dedi. "Doğduğun günden beri acıdan başka bir şey vermedin bana." Kız kardeşimin elinden tutup yatak odasına yürüdü.

On Sekiz

Çektim gittim. Bizim eski evin oralarda dolaştım biraz, kaybolan ruhumu aramak için. Apartmanın arka bahçesindeki yapraksız, elektrik direklerini andıran kuru ağaçlara, hafif bir rampayla inilen demir kapılı kömürlüğe, balkonlardaki boş çamaşır iplerine göz gezdirdim. Apartmanın girişinde bir mobilyacı dükkânı vardı, eve gidip gelirken vitrinindeki koltuklara, yemek masalarına, sehpalara, sarı sıcak ışıklarla yanan ayaklı abajurlara bakardık, güven verirdi insana o dükkân, onu da kapatmışlar. Camında güneşten solmuş gazete sayfaları kalmış. *Filler ve Gergedanlar Kötü Bir Yıl Geçirdi. 30 bin fil ve 950 gergedan kaçak av kurbanı.* Yaklaştım vitrine, ellerimi yüzümün iki yanına siper edip burnumu cama yasladım, gazete sayfalarının arasından baktım içeriye, bir şey göremedim. Karşı kaldırıma geçtim sonra, yanmayan sokak lambasına sırtımı yaslayıp ellerimi cebime soktum, üçüncü kattaki eski evimizin pencerelerine baktım. Salonun ışığı yanıyordu, arka oda karanlıktı. 'Bizim eski evde şimdi kim yaşıyor acaba?' diye merak etmemiştim hiç, bu kadarı da fazlaydı, ne önemi vardı ki, neyi değiştirirdi ki? Bekledim orada, neyi beklediğimi bilmeden. Biriyle buluşacakmışım gibi bekledim. Biz bir aile değildik, birbirine acı çektirmek için bir araya gelmiş insan topluluğuyduk. Yoktu çaresi, çaresi yoktu dostum.

Sahile yürüdüm, mendirek tarafına. Depremde yıkılan binlerce binanın molozunu denize dökmüşler, sonra da kocaman bir park yapmışlardı o doldurulmuş alanda, ölülerin ruhlarıyla dolu bir park, sessiz, sakin, karanlık. Dedem hasta olduğu zaman, "Bursa Tıp Fakültesi'ne götürelim seni," dediler, istemedi. "Fakülte talebeleri üstümde çalışsın diye hasta olmadım ben," dedi. "Devlet hastanesine götürelim o zaman," dediler. "Devlete güvenmiyorum," dedi. "Özele gidelim." "Özele hiç güvenmiyorum. Bana Doktor Sami'yi bulun." Kendisini iyileştirirse bir tek Doktor Sami'nin iyileştireceğine inanıyordu. Istranca Dağları'nda zatürre olduğunda Doktor Sami hayata döndürmüş onu. "Doktor Sami mesleği bıraktı, alkolik oldu," dediler, dinlemedi. "Benim derdimden bir tek Doktor Sami anlar," diye tutturdu. Dayımla Ayı Tufan Ağbi, Kırklareli'ne gittiler Doktor Sami'yi getirmeye. Üç gün sonra döndüler, Doktor Sami yolda kaçmış.

Deprem anıtının oralarda gezdim biraz. Zihnim kopuk kopuk izlenimlerle doluydu, hiçbir düşüncenin üzerinde uzun uzadıya duramayacak kadar yorgundum. Büyük mermer sütunları üst üste koyup depremde ölen herkesin ismini kazımışlardı üstlerine. O kadar çok isim vardı ki hepsini okuması bir gün sürebilirdi. Duygulardan uzak, teknik bir okuma yapmak kaydıyla tabii. Ölen ismin sahibini düşünmeye, acaba nasıl bir insandı diye merak etmeye başladığın an bitiremezdin okumayı. Muhtemelen hiç kimse baştan sona okumamıştı o anıtı, okumayacaktı da. Bu nasıl bir anıttı lan! Ayrıldım oradan, denize paralel yürümeye başladım. Arkamdan pır pır ederek yaklaşan teknenin sesini duydum, geçti beni, dümdüz devam etti yoluna, küçük bir balıkçı teknesiydi, üstünde kırmızı bir lamba vardı, açıklara kırdı dümeni, gitgide ufaldı, titreyen kırmızı bir nokta oldu en sonunda.

Başhekim arkadaşı uzun uzun konuşup hastaneye gitmeye razı etmişti dedemi. O güne kadar göz doktoruna bile gitmemişti. Dostlar Kıraathanesi'ne, elinde bond çantayla gelen bir amca vardı, çeşitli numaralarda gözlükler olurdu çantasında, deneme yanılma yoluyla bulup alırdı gözlüklerini. Dedeme pankreas kanseri teşhisi koydular, Steve Jobs'un hastalığı, dâhilerin çilesi. Teşhisi koydukları akşam bir büyük rakıyla geldi eve, yalnız başına içti biraz. Salonun kapısına gittim ayakuçlarıma basarak, kirpiklerinde kalmış iki damla gözyaşı gördüm, ona baktığımı fark edince gülümsedi, eliyle çağırdı yanına, karşısına oturdum, "Dede lütfen üzülme," dedim. "Ben geçen sene apandisit ameliyatı olduğumda herkes hediye almıştı bana. Sana da her istediğini alırız. Evimizi satıp Porsche alalım mı sana?" Kederle gülümseyip başımı okşadı, "Ölüyorum Çağlar," dedi. "Porsche'yi ne yapayım, bana biraz beyaz peynir alın Migros'tan."

Çok az insanla görüştü hastayken. Onu görenler gülümsemeye başlıyordu hemen, dedemi öyle bitkin ve çaresiz görünce o kadar üzülüyorlardı ki belli etmemek için gülümsüyorlardı mecburen. Her ziyaretçiden sonra daha beter oluyordu. Zamanla saçları döküldü, kaşları bile döküldü, kimseyle de görüşmedi bir daha. Benimle bile çok az konuştu. Bir gece dedi ki bana, "Çağlar," dedi. "Sonunda bu da oldu evlâdım." "Ne oldu dede?" dedim. Cevap vermedi.

Kıyıdere Anadolu Lisesi'nin bahçesindeydik o sabah, Dedemi Kanser Eden Parti'nin müşahitleri yirmi oy farkla kaybettikleri ilk sayıma itiraz etmişlerdi, ikinci defa sayılıyordu oylar. Annem aradı, 'Deden fenalaştı gelin hemen,' dedi, dayımla gittik hastaneye, kendinde değildi. Sonra biri koştu geldi dayıma, "Sandık Başkanı'na baskı yapıyorlar, bizim oylarımızı geçersiz saydırıyorlar," dedi. Dayım, "Çağlar sen kal," deyip gitti. İki saat sonra annemi arayıp, "35 oy farkla kazandık," dedi. "Kesin sonuç." Dedem de o zaman açtı gözlerini, "Ayfer ne oldu?" diye sordu anneme. "Seçimi Altan kazanmış," dedi annem. Dedemin son sözü de o an çıktı ağzından. Annemle ben vardık bir tek odada. Şimdi ne söylediğini yazmayacağım. Bütün vücudunu saran yaraları nedeniyle çok savunmasız görünüyordu. Derin bir umutsuzluk içindeydi, maddi manevi acılar içindeydi, öyle bir durumdayken de ne söylediğinin ne önemi vardı ki? Ölmeden önce söylenen son sözlere gösterilen bu ilgiyi de anlamıyorum zaten. Çevremiz yaşayan ölülerle dolu, paketlenmiş, etiketlenmiş, bir kenara atılıp unutulmuş, hatırlandığı zaman da lanetle hatırlanmaya mahkûm edilmiş insanlar. Onların sosyal ölülere dönüşmeden evvel sarf ettikleri son sözlere ilgi gösterilse, o zaman bir anlamı olurdu belki bu merakın.

Herkesin yakasında dedemin fotokopiyle çoğaltılmış fotoğrafları vardı cenazede. Merkez Camisi'nin avlusu dolup taşmıştı, sokak da doluydu, cami avlusuna bakan apartmanların balkonları da. Daha iyi görebilmek için ağaçların üstüne çıkanlar bile vardı. Herkes dedemin tabutuna bakıyordu. Musalla taşının mermeri güneş ışığında parlıyordu. Dedemin Alcatel'i cebimdeydi, titreşime almıştım, dedem severdi telefonunu titreşimde tutmayı. Bazen kendini aratırdı durup dururken "Çağlar," derdi, "bu alet gerçekten bir mucize. Şuna bak, nasıl da titriyor." Cebimde sürekli titriyordu telefon, öldüğünü duyan arıyordu dedemi, sanki öbür dünyadan konuşabilirmiş gibi. Salondaki vitrinin alt gözünde Arıların küçük bir bayrağı vardı, onu koymuştum tabutun üstüne. Kimsenin İplemediği Atların İlçe Başkanı geldi o ara yanıma, "Çağlar," dedi. "Arılar bize katıldı çoktan, o bayrağın orada durması doğru değil. Dayına söyledim, sana sormamı söyledi. Bizim bayrağı mı koysak acaba?" "Sen lütfen sus," dedim. "Sus ve saygı göster. Siyaset konuşulacak yer değil burası."

Cenaze namazı öncesi caminin müezzini, cübbesinin kenarına iliştirdiği yaka mikrofonunu iki parmağıyla tutarak güzel bir konuşma yaptı. Ne dediğini hatırlamıyorum şimdi. Söylediği hiçbir şeye gıcık olmadığımı hatırlıyorum sadece. O kadar çok insan toplanmışken fiyakalı birkaç laf edip kendimi öne çıkarayım dememişti. Namaz kılındıktan sonra tabut omuzlarda cenaze arabasına taşındı. Dayım, ben ve müezzin öne bindik. Arkamızdaki konvoyla beraber mezarlığa doğru yola çıktık. Fetih Caddesi'ne çıkınca kaldırımların iki yanının ve apartman balkonlarının insanlarla dolu olduğunu gördük. Bir alkış tufanı başladı, saygıyla uğurluyorlardı dedemi, el sallayarak, ağlayarak, alkışlayarak, o caddeyi dedemin yaptığını unutmamışlardı. Kesme çiçekler atıyorlardı cenaze arabasına, Kıyıdere'de kesme çiçekçiliği dedemin geliştirdiğini unutmamışlardı.

Parkın sonuna kadar yürüyüp Eski TİGEM'in içindeki şantiyeden geçtim. Mendireğin beton yoluna çıktım. Deniz kokusu vurdu burnuma, arıtma tesisi lağım pompalamaya ara vermişti. Martılar tepemde dönüp duruyordu. Biri çığlık atmaya başlayınca diğerleri de katıldı ona. Beni beklemişlerdi sanki. Yumruğumu salladım martılara, "Hitchcock reis biliyordu," diye bağırdım. "Ne mal olduğunuzu Hitchcock reis biliyordu. Bize saldıracağınız günü bekliyorsunuz. Hiçbir zaman benim güvenimi kazanamayacaksınız. Acımıyorum size! Acımayacağım hiçbir zaman! Defolun gidin buradan! Gidin İstanbul'daki vapurların arkasından simit dilenin!"

Kefen mezara indirilene kadar çok sakindim. Kendi soğukkanlılığıma kendim de şaşırmıştım aslında. Dayımla Ayı Tufan Ağbi inmişlerdi boş mezara, dayım kefenin baş kısmından Ayı Tufan Ağbi de ayaklarından tuttu, çok zayıflamıştı dedem, bir deri bir kemik kalmıştı son aylarında, müezzinin talimatları doğrultusunda kıbleye çevirdiler. Toprak atıldığında kefenin üstüne gelmesin diye beton çubuklar yerleştirip mezar duvarında bir üçgen oluşturdular. Küreklerle toprak atılmaya başlandı. Dua eden müezzinin yanında diz çökmüş mezara bakıyordum. Karşıdan vuran ikindi güneşi el değiştiren küreklerin üstünde parlıyordu, ölünecek hava değildi, çok güzeldi hava. Orada beni seven dürüst bir insan yatıyordu. Mezar toprakla doldukça hayattaki son desteğim olan o insanı da yitirdiğimi anladım. "Ne olurdu Tanrım," dedim. "Ne olurdu dedem elli sene daha yaşasaydı. Şu kaç milyon yıllık dünyada, elli sene daha yaşasa eline mi yapışırdı benim güzel dedem? Elli sene çok mu? Yirmi beş sene o zaman. O da mı çok? Ne cimri bir Tanrı'ymışsın. Azıcık adaletin kaldıysa, dünyaya o büyük merhametin yeniden hâkim olmasını istiyorsan dedemi on beş sene daha yaşatırsın. Hadi on olsun! Beş olsun! O da mı çok? Duyamıyorum seni Tanrım. Ha! Ne dedin? Duyamıyorum. Bir sene de mi olmaz? Bir ay da mı olmaz? Bir hafta? Bir gün? Bir akşam? Bir kadeh rakı daha içsin bari! Bir hoşça kalın desin, gözüm arkada kalmayacak desin. Ona da mı hayır!" Hâlâ özlüyorum dedemi, yağmurlara bakıp özlüyorum. Kimsenin kullanmadığı telefon kulübelerine, unutulmuş yan yollara, kurmalı kol saatlerine, tüplü televizyonlara, dandik antenlere, o antenlerin yükselticilerine, VHS kasetlere, işporta gözlüklere, ilk cep telefonlarına, geçmişten kalan ne varsa, en saçma sapan şeyler bile olsa onlara bakıp özlüyorum dedemi. Dedemi özlediğimde de sadece onu değil, hatta ondan da çok o andaki ruh halimi özlüyorum. Dedemle birlikteykenki kendimi özlüyorum.

Mendireğin ucunda, biri yeşil biri kırmızı yanan deniz fenerlerinin arasında durdum. Karanlık kayalara vuran karanlık dalgaların sesini dinledim. Karşıya diktim sonra gözlerimi, İstanbul'a, Adalar'a baktım, ışıl ışıldı. Gözlerimi alamıyordum o ışıklardan. Hava açıktı, tek bulut yoktu aramızda, elimi uzatsam dokunabilirmişim gibi yakın gözüküyordu o ışıklar. Ne zaman böyle karşıda, İstanbul'da ışıklar parlasa, benim içimde bir şeyler kararır. "İngilizler," diye bağırdım karşıya doğru. "Hepiniz İngilizsiniz! Gidin Manchester'da yaşayın!"

On Dokuz

Yaya geçidinde durmuş, ellerim cebimde yeşilin yanmasını bekliyordum. Hafiften çiselemeye başlayan yağmur, arabaların farlarında parlıyor, egzoz dumanından kararmış refüj ağaçlarını yıkıyordu. Karşıya geçip KIYPARK girişindeki iki şeritli, dik rampayı indim, sol taraftaki beyaz, plastik doğrama kulübenin kapısını açtım. Süleyman, elindeki telefonda harıl harıl bir şeyler yazıyordu kapıyı açtığımda, yüzünde kurnazca bir tebessüm vardı, başını kaldırdı, o kurnaz tebessüm bir süre daha asılı kaldı dudağının kenarında, "Nasılsın Çağlar Ağbi?" dedi.

"İyiyim. Şu bizim anahtarı versene."

Telefonu masanın üstüne koyup ellerini üstünde kavuşturdu, yan pencereden dışarı göz attı, sıkıntılı bir hal gelmişti yüzüne, "Ağbi veremem," dedi.

"Ne demek veremem."

"Ağbi bana öyle dendi."

"Kim dedi?"

"Soner Başkan öyle dedi."

"Başlatma şimdi Soner Başkan'ından, ver şu anahtarları."

"Ağbi veremem."

"Kimin arabasını kime vermiyorsunuz lan siz!"

Masaya yürüdüm, anahtarların durduğu çekmecenin gözünü açmak istedim, Süleyman çekmecenin üstüne kapandı. Kolumu boynuna doladım, yarım kafakola alıp yukarı çektim, oturduğu sandalyeyle beraber arkaya savrulduk, kafamı kulübenin sağ köşesine monte edilmiş 37 ekran televizyonun demir ayaklığına vurdum. Süleyman'ı kendime çevirip iki yakasından tuttum, sürükleyip götürdüm, sırtını kapıya çarptım iki sefer. İşaret parmağımı gözlerine kaldırıp "Sakın ha!" dedim. Avucumu başımın arkasına bastırıp baktım, kan yoktu, ovuşturdum biraz. Çekmeceyi açıp anahtarları karıştırdım, kendimi bir anda hırsız gibi hissetmeye başlamıştım, telaşa kapıldım, Honda'nın anahtarını bulamıyordum bir türlü.

"Ağbi lütfen," dedi Süleyman. "Dayın not bırakmış, vermeyin demiş."

"Sikerim şimdi dayımı da notunu da! Ona kim aldırdı lan bu arabayı sahibinden.com'da bulup."

Honda'nın anahtarını buldum, baş ve işaret parmaklarımın arasında sımsıkı tutarak Süleyman'a yaklaştım, kafasına vuracakmış gibi kaldırdım anahtarı, "Şerefsizler," dedim.

"Ağbi biz zor durumda kalacağız şimdi."

"Siz mi zor durumda kalacaksınız! Ha! Siz mi! Siz ne zaman zor durumda kaldınız lan! Kim zor durumda kalmış bakalım şimdi burada! Bana bak! Gözlerimin içine bak benim! Bu durduğun yerde büfe vardı eskiden, patlamış mısır alırdık dedemle. Çok güzel bir kız duruyordu tezgâhın arkasında, soğuk havalarda kızaran minicik bir burnu vardı. Daha uzaktan bizi gördüğünde patlamış mısır külâhını hazırlıyordu, nasılsınız Ragıp Amca diyordu, filmi sevdiniz mi diyordu, ikinci yarısı daha güzel diyordu, bana gülümsüyordu. Bana bakıp gülümsüyordu o güzel kız. Her seferinde o minicik burnuna arkadaşça dokunmak istiyordum. Mutluyduk biz burada. Mutluyduk amına koyayım! Sinema keyfimizin üstüne otopark yaptığınız yetmedi, şimdi bir de arabayı mı vermeyeceksiniz!"

Dışarı çıkıp otoparkın içine yürüdüm, duvarın köşesinde metal bir tabure vardı, bir tekme salladım, tabure havalanıp yere çarptı, patır kütür sesler çıkararak iki-üç takla attı. "Çakallar!" diye bağırdım. Sesim loş otoparkın içinde yankılandı.

Honda Civic'i, ikinci katta, her zamanki yerinde gördüm, anahtara basınca dörtlüler göz kırptı. Kapıyı açıp girdim, kokladım içerisini, hafif ekşimsi geldi arabanın kokusu. Torpido gözünü açtım, eğilip içini karıştırdım, ruhsatın ve müzik CD'lerinin arkasından kavunlu araba spreyini aldım, kapağını açıp kokladım biraz, kararsızdım, arka koltuklara birkaç sefer sıktım hafifçe. Koltuk ve ayna ayarlarını yaptım, emniyet kemerimi bağladım, kontağı çevirip motoru çalıştırdım, boştayken gaz verdim birkaç sefer, motorun sesini dinledim, sıkıntı yoktu. Geriye takıp hızlı bir yay çizdikten sonra ileri alıp yavaş yavaş sürdüm çıkışa doğru. Kulübenin yanında durup sağ ön camı açtım, "Bana bak bi!" diye bağırdım. Süleyman kulübeden çıktı.

"Kimseyi arama. Ufak işim var, bir-iki saate dönerim."

"Ağbi lütfen, yoksa ben zor..."

"Merak etme."

"Ağbi farlar."

Başparmağımla çenemi kaşıdım, farları yaktım.

Arabayı Alkaş Konutları'nın olduğu sokağa çekip Migros'un depo girişinde durdum, dörtlüleri yaktım. Eskiden sosyete pazarı kurulurdu orada, üç liraya-beş liraya penyeler, sutyenler falan satılırdı, hiç gitmemiştim ama olsun, dedim ki kendi kendime, bunları düşünme artık oğlum. Yoruldun. Mental anlamda yoruldun. 17 yıllık ömründe 170 yıllık kafa patlattın bu çakallar yüzünden. Yıpratma kendini bu kadar, rölantiye al biraz.

Yağmur hafiften hızlanmıştı, arabanın ön camında birikiyordu damlaları, silecekleri çalıştırmadım, televizyonda mozaiklenen sigaralar, biralar yahut buna benzer temel şeyler gibi görüyordum dışarısını. Güneşliği indirip aynaya baktım, burnumun yanında siyah nokta vardı, sıktım onu, çıkan minik yağ bezesini başparmak tırnağımın üstüne koydum, diğer başparmak tırnağımla ezip ellerimi peçeteye sildim. Saçımı düzelttim sonra.

Alkaş Konutları'nın dış cephesine uzunlamasına ahşap şeritler çekip aşağıdan yukarıya sarı ışıklar yansıtmışlardı. Balkon korkulukları camdandı. İyi çalışmıştı adamlar, bizim dandik apartmanlara benzemiyordu. T.C. Sinem Uzun kapıda belirdi, sileceği iki tur çalıştırdım. Dizinin yarım karış üstünde son bulan yandan fermuarlı yeşil bir elbise giymişti, çorap yoktu altında, küçücük, siyah bir çanta asılıydı çıplak omzunda, çantanın sapında da siyah bir hırka vardı. Sağına soluna birini ararmış gibi bakıyordu. Kendi üstümdeki kolları kesik, iki düğmesi kopuk siyah kot gömleği inceledim, içinde Mikrop'un, İzmit Outlet Center'dan alıp doğum günümde hediye ettiği açık mavi tişört vardı. Mavi kot pantolonumu yokladım, paçaları yürürken birbirine sürtünmekten yıpranmıştı. Kornaya bastım hafiften, T.C. Sinem Uzun, Honda'ya baktı. Yarım topuk ayakkabısıyla merdivenleri yavaş yavaş inip arabaya yürümeye başladı. Ön kapıyı açıp bindi, yanağımdan öptü. Parfüm kokusunu çektim içime. Bu işlerden anlamam ama gerçekten güzel bir parfümdü.

"Niye arabayla geldin ki?" diye sordu. "Taksiyle giderdik."

"Arabanın güveni başka."

Hiç artistlik yapmadan yavaşça kaldırdım arabayı, köşede sağa sinyal verip Fetih Caddesi'ne girdim. Yabancı slow şarkılar çalan bir radyo ayarlayıp caddenin sonundan Samanlık Yolu'na saptım. Bu esnada T.C. Sinem Uzun sürekli elindeki Galaxy S4 ile ilgilenmişti. İnce narin parmaklarıyla geniş ekranda bir şeyler yazıp duruyordu. Ara sıra gülümsüyor, o anlarda da yüzü, çok önemli bir sırra vakıf olmuş gibi parlıyordu. Hiç elinde telefon varmış gibi de gözükmüyordu, elinin doğal bir uzantısı, yardımcı eli gibi duruyordu o Galaxy S4. Çınarcık yoluna saptım.

"Ne iyi ettin de WhatsApp'tan yazdın," dedi. "Benim de evde canım sıkılıyordu otur otur."

"Evet," dedim.

Ona dönüp gülümsemeye karar verdim, tekrar Galaxy S4 ile ilgilenmeye başladığından vazgeçtim. Göz ucuyla yeşil elbisesine baktım, dizinin bir karış üstüne kadar açılmıştı. Emniyet kemeri, iki göğsünün tam ortasından geçiyordu, göğüs hatları belirginleşmişti. Elbisenin hafif açık duran yakasından siyah sutyeninin askısı görünüyordu. Sağ lastikler asfalttan çıkıp yolun yanındaki mıcırlı bölgeye girdi, sola kırıp topladım, eğimli bir alan olduğundan arabanın arkası savruldu, kontra çekip düzelttim, tekrar asfalttaydık. T.C. Sinem Uzun bana dönmüş gülümsüyordu. Alaylı bir gülümseme miydi o, anlayamadım. Bacaklarına baktığımı görmüş olmasından şüpheleniyordum.

"Çevirme olmaz değil mi?" diye sordu.

"Endişe etme," deyip ön camın sağ kenarındaki belediye başkanlığı kartını işaret ettim. Yoldan gözünü ayırmamaya başlamıştı, belki de acemi şoför zannediyordu beni. Dokuz yaşından beri direksiyon sallıyordum halbuki, dedem Broadway'de öğretmişti. Bunu hoş bir anıya çevirip anlatsam mı diye düşündüm, sonra vazgeçtim. Üst üste gelmesi doğru olmazdı. Farkında olmadan hızlanmıştım.

Koruköy rampada Club Kale tabelasının önünden geçiyorduk. Tabelaya baktığı esnada diz kapaklarına göz attım, gayet biçimliydi, dikkat dağıtıcıydı. Geçen sene Merkez Terzi Orhan'ın oğlu Batuhan, T.C. Sinem Uzun'un bacaklarına bakayım derken Sütaş'ın kamyonete vurmuştu arkadan, Eski Alilerin köşede. Sonra belediyeyi suçladılar yağmurlama sistemi yolu kayganlaştırdı diye, ama herkes biliyor işin aslını.

Dostel Tekel'e yaklaşırken "Gitmeden önce sahilde bir şeyler içelim mi?" diye sordum.

"İyi olur," dedi. "Zaten program yeni başlamıştır, öyle hemen gitmeyelim kekolar gibi."

Dostel Tekel'den beş kutu bira ve naneli şeker aldım. Yağmur dinmişti. T.C. Sinem Uzun'un güneşliğin aynasında kendine baktığını gördüm. Makyajını tazelemiyordu, 'Ben, ben miyim hâlâ?' diye kontrol ediyordu sadece. Belki de arzulanmama, güzel bulunmama, istenmeme korkusu içindeydi sürekli.

Limanın biraz aşağısında, çakıllarla döşeli sahilin önüne, iki palmiye ağacının arasındaki boşluğa park ettim arabayı. Palmiye yapraklarının uçları kurumuş, sararmıştı. Bir süre sustuk arabanın içinde. Kapıyı açıp çıktı, ardından ben de çıktım, iki kutu Efes açıp birini ona verdim. Karşıdan vuran ay ışığında, oto yıkamadan yeni çıkmış gibi parlayan Honda'nın kaportasına yaslanıp biralarımızı yudumlamaya başladık. Dalgaların sahilden çekilirken çakıllarda bıraktığı sesleri dinliyorduk.

"Ne oldu?" diye sordu. "Senin neye canın sıkıldı böyle?"

"Ailevi meseleler."

"Dayınla mı kavga ettin?"

"Kimle edeyim..."

Bana yakın elini sağ omzuma koydu, "Boş ver," dedi. "Eğleniriz bu akşam." Ona döndüm, çok zarif bir boynu vardı, saçlarını ensesinde topuz yapmıştı, mavi gözlerinin içi, doğal bir yaşama arzusuyla ışıl ışıl parlıyordu. Birden gözüme o ana kadar göründüğünden çok daha güzel göründü. Sahilde kimse yoktu, yarım karışlık mesafede oturuyorduk. Elini çekti.

Elektronik sigaramı çıkarıp bir-iki fırt aldım. Ucundaki mavi ışık yanıp sönmeye başladı. Pantolon cebimden tütün tüpünü çıkardım. Sigarayı ortasından açıp haznesini yukarı çevirdim, tüpteki şırıngayla tütün enjekte ettim içine. Sigarayı kapattım, uç tarafını kaportanın üstünde tutup sıvı tütünün hazneden aşağı inmesini bekledim.

"Eee... Nasıl gidiyor?" diye sordum.

"Sorma ya. Ben de bütün gün Çisem'le uğraştım. Metehan'la kavga edip duruyor, ondan sonra gelip bana ağlıyor."

Sigaranın ucunu birkaç sefer vurdum kaportanın üstüne, sonra iki parmağımla kaldırıp göz hizama getirdim, kenarından iki damla tütün sızmıştı, gömleğimin yakasına sildim. Bir fırt alıp mavi uca baktım, yanıp sönmüyordu.

"Evet," dedim.

"Suç da kendisinde. Metehan'ın bu aralar biraz yalnızlığa ihtiyacı var ama Çisem bunu anlamıyor, çok üstüne gidiyor. Sürekli mesaj çekiyor. Saat başı arıyor, seni çok özledim diyor. Yıllardır görmemişim gibi özledim diyor. Lafa bak."

Ona döndüm, dertli bir ifade vardı hafif büktüğü pembe dudaklarında, bu durum gerçekten canını sıkmış gibiydi. Küçük çantasının çıt çıtını açıp sigara paketini çıkardı, markasına bakmadım, uzun slim bir şeydi. Kırmızı çakmağıyla yaktı. İlk nefesi alır almaz öne uzatıp külünü silkmeye çalıştı, "Çisem'in her zamanki kezolukları işte," dedi. "Bilmiyor musun sanki? Sen de eski erkek arkadaşısın."

"Evet."

"Yani kaç sefer Metehan buna uygun bir dille dedi ki, kızım biraz az ye lan dedi, laf aramızda 52 kilo oldu, o boya çok. Ondan sonra geliyor bana ağlıyor, senin kolların çok ince benimkiler niye patlıcan gibi diyor. Kızım alıyorsun her akşam koca bir kutu dondurmayı, geçiyorsun televizyonun karşısına, bir gözün Face'te bir elin WhatsApp'ta, löp löp löp. Neyse ya, senin de başını şişirdim."

"Yok. Başka..."

"Geçen de oturuyoruz işte Eski Bankacılar'da, içti biraları Jägerleri, şarkı söyleyeceğim diye tutturdu yine. Metehan dedi ki, kızım bak bütün masalar dolu, mekân biraz boşalsın, Anıl'dan rica ederiz, programın sonuna doğru söylersin. Yok, illâ söyleyeceğim diye tutturdu. Çıktı söyledi, bir de duygusal şarkı, Geceler Kara Tren, bari hareketli bir şey söyle de karga sesin kaynasın arada millet tempo tutarken. O kadar berbat söyledi ki artık gülmeye başladı insanlar. Allah'tan Anıl kısa kesti şarkıyı, kendini de rezil etti, bizi de rezil etti."

"Aslında onun sesi o kadar da şey değildir," dedim.

"Ne değildir?"

"Yani ne bileyim, bir havası var. Değişik bir kumaşı var. Böyle biraz kısık ya, öyle gelirdi hep bana."

Elinin tersini minik burnuna götürüp "Hah ha ha!" diye güldü. "Hadi canım sen de Çağlar ya."

"Ben tabii bayağıdır dinlemedim."

"Sen tabii başka türlü görüyorsun Çisem'i. Ben en başta söylemiştim ona senden ayrılmamasını zaten. Metehan'ı da mutsuz etti, kendini de mutsuz etti. Ama seni de istemedi işte. Ben Çağlar'ı öyle görmüyorum dedi."

"Nasıl gördüğünü söyledi mi?"

"Yok."

Elimdeki kutu birayı sessizce yudumlamaya devam ettim. İnceden, toz gibi bir yağmur başladı, hiç öyle bir şey yokmuş gibi davrandım. Dalgaların çakıllarda bıraktığı sesteydi kulağım, bir şeyleri kazıyıp götürüyor gibiydiler. O dalgalar, dikkatle dinlersem, içimdeki sıkıntıları da kazıyıp götürebilirler miydi acaba? Biranın dibinde kalanı sallayıp son yudumu çektim, elimdeki kutuyu sıktım, arabaya dönüp bir bira daha aldım.

T.C. Sinem Uzun elini omzuma koyup "Çağlar iyi misin?" diye sordu. Ona döndüm, soluk mesafesinde duruyorduk.

"Nasıl görünüyorum sence?" dedim. Cevap vermedi. Öptüm onu. Dudakları dudaklarımda kaldı bir saniye kadar, esas öpücüğün kaparosu gibiydi bu, geri çekildi, "Delisin sen," dedi. Bacaklarına baktım, gerçekten çok güzel bacakları vardı T.C. Sinem Uzun'un, bu işlerden anlarım. Ellerimi bacaklarının üstünde gezdirmek istedim ama tuttum kendimi. Biramı açtım, büyükçe bir yudum aldım.

"Niye böyle bir şey yaptın ki şimdi?" diye sordu.

"Hiç. Öyle..."

"Bence sen hâlâ Çisem'i seviyorsun."

"Nereden çıkardın?"

"Öyle hissettim. Yani ben demin arkadaşça bir şeyler anlatayım dedim ama sen daldın gittin ondan bahsedince."

Elimi T.C. Sinem Uzun'un boynuna koydum, "Bana bir öpücük ateşle yavrum," dedim.

"Çağlar ciddi ol lütfen."

"Ben ciddiyim."

"Çisem'i hâlâ seviyor musun?"

Elim boynundaydı, kulağının arkasındaki kemiği okşuyordum. Cevap vermedim. İnsanın bazen verdiği bir sözün arkasında durması gerektiğini özel olarak hissettiği anlar olur. O anlardan birinde gibiydim, oysa kimseye verdiğim bir söz de yoktu, sadece o his vardı. Hiç verilmemiş bir sözü tutmam gerekirmiş gibi hissediyordum.

"Evet," dedim.

Elini, boynundaki elimin üstüne koydu, sonra ayırdı oradan, bıraktı.

"Hâlâ Çisem'i seviyorsan neden beni öpmek istiyorsun?"

Derin bir iç çektim. Biramdan bir yudum daha alıp elimdeki kutuyu çevirmeye başladım. Farkında olmadan güldüm. Gülme krizlerimden birine girmek üzereydim. Ayıp olmasın diye kendimi tutayım deyince daha beter krize girdim.

"Niye gülüyorsun Çağlar? Sana burada ciddi bir şey sordum ben."

"Siktir git ya!"

"Ne!"

"Siktir git T.C. Sinem Uzun."

"Ne diyorsun sen be! Sen ne biçim adamsın! Ben sana ciddi bir şey soruyorum burada. Önce gülüyorsun, sonra küfrediyorsun."

"Ne soruyorsun bana? Ha! Ne soruyorsun! Bir daha sor bakayım!"

"Çağlar siktir git!"

"Hadi sor bir daha!"

"Ne varmış ki sorumda, nesi garip? Hâlâ Çisem'i seviyorsan niye beni öpmek istiyorsun diye sordum."

"Hımmm. Zor bir soru! Muazzam bir soru. Bu soruyla beni tam anlamıyla köşeye sıkıştırdın. Sen tam bir dedektifsin bence T.C. Sinem Uzun. Gerçek bir polissin. Evet. Sen gerçek bir polissin bence! Kask numaran kaç acaba senin? Ha! Kask numaran kaç!"

Kafasından tuttum onu, kurtulmak istedi, bırakmadım, iyice yaklaştım kulağına, "Göremiyorum!" diye bağırdım. "Kask numaranı göremiyorum! Yoksa sen de mi kask numaranı sildin? Bütün polisler artık kask numaralarını silip mi dolaşıyor aramızda!"

"Bırak lan beni bırak!"

Yeşil elbisesinin yakasından tutup çektim, elbisenin askısı yırtıldı, siyah sutyeni gözüktü. Yırtılmanın şiddetiyle göğüsleri bir an öne gelip gitti. Elbisesini yukarı kaldırıp sutyenini kapattı hemen, "Şerefsiz," dedi. "Dokunma bana! Sakın bir daha dokunma bana!"

Başına gittim, "Sana dokunmaya niyetim yok," dedim. "Sadece her şeyi bilip bilmediğini anlamaya çalışıyorum burada! Sen her şeyi bildiğini mi zannediyorsun T.C. Sinem

Uzun! Sonsuzluk yaratılırken de orada mıydın? Her şeyi derinlemesine düşünmeni buna mı borçlusun? Tadını çıkar o zaman. Çağlar İyice dâhice dokunuşlarını devreye sokana kadar ondan daha zeki görünmenin tadını çıkar bakalım!"

"Ne diyorsun lan sen gerizekâlı!"

"Kahpe diyorum! Senin bana eski kız arkadaşıma olan sevgim üzerinden duygu sömürüsü yapmaya ne hakkın var. Birbirlerini sevmeyen babanla annenin nasıl seviştiklerini düşündün mü hiç? İnsanlara bol keseden dağıttıkları sahte tebessümleri düşündün mü? Kalabalığın ortasında kavga etmek ayıp kaçacağından akşam yatak odalarında ettikleri kavgaları düşündün mü? Sen medeniyetin sahteliği üstüne hiç düşündün mü T.C. Sinem Uzun kancığı."

"Yeter lan yeter! Sus!"

"Hayır! Susmuyorum! Sadece bilgeler ve ölüler susar ama ben çok şükür cahilim ve yaşıyorum ve şimdi sana haddini bildireceğim T.C. Sinem Uzun kahpesi! Beni tuzağa düşürmek istedin çünkü. İstedin ki eski kız arkadaşımı sevmiyorum artık diyeyim, sen de bana bunun karşılığında bir-iki öpücük ver. Amına koyayım! Beni düşürmek istediğin sahtelik tuzağının anasını sikeyim! Çağlar İyice böyle tuzaklara düşmez. Oradan bu tuzağa düşecek biri gibi mi gözüküyorum? Ben burada seni öpmek istediğim için seni öpmek istemiştim, sahici bir arzuyla seni öpmek istemiştim. Siktir git şimdi! Seni öpmek istemiyorum artık! Orospu dolu ortalık, para da istemiyorlar adamdan, hatıralarını istiyorlar, mazisini istiyorlar. Allah kahretsin! Bir tane masum duygu, bir tane sahici arzu bırakmadınız şu amına kodumun gezegeninde!"

Daha birçok şey söylemek isterken birden sustum. Beni neyin susturduğunu kendim de bilmiyordum. Yok olma isteğiydi belki de. Arabanın lastiğine bir tekme salladım, denize doğru yürümeye başladım.

"Eziksin," diye bağırdı arkamdan.

"Ha ha," dedim. Denize yürümeye devam ettim, suyun üstünde sektirmek için yassı çakıllar arıyordum yerde.

"Çisem de seni ezik olarak görüyordu zaten."

"Ha ha," dedim. Bulduğum orta boy yassı çakılı tarttım elimde, küçük dalgaların üstünde iyi giderdi.

"Kaç defa söyledi seni ezik olarak gördüğünü!"

Birden tuhaf bir şüphe kemirmeye başladı yüreğimi, döndüm, "Beni kızdırmaya çalışma," dedim. "Onunla kısa süren bir ilişkimiz oldu ama her zaman saygılıydık birbirimize karşı."

"Mesajlarına bile cevap vermiyordu, ne saygısı!"

Elimdeki taşı yere fırlatıp "Siktir git lan!" dedim. "Mesajlarıma cevap vermiyorsa belki daha çok üzülmeyeyim diyeydi. Allah kahretsin lan seni! Geçen yaz sana bakmadığım için yapıyorsun bunları hep! Sana neden bakmıyordum biliyor musun? Çünkü sende ruh yok. İki tane bacak, iki tane göğüs, bir tane de göt var. Kıskanç kancık! Yalancı kahpe!"

"Hayvan! Pislik! Piç! Ben mi yalan söylüyorum! Şimdi göstereceğim sana."

Bir eliyle elbisesinin yırtılan yerini tutarken Galaxy S4'ünü karıştırmaya başladı. Galaxy S4 titriyordu elinde, doğru düzgün tutamıyordu, gerçekten telefona benzemeye başlamıştı şimdi o alet. Yanaklarında gözyaşları birikmişti. Elbisesi açılmasın diye silemiyordu gözyaşlarını.

"Ne yapıyorsun?"

Cevap vermedi, Galaxy S4'ü diğer eline aldı, koltuk altıyla elbisesini sıkıştırıp boştaki eliyle gözyaşlarını sildi. Bir şeyler mırıldanıyordu ağlamaktan titreyen dudakları arasından. İki-üç dakika kurcaladı o aleti, sonra benim iPhone'a beş-altı mesaj geldi üst üste.

"Bu ne şimdi?" diye sordum. Cevap vermedi, telefonu cebimden çıkarıp çıkarmamakta kararsızdım.

"Aç bak şunlara!" diye bağırdı. "Hadi aç bak!"

Telefonu çıkarıp mesajlara baktım. Eski kız arkadaşımla kendisi arasındaki Facebook yazışmalarının caps'ini alıp göndermişti. Milyonlarca kez okuduğum için noktasına virgülüne kadar ezberlediğim o yazışma şöyle başlıyordu:

T.C. Sinem Uzun: Napiyosun lan kahpe?????

Çisem Trinity: Hahahahahha... napiyimmmm lan... Çağlaer dengozu yine bütün gece boş beleş mesajlar attuı onları siliyorum

T.C. Sinem Uzun: Kizimm sen ne istiyorsun bu çocuktan aslında hoş biri

Çisem Trinity: Hoşsa senin olsun aq ezik diyorum sana ezik ezikkkkk

T.C. Sinem Uzun: Lan dayısı belediye başkanı nesini ezik görüyorsun????

Çisem Trinity: dayısı cumhurbaşkanı olsun gene ezikkk görürüm...

T.C. Sinem Uzun: Hahahahahahahah koltruktan düştüm lan...

Çisem Trinity: dayısı başbakan olsa onunla kavga edip meclis lokantasinda garsonlukl yapar aq salağı ☺

T.C. Sinem Uzun: HAHAHAHAHAHAHAH.... güldürme lan kancik halıyı öpüyorumu şu an...

Telefonu arka cebime koydum. Ağzımı sımsıkı kapatmış, alt dudağımı ısırıyordum, burnumdan alıp verdiğim solukları duyuyordum. Nefes alamadığım hissine kapıldığım için gitgide daha hızlı soluk alıp veriyordum. Kalp atışlarım hızlanıyordu, o güne kadar başıma gelmeyen bir hastalığın nöbetini geçirmekten korkuyordum. Ellerim titremeye başlamıştı, ensemde birleştirdim titremelerini önlemek için. Savaş esiri gibi gözükünce çektim ellerimi ensemden. Göğsüme vurdum avuç içlerimle. Mağara adamı gibi gözükünce göğsüme vurmayı kestim. Dizlerime vurdum dört-beş sefer. Durmadı amına kodumun ellerinin titremesi! Ağzıma kan tadı gelince dudağımı ısırmayı bıraktım. Gözlerim kamaşıyordu. İçimde o güne kadar yer etmiş ne kadar karanlık duygu varsa, birdenbire kaotik bir düzene girip dehşet verici bir aydınlığa kavuşmuştu. Beş dakika önceki hayatım sanki yüzyıl geride kalmış gibi geliyordu. Ağzımdaki kanı tükürdüm. Bir an iyi geldi yerde o kanı görmek. Vücudumdaki zehrin bir kısmını atmış gibi hissettim.

"Ne yapmıştım ki ben size," dedim gayet sakin bir sesle. "Tamam, kabul. Belki biraz bencildim, yalnızdım, saçma sapandım! Ama bunlar için dalga geçmeye değer mi? Bu dünyada gülünecek başka bir şey bulamadınız mı? Bu dünyada Çağlar İyice'den başka gülünecek bir şey yok muydu!"

"Hepsini oku."

"Zevk mi alıyorsun bundan?"

"Sen bana yalancı kahpe derken zevk mi alıyordun! Kıskanç kancık derken zevk mi alıyordun! T.C. T.C. T.C. derken zevk mi alıyordun! Hiç bana saygın yok mu? İsmimim başına T.C. koyduysam hemen dalga mı geçmen lazım! Benim bir kişiliğim yok mu! Bu kadar yobaz mısın? Gerici misin? Cumhuriyet düşmanı!"

"Allah aşkına benim nerem Cumhuriyet düşmanı," dedim. "Geçen seneki 29 Ekim konserinde, şarkı arasında sahneye çıkıp Mustafa Keçeli'nin elinden mikrofonu alan kimdi, Yaşasın Cumhuriyet diye bağıran kimdi?"

"Onu Çisem'e artistlik olsun diye yaptığını herkes biliyor! Ama o hareketini bile alkışlamadı biz hepimiz alkışlarken. Her zaman insanca davrandım ben sana. Bu akşam da canım sıkkın Sinem, Kale'de DJ arkadaş çıkacak gidelim mi dedin, ben de geldim hemen. İnsanca davrandım sana."

"İyi tamam, geldin, çok sağ ol, gözlerim doldu. Ama gülmekten niye halıyı öptün ki garsonluk yaptım diye! Ne yapsaydım lan! Uyuşturucu mu kaçırsaydım? O zaman zevkten tavanı mı öpecektin? İnsanca davranışın bu mu! İnsanca davranış nedir! Amına kodumun orospusu insan nedir her şeyden önce! İnsan nedir! Gururu çıkarırsan insandan geriye ne kalır! Haysiyeti çıkarırsan ne kalır! Ne kalır lan!"

Zangır zangır titreyen ellerimi cebime soktum, biraz daha ısırdım dudağımı, kan tükürdüm yine. Geçmeyecekti bu, bir türlü geçmeyecekti. Ne öldürüyordu beni bu zehir ne de bütünüyle vücudumdan atabiliyordum, beynimin içinde dolaşıp duruyordu, göğsümün ortasında dolaşıp duruyordu, midemde dolaşıyordu, kollarımda dolaşıyordu, ellerimde dolaşıyordu, gözlerimin içinde bile dolaşıp duruyordu. Bazen yokmuş gibi davranıyordu, saklanıyordu, bazen de bütün varlığını hissettiriyordu. Çözümü yoktu bunun. Okumaya devam ettim.

Çisem Trinity: Arabayı yoldan cikaerdı bugün.... bir de kavunlu sprey sıkmış kekolar gibi ☺ ☺ :9

T.C. Sinem Uzun: yetrer lan yeter öldüm gümekten. Cengiz nasıl biri sence?????

Çisem Trinity: niye sordun????????

T.C. Sinem Uzun: faceten bana yazşdi bütün gece

Çisem Trinity: vay orospu capsini gönder hemennnnn

T.C. Sinem Uzun: Bir dur aq.. nasıl biri sence

Çisem Trinity: Cengiz mi???? O hiç olmamış bence... fabrika hatası...

T.C. Sinem Uzun: ☹ ☹ ☹ ☹ evet biraz odunumusu incelik yok....

Çisem Trinity: sürfekli çağalara yapışmış yanında geziygor... çağalr da onun yüzünden ezik zaten... senelerdir dip dibeler kendine benzetmiş çağlaerı da... ama sana olur ☺

T.C. Sinem Uzun: niye?????

Çisem Trinity: *Nerde bi amele var seni buluyo aq... kaderin bu seinin....*

T.C. Sinem Uzun: *şlkjşfsojvpjrgpojdpfgoj*

Çisem Trinity: *o değil de ne diycem... metehan bugün dedi ki o akşam masada bayanlarda vardı ama sen benden telefon istedin dedi* ☺

T.C. Sinem Uzun: *ayyyyy... yesinler hızlı girşş sonra?????*

Çisem Trinity: *sakın bak yanlış anlama bir sebebni var mıydı dedi... ayyy utandım... hiçbirşey diyemedim....*

T.C. Sinem Uzun: *orospuluğumdan deseydin ahahahahaha* ☺

Çisem Trinity: *hahahahahaha* ☺

T.C. Sinem Uzun: *Metehan aranan kan mi????*

Çisem Trinity: *Ne aranan kanı lan kan bankası o çocuk kizilayyy... <3 <3 <3*

T.C. Sinem Uzun: *pogjrspfognbporjn<psov*

Çisem Trinity: *yaqışıqlım yaaaaaaaaa <3 <3 <3 olursa dile benden ne dilersen.. tam facete ilişkisi var yapmalik.. beklediğim süreye de değmelik... <3 <3 <3*

T.C. Sinem Uzun: *daha çağlartla yeni öpüştünnn lan ... ne bekledğin süresi* ☺☺☺

Çisem Trinity: *hahahahaha... bir seferdi lan o sdayıllmazx*

T.C. Sinem Uzun: *Nasıldıı* ☺☺☺

Çisem Trinity: *Kendi elimle öpüşmek gibiydi lan... Nefes molası verince ikincisi olmadı. Denedim beğenmedim* ☺

T.C. Sinem Uzun: *Aqdafaggaha koptum*

Çisem Trinity: *Çok sarhoştum lan zaten.... dilli falan evreler de yalan oldu tabi.... tükürük degince ayildim birazx* ☺☺☺

T.C. Sinem Uzun: *hahahahahaha... Allah belanı versin diyorum sadece*

Yirmi

Çatının kenarındaki, bir buçuk metrelik duvarın üstünde oturmuş, sokak boyunca tampon tampona park etmiş arabalara bakıyordum. Eski, dört katlı bir evdi. Bildiğimiz evlerin çatısı gibi değildi orası, daha çok terasa benziyordu. Turkcell, baz istasyonu kurmuştu caddeye yakın tarafa, ayda 500 lira işgaliye veriyordu, daire başı 67 buçuk lira ek gelir, temiz para. Sessiz, sakin ve full çeken bir yer bir olduğu için Mikrop, çalışma ve dinlenme ofisi olarak kullanıyordu orasını. Çatının sağındaki kapıdan üç basamakla iniliyordu, evleri koridorun sonundaydı.

Formika çalışma masasının önündeki yeşil plastik sandalyeyi çekti, bana uzatıp "Alkollüsün," dedi. "Gel şöyle otur."

Göğsünden itip "Karışma!" dedim.

"Ne oldu?"

Cevap vermedim, kutu birayı diktim kafama, üçte birine yakınını içtim. Soğuk kutuyu, gömleğimin kopuk düğmeleri arasından göğsüme yasladım, "Sen," dedim. "Lan! Sen! T.C. Sinem Uzun'la mı yazıştın?"

Ellerini cebine sokup önüne baktı, "Evet," dedi. "Bayağı zaman oldu ama."

"Ne kadar?"

"Altı ay falan."

"Altı ay bayağı zaman mı! Bayağı zaman anlayışın ne senin!"

"Kendi mi söyledi?"

"Kim söylediyse söyledi."

"Caps'ini mi gönderdi?"

"Ne gönderdiyse gönderdi lan!"

Ellerini iki yana açıp "Alkollüydüm reis," dedi. Kaşları yukarı kalkmış, göz bebekleri belirginleşmişti.

Elimdeki birayı kaldırıp "Ben de alkollüyüm," dedim. "Ben de alkollüyüm Mikrop! Ama kimseye yavşamıyorum alkolü bahane edip."

Yanıma gelip sağ elini sırtıma yasladı, sol eliyle sandalyeyi gösterip "Gel böyle," dedi. "Lütfen gel."

Omzundan itip "Karışma!" dedim. Aşağı baktım. Bahçede birkaç cılız kiraz ağacı vardı meyve vermeyen, yaklaşıp uzaklaşır gibi oldular bir an, kendimi toparladım, oturduğum duvarın kenarındaki kararmış mermeri tuttum.

"Cengiz! Lan Cengiz!" diye bağırdı babası içeriden.

Mikrop, gözünü benden ayırmadan, "Geliyorum," diye seslendi açık duran kapıya.

"Sen elindeki o iPhone'u içip içip T.C. Sinem Uzun'la yazışmak için mi kullanıyorsun?" diye sordum. "O işe mi yarıyor elindeki iPhone. Sert havaların bize mi bir tek! İki tane bacak görünce yelkenleri suya mı indiriyorsun hemen? Yumuşuyor musun?"

Birden yakamdan çekti, duvarın üstünden aldı beni. Sandalyeye oturtup ellerini omuzlarıma bastırdı, "Düşeceksin!" dedi. "Düşeceksin reis! Lütfen! Burada otur! Lütfen! Otur orada. Sorun nedir!"

"Sorun ne mi? Senin yüzünden beni de ezik görüyorlar! Sorun bu!"

Boş bira kutusunu baz istasyonuna salladım. Kalktım, bir

bira daha aldım. "Ben de ezik görünüyorum senin yüzünden," dedim. "Beni de kendine benzettin. Kokumuzu alıyorlar artık uzaktan, ezik kokusu alıyorlar, amele kokusu alıyorlar. Bizden önce kokumuz gidiyor. Senin yüzünden!"

Mikrop'un babası, sesinde çın çın öten bir öfkeyle, "Cengiz! Lan Cengiz!" diye bağırdı yine. Mikrop kapıya baktı ama cevap vermedi, bana döndü, soğukkanlı bir ifadeyle, "İyi tamam," dedi. "Bir daha görüşmeyelim o zaman."

Arka cebinden iPhone 4s'ini çıkardı, sağ taraftaki yuvasını açıp sim kart çipini aldı. Çipi cüzdanının bozuk para gözüne koyup telefonu bana uzattı.

"Cengiz! Lan Cengiz!"

"Bu ne şimdi?" dedim.

"Al."

"Saçmalama lan."

"Al!"

"Hediye geri alınmaz, saçmalama."

"Cengiz! Lan Cengiz!"

Mikrop gömleğimden çekti birden, elimi tutup çevirdi, telefonu avucuma koyup parmaklarımı üstüne kapattı.

"Cengiz! Lan Cengiz!"

İçeri yürüdü hızla. İzmit Outlet Center'dan aldığı şahane bir deri kemeri vardı, Diesel, onu çıkarmaya başladı giderken. Peşinden gittim. Düşük voltajlı çıplak ampulün aydınlattığı, rutubetten duvarları yeşermiş koridora indim, Mikrop koşmaya başlayınca ben de koştum. Açık sokak kapısından geçip sigara kokan küçük salona girdim. Mikrop, duvarın kenarındaki divanda yatan babasına vurdu kemerle, "Ne bağırıyorsun lan," dedi. "Ne bağırıyorsun!"

"Oğlum ne yapıyorsun lan!" deyip üstüne atladım, omuzlarından çekip önüne geçtim, kollarımı iki yana açtım. Mikrop bir elini omzuma koyup üstümden zıpladı ve babasına vurdu yine kemerle. Babası kafasını elleriyle kapatıp ağlamaya başlamıştı. İki elimle Mikrop'un bileğine yapıştım, elinden kemeri almaya çalıştım, alamadım. Kemeri yerdeki ucundan tutup çektim, Mikrop bana yaklaştı, boştaki elimle çenesini tuttum sıkıca, göz teması kurmaya çalıştım, bana bakmıyordu, omzumun üstünden babasına bakmaya çalışıyordu, bir-iki hafif tokat attım, "Kendine gel lan!" dedim.

"Ne bağırıyorsun lan," dedi babasına.

Babası yorganın altına gizlenmişti, başını çıkardı, salyaları akmıştı ağlarken, elinin dışıyla ağzını sildi, "Korkuyorum Cengiz," dedi.

Mikrop kemeri bıraktı, "Neden korkuyorsun lan?" diye sordu.

"Yalnız kalmaktan."

"Yukarıdayım ya!"

"Her şey üstüme geliyor Cengiz! Ne çektiğimi bilmiyorsun."

Elinin dışıyla gözlerini sildi, bembeyaz, zayıf bir suratı vardı. Çene ve elmacık kemikleri aşırı biçimde öne çıkıktı. Alın derisi gerilmişti, neredeyse hiç et yoktu suratında, seyrek sakalları boşlukta uzamış gibiydi. Derinlere kaçmış gözlerinde belli belirsiz bir ışık olmasa, anatomi derslerinde kafatası olarak incelenebilirdi.

"Sürekli senin başında durmak zorunda mıyım?" diye sordu Mikrop.

"Nankör!" diye bağırdı babası. "Nankör hayvan! Ben Pirelli'de çalıştım senelerce sana bakmak için."

"Pirelli deme lan bana artık yeter!"

"Niye demeyeyim lan! Gururla söylüyorum. Pirelli'de çalıştım!"

"Pirelli'de mi çalıştın!"

Mikrop, duvardaki Pirelli takvimini kopardı çivisinden, "Al," deyip babasına fırlattı. "Pirelli'de bunlar çalışıyor şimdi! Sen Pirelli'nin sikinde değilsin artık! Pirelli'nin sikinde olanlar bunlar!"

Babası takvimi geri attı, "Onlar sadece reklam için," dedi. "Pirelli'yi Pirelli yapan bizdik! İzmit'teki fabrikaydı Pirelli'yi Pirelli yapan!"

Ağlamaya başlamıştı yeniden, yumruklarını sıkmış, divanın iki yanına vurup duruyordu. Çırpınıyordu yatağın içinde, yumruklarını oraya vurarak yükselmeye çalışıyordu sanki.

"Bizdik Pirelli'yi Pirelli yapan! Pirelli'nin dünyadaki en büyük fabrikasıydık!"

"O fabrikanın amına koyayım!"

"Nankörlük yapma lan! Nankörlük yapma!"

Mikrop yumruğunu vuracakmış gibi kaldırdı, "Ne nankörlüğü lan!" diye fısıldadı. "Seni bu hale getiren Pirelli. Altını Pirelli mi temizliyor şimdi?"

Mikrop'un ağzını kapatıp "Yeter lan," dedim. "Yeter!" Omzundan çekip salon kapısına çevirdim, bütün gücümle ittim sırtından, sonra da peşinden yürüdüm. Geri dönmek istedi, "Yürü!" dedim. "Sikerim belânı şimdi yürü!" Salondan çıkıp sokak kapısına yürüdük. Mikrop kapının yanındaki plastik raftan, spor ayakkabısını aldı, terliklerini çıkardı. Uzun, demir çekecekle ayakkabısının tekini giydi.

"Nankör! Nankör! Sakat babana vuruyorsun. Böyle mi yetiştirdim lan ben seni! Bu mu senin erkekliğin!"

Mikrop ayakkabısının diğer tekini giydi. Çekeceği elinden aldım.

"Hâlâ Pirelli'nin ekmeğini yiyorsun lan! Nankör!"

"Yürü!" dedim.

Mikrop kapı eşiğinden bir adım attı, sonra birden geri döndü, "Kendi yaptığın lastiklerin altında kaldın beynini siktiğim!" diye bağırdı. "Tazminatını bile vermiyorlardı! Avukatlar bir buçuk sene uğraşmasa onu da alamazdın. Hâlâ Pirelli diyorsun. Olmayan beynini sikeyim senin!"

"Nankör! Ekmek yediği kaba pisleyen nankör!"

Mikrop, sırtını sokak kapısının yanındaki kararmış duvara yasladı, iki elini burun kökünde kavuşturmuş önüne bakıyordu.

"Nankör! Seni kim büyüttü lan! Seni de Pirelli büyüttü!"

"Ha! Ha!"

"Her yılbaşı geldiğinde seviniyordun! Pirelli bu sene de ikramiye verecek mi baba diyordun! Bana ne alacaksın diyordun! Şapkamı çıkarmam diye tutturmuştun lan ilkokula başladığında! Teneffüslere bile Pirelli şapkasıyla çıkıyordun. Senin yüzünden anneni azarlamıştı okulun müdürü. Rahmetli annen çok üzülmüştü senin yüzünden."

"Şimdi siktim lan seni orospu çocuğu! Şimdi amına koydum senin!"

Mikrop salona hareketlendi, bir elimle boynundan bir elimle de omzundan çekip tutmaya çalıştım, koridorun ortasına kadar peşinden sürükledi beni. Yere düştüm, kafamı boy aynasına vurdum, ayna iki yerinden çatladı. Derin bir soluk aldım, ellerimi yere bastırıp doğruldum, salona koştum. Mikrop yorganın altındaki babasına iki eliyle ara vermeksizin yumruk atıyordu. Arkadan Mikrop'a sarılmak istedim, dirseği burnuma geldi, beynime kadar hissettim o acıyı, elimi alnıma bastırdım sertçe. Mikrop'a tabanımla bir tekme salladım yandan, dengesini kaybedip savrulunca divanının önüne geçtim, "Mikrop bi dur lan bi dur lan bi dur!" diye bağırmaya başladım. Mikrop sol eliyle beni boynumdan tutup sağ elinin içiyle babasına yumruk atmaya devam etti. Yorganın altından hiç ses gelmiyordu, babasının ölmüş olabileceği geldi aklıma, dehşete kapıldım, arkasına geçip iki kolunun altına girdim, bütün gücümle salonun ortasına kadar geriye çektim, "Eyüp Ağbiiiii! Eyüp Ağbiiiii!" diye bağırdım açık pencereden dışarı. Mikrop, benden kurtulup babasına tekme atmaya çalışıyordu, boşlukta savruluyordu attığı tekmeler, her tekmede divana biraz daha yaklaşıyordu, sol ayağını divana bastı sonunda, sağ ayağıyla yorganı tekmelemeye başladı.

"Aaaaaaaaaaaaaaaa!" diye bir ses geldi yorganın altından, tek harf. İki kolumla Mikrop'un sağ ayağına yapıştım, aşağı çektim, yorganın üstüne düştü. Bir eliyle yorgana bastırıp diğeriyle yumruk atmaya devam etti. Çektim ama alamadım, yapışmıştı yorgana.

Zemin katta oturan Eyüp Ağbi koşarak girdi salona, "Cengizzzz!" diye bağırıp kocaman elleriyle omuzlarına yapıştı, çekti birkaç sefer, o da ayıramadı onu yorgandan. Kolunu arkadan boynuna doladı, ayağıyla divandan destek alıp çekti Mikrop'u. Yorgan da Mikrop'la beraber geldi, pençe gibi tutmuştu o yorganı. Babası cenin pozisyonunda yatıyordu, ne sesi çıkıyordu ne de kıpırdıyordu.

Eyüp Ağbi, Mikrop'un sırtını yere getirip üstüne çıktı, iki bileğinden tuttu sıkıca. "Cengiz!" diye bağırdı. "Cengiz! Bana bak bi! Cengiz! Cengiz! Bana bak bi bana! Napıyorsun lan! Bana bak! Bana bak lan! Cengiz! Cengiz!"

Mikrop ona bakmıyordu. Belki henüz görmemişti bile onu. Bir dakika kadar debelendi kurtulmak için, sonra birden vazgeçti.

Mikrop'un babasının yanına gittim, nabzına bakmak istiyordum ama korkuyordum. Altına yapmıştı, felaket kokuyordu yatak. İki parmağımı boynuna bastırdım, bir şey duyamadım. Yavaşça kendime çevirdim. Gözlerini birden açtı, üç-beş sarı diş kalmış kanlı ağzıyla gülümsedi bana. Korkuyla geri çekildim, dizlerimin bağı çözülmüştü. Sağa sola tutunup duvara yürüdüm, iki-üç tekme attım dizlerimin titremesini önlemek için, durmadı. Yere oturup sırtımı duvara yasladım.

"Cengiz!" dedi Eyüp Ağbi. "Oğlum ne yapıyorsun lan sen! Ne yapıyorsun oğlum! Bana bak bi! Cengiz!" Öfkeyle konuşmuyordu, şaşkın bir ifade vardı yüzünde. Otuzlu yaşlarının başında, sağlam yapılı, güleç yüzlü biriydi Eyüp Ağbi, çayımız çorbamız vardı. Montaj ekip elemanıydı karoser fabrikasında, Yaşar Karoser, Bursa Yolu'nda, Treyler-Damper-Dorse Kasa, vaktiniz varsa bir gün gidin de görün, muhtemelen hâlâ oradadır.

Eyüp Ağbi, Mikrop'un koluna girip dışarı çıkardı. Karşı dairede oturan ihtiyar kadın kapıya çıkmıştı, o kadar ihtiyardı ki beni bazen tanıyordu bazen tanımıyordu. "Siz gidin evlâdım," deyip Mikropların evine girdi. Merdivenleri inmeye başladık, herkes kapısına çıkmış, endişeli ve korkulu gözlerle bize bakıyordu.

Eyüp Ağbi, apartmanın önüne kadar götürdükten sonra çıktı Mikrop'un kolundan. Bir şeyler söylemek ister gibi baktı ama Mikrop hiç oralı olmadı. Tişörtünün yakasını düzeltip üstünü başını silkeledikten sonra cadde tarafına yürümeye başladı. Peşinden gittim. Her zamanki soğukkanlı adımlarıyla, orta tempoda, sessizce yürüyordu.

"Mikrop," dedim, bakmadı, yanında ben yokmuşum gibi yürümeye devam etti. Alkaşlar'ın altındaki Migros'a girdik, beyaz ışıklar gözlerimi kamaştırdı, ince uzun rafların arasında ilerledik. Mikrop, Superfresh buzdolabının önünde durdu, camlı kapağın arkasından sandviçlere baktı bir süre. Buzdolabını açıp ton balıklı sandviçlerden birini aldı, üçgen ambalajı iki eliyle tutup son kullanma tarihine baktı. Kola dolabına yürüyüp sürgülü camı yana çekti, şişe kola aldı bir tane. Kasaya yürümeye başladı. Kasanın karşısındaki ayaklı raflarda gofretler, çikolatalar falan vardı. Bir gofret, bir de çikolata aldı oradan. Şekerlemelerin olduğu standa yürüdü, bir Jelibon aldı. Kasaya gitti. Kasanın yanındaki standdan bir kutu sakızla, meyveli şeker aldı. Kasiyer kız, aldıklarının barkotlarını makineye okuturken arka cebinden bez cüzdanını çıkardı, yapışkanını açtı, parayı uzatıp üstünü aldı. Kızın uzattığı fişi almadı, torba da almadı.

Migros'un yanından sapıp sahile yürüdü, kalabalıktı sahil. Denize bakan kaldırımda boş bir bank bulana kadar yürüdü. Yanına oturdum. Ton balıklı sandviçi açıp ambalajını bankın yanındaki çöp tenekesine attı. Önümüzdeki kaldırımdan insan seli akıyordu.

"Mikrop," dedim.

"Bana başkalarının yanında Mikrop deme."

"Niye lan!"

"Bana senden başka kimse Mikrop demiyor."

"Olur mu lan! Hani biz sekizinci sınıftayken..."

"O birkaç aydı, unutuldu gitti. Senden başka kimse Mikrop diyemez bana. Sen de diyeceksen, biz bizeyken de."

"Bak yanlış anlama. Ben geçmişe olan saygımdan ötürü... Lan oğlum saçmalama, bu bizim aramızda bir yakınlık..."

"Tamam reis, uzatma."

Sandviçi, her lokmayı uzun uzun çiğneyerek yemeye başladı. Bir anda kendimi çok şey hissettim, şu an adını bile anmak istemiyorum o duygunun. Ne diyeceğimi bilemiyordum. Yani çünkü şimdi ben mesela Cengiz'i çok severim.

"Cengiz," dedim. "Cengiz..."

"Alkollüsün, yarın konuşalım."

"En korktuğum şey geldi başıma. Şu tas ü tarağını siktiğimin dünyasında yosmalar içinde kepaze oldum be kardeşim. Kepaze oldum. Affet beni."

"Git reis, alkollüsün."

Kalktım, birkaç adım yürüyüp döndüm, "Şu telefonu al bari geri," dedim. Cevap vermedi, denize bakıp sandviçini yemeye devam etti.

"Şu telefonu alırsan kendimi biraz olsun iyi hissedeceğim."

Sandviçi bitirdi. Gofreti çıkardı cebinden, ambalajını açtı yavaşça, Nestle miydi, Çokonat mıydı hatırlamıyorum şimdi siktiğimin gofretinin adını, gofret işte gofret! Bir ısırık aldı o gofretten.

"Bana kızdıysan benim hediyemmiş gibi düşünme o zaman," dedim. "Belediyeye fatura ettirmiştim zaten. Halkımızın hediyesiymiş gibi düşün."

Bana döndü, elindeki gofretten bir ısırık daha alıp ağır ağır çiğnedi. Gülümseyerek uzattığım iPhone'a baktı dikkatle, uzun uzun baktı, "Siktir lan," dedi. "Siktir git!"

Siktirip gittim. Suretlerin nerede bitip asılların nerede başladığının belli olmadığı alacakaranlık bir sokakta, elimdeki siyah poşetle yürümeye başladım. Gölgeler hacimleri varmış gibi gözüküyordu, nesneler de gölgeler gibi. Yerler çamur içindeydi. Spor ayakkabım koyu bir çamur balçığına saplandı, çekip kurtarayım derken ayağım çıktı içinden, dengemi kaybettim, çorabım da çamur oldu. Mavi brandalar vardı iki yanda, hayaletler gibi uçuşup duruyorlardı havada. Önümde karanlıktan başka bir şey kalmayana kadar yürüdüm. Elimi alnıma siper edip ileri baktım. Sanki karanlık yutmuştu sokağın geri kalanını.

iPhone'un fenerini açıp yürümeye devam ettim. İnce bir ses duydum, bıcır bıcır bir ses. Durdum. Sesin nereden geldiğini anlayamamıştım. Birden sesler çoğaldı, oraya tuttum feneri, fareler. Kocaman fareler vardı. Işığı görünce kaçıştı hepsi. Biri kaldı sadece.

Yanına gittim, ölmüştü. Boynundan ölümcül bir yara almıştı, gözleri dışarı fırlamıştı. Muhtemelen o çamurun içinde debelenerek, yalnız başına, acılar içinde ölmüştü. Yapılacak bir şey yoktu. Fareler için cenaze töreni yapılmıyor. Korkabiliriz onlardan, üzülebiliriz onlar için, ama cenaze töreni, hayır. Kısa bir saygı duruşu belki, neden olmasın. Yaşadın ve öldün dedim ona. Yaşarken nasıl bir fare olduğunu bilmiyorum. Kendi yolunda sakince ilerleyen, yalnız ve gösterişsiz bir hayatın vardı belki. Tanısaydım saygı duyardım sana. Gerçi birden karşıma çıksaydın böyle karanlıkta, korkabilirdim de senden. Ama şimdi böyle cansız halde, çamura saplanmış görünce de seni çok üzüldüm. İnsanım çünkü, insanlar çok üzülür. Ama sen üzülme farecik. Ölmek yok olmak değildir, hadiseler âleminden hatıralar âlemine geçmektir sadece. Başka farelerin hatıralarında yaşayacaksın şimdi. Seni unutan son fareye kadar yaşayacaksın. Sana patisiyle vuran kedi, seni unutana kadar yaşayacaksın. Bana rastladığın da iyi oldu. Ben de unutmam seni. Nasıl unutayım zaten. Acıyla gerilmiş şu gözlerine bak! Seni kim unutabilir. Bir kez görsünler yeter, seni bu halinle kim unutabilir.

Bir uğultu geliyordu, yağmurun uğultusu olabilirdi bu. Evet, yağmurundu. Feneri önüme tutup yürümeye devam ettim. Sarı bir dozer gördüm. Gittim yanına, kapısı kilitliydi. Kenardaki merdiveni kullanarak tepesine çıktım. Siyah poşeti koydum tavanına, bir kutu bira açtım, pıst edip köpürdü, kendimden uzaklaştırıp üstündeki köpüğü aldım dudaklarımla. Dudaklarım vardır benim.

Aklıma bir sürü şey geliyordu ama yazmak istemiyorum şimdi onları, şöyle olsaydı böyle olurdu, böyle olsaydı şöyle olurdu, ne önemi vardı ki?

Eski kız arkadaşıma telefon etmeye karar verdim. Dedim ki nasılsa o telefonu edeceksin oğlum, kafayı çekip çekip maymuna döndükten sonra telefon etmek var, bir de sekiz-dokuz bira içip efendi gibi aramak var. Seçim senin. Nasılsa açmayacaktı. Beş sefer çaldırır, kapatırım diyordum, sonsuza kadar kapatırım o telefonu, sonra da önümdeki günlere bakarım, her biri, bir yıl uzunluğundaki günlere. Beklediğim gibi olmadı, ikinci çalışında açtı telefonu. Bir şey diyemedim. Beklemiyordum çünkü, hiç beklemiyordum.

"Çağlar."

"Evet."

"Niye susuyorsun! Ne oldu?"

"Yok bir şey."

"Nerdesin?"

"Dozerdeyim."

"Ne! İnanmıyorum! Şimdi televizyonda gördüm! Sana da benzetmiştim ama yok demiştim. Yapmaz demiştim. Babasıyla kavgalıydı, gitmez demiştim. Gitmez demiştim! İnanmıyorum Çağlar! Dikkat et kendine lütfen!"

"Anlamadım."

"Beşiktaş'ta değil misin sen?"

"Hayır. Ne oldu ki?"

"Beşiktaş'ta dozer kaçırmışlar, TOMA'ları kovalıyorlar Başbakanlık Ofisi'ne doğru. Canlı yayında gösterdiler şimdi. Çocuğun biri aynı sana benziyordu. Aynı sen. Dozerin yanına çıkmış çocuk aynı sendi Çağlar. Lütfen doğruyu söyle bana."

"Ben orada değilim. Eski Şefika Sokak'taki dozerdeyim."

Sustuk. Eski kız arkadaşımın, telefonu açtığına pişman olmasının sessizliğini dinledim biraz.

"Niçin aramıştın?" diye sordu.

"Bilmiyorum. Söyleyeceğim her şeyi unuttum şimdi. Boş ver. Zor günlerdeyiz. Büyük günler. Küçük bir meseleydi zaten benimki, çok küçük bir meseleydi. Boş ver."

Biraz bekledim, sonra da kapattım telefonu. Düşüncelerimi toparlamak için yürüyüşe çıksam dünya turu atmam gerekirdi. Oturdum dozerin üstünde, bir bira daha açtım. Siyah poşetimde üç biram vardı, gömlek cebimde elektronik sigaram vardı, pantolon cebimde yedek tütünüm vardı, şerefsizliğimden kaybettiğim en iyi arkadaşım vardı, hemen hemen her şeyim vardı. Dışarıdan bir uğultu geliyordu, evet, yağmurdu bu. Gitgide hızlanıyordu. Oturmaya devam ettim orada. Hızlanan yağmurun sesini dinledim. Yavaşlayan yağmurun sesini dinledim. Yağmur tamamen dinince de sessizliğini dinledim. Başımı kaldırıp tepemdeki karanlığa baktım sonra. Elimi öptüm. Gözlerimi kapattım. Bir daha öptüm.

Yirmi Bir

Göğün mavi karanlığında, uçları tiftik tiftik kırpılmış beyaz bulutlar asılıydı. Bulutların arasından, uzaklardaki yüksek bir binanın son katlarını ve tepesinde yanıp sönen kırmızı ışığı görebiliyordum. Otuz-kırk adım ötemdeki ağaçların sol tarafları, bulvardan vuran ışıklar altında sonbahardaymışız gibi sararmıştı. Camları kırık otobüs durağının tepesindeki bombeli tavanda oturan iki çocuk, kollarını birbirlerinin omzuna atmış, ayaklarını aşağı sallandırmış, yüzlerindeki yorgun ve muzip gülümseyişle etrafı seyrediyorlardı. Yanımdan içi karpuz dilimleriyle dolu bir seyyar satıcı arabası geçti, şoförü tuhaf bir şapka takmıştı başına, siperliği kıvrımlı, gövdesi uzun, siyah, sihirbazların taktığı türden bir şey. Belinde buruş buruş olmuş, ıslak, gri pazarcı önlüğü bağlıydı. İnsan kalabalığının arasında kendine yol aça aça ilerledi ve o kalabalığın parçası olup kayboldu en sonunda. Göremediğim yerlerde arka arkaya küçük şimşekler çaktı, fotoğraf flaşlarıydı sanırım. Etrafımdaki derin uğultuyu dinledim, yüksek tavanlı okul yemekhanelerini andıran, azalıp yükselen ama asla bitmeyen ve tam olarak anlaşılamayan sesleri. Önümdeki geniş merdivenleri çaprazlamasına çıkan gölgem boyumdan üç kat uzundu. Merdivenlerin tepesinde, uzun plastik borulara tutturulmuş yüzlerce bayrak, havada kısa yaylar çizmiş halde, hafif hafif dalgalanıyordu. Derin bir nefes alıp V maskemi yüzüme indirdim. 9 Haziran 2013 Pazar akşamı, Taksim Gezi Parkı'ndaydım.

Sizin hiç en iyi arkadaşınız kız kardeşinizi kaçırdı mı? Direnişe götürmek için, dedenizden yadigâr Broadway'le. Sonra o Broadway'i Tepebaşı dedikleri bir yerdeki açık otoparkta terk edilmiş halde buldunuz mu? Kız kardeşinizi araması için başvurduğunuz Emniyet birimleri, ifadenizi üstünkörü aldıktan sonra, yani şimdi bir siz eksiktiniz tavrı takındılar mı? Vergisini ödeyen dürüst vatandaşlar olarak hadisenin peşini bırakmayacağınızı söylediğinizde, Taksim ve çevresindeki on kilometrekarelik bir alanda günlerdir polis hâkimiyeti olmadığını itiraf ettiler mi sessizce? Çocuğunuza niye sahip çıkmadınız diye bağırdılar mı sonra? Anneniz kalan aklını da yitirdi mi böylece? Halk eğitim merkezi birinci dönem kişisel yağlı boya delilik atölyesinde baştan aşağı boyadı mı kendini? Çırılçıplak atlamaya kalktı mı sokaklara 'Kızımı verin beni alın' diye? Hayır. O zaman gerçek hayat hakkında henüz hiçbir şey bilmiyorsunuz demektir. Ama üzülmeyin. Birazdan Çağlar İyice size her şeyi anlatacak. Elinizden tutup saçınızı okşar gibi, yıllardır gizlenen bir sırrı verir gibi, her sözcüğün üstünde tane tane durarak, kimi zaman fısıldayarak kimi zaman bağırarak ama her zaman gerçeklere sadık kalarak anlatacak. Dramatik hadiseleri daha da dramatik hale getirmek için fırsat kollayan kolpacının biri yok çünkü burada. Gerçek hayat tecrübelerinin son temsilcisi var. Modası geçmiş bir teknolojinin son bayisi var. İçinde bozguna uğramış her şey adına konuşuyor şimdi sizinle. Sert düşüncelerin paramparça ettiği hisler adına konuşuyor. Gecenin içinde harap ediyor kendini. Belki işinize yarar diye bir gün, belki işinize yarar diye dostum.

Evet, ne diyordum, öyle işte, iş başa düştü mü her yere gider insan, yangına gider gibi, sevdiğinin peşinden. Önümdeki basamakları yavaş yavaş çıkmaya başladım. Tepedeki geniş sahanlığa gelmeden evvel yanıma yöreme dikkatle baktım, birisi yaklaşıp bir şey diyecek mi, sırt çantamı falan kontrol edip kimliğimi soracak mı diye bekledim, kimsenin geldiği yoktu. Yanımdan el ele tutuşmuş iki sevgili geçince peşlerine takıldım, parka çıkan basamakları usul usul tırmanmaya devam ettim. Ters çevrilmiş polis aracının yanından geçerken yirmi beş yaşlarında, kırmızı kareli gömlek giymiş, sağlam pazılı, kirli sakallı biri, "Genç!" diye seslendi bana. "Bir saniye bakar mısın?" Durdum, adamın sinirli bir tipi vardı, keskin bıçakları andıran ince dudakları sımsıkı kapalıydı, gözleri iki çelik nokta gibi yüzüme dikilmişti, kolumdan tutup "Ne işin var burada?" diyecek, geri gönderecek zannettim. Heyecan yaptım, sesim titremesin diye öksürdüm, "İyi akşamlar," dedim, olması gerekenden yüksek, utanç verici tizlikte çıkmıştı sesim, "Evet," diye devam ettim sonra. "Evet! Buyurun." Telefonunu uzatıp "Bir fotoğrafımızı çekebilir misin?" diye sordu. "Tabii," dedim. Polis arabasının önünde bekleyen arkadaşının yanına döndü. Kollarını göğüslerinde kavuşturup gülümsediler, o arabayı beş dakika önce ters çevirip parça pinçik eden, yakıp söndüren, her tarafını sprey boyayla boyadıktan sonra da arka teker aksına kızıl bayrak diken onlardı sanırım. Bir tane de yedek çektim ne olur ne olmaz diye, kontrol ettim sonra, harbiden çok sağlam çıkmışlardı, kafalarını bozmaya devam ederseniz Emniyet teşkilatının envanterinden buna benzer beş-on aracı daha memnuniyetle silmeye ant içmiş gibiydiler o fotoğraflarda. Telefonu geri verdim, teşekkür ettiler. "Bir şey değil ağbi," dedim, maskemi yüzüme indirdim, derin bir soluk alıp yoluma devam ettim.

Ağaç gövdelerine dört köşelerinden iplerle bağlanmış bez pankartların altından geçerek parkın içine girdim. Geri döndüm sonra, pankartları okudum, kız kardeşimle alakalı bir şey yoktu. Karşıma bir vakitler polis minibüsü olduğunu düşündüğüm bir eğlence merkezi çıkınca çevresinde bir-iki tur atıp oyalandım biraz. Rengârenk boyanmıştı, her tarafı bayraklarla ve balonlarla doluydu. Kapısında bekledim, içeriden çıkan insanların yüzlerindeki çocuksu mutluluk ifadelerini seyrettim.

Karşıda, parkın içine uzanan taş yolda yan yana sıralanmış sahra çadırları başlıyordu. Bildiri ve broşürlerle dolu masaların üstündeki küçük hoparlörlerle müzik yayını yapıyorlardı gelip geçenlere. Her çadırın girişinde ve çevresinde, taburelerin ve dergi-kitap balyalarının üstüne oturmuş, keyifle çay içen tekinsiz tipler vardı. Çadırların her tarafından okuması bir milyon yıl sürecek yazılar sarkıyordu. Kimisi yukarıdan asılmış, kimisi bantla yapıştırılmış, kimisi de iplerin üstüne mandalla tutturulmuştu. Ağaçların gövdelerine de bel hizasından başlayıp iki-üç metreye kadar yükselen kartonlar, kâğıtlar, afişler yapıştırılmıştı. Ağaçların arasına gerilen kablolar havada hafif kavisler çiziyor, sarı sıcak ampuller yanıyordu ortalarında. Belli aralıklarla yanan ampullerin arasına da renkli kartonlara yazılmış sloganlar mandallanmıştı. Başlangıç sayfasını asla bulamayacağınız, devasa, şekilsiz bir kitap gibiydi park. Solunan havadan başka yazısız yer kalmamıştı. Havaya yazma teknolojisi olsa muhtemelen oraya da yazarlardı bir şeyler.

Dümdüz devam ettim yoluma, çocuk oyun alanını ve duvar diplerine kurulmuş bezden kameriyeleri geçip rengârenk, küçük çadırlarla dolu bir alana çıktım. Çadır aralarındaki boşluklarda küme küme olmuş insanlar vardı. O kümelerin hafif gölgede kalanlarından birine yaklaştım, çimlere battaniye serip üstüne çorapla oturmuş beş kişiydiler.

Ellerindeki sigaraların külünü karton bardaklara silkip bir şeyler konuşuyorlardı hızlı hızlı, birbirlerini onayladıklarını belli etmek için başlarını hafifçe öne arkaya sallıyorlardı arada. Avucumu yanımdaki ağacın üstüne yapıştırılmış bildiriye yasladım. Bildiri saman kâğıttandı, bir şiirle başlıyor, ortasına doğru okuyanları çorba yapıp içmeye davet ediyor, en sonunda da Taksim Komünü imzası görünüyordu. Gözlerimi kıstım, bildiriyi komünist bir ciddiyetle okuyormuş gibi dikildim orada, gençlerin ne konuştuklarını anlamak için de kulak kabartmıştım tabii. Takip etmek imkânsızdı, birinin sustuğu yerden diğeri devam ediyordu, neyi tartıştıklarını tam olarak anlayabilmek için üç yıl önce falan başlamak gerekirdi dinlemeye. Kümenin bana dönük tarafında oturan, bol yakalı pembe beyaz tişört giymiş, saçlarını kırmızı bir tokayla üstünkörü topuz yapmış sarışın kız fark etti önce bir süredir tepelerinde dikildiğimi. Başını kaldırıp bakınca diğerleri de bana döndü. Acaba diye düşündüm, 'Kız kardeşimi gördünüz mü?' diye sorsam mı? Vazgeçtim sonra, belki de önemli bir şey konuşuyorlardı, rahatsız edilmek istemiyorlardı, tek polis yoktu zaten ortalıkta, silmişlerdi hepsini piyasadan, tepelerinin neye atacağı belli olmazdı, bir kıvılcım yeter, ayıkla sonra pirincin taşını, şakaya gelmez, bilemezsin. Yavaş yavaş uzadım. Arkamdan baktıklarını görünce hızlandım. Onları gizlice dinlediğimi fark etmişlerdi, belki de ajan zannetmişlerdi beni. Güvenli bir mesafeye kadar uzaklaştıktan sonra takip edilip edilmediğimi anlamak için çaktırmadan dönüp kontrol edeyim dedim. Hepsi aynı yerde oturmuş bana bakıyordu hâlâ. Onlara baktığımı görünce yüksek sesle güldüler. Çadır komşuları neden güldüklerini sorunca beni gösterip açıklamaya çalıştılar. Hemen topukladım.

Apar topar uzaklaşırken kendimi bir itiş kakışın ortasında buldum, sağdan soldan geçecek boşluk aradım, bulamadım, dört yanımı sarmışlardı. Yerlerinde zıplayıp duruyor, "Zıpla zıpla!" diye de bağırıyorlardı sürekli, sözlü ve fiziki bir goygoyun merkezinde mahsur kalmıştım. Biri zıplarken omzumdan kavrayıp aşağı yukarı çekmeye başladı gömleğimden, zıplamazsam Dedemi Kanser Eden Parti'nin başkanı oluyordum, Allah kahretsin, o hastane kokusu geldi yine aklıma, ben de zıplamaya başladım, zıplayınca nerede olduğumuzu anladım, parkın ortasındaki büyükçe bir alanın arka tarafındaydık, ön tarafta, iki yanında ayaklı hoparlörler bulunan yüksek, portatif bir sahne kurulmuştu. Sahneye sansasyonel bir müzik grubu çıktı, büyük alkış aldılar, çok güzel çıkmışlardı sahneye çünkü. Grubun solisti ayaklı mikrofonu iki eliyle tuttu, yiyecekmiş gibi yaklaştı, genizden gelen tok sesiyle güzel bir konuşma yaptı, şu an ne dediğini hatırlamıyorum, zıplayanların arasından çaktırmadan uzaklaşmakla meşguldüm o arada. Yandan dolaşıp sahneye bakan duvarın üstünde küçük bir yer buldum kendime.

Parkın küçük kanalları andıran yollarında karınca sürüsü gibi dolaşan ne kadar insan varsa sahnenin çevresine akın etmeye başlamıştı. Müzik grubu şarkıya başlayınca onlarca cep telefonu bir ışık denizi halinde havaya kalktı, o şarkıyı kaydetmezlerse ellerinden uçup gidecekmiş gibi bir korkuyla kayda geçtiler. Sahnenin önünden başlayarak herkesi soldan sağa gözden geçirmeye çalıştım, başaramadım. Dalgalanan kalabalığın ortasında kız kardeşimi bulmam imkânsızdı. Herkesi öylece dondurup aralarında dolaşabilseydim keşke. Maskemi kaldırıp arka arkaya dört-beş fotoğraf çektim, bu da bir şeydir. Şarkı nakarat bölümüne gelince seyirciler alkış tutmaya başladı, toplumsal ahengin dışında kalıp dikkatleri üzerime çekmemek için ben de eşlik ettim alkış tutanlara. Sanki oraya kız kardeşimi aramaya değil de herkesle birlikte eğlenmeye, sarı sıcak ışıkların altında neşeli şarkılar söylemeye gelmiştim.

Oyalanacak vaktim yoktu, kalabalıktan ayrılıp yukarı yürümeye devam ettim. Bulvara yakın ağaçların arasında, cılız, romantik bir ışık kümesi görünce o tarafa yöneldim. Oraya varınca, az önceki cümbüşten sonra bir anda ruhani bir âleme geçtim. Yere harf biçiminde tahtalar çakmışlardı, üstlerinde küçük yuvarlak mumlar yanıyordu titreyerek. Sol başta bir yıldız vardı, yanında TAKSİM yazıyordu, alt satırda da HALKINDIR. Mumların bazısı bitmek üzereydi, bazıları da sönmüştü, yıldızın üst tarafındaki üçgenin bir köşesi mesela komple sönmüştü, çevreye baktım, kimse farkında değil miydi bu ihmalin? Gideyim bari şu mumlardan birkaç tanesini insaniyet namına yakayım diye düşündüm, sonra vazgeçtim, kırmızı beyaz naylondan ince bir şerit çekmişlerdi çevresine, yasak bölgeye girdin falan derlerdi şimdi, neme lazım, Taksim'in direnişçisi bizim Kıyıdere'nin direnişçisine benzemezdi. Mumların yanındaki alçak betonda saçı sakalı birbirine karışmış bir ağbi oturuyordu, yetkili birine benziyordu, dirseklerini dizlerine yaslamış, elindeki telefona bakıyordu. Göz göze gelmeye çalıştım, başaramadım. Önemli bir şey olmalıydı o telefonda, yüz hatlarından anlayabiliyordum bunu. Ayaklarını öne uzatıp telefonu cebine koydu en sonunda. Gözlerini boşluğa dikip iç çekti, yüzünde tuhaf bir tılsım dolaştı. Telefona bakıp cebine koymuş insan. Gördüğü telefon ona bir şeyler yapmış. Bir-iki adım yaklaşıp öksürdüm, bana mısın demedi. Kopmuştu dünyadan. Kız kardeşimi görmüş olsaydı bile unutmuştu çoktan.

Böyle olmayacaktı, kalabalığın arasında bir o yana bir bu yana savrularak kız kardeşimi bulamazdım. Müthiş zorlukta ama kesin çözüm sağlayacak bir teori geliştirdim, parkın üst sınırından başlayıp meydana doğru ilerleyerek bütün çadırları tek tek kontrol edecektim. Kaçarken dayımın garajından kamp malzemelerini de götürmüşlerdi, bizim çift kişilik çadırı görünce tanırdım zaten. Parkın üst sınırındaki çadırlar daha sakindi, biraz dikkatli bakınca çevredeki herkesi tek tek ayırt etmeye imkân vardı. Uç taraftaki bütün çadırları kontrol ettikten sonra taş döşeli yolda ilerlemeye başladım, beş on adımda bir duruyor, telefonuma mesaj gelmiş gibi yapıyor, o arada da sağdaki soldaki çadırlara bakıyordum. Çok geçmeden bizim yeşil çadırı gördüm, parkın sol sınırındaki duvarın dibinde, yüksek bir binaya bakan çimlerin kuytuluğundaydı.

Biraz inceledim etrafı, o taraftaki çadırlar sınırlarını iplerle belirleyip kendilerine bir isim koymuşlardı, Ne Dersen Oyuz Sitesi, özerkliklerini ilan etmeye çalışıyorlardı sanırım. Sitenin önündeki beton çıkıntıda oturan iki samimi arkadaş vardı, arkadaşlardan oğlan olanı, elini kız olanın beline atmış, kulağına bir şeyler fısıldıyordu, gülümsüyordu kız, sevgi sözcükleriydi sanırım kulağına fısıldanan. Pek çok site sakini ağaçların dibine muşambalar sermiş, yaz akşamları bütün yazlık site sakinlerinin yaptığı gibi okey oynuyorlardı. Çimlerin üstündeki ince taş yoldan bizim çadıra yürüdüm. Çadır girişlerindeki kartonlarda, o çadırda kimin kaldığına yahut kalanın kafasının neye bozuk olduğuna dair ibareler yazılıydı. Kimi çadırların da üstüne sprey boyayla yazılmıştı benzer sözler. Tek tek okudum hepsini, kapı zillerine benziyorlardı.

Bizim çadırın üstünde yazı yoktu, içinde ışık da yoktu, herhangi bir kıpırtı da. Muhtemelen yol yorgunuydular, uyuyorlardı, böyle teferruatlara vakit bulamamışlardı henüz. Çadırın fermuarını yavaşça açıp başımı içeri uzattım, karanlıkta bir şey göremedim, kız kardeşimi uyandırmamak için, "Cengiz," diye fısıldadım yavaşça. Biri koluma girdi aniden. Korkuyla geri çekildim. Yirmi yaşlarında, kıvırcık saçlı bir elemandı, "Ne yapıyorsun burada?" diye bağırdı. İki-üç kişi daha vardı yanında, "Kimsin sen?" dediler. Maskemi yüzümden çekip aldılar, kolumdan tuttular, "Bir saniye," dedim, kendimi kurtarmaya çalıştım, daha sıkı tuttular. "Bizim çadır bu," dedim. Kızın biri, "Nereden senin çadırın oluyormuş, benim çadırım," diye bağırdı, herkesin duyabileceği tizlikteydi sesi. "Hırsız mıymış?" diye sordu biri. Kafamdan aşağı kaynar sular döküldü, "Ne hırsızı ya!" dedim. Çevremi sarmış kalabalık dehşetle ve öfkeyle bana bakıyordu, kalabalığın göremediğim bölümlerinden 'Hırsız mıymış hırsız mıymış' soruları yükseliyor, havada radyo dalgaları gibi ilerleyen o sorular 'Hırsız varmış hırsız varmış'a dönüşüyor ve sonra bütün parka yayılıyordu. Kıvırcık saçlı eleman kolumdakilere, "Siz tutun öyle bırakmayın," dedi. "Ben gideyim de Ağaç Diye Geldik Az Kaldı Devrim Yapıyorduk Dayanışması'na haber vereyim. Gelsinler."

Öbür taraftan koşarak yaklaşan biri, "Boş ver şimdi dayanışmasını falan," dedi. "Arıza İmdat'a şikâyet ettim ben. Böylelerinin hakkından en iyi onlar gelir."

"Bir saniye lütfen!" dedim. "Büyük bir yanlış anlaşılma var," diye açıklamaya çalıştım. Sesimi duyuramadım, nafileydi. En sonunda biri, "Geliyorlar," diye bağırdı. Arıza İmdat ekibi yolun ucunda görünmüştü. Çevreye güven veriyorlardı yaklaştıkça, fotoğraf çekip alkışlayanlar bile oldu onları görünce. Hiç kimseye aldırmadan hızlı adımlarla yürümeye devam ettiler, hedefe kilitlenmişlerdi, yani bana. Giydikleri siyah beyaz formaların gerçekliğini tam anlamıyla idrak edince, bunun bir oyun olmadığını, tatsız bir şaka olmadığını, sosyal medyadaki hayaller âlemine benzemediğini, hayatın ta kendisi olduğunu bütün benliğimle hissedince elim ayağım buz kesti. Midemden yükselen korku göğsümü sıkıca sardı, öyle bir sarıştı ki bu, içimde kalan bütün cesareti vakumlayıp nefesimi kesmişti. Göğüs kafesimin sıkıştığını hissediyordum. Kendimi savunamayacak kadar korkmuştum. Sadece kaçmak geliyordu aklıma, dünyanın sonuna kadar, Taksim'den başlayıp Hindistan'daki ormanlara kadar kaçma arzusuyla doldum bir anda, o ormanlardaki fillere sığınmak istedim, içimde kalan son güdüydü bu. En saf haliyle yaşama güdüsü, çırpınmaya başladım. Beni tutanların ellerinden kurtulamıyordum bir türlü. Kapana kısılmıştım, tükendim o noktada. Sırtımdan soğuk bir ürperti geçti, dizlerimin bağı çözüldü, dudaklarım titredi, ağlamaya başladım.

Arıza İmdat Başkanı olduğunu tahmin ettiğim kişi çenemden kavradı, gözlerini gözlerimin içine dikip "Ne çaldın?" diye sordu. Yüzüme kırbaç yemiş gibi sarsıldım o soruyu duyunca, daha beter ağlamaya başladım, "Zırlama," dedi. "Ne çaldın onu söyle? Delikanlı gibi söyle ihtiyaçtan mı çaldın?"

Yakamdan sıkıca kavradı, bulanık görüyordum onu, atkısını çene hizasından bağlamıştı, iki kaşının arasında derin, dikey bir kırışıklık vardı, "Bir şey çalmadım ağbi," dedim o kırışıklığın ortasına doğru. Yakamı bırakıp yanımdakilere döndü, "Neyiniz çalınık?" diye sordu.

"Bilmiyoruz."

"Nasıl bilmiyorsunuz lan! Hırsız var dediniz geldik. Herif değilim diyor. Ne çalınmış o da belli değil."

Başkanın arkasındaki arıza memurlarından biri, "Bu herif hırsız değil başkan," dedi. "Bildiğin apaçi."

Çadırın sahibi olduğunu iddia eden kız, "Çadırımın içinde ne yapıyordu o zaman?" diye sordu.

Çevredekiler hep bir ağızdan güldüler, kahkahalar birbirine eklenip uzadı. Sadece soruyu soran kızla ben gülemiyorduk bu yanlış anlaşılmanın mağdurları olarak.

"Aynı çadırdan bizde de var," diye açıklamaya çalıştım yana yakıla. "KİPA'dan aldık 78,90'a. Yabana gideriz diye bu yaz, başka hayallerimiz vardı."

"Çantasına bakın çantasına," diye akıl verdi başka biri.

"Çantanı aç bakayım," dedi başkan.

Sırt çantamı kucağıma alıp fermuarını açtım, "Hırsız değilim ben!" dedim. "Değilim! Kız kardeşimi arıyordum sadece. Kız kardeşimi benden çalan sizin direnişiniz. Kim hırsızlık yapıyormuş bakalım şimdi burada?"

Çantamın içindeki ilânları gösterdim. Kız kardeşimle Cengiz'in fotoğrafları vardı ilânların üst tarafında. "Kız Kardeşim Çiğdem İyice'yi ve En İyi Arkadaşım Cengiz Altınel'i Gören İnsaniyet Namına Beni Arasın" yazıp cep telefonumu eklemiştim altına. Başkan uzattığım ilâna dikkatle baktı, yanındakilere de gösterdi, kaderim iki dudağın arasındaydı ama kafası karışmıştı, hüküm vermekte zorlandığını anlayabiliyordum.

"Hangi takımı tutuyorsun?" diye sordu en sonunda.

"Kıyıderespor," dedim hafif çekingen. "Ama yanlış anlaşılmasın, Kıyçolardan değilim."

"Kıyçolar ne?"

"Bizim ateşli taraftar grubumuz. Kıyıdere Çocukları manasında."

Başkan arkasına dönüp "Duydunuz mu?" diye sordu.

"Yok," dediler.

"Temel problemleri Gölcükspor'la zaten," dedim. "Sizinle hiç maçımız olmadı."

O ara, bütün olanlardan habersiz başka biri geldi telaşla, avuç içini aralıksız yumruklayarak "Ağbiağbiağbiağbiağbi," diye bağırmaya başladı.

Başkan onu omuzlarından sıkıca tutup sarsmaya başladı, "Ne oluyor lan Mali!" diye sordu. "Ne oluyor lan!"

"Bizim Hoca'yı bıçakladılar ağbi."

Başkan elemanı yakasından tutup yumruğunu ağzına vuracakmış gibi kaldırdı, "Kime bıçaklattınız lan Hoca'yı!" dedi. "Kime bıçaklattınız Hoca'yı!"

"Ağbi valla bizim bir suçumuz yok, görmedik. Biz seyyar biracıları tuttuk attık parktan, tam birini patates ederken öbürü gelmiş arkadan bıçaklamış sinsice."

Arıza İmdatçılar koşarak uzaklaştılar. Onlar gidince kalabalık da yavaş yavaş dağıldı, beni hırsız diye suçlayan site sakinleri kaldı bir tek çevremde, "Kız kardeşin mi kayıp?" diye sordular.

"Evet," dedim. "Ama kayıp demeyelim. Kısa süreliğine birbirimizi kaybettik diyelim, daha doğru olur."

Çevremdeki bakışların yumuşadığını gördüm, yine de ağlamamı bir türlü durduramıyordum. Günlerin gerginliği vardı üstümde. İnsanların ortasında aşağılanıp rezil rüsva olmamın gerginliği de eklenmişti buna. 31 Mayıs'tan beri ne çektiğimi bir ben bilirdim zaten. Çağlar İyice'yi sarsan on gün. Pantolonumda bir sıcaklık hissettim, yokladım elimle, farkında olmadan altıma işemiştim o korku esnasında. Kulaklarım yanmaya başladı, yanaklarım yanmaya başladı, burnum, gözlerim, alnım yandı. Yüzüm baştan aşağı kızarmıştı utançtan. Bir tabure getirip oturttular beni. Hiç altıma işememişim gibi davrandılar. Soğuk su verdiler, yanan boğazımdan aşağı inen suyun serinliğini duydum. Bütün bu hadiselerden önce, sitenin önünde kulağına sevgi sözcükleri fısıldanan kız, elimi avuçlarının arasına aldı, "Üzülme," dedi. "Kız kardeşini buluruz şimdi. Gel seninle gidelim, Dayanışma'nın büyük çadırı var şurada, oraya başvuralım."

Burnumu çektim, iki avucumla yüzümü sıkı sıkı sildim, bana duydukları öfkenin birdenbire merhamete dönüşmesinden ürkmüş, biraz da sinirlenmiştim, "Hayır," dedim. "Ben kız kardeşimi kendim bulurum, kimsenin dayanışmasına ihtiyacım yok." Birer ilân verdim çevremde toplananlara, sonra da sessizce uzaklaştım. "Maskeni unuttun," diye bağırdılar arkamdan, utançtan geri dönemedim, duymamış gibi yaptım. Biri peşimden koşup getirdi maskemi, yüzüne bakmadan aldım. Maskemi tekrar yüzüme indirip insanlardan uzağa yürüdüm, müşterek önyargıların ve örgütlü dışlamaların aksi istikametine, parkın karanlığına, bütün karanlıklarla kardeş olan o karanlığa, utandırılmışların herkesten çok ihtiyaç duyduğu o karanlığa yürüdüm.

Bulvara bakan demir konteynırların oraya vardım. İki konteynırın arasında, ters duran tahta bir kasanın üstüne oturdum. Kimseye o halde görünmek istemiyordum. Konteynırın parka bakan tarafında biri saz çalıyordu. Çevresinde dört-beş kişi toplanmış, bira içip söylenen şarkıya eşlik ediyorlardı. Çimenlik alan olmadığından çadırlarını toprak zemine kurmuştu oradakiler. Kuytu bir çadıra baktım. Yere uzanmış bir genç vardı orada, ayakları çadırın içinde, başı dışarıdaydı, katladığı battaniyeyi başının altına yastık yapmış, çift karpuzlu yeşil park lambasından vuran ışıkta tek eliyle tuttuğu kitabı okuyordu. Diğer elini alnına yaslamıştı, okuduğu kitap ateşini çıkarmıştı sanki. Bekledim öyle. Bayağı bekledim. Aklım bomboştu. Hiçbir düşünce kırıntısı yoktu. Farkında olmadan ağlamaya başladım yine, yumruklarımı sıkıp kafama yasladım sonra, "Çağlar," dedim kendime. "Canım benim."

Yirmi İki

İnsanın hayatında öyle bir an gelir ki önünde uzayıp giden karanlık yolda ilerlemekten başka çaresi kalmaz, geri adım atamayacak kadar yorgundur çünkü ve yerinde duramayacak kadar da yıkkın. Hayatta çoğu zaman asıl ihtiyacımız olan şey de budur işte, sağlam kalan parçalarımızı toplayıp kör bir kararlılıkla yolumuza devam etmek. Nihayet, dedim kendime, bulvara bakan karanlık konteynırların kuytuluğunda oturmuş ağlarken, asıl konumuza gelmiş bulunuyoruz evlâdım. İnsana, yani o büyük acıya. Misal, bütün şartlar eşit olduğunda, bu şehirdeki en üzgün insan kim acaba? Sen misin? Neden olmasın. Peki o zaman üzgün insan, şimdi, bu akşam, burada, kendine acıma duygusunu daha fazla körüklemenin ne âlemi var? Hayatında ters giden her şeyi birbirine bağlayıp moralini daha da bozmanın ne âlemi var? Kendine gel deyip bir yumruk salladım kafama. Tek yumrukta felsefe tarihi. Yani... Aklını çalıştırmalısın oğlum, yüreğini çalıştırmalısın, çeneni çalıştırmalısın, gerekirse dâhice dokunuşlarını devreye sokmalısın yeniden. Ne yaparsan yapmalısın ama kız kardeşini de bulmalısın bu arada. Kız kardeşini bulmak zorundasın. En iyi arkadaşın Cengiz'i bulmak zorundasın. Onları da kaybedersen elinde ne kalır? Koca bir sevgisizlik cehennemi ve sidikli bir pantolon. İstedikleri kadar dalga geçsinler seninle, ıy desinler, pis desinler, kokuyor desinler, hırsız desinler, apaçi desinler, ne derlerse desinler. Haysiyetin de dahil olmak üzere her şeyini yitirmedin mi zaten? İnsanın her şeyini yitirdiğini anladığı o büyülü anlardan birinin tam ortasındasın. Boşlukta süzülüyorsun ve hiçlik damlıyor paçalarından, sidik damlamış, lafı mı olur? Ha! Sen kendi tarzında yürümeye devam et oğlum, ayağa kalk ve nereye varacağı belli olmayan bu yolda, kendi tarzında yürümeye devam et.

Ayağa kalktım ve demir konteynırlar arasındaki alacakaranlık bölgeden geçip bulvarın ortasındaki derin inşaat çukuruna doğru kontrollü adımlarla inmeye başladım. İnşaat çukurunun dibinde, bütünüyle gecenin doldurduğu o kör noktada, pantolonumu çıkarıp attım. Sırt çantamdaki yedek eşofman altını giydim. İzmit Outlet Center'dan aldığım o açık mavi eşofman altını giyince kendimi birdenbire yepyeni, mental anlamda gıcır gıcır, sıfır kilometre bir insan gibi hissettim. İşte böyleyimdir ben, yeri geldi mi duygusallaşmaktan çekinmemekle birlikte, yeri geldi mi de tam bir kendini toparlama uzmanıyımdır. Tam bir kendini küllerinden update etme uzmanıyımdır açıkçası. Seri adımlarla çıktım çukuru, ıslık öttürerek parkı turlamaya başladım ve on beş dakika sonra temel atom fiziği yasalarından birini keşfettim. Herkesin hareket halinde olduğu bir yerde kız kardeşini arıyorsan hareketin en yoğun olduğu noktada durup bekleyeceksin. İyice Yasası denir buna. TÜBİTAK onayladı, NASA'nın onayı da yakındır.

Sağdan Al Soldan Ver Market'in önünden geçerken yapmıştım bu keşfi. Arı kovanı gibiydi orası, sürekli birileri gelip gidiyordu. Sınırları bir vakitler polis bariyerleri olduğunu düşündüğüm alçak demirlerle çevrilmişti. Önündeki uzun kuyruk, göründüğünden hızlı ilerliyordu. Yaklaştım biraz, iç tarafta, mavi tentelerin altında yoğun bir hareketlilik vardı. Yeni gelen malzemeler dikdörtgen masaların üstünde hızla tasnif ediliyordu. Tüketicilere sunulan ürün çeşitliliğini görünce, kız kardeşimi orada bulabileceğim konusundaki ümitlerim de tavan yaptı. Yan yana dizilmiş masaların üstünde, karton kutulara konulmuş gofret, çikolata, bisküvi ve her türlü abur cuburu bulmak mümkündü. Plastik tabaklarda servis edilen börekler, çörekler, çay ocağından verilen çaylar, nescafeler, karton bardaklarda sunulan kolalar, fantalar ve kesmece karpuz dilimleri de cabası. Ne ararsan vardı, sıraya girmen yeterliydi. Kız kardeşimin böyle bir etkinliği kaçırmayacağına emindim. Geçen sene Kıyıdere Yardımseverler Derneği'nin –KIYYAR– kermesinde, kız kardeşim herkesten çok yiyip en büyük yardımı yapmıştı gerekli yerlere. Bayılırdı böyle dayanışma hadiselerine. TOMA'nın karşısında moonwalk yapıp direnişin sembolü olma amacını bir yana bırakalım, sırf oranın yaşaması için bile bu mücadeleye destek vereceğinden emindim.

Diğer ihtiyaç sahipleriyle birlikte sıraya girdim. Gözüm içerideki çalışanlardaydı. İçlerinde uysal bir tip aradım, dış görünüme fazla prim vermeyen, kamuoyunun dayattığı önyargılardan arınmış, üzgün insanların halini derinlemesine anlamaya yatkın, doğru düzgün muhabbet edebileceğim biri. Bandana takmış bir kızcağızı gözüme kestirdim, bileğinde küçük bir kelebek dövmesi vardı, bir şeyler soran herkesle tek tek ilgileniyordu. İçinden şarkı söyler gibi bir halle problem çözmeye odaklanmıştı. Acımasız yaşam enerjisini dinlediği problemlere borçluydu sanırım. Saçları kumraldı, elmacık kemikleri belirgindi, gülümsediğinde derinleşen gamzeleri, hafif dişlek bir ağzı ve mavi gözlerinde bir öpüş kadar etkili sıcak bakışları vardı, tam benim tipim. Önüne gelince durdum, "İyi akşamlar abla," dedim. "Her şey parasız mı şimdi?"

"Parasız."

"Yüz tane gofret yesem de parasız mı?"

Ellerini iki yana açtı, o espri daha evvel bin sefer yapılmıştı sanırım, yine de bozmadı, "Yüz tane yiyebilirsen parasız," dedi.

"Ben değil de kız kardeşim yer," dedim. "Böyle on iki-on üç yaşlarında gösteren dokuz yaşında bir çocuk gördünüz mü acaba buralarda? Michael Jackson kostümü giymiş."

"Görmedim," dedi. "Ama Çombalak Atölyesi var şurada, resim yapıyor bütün çocuklar, oraya bak istersen."

"Oraya baktım da kız kardeşim öyle boyamalı dalgalara gelemez. Başka hedefleri var."

İlânı uzattım, ince kemikli parmaklarıyla tutup baktı biraz, bana kaldırdı sonra gözlerini, "Bu çocuk senin kız kardeşin mi?" diye sordu.

"Evet," dedim. "Gördünüz mü acaba?"

"Gördüm tabii."

"Hadi ya, nerede?"

"Twitter'da. Akşamüstü bulundu diye biliyorum ama ben onu."

"Hayır. Kız kardeşimin bulunduğu iddiası sosyal medyada hızla yayılan yanlış bilgilerden biri. O başka bir çocuk. Sadece isim benzerliği var aralarında. Mitingde on dakikalığına geçici olarak kaybolmuş başka bir Çiğdem o."

"Valla benim bildiğim, Dayanışma dünden beri her yerde arıyor bu kızı. Onlarla konuştun mu peki?"

"Onlarla konuşmuyorum."

"Neden?"

"Siyaseten çok sığ insanlar."

Bandanasının önüne düşen saçlarını geriye atıp gözlerini kıstı, ağzının kenarıyla hafiften gülümsedi. Yorumum karşısında tedirgin olduğunu, açıklama bekleyen bir suskunluğa büründüğünü anlayınca, "Her şeyden evvel çok kaba insanlar," diye devam ettim. "Yani içlerinde öyle tipler var ki, ailelerini yıkıp gittikleri yetmiyormuş gibi bir de üstüne devleti yıkmaya çalışıyorlar. Hiçbir duyguya saygıları yok. Neyse geçelim bunları isterseniz. Başka bir şey soracağım. Acaba elemana ihtiyacınız var mı? Burada çalışabilir miyim?"

Gözlerini kısıp baştan aşağı süzdü beni, boyumu, tipimi, kilomu, genel ruh halimi, küçük sapıklıklarımı ve güvenilirlik derecemi ölçtü. Yüzünde belli belirsiz bir onaylama ifadesiyle başını hafifçe öne arkaya salladı sonra, "Gel," deyip sağ taraftaki giriş kapısını gösterdi. Kuyruktan ayrılıp kalabalığın çevresinde bir yay çizdim, giriş kapısında buluştuk. İki uzun polis bariyerinin arasına gerilmiş naylon şeridi açtı, bir süpermarket arabasını ittirdi bana.

"Al bu arabayı," dedi. "Parkın çıkışına git. Tuvalet-Şarj-Gazdan Kaç Otel'in karşısında, kolunda kırmızı bant olan birini göreceksin, adı Metin Ali, ondan malzemeleri al gel."

"Ama ben içeride çalışmak için başvurmuştum," dedim. "Şu çikolata gofret masalarının falan arkasında durmam mümkün değil mi?"

"Önce malzemeleri getir de, bakarız."

Biraz düşünüp "Peki," dedim. "Nerede bu otel?"

Gözleri büyüyüp dudakları büküldü, dünyanın en cahil insanıyla karşı karşıya gelmenin dehşetini yaşadı bir süre. Yavaş yavaş toparlandı sonra, dirseğimden tuttu beni, eksenim etrafında çevirdi, kollarını omuzlarımın üstüne koydu, sert göğüsleri sırtıma değdi, meme uçlarını hissettim, sutyen takmıyordu sanırım, sıcak nefesi kulağımın dibindeydi, işte bunlar hep gelir beni bulur, her yerde gelir beni bulur bunlar, ne yaptığını anlayamıyordum, meğersem işaret parmaklarıyla tam karşıyı gösteriyormuş, otelin olduğu yeri.

Boş süpermarket arabasını, gösterdiği yöne doğru, küçük

kare taşlar döşenmiş zeminde titrete titrete sürdüm. İşlerin biraz yoluna girdiğini hissettim. Dünyada en çok hissedilen şey de budur. Hayatın geneli bombok gittiği için, insan yüreği zamanla nasır tutar, bir şey hissedemez olur. İşler biraz yoluna girince de yeniden küt küt. Bok varmış gibi.

Patika yokuştan aşağı inerken arabanın hâkimiyetini yitirdim, sağa sola yalpalayarak paldır küldür çıktım parktan, kaldırım düzlüğüne varınca yeniden dengemi sağladım ama bu sefer de bir duman deryasının arasında kalmıştım, göz gözü görmüyordu. O hoş, kendine özgü mentollü aromasıyla direnişlerin vazgeçilmez içeceği biber gazı atıldı zannettim, heyecan yaptım bayağı, sevindim de biraz, oysaki sadece köfteci dumanlarıymış. Çevrede benimkine benzer süpermarket arabalarında bira satanlar vardı, tip tip bakıyorlardı bana. Bütün biralarını satmış geri dönen biri izlenimi vermiştim belki de onlara. Bulaşmadım, aralarından sessizce geçip ana caddeye çıktım, otelin karşısında bekleyen kolu bantlı eleman, beni görür görmez, sitemkâr bir tavırla, "Nerede kaldın!" diye bağırmaya başladı. Benim yaşlarımdaydı ama bu direniş işlerinde çok daha tecrübeli görünüyordu tabii, bunu hemen hissettiriyordu karşısındakine.

"Anca gelebildik," dedim. "Yoksa ilk günden beri takip ediyoruz olayları."

"Diğerleri nerede?"

"Kim nerede?"

"Bir tek seni mi gönderdiler?"

"Öyle gözüküyor."

"Gel," deyip sağ tarafa yürüdü koşar adım, tamamen masum vatandaşların ödediği vergilerle, kamu malları kullanılarak inşa edilmiş orta boy bir barikatın kenarındaki dar boşluktan geçtik. Taksi durağına dönmüştü barikatın öbür tarafı, gelen giden çoktu. Panelvan bir aracın yanında durduk, arka kapılarını açıp içine zıpladı. Arabanın içi, ağzına kadar 24'lük küçük su kolileriyle doluydu. Kolinin birini aniden attı kucağıma, beklemiyordum ama reflekslerim iyidir, düşürmedim. "Yalnız bir saniye," dedim. "Beni buraya malzeme almaya gönderdiler, su değil."

"Malzeme bu."

"Alla Alla," dedim. Malzeme denince tıbbi malzeme falan olur diye hayal etmiştim en azından. Yaraları sarmaya gelmiş gibi olurdum o zaman parka. Şeklim bin beş yüz olurdu, ama ne yapalım, hayat bu, eldekiyle yetinmesini bileceksin, ayrıca hayatın temeli de sudur. Ve Çağlar'a su verildi. Süpermarket arabasını ağzına kadar su kolileriyle doldurduk, parka çıkan patikanın başında durdum. Açıkçası araba, pek o yokuştan çıkacakmış gibi gözükmüyordu, yine de var gücümle yüklenip denedim. Bir-iki metre çıkardım, sonra yürütemedim, üstteki koliler aşağı düştü. Önce kolileri yukarı çıkarıp sonra arabayı götürmeye karar verdim. Kolileri yukarı birer birer çıkardım, sonra boş arabayı kavradım, boşken bile zor çıkıyordu o yokuştan. İlk seferi tamamladım.

Kolileri taşırken bir yandan da sağa sola dikkatle bakıyordum belki kız kardeşimi görürüm diye. İkinci seferin kolilerini yukarı taşırken yakınlardaki bir çadırın önünde kâğıt oynayanlardan biriyle göz göze geldim, "Ne taşıdın be!" diye laf attı. Muhatap olmadım. Üçüncü sefer için boş arabayla giderken az evvel laf atılan çadırın önünde alkışladılar beni. iPad'iyle oynayan kızın biri, alkışlayanlardan birinin ensesine çoraplı ayağıyla yarım vole attı, "Alkışlayacağınıza yardım etsenize lan," dedi. Süpermarket arabasıyla döndüğüm zaman çadırın çevresindeki elemanların yokuşa sıra olduklarını gördüm, kolileri elden ele atıp yukarı taşıdılar. O arada da bir tanesini düşürüp patlattılar, su şişeleri sağa sola savruldu, müthiş eğlendiler koli patlayınca. Özellikle, koliyi tutamayıp yere düşüren gerizekâlı, çığlığı andıran kahkahalar atıyordu arka arkaya. Acayip sinirim bozuldu ama çaktırmadım. Dediğim gibi, inşaat çukurunun dibindeyken kimsenin beni kızdıramayacağı kadar enerji yüklemiştim kendime, dünyadan kopmuştum bir bakıma, kendi ruhani krallığımı ilan etmiştim. Ama yine de biraz düşünceli olmak lazım, insanlardaki hoşgörü stoklarını fütursuzca tüketmemek lazım, yani şimdi ben mesela, hayvan herif, Sağdan Al Soldan Ver Market'te yeni işe girmişim, maaş yok, sigorta yok, belki kız kardeşim gelir diye, gelir de gofretlerden yemek ister, böylece kavuşuruz diye, maloğlumal seni, koliyi patlattığın yetmedi, bir de üstüne makara kukara. İşte bunlar hep dünya sikime minare götüme yaşamaktan kaynaklanan hasletlerdir. Parmak izi gibi ele verirler insanı hayatın bütün kritik dönemeçlerinde. Bizim kuşakta değil de bir üst kuşakta, özellikle '91 ve öncesi doğumlularda çok vardır böylesi sorumsuz tiplerden, hatta o kadar çokturlar ki komple öyledirler desek bile fazla kişinin kalbini kırmış sayılmayız. 28 Şubat 1991 son sınırdır, Birinci Körfez Savaşı'nın bitişi, ondan evvel derinlemesine duyarlılık sahibi bir insan doğmadı bu memlekette.

Bir saat boyunca panelvanla park arasında mekik dokudum, patikaya dizilmiş sorumsuz tiplerin de katkılarıyla bütün suları taşıdım, bir ton kadar vardılar sanırım. Son partiyi getirip depo olarak kullanılan güneşliğe koydum ve sırtımı sulara yaslayıp çöktüm yere, soluklandım. Vaktinden erken düşüp kurumuş yapraklarla oynadım biraz. İşverenim yanıma gelip saçlarımı karıştırdı tebrik babında. Gayretlerimin boşa gitmemesinin sevincini yaşadım böylece çok abartmadan. Elektronik sigaramı çıkarıp bir-iki fırt çektim, ikram ettim sonra, bataryayı parmakları arasında evirip çevirdi biraz, uzay mekiğinden düşmüş bir parça gibi dikkatle inceledi onu, sonra bir fırt çekti, bataryaya-mavi eşofman altıma ve yüzüme bakıp duruyordu, üç parça arasındaki derin bağlantıyı kurmaya çalışıyordu. Sonra biri, "Orsa," diye seslenince koşar adım gitti. Arkasından dikkatle baktım, kızı güzel doğan ilk iş olarak cins bir isim aramaya başlıyor, medeni kanunun yazılı olmayan maddelerinden biri buymuş gibi, buluyor sonra o ismi, gidiyor nüfus dairesine, nüfus memuru anlamamış gibi bakıyor yüzüne, nasıl anlamazsın diyor, çok basit, alıyor nüfus kâğıdını, sıkıntısını biz çekiyoruz senelerce, umurunda değil adamın, çok mutlu o, kızını herkes seviyor, ismi yüzünden zannediyor.

Gözlerim marketin önündeki, yeni yeni insanların katıldığı, sürekli ilerleyen kuyruktaydı. Kalktım, çikolata gofret masalarının başına gittim, azalmışlardı. "Bunların yedeği var mı?" diye sordum yetkililere, "Buzdolabının arkasına bak," dediler. Buzdolabının arkasında dört kişilik bir aileye yüz yıl yetecek kadar abur cubur vardı. Üçer dörder koli açıp masada boşalan yerleri doldurdum, renk uyumu ve simetri üstüne ayrı bir çalışma yürüttüm sonra. Elimden geldiğince şenlikli hale getirmeye, bir ruh katmaya çalıştım o abur cubur masasına. Bütün bunları yaparken marketten alışveriş yapan hiç kimseyi de gözden kaçırmıyordum.

O ara ihtiyar bir adam geldi, kuyruğun karşısına dikilip yüklü faturalardan yakınmaya, ortalığı velveleye vermeye başladı. Kot pantolonu belinin bir karış üstündeydi, kocaman düğmeli küf yeşili hırkasının önü açıktı, eflatun bir gömlek giymişti içine, şu an gözlerim sağlam olduğu için adını bilmediğim renkli camlı gözlüklerden takmıştı, siperliği havaya kalkık beyaz bir şapka vardı başında, elindeki plastik saplı orta boy Türk bayrağını, otobüsün tutamacını ayakta giderken tutar gibi sıkı sıkı kavramıştı, "Kombinin derecesini birden ikiye getirmeye korkuyoruz!" diye bağırdı. Dalgasına alkışlayanlar oldu, alkışları duyunca elindeki bayrağı öne arkaya sallayıp iyice coştu. 73 yaşındaydı, memur emeklisiydi, İGDAŞ'ın bir nolu düşmanıydı. Avusturya'da yaşayan bir kızı ve iki torunu vardı. Karısı geçen yıl mide kanserinden ölmüştü. Koşuyolu Burak Sitesi'nde oturuyordu, yöneticiyle ve bütün komşularla kavga etmişti aidat yüzünden. Allah kahretsin, çok yalnızdı lan bu adam. Karısı hastayken 350 lira fatura gelmişti, doğalgazı kesmişlerdi. Kızı onu suçlamıştı, annem senin cimriliğin yüzünden öldü demişti. Torunlarıyla konuşturmuyordu şimdi. Damadını aramıştı, ben bütün maaşımı ilaçlara yatırdım demişti, ben cimrilik yapmadım demişti, ben karışmam baba, Bahar'a sor demişti damadı, bu yaz da gelmeyeceklerdi, onun suçu neydi? Bizim suçumuz neydi? Ne yapacaktık şimdi biz? Karşıdan buraya sırf bunları söylemek için geçmişti. Kuşsevenler Derneği'nin yürüyüşüne gitmişti geçen ay, korudaki ağaçları da kesmek istemişlerdi çünkü. "Hangi koru amca?" diye seslendim. Sorunun nereden geldiğini anlamak için başını sağa sola çevirdi, elimi kaldırdım. Baştan dalga geçerek dinleyenler de sonradan ciddiyetle dinlemeye başlamışlardı, yerinde bir soru sorduğumu düşündüklerinden olsa gerek, 'Kim bu duyarlı insan acaba' diye göz ucuyla bana baktılar, kendimi iyi hissettim. "Hangi koru olacak," diye bağırdı amca hepimize birden. "Bizim evin karşısındaki koru. Gazeteler bile yazdı. Hababam Sınıfı çekildi orada. O zaman da gitmiştik, fotoğraf imzalatmıştık Adile Naşit'le Münir Özkul'a. Güzel günlerdi, geçti gitti. Ne yapacağız şimdi biz! Ne yapacağız!" Kimse cevap veremedi, amca da daha fazla üstelemedi. Kaldırdığı bayrağı omzuna indirdi. Çay verdiler, istemedi. Tabure uzattılar, oturmadı. Onu dinleyenler başka şeylerle ilgilenmeye başladılar yavaş yavaş. Böyle biraz kederli bakmayı sürdürdü çevreye, kendime çok yakın hissettim o an amcayı. Tekdüze emeklilik hayatından sıkılınca siyasi muhalefet ihtirasına kapılan biri zannetmiştim oysaki ilk gördüğümde, yanılmıştım, her zamanki gibi yine yanılmıştım dostum. Gözlerimi ayıramıyordum ondan, bir şeyler daha söylemek istiyordu belki, küçük kraterleri andıran gözaltı torbaları vardı, göktaşları düşmüştü sanki yüzüne, çektiği acıların hepsi ayrı bir çizgiye, buruşuğa, lekeye dönüşmüştü yüzünde. Bana baktı, başını iki yana salladı boş ver der gibi, parkın çıkışına doğru, birbirine dolanan küçük, küskün adımlarla uzaklaştı sonra.

Vakit ilerledikçe marketin önündeki insanlar azaldı, yoldan geçenler de. Son sevgililer el ele tutuşup çıkıp gittiler parktan. Geride kalanlar da çadırlarına çekilmeye başladılar. Kız kardeşim bir türlü gelmiyordu, oysaki yatmadan önce mutlaka bir şeyler atıştırırdı, hiçbir şey yemese de en azından bir bardak ılık süt içerdi. Şimdi neredeydi acaba, ne yapıyordu? Delirecek gibi oluyordum onun yokluğunda, sürekli kendimi sakinleştirmek zorunda kalıyordum, bu da çok yorucu oluyordu, hiç hesaba katmadığım bir şeydi çünkü bu, o güne kadar aklımın ucundan bile geçmemişti kız kardeşimsiz yaşamak.

Büyük mavi torbalarla çöp avına çıkanlar yayıldı sonra ortalığa. Ellerinde beyaz naylon eldivenler, ağızlarında toz maskeleri vardı. Süpürge ve faraşlarla bir saat boyunca süpürmedik yer bırakmadılar, her tarafı köşe bucak yokladılar, sigara izmaritlerine kadar topladılar yerlerde ne kaldıysa. Tek sıra oldular sonra, mavi çöp poşetlerini elden ele aktarıp çıkardılar parktan. Capri pantolon giymiş küpeli bir çocuk elindeki boş poşetle ısrarla dolaşmaya devam etti biraz daha, hazine arar gibi çöp arıyordu etrafta. En sonunda plastik bir şişe bulup torbasına koydu, yüzü parladı sevinçten. Boşuna seviniyordu oysa. Beş yüz yıl yaşayacaktı o plastik şişe, torunlarımızın torunlarının torunlarını bile gömecekti ve en sonunda benden bu kadar diyecekti bize, Gezi Parkı'nda bir ağacın dibinden alıp attınız beni, yedi sülalenizi gömdüm sonra, sekizinci kusur kalsın.

Mutfak tarafında bir gerginlik olduğunu hissedince oraya gittim. İşverenim, yani Orsa, samimiyeti ilerletmiştik, sandalyeye oturmuş, ellerini alnına yaslamış, sessiz sedasız sinir krizi geçiriyordu.

En sonunda kendini tutamadı, "Duvarlara küfür yazarlar biz sileriz," diye bağırdı ortaya. "Sabaha çorba yapılacak biz yaparız." Ellerini burnuna götürdü sonra, "Şu ellerimdeki sarımsak kokusuna bak ya!" dedi. "Biz her yerde böyle ikili mücadele vermek zorunda mıyız?"

Gittim karşısına oturdum, "Sakin ol Orsa," dedim kibarca. "Hayatı boyunca ikili ve üçlü mücadeleler vermiş biri olarak seni çok iyi anlıyorum. Lütfen müsaade et, çorbayı ben yapayım."

Bana tip tip bakarken yüzü bir parça yumuşadı, hafiften gülmeye başladı. Böyle insanlar çok nadir bulunur, hemen gülmeye hazır olanlar. Yirmi üç saatlik bir tartışmanın ardından kaldıkları yerden eğlenmeye devam edebilenler, yüreklerinin derininde asla kin besleyemeyenler, yürekleri kin tutmayanlar, isteseler bile, şaka gibi olanlar, çizgi film gibi.

"Sen hayatında hiç çorba yaptın mı?" diye sordu.

Yarım saattir göz ucuyla onun mutfak tezgâhındaki çalışmasını seyrediyordum. Ezogelin çorbası yapmaya çalışıyordu ama ilk etapta tespit edebildiğim üç temel yanlışı vardı. Birincisi, ezogelin sadece domates salçasıyla yapılmaz, makul miktarda acı biber salçası da eklemek gerekir. İkincisi bulgur, pirinçten yarım ölçü fazla kullanılmalıdır, ezogeline temel dokusunu veren şey bulgurdur çünkü. Üçüncü ve en temel yanlışı ise salça ve baharatların çorbanın meyanesi olduğunu bilmemekti. Hatta korkarım ki çorbanın bütün yardımcı enstrümanlarına meyane dendiğini bile bilmiyordu. Ezogelinin meyanesi doğrudan ana malzemenin üstüne eklenmez. Ayrı bir tencerede unla kavrulur ve topak topak olmaması için de en iyi arkadaşınız Cengiz'in ara ara üstüne su eklemesi gerekir.

Bütün bunları çokbilmiş gözükmeye çalışmadan, kalbini

kırmadan, tane tane anlattım ona, "Şimdi bana ellerini ver," diye ekledim sonra. Tezgâhın üstünden paslanmaz çelik bıçağı aldım, "Lütfen bana ellerini ver," dedim yine. Şaşkın şaşkın bakarken ellerini tuttum, bıçağı parmaklarının üstünde gezdirmeye başladım, yavaşça, okşar gibi, bütün parmaklarının arasında dolaştırdım o bıçağı, "Sarımsak kokusunun çıkmasını istiyorsan," dedim sonra, "paslanmaz çelik bıçağı parmaklarına sürtüp akan suyun altına tutman gerekir."

O eline su tutmaya giderken ben de onun önlüğünü giyip çorbanın başına geçtim.

"Sen bunları nerede öğrendin?" diye sordu.

"Kıyıdere'de Uygulama Oteli'ni bilir misin?" diye sordum. "Ruh hastası bir şefin öncülüğünde, Marmara Bölgesi'nin en yaman aşçılarının yetiştiği yer. Oranın mutfağından geliyorum ben."

Kaynayan çorbanın kaderini değiştirmek için başka bir tencerede çeşitli hamleler yapmaya başladım. O da sırtını bir arkadaşının sırtına yaslayıp topuklarını yere koyarak, ayaklarını araba sileceği gibi sağ sola hareket ettirerek beni seyretmeye, bir yandan da yorgunluk sigarası içmeye başladı. Muhabbetimiz bayağı iyi gidiyordu açıkçası. 28 Şubat 1991 doğumluydu, gazetecilik okumuştu, sosyolojide yandal yapmıştı, işsizdi, biber gazı müptelasıydı, Çüklülerin Söylediği Hiçbir Şeyi Yapmak Zorunda Değiliz Şekerim Kolektifi'nin Beyoğlu İkinci Başkanı'ydı, boş zamanlarında çorba yapan erkekleri seyretmekten hoşlanırdı, seksi bulurdu onları. Allah kahretsin, çok güzeldi lan bu kız. Dönüp göz kırptım ona, tip tip baktı. İki elimi göğsüme götürüp kalp işareti yaptım, dayanamadı, eriyip gitti, bütün dişlerini göstererek gülümsedi, ya ne yapacaktı, anlarım kadın ruhundan.

Yirmi Üç

Günün ilk ışıkları indiklerinde tek tüktüler, uzun gövdeli ağaçlardan yansıyarak ağır ağır çoğaldılar, başta donuktular; canlanıp renklendiler, tentelerde alevlendiler, tepemizdeki yapraklardan süzülürken yeşile de boyandılar biraz, parkta sabah oldu. Çadırlarda, hamaklarda, muşamba üstüne serili battaniyelerde, demir kolçaklı ahşap banklarda; yan yana, sırt sırta, omuz omuza, kucak kucağa ve yalnız başlarına uyuyanlar uyandı. Ben kolumda yürüyen karıncayı minimum zararla alıp iki parmağımın arasında tutmuş, yuvasına yakın bir yere bırakmaya çalışıyordum o sırada. Karıncayı bıraktıktan sonra dumanı tüten çorbanın başına geçtim, esnedim, kepçeyi tencerenin kapağına vurdum dört-beş sefer, "Sen seslen şimdi," dedim Meti'ye. "Ben utanırım."

Meti dediğim, dün gece panelvandan suları makineli tüfek gibi atan tipti, yanımda duruyordu, "Çorba hazır arkadaşlar," diye bağırdı, arka arkaya, dört-beş sefer, kibarca ama içmeyen olursa da hır çıkarmaya hazır, tarzı gereği. Uykulu yüzler ağır ağır sıra olmaya başladı bariyerlerin arasında. Tencerenin sıcak kapağını bezle tutup açtım, birden duman buğusu kapladı etrafı, çorbanın kokusunu almış yüzlerdeki sabırsızlık ifadelerini seyrettim, kendimi işe yarar hissettim biraz, nedense, uzun zaman sonra, çorbayı yaparken değil de tam o anda.

Kız kardeşimin kayıp ilânlarını yapıştırmıştım kuyruğa giren herkesin görebileceği yerlere. Pek çok kişi, "Aaaa! Bu kız bulunmamış mıydı? Bulunmaz olur mu canım? Dün mitingde bulundu, ben gördüm, kesin bulundu," falan filan diye konuşmaya başladı. "Hayır hayır hayır," diyerek tek tek göz kontağı kurmaya çalıştım herkesle, açıkladım durumu. Kuyruktaki herkesi ikna ettim ama buz dağının görünen yüzüydü bu, kepçeyi Meti'ye emanet edip Twitter'a girdim. *"KIZ KARDEŞİM HALA BULUNMADI!!! DÜN MİTİNGTE BULUNAN KIZLA SADECE İSİM BENZERLİĞİ VAR! O BAŞKA BİR ÇİĞDEM!!! BUNUNFARKINDAOLMAYANLARACİLRTPLS"* diye tweet attım. Onun üstüne de tabii, yok bulundu, yalan söylüyorsun diyen mi istersin, duygu sömürüsü yapmakla suçlayan mı, çocukların orada ne işi var deyip alakasız argümanlarla konuya dalan mı, paylaştığı görsellerde en iyi arkadaşım dediği Cengiz kimmiş, yoksa bu bir danışıklı dövüş mü diye dedektifliğe soyunan mı? *"YALANLARA HEMEN İNANIYORUZ GERÇEKLERE İNANMAKSA BİRAZ VAKİT ALIYOR"* diye toplu cevap yazdım, anlayacaklara. Daha beter coştular: *"İki gündür tweet atan bu T.Ç. İyice sahtekârı kaybolan kızın abisi değil arkadaşlar ++++ onunla bir akrabalığı yok, ben ilk günden beri parkta yatıyorum yalan söylüyor şerefsiz ++++ Onca çatışmanın arasında bir de senin gibi takipçi sayısını arttırmaya çalışan OÇ'larla mı uğraşacağız lan?"* En acısı da şuydu: *"Bu yalancıyı ACİL SPAM ARKADAŞLAR -------> @geceninsabirlisesi #yalancilarispamliyoruz #verspamikurtul"*

Hesabımı komple kapatmayı düşündüm o an, duyarlı takipçilerim sayesinde spam'lenmek gibi bir endişem de olmamasına rağmen üstelik, vazgeçtim sonra, ne gereği vardı, neyi değiştirirdi ki? Onu bile sorgularlardı ayrıca, hesabını kapattı gitti, demek ki kesin yalan söylüyordu derlerdi. İnsanların gündelik kötülükleri işte, her yerden fışkırmaya hazır, ideolojiler üstü, derin, silinemez. Başkalarının kafasına hâkim tokmağı gibi vurmaya hazırızdır her zaman o gündelik kötülükleri, asla vazgeçmeden, günün her saati, fazla mesai ücreti de talep etmeden. Tanrım! Ey Tanrım! Gündelik kötülükleri atom yağmuru gibi üstümüze yağdırsın diye mi yarattın insanı? O zaman insanla birlikte Twitter'ı da yaratsaydın ya hemen. Çamurla değil de tweet'le yoğursaydın ya onu! Mademki ruhen buna hazırdık, mademki ahlaken buna yatkındık, niçin binlerce yıl beklememiz gerekti ki bu teknolojiyi? Şimdi ne Anayasa Mahkemesi'ne gitmek istiyorum ne de Avrupa İnsan Hakları Mahkemesi'ne, her şeyden önce sana, bütün bilinemezliğinle sana başvuruyorum Tanrım! Farkındasındır umarım, dedem öldükten sonra ilk defa sesleniyorum sana, araya uzun zaman girdi, hayatımda açtığın derin yaraları unutmuşsundur çoktan, belki de beni bile unutmuşsundur komple. Olsun, varsın olsun sorun değil, aramızdaki bütün bağları koparmayalım lütfen, hadi gel geçmişi unutalım, barışalım artık canım Allah'ım. Kusura bakma, ben agnostik olduğum için bugüne kadar sana hep Tanrım dedim, belki de buna kızdın, o yüzden geri dönüş yapmadın bana. Çok özür dilerim senden o zaman, sen bağışlayansın büyük Allah'ım, beni de bağışla. Ve lütfen cevap ver bana, dokuz yaşındaki kız kardeşini arayan bir ağbiye yapılan bu zulüm niyedir? Bu spam çağrılarının, bu sosyal medya lincinin arkasında hangi güçler var? Olaylara müdahale etmenin zamanı gelmedi mi sence de? Bugün milyonlarca kullanıcı timeline'da gırtlak gırtlağa gelmişse, birbirlerini dinlemeden bağırıp çağırıyorsa, feryat ediyorsa, o çığlıklar elbet senin de kulağına geliyordur, değil mi, fısıltı düzeyinde de olsa geliyordur bir şeyler. Var mı acaba bir çözümün? Kıyamet yakın mı diyorsun? İyi de bizim kıyamete ihtiyacımız yok ki canım Allah'ım! Temelinden sarsılıp yıkılmamış neyimiz kaldı ki bugün elimizde, daha başımıza neyi yıkacaksın? En azından bizim için, Türkiye açısından söylüyorum yani, çerçeveyi biraz daraltırsak, fakir kalmış ruhların ülkesi. Bizim için kopardığın kıyametle Danimarka'da kopardığın kıyamet aynı mı olacak şimdi? İsviçre'yi yıkarken bizi de mi yıkacaksın? Almanya'yı Fransa'yı döverken bize de mi tekme tokat dalacaksın? Bu mu ilahi adaletin! Tamam, ahlak da onlarda kalsın teknik de, ama böyle de çok güçlü olmadılar mı? Bize de biraz ruh takviyesi yap o zaman. Dostoyevski'nin ruhunu bağışla bize. Bize Dostoyevski'nin ruhunu gönder, bir de Rusça çevirmen. Ondan evvel kıyameti koparırsan eğer uluslararası konjonktür açısından büyük haksızlık olur. Lütfen cevap ver bana! Cevap ver artık Allah'ım! Peki, peki. Anladım, tamam. Çok teşekkür ederim. 2024-2032-2114. Bu yıllara dikkat edin.

Twitter'ı kapatıp iPhone'numu arka cebime koydum. Gözlerimi, tam karşımda, ipleri park lambasıyla ağaç gövdesi arasına gerilmiş, sabah rüzgârında yelken gibi şişmiş, açık mavi pankarta diktim, kendimi unutana kadar baktım ona, gerçekten bana hitap eden bir pankarttı, 'Artık Yeter' yazıyordu üstünde. Beş dakika kadar sonra büyük oranda sakinleşmiştim. Sıranın sonuna yeni gelen, V maskesi takmış, tedirgin hareketlerle sağı solu kolaçan eden birinden şüphelendim o esnada. Aslında yandan ayırdığı saçlarıydı ilk başta beni şüpheye sevk eden. Maskemi yüzüme indirip bariyerlerin öbür tarafından yaklaştım, karton kutunun içindeki jelatine sarılmış karışık sandviçleri, hiç öyle bir şeye ihtiyaç yokken, baştan düzenleyip biraz daha karışık hale getirdim. Sıra ilerledikçe aynı hizaya geldik, havadan sudan laflar gibi, "Selam kardeş," dedim. "Mutlu direnişler. Maskeyi metro çıkışından mı aldınız acaba?" Cevap vermek yerine başını öne arkaya sallayınca şüphelerim arttı. Kız kardeşim sabah çorbasına bayılırdı, üç kilometre öteden alabilirdi kokusunu, eğer parkın içinde bir yerlerde saklanıyorlarsa, yakalanmayı göze alıp böyle bir riske girmeleri gayet mantıklıydı. Yine de emin olamıyordum. Elleri cebindeydi, görememiştim daha. "Ben de metro çıkışından aldım," diye devam ettim. "İstiklâl'de de vardı ama orada on lira dediler, almadım. Sakalının boyası daha siyah diye, Guy Fawkes'a biraz daha benziyor diye, beş lira fazla bayılmanın ne âlemi var di mi bu komün atmosferinde?" Birden bana döndü, gözlerindeki o yabani ışığı gördüm, erken çekilen acıların ışığı, içine sıçılmış çocukluğun ışığı, asla değişmez, parmak izi gibi ele verir insanı hayatın her döneminde. Cengiz'di o, annesi öldüğü gün gelip yerleşmişti gözlerine o yabani ışık. Sıradan çıkıp uzaklaşmaya başladı, "Cengiz," diye bağırdım arkasından, elindeki çorba tasını atıp otel tarafına koşmaya başladı. Bariyerlerin üstünden atlayıp peşine düştüm.

Oralara Basmayın Kooperatifi'ne doğru var gücüyle kaçıyordu, kooperatifin bahçesinde çapa yapanlara "Tut tut tut," diye seslendim, onlar ne olup bittiğini anlayana kadar yanlarından ok gibi geçip gitti. Sola döndü, iyice yükselmiş güneşin altında, her şeyin, insanların bile cilalanmış gibi durduğu taş alana girdi. Orada, ağaç gölgelerine serdikleri matlara avuç içlerini yaslayıp sırt üstü pozisyonda kıçlarını havada tutarken, dikdörtgen köşesi biçiminde yere yasladıkları bacaklarından destek alıp diğer bacaklarını doksan derecelik açıyla havaya kaldırmış otuz-kırk kişinin sağından solundan koştuk. Tişörtünden yakalamak üzereydim ki hareketi tam beceremeyen birinin üstünden atlayıp kurtuldu elimden. Hâlâ peşinde olup olmadığımı kontrol edeyim derken merdivenlerin karşısında, sayısalcılara matematik dersi veren beyaz sakallı hocaya çarptı, ben de tahtalarını devirdim. Hep bir ağızdan öfkeli haykırışlar yükseldi, hatta Cengiz'i değil de beni tutmaya kalkanlar bile oldu, kurtuldum ellerinden. Taş merdivenlerden inip yandaki yola çıktı, park duvarının gölgelediği kaldırım boyunca kaçmaya devam etti, tam yakalayacakken bu sefer de belediyenin fotoğraf stüdyosuna attı kendini, boş koltuklar arasından geçip direksiyonun yanındaki ön kapıdan çıktı. Bütün gücümle koşuyordum peşinden, ciğerlerim ağzımdan çıkacak gibiydi, "Cengiz dur lan," diye bile bağıramıyordum. Hâlâ en iyi arkadaşım olduğunu, korkmasına gerek olmadığını, kız kardeşimin hayallerini gerçekleştirme amacından kendim vazgeçmişken onun vazgeçmemiş olmasını içten içe takdir ettiğimi söyleyemiyordum. Soluğum ensesindeydi, yakalayınca konuşacaktık artık, başka çaresi yoktu, son bir gayretle hamle ettim, Pankart Kültür Merkezi'nin önünde yere devirdim.

Boğuşmaya başladık, üste çıkıp bileklerinden tuttum, maskesini yüzünden çekip aldım, "Ağbi vurma," dedi. "Vallahi karnım aç! Vallahi kendime alıyordum ikinciyi de."

Bir elimdeki maskeye bakıyordum, bir de sahibine. Aradığım yüz ikisinin arasında bir yerde kaybolmuştu sanki. "Sen kimsin?" diye sordum şaşkınca. Çevreden koşanlar, omzumdan, dirseğimden çekip aldılar beni. Yerdeki çocuk da ayağa kalktı, çevremize toplananlara, "Vallahi karnım aç, vallahi kendime alıyordum," diye yalvarıp yakarmaya başladı. Hiçbirimiz konunun ne olduğunu anlayamamıştık. En sonunda, sakallı bir amca bu problemi çözmeye karar verdi. Herkesin tanıdığı önemli biriydi sanırım, ortamı saygılı bir sessizlik kapladı. Bir elini ağlayan çocuğun omzuna koydu, bir elini de benim omzuma, "Anlatın bakayım gençler," dedi boru gibi ama müşfik sesiyle. "Niçin kavga ediyorsunuz?"

Ağlayan çocuk, "Amca ben otostopla Antalya'dan geldim," dedi. "Bizim bir arkadaş vardı burada, ortam güzel, her şey bedava, gel dedi, ben de geldim bugün. Sokakta yaşıyoruz amca biz. Vallahi karnım aç, çorba da çok güzeldi doymadım, ikinci tası vermezler diye maskeyle sıraya girdim, bu arkadaşa yakalandım, çok özür dilerim."

Sakallı amca bana dönüp iki omzumdan sıkı sıkı tuttu, sakalları o kadar uzundu ki yüz mimikleri anlaşılmıyordu, gözlerini alabildiğine açmıştı, şaşkın mıydı kızgın mıydı, yoksa ikisi birden mi, bilemiyordum, silkemeye başladı beni, "Kendine gel delikanlı, kendine gel!" diye bağırdı boğuk boğuk. "Bu çocuklar bir tas fazla çorba içemeyecekse neden kurduk biz bu komünü?"

"Ağbi ben çayında çorbasında değilim," dedim. "Arkadaşı başka biriyle karıştırdım."

Duymadı beni, daha beter silkemeye başladı, "Kendine gel delikanlı kendine gel!" deyip duruyordu.

"Ben kendimdeyim zaten," dedim.

Hayır, bırakmadı, ant içmişti beni kendime getirmeye, "Değilsin," dedi. Çevredekilere döndü, "Değilsiniz," diye bağırdı. "Mücadelenin ruhunu kavrayamadınız hâlâ. Kendinize gelin! Kendinize gelin!"

İki genç araya girdi, ellerini amcanın sırtına hafifçe vurarak "Sakin ol ağbi," dediler, yavaş yavaş ayırdılar beni amcanın elinden. Üstümü başımı silkeledim. Biraz öteye götürdükleri amcaya baktım, yumruğunu sıkıp kendisini sakinleştirmeye çalışanlara kaldırdı, "Niçin kurduk biz bu komünü?" diye bağırdı yine. "Bu çocuklar bir tas fazla çorba içemeyecekse niçin kurduk biz bu komünü!" Bir şeyler söyleyeyim, açıklamaya çalışayım diye düşündüm ama vazgeçtim. Vermediğimi düşündüğü o bir tas hayali çorbaya takılıp kalmıştı. Bardağı taşıran damla olmuştu o bir tas çorba. Bana baktığında, yüzümde verilmeyen o bir tas çorbayı görüyordu. Kederle gülümseyip başımı iki yana salladım, döndüm, beş-on adım uzaklaştıktan sonra çevreye yeni gelen birinin yanındakine, "Ne olmuş?" diye sorduğunu duydum.

"Bilmiyorum," dedi yanındaki. "Sokak çocuklarına çorba vermemişler galiba."

O lafı duyunca durdum. Geri döndüm. Amca, elini sokak çocuğunun omzuna koymuş, başka bir derdi var mı acaba diye dinliyordu. Yanlarına döndüğümü görmemişlerdi henüz, içimi yakan bir arzuyla bir şeyler söylemek istiyordum ama ne söyleyeceğimi kafamda toparlayamıyordum bir türlü. Sınava girmeden önce çalıştığım her şeyi unuttuğumu hissettiğim anlardan birinde gibiydim. O an, kendimi doğru sözcüklerle ifade edemezsem bir daha asla ifade edemeyeceğimi hissettim. Sesimdeki sinirli titreyişi gizleyemeden ve devamında ne getireceğimi bilmeden, "Bir saniye bakar mısınız?" dedim amcaya. Amcayla beraber yanındakiler de baktı, kızgın mıydılar mı bıkkın mı, anlayamadım. "Niye beni dinlemiyorsunuz ki hiç!" dedim. "Benim burada kimseden çorba esirgediğim falan yok. Arkadaşı başka biri zannettim, o yüzden kovaladım. Gelsin istediği kadar içsin. Çorbayı ben yaptım zaten bütün gece, içilsin diye yaptım o çorbayı. Somut bir çorba o! Çocuklardan esirgendiğini düşünüp hayal kurma çorbası değil. Sopsomut bir çorba! Hâlâ var yarım tencere."

"Üstüne alınma o zaman delikanlı," dedi amca. "Seninle alakası yok. İlk günden beri yapılan yanlışlar ortada. Ben ilkesel bir şey söyledim."

"Allah kahretsin," diye bağırıp yakasına yapıştım amcanın. "Burada ilkesel bir şey yok, Çağlar İyice var burada. Madem benimle alakası yoktu, niye bana bağırıyorsun o zaman meydanın ortasında kendine gel diye. Asıl sen kendine gel! Sen kendine gel! Kim kimi kendine getiriyormuş bakalım şimdi burada!"

İki-üç kişi atılıp amcadan ayırdılar beni, belli bir mesafeye götürdükten sonra bıraktılar. Amcanın arkadaşı olduğunu düşündüğüm bir adam beni kenara çekti, amcanın siyasi kariyeriyle cezaevi anılarını özetledi. Daha fazla üstelemedim. Güzel başlayıp üzücü biten hikâyelerden biriydi. Sonuçta hepimiz üzgün insanlardık. Bir yanda yok sayılma diğer yanda işkence, bir yanda sürgün diğer yanda gözyaşı, bu acıları çekenler bunları da çekti, hepimizin hayatı toz bezine döndü.

Cebimdeki telefonun titrediğini duydum, dayım arıyordu, birkaç adım uzaklaşıp açtım, "Ne var lan?" dedim.

"Nerdesin?"

"Nerde olacağım, Taksim'deyim. Kız kardeşimi arıyorum."

"Ben de Taksim'deyim. Bir konuşalım."

"Nerdesin Taksim'de?"

"Gezi Parkı'ndayım işte."

"Parkta nerdesin?"

"Şeydeyim... Aaaaaa... Şimdi burada ağaçların altında oturan gençler var ya, onların önündeyim."

"O nasıl tarif lan!"

"Sen bir yer söyle lan o zaman! Burası çok karışık, her şeyde bir şey var. Bir yer söyle, orada buluşalım."

"Parkın meydan tarafındaki girişine gel o zaman," dedim. "İnsanı Paradan Soğutan Müslümanlar'ın standı vardır orada. İnce uzun bayrakları vardır, kırmızı siyah. Gördün mü? Aferin. Orada bekle şimdi inanıyormuş gibi geliyorum ben, bekle orada şimdi hiç kul hakkı yememiş gibi şerefsiz, ben geliyorum hemen."

Yirmi Dört

Dayım gözlerini yere dikmiş, ellerini saçları arasında gezdirip duruyordu. Yüzünün rengi çekilmişti, çatal çatal olmuş kısık sesiyle, "İstanbul İl Başkanımız," dedi, yan tuttuğu yumruğuna öksürdü, "sağ olsun, devreye girdi dün akşam, gerekli yerleri aradı. Çiğdem'i bulmak için dört kişilik özel ekip kurdular Vatan'da."

"Vatanda nerede?" diye sordum. "Ben kız kardeşimi arayan özel ekip falan göremiyorum bu vatanda."

Yanımızdan gelip geçenleri tedirgince süzüp "Vatan Caddesi'nde," dedi fısıldayarak, "Emniyet'te." Öne eğilip elinin içiyle yaklaşmamı işaret etti, "Parkta da var," diye ekledi.

"Ne var?"

"Sivil. Koordineli çalışıyorlar. Ama 'Günde iki milyona yakın kişinin girip çıktığı bir alandan bahsediyoruz, kolay değil' dediler."

Market'in çaprazında, yaprakların üstünden vuran güneşin parçalı gölgesinde, beyaz taburelere oturuyorduk karşılıklı. Ayı Tufan Ağbi, tepemizde dikiliyordu ikinci bir ağaç gibi, uzattığım tabureye oturmamıştı, verdiğim ezogelini yavaşça kaşıklarken çevredeki hiçbir ayrıntıyı kaçırmamak için her yere dikkatle bakıyordu. Dayım gömlek cebinden Kırmızı Marlboro paketini çıkardı, dudağının kenarına bir sigara koyup yaktı. Gözlerini bana dikmiş, şüpheyle bakmaya başlamıştı.

"Baban nerede?" diye sordu.

"Bilmiyorum."

"Görüşmediniz mi?"

Cevap vermedim, "Sen onu bırak da," dedim. "Polis başka ne dedi? Onu söyle."

Önüne bakmaya başladı yine, baş ve orta parmaklarıyla filtresinden sıktığı sigaradan iki nefes aldı, "Kötü bir ihtimalden bahsettiler," dedi.

"Ne kötü ihtimali?"

"Baban olsaydı da onunla konuşsaydık."

"Başlatma şimdi babamdan! Ne kötü ihtimali?"

"Üç sefer aradım başkasıyla görüşüyordu. Sen hiç görüşmedin mi?"

"Sikicem şimdi görüşmeni ya! Ben onunla ne görüşeyim! Kötü ihtimal neymiş, onu söyle sen!"

"Kaçırılmış olabilir dediler."

"Kim kaçıracak kız kardeşimi?"

"Örgütler."

"Hangi örgütler?"

"Terör."

"Niçin?"

Cevap vermedi. Ayı Tufan Ağbi, çorba kâsesini boş tabureye koydu, işaret parmağıyla omzuma dokunup "Çağlar," dedi.

"Bir saniye Ayı Tufan Ağbi," dedim. "Bir saniye! Niye kaçıracakmış örgütler kız kardeşimi?"

Dayım sigaranın külünü yere silkti, "Propaganda için," dedi. "Çocuklara zarar verip suçu devletin üstüne atmaya çalışacaklar bundan sonra dediler. Halk iyice galeyana gelsin diye. Hükümetin üstüne atacaklarmış suçu. Hükümeti ancak öyle yıkarız diye düşünüyorlarmış."

Ayı Tufan Ağbi parmağıyla tekrar omzuma dokunup "Çağlar," dedi. Elektrik çarpmış gibi sarsıldım bir an, "Ne var!" dedim ona bakıp.

İşaret parmağıyla on adım ötemizdeki adamı gösterdi, gözleri hayretten açılmış halde ona bakıyordu. Dar bir siyah pantolon giymişti adam, beyaz gömleğinin omuzlarında kırmızı pantolon askıları bağlıydı. Önündeki merdiveni iki yanından tuttu, basamakları tek tek yoklayarak çıkmaya başladı, merdivenin tepesine varınca yerdeki halatı çekerek ilerledi girdiği koridorda. Bir kapının önüne geldi, içeriden birinin seslendiğini duyuyordu, kapı kilitliydi, paspasın altında bir anahtar buldu, kilidi açıp içeri girdi.

"Pantomim yapıyor Ayı Tufan Ağbi," dedim.

"Pantomim ne?"

"Tiyatro gibi düşün, sanat."

"Yardıma ihtiyacı var mı?"

"Hayır. Tek kişilik bir oyun."

Pantomimci, girdiği odanın içinde kimseyi göremedi, çok şaşkındı, ne olup bittiğini anlamaya çalışıyordu, küçük bir odaydı orası, avuç içleriyle duvarları yoklamaya başlamıştı. Dayıma döndüm, "Cengiz var yanında," dedim. "Hiçbir örgüt kaçıramaz kız kardeşimi. Öyle bir şeye müsaade etmez Cengiz!"

Dayım kolumdan tutup sarsmaya başladı, bağırmak isteyip de kendini tuttuğu bir fısıltıyla, "Başlatma şimdi Cengiz'ine de!" dedi. "Kaçıramazmış! Çoktan kaçırdı bile kız kardeşini o Cengiz! Sen ne kadar tanıyorsun bu Cengiz'i! Ha! Ne kadar tanıyorsun!"

Kolumu kurtardım, "Kendimi ne kadar tanıyorsam o kadar," dedim.

"Bir örgüte mensup mu?"

"Yoo... Ne örgütü?"

"Doğruyu söyle. Otuz Yıldır Silah Kullanmayan Silahlı Örgüt'e mensupmuş."

"O ne biçim örgüt lan!"

"Ne bileyim lan ben! Emniyet'te söylediler işte. Yasal kanadına mensupmuş o örgütün. Sen de mensupmuşsun. Sempatizanmışsınız ikiniz de."

İki elimle yüzümü sıvazlayıp "Yemin ediyorum siz gerizekâlısınız lan," dedim. "O örgütün bugüne kadar Kıyidere'de bir eylemini mi gördük ki sempati besleyelim mal! Bu mu kuracağınız özel ekip!"

"Ne varmış ekipte. Adamların her şeyden haberi var işte, hepsi bir bir çıktı Emniyet'te. Eyüp diye bir bölge sorumluları varmış. Belediyenin imkânlarını kullandırıyormuşsun onlara. Oğlum sen ne işlere girdin lan böyle. Beni de zan altında bıraktın. Kim bu Eyüp?"

"Eyüp Ağbi mi?"

"Ne bileyim lan."

"Cengizlerin alt komşusu o."

Başımı ileri geri sallayıp "Haaaa," dedim. "Şimdi anlaşıldı mesele. Tane tane anlatıyorum o zaman, beni iyi dinle halk düşmanı, yoksa sikerim senin belânı! Cengiz'in babasının tazminatı vermediler Pirelli'den, Eyüp Ağbi de İzmit'te bir avukat ayarladı, avukat bir buçuk sene uğraştı, meseleyi halletti, ücret de istemedi. Ben de dedim ki, böyle olmaz Eyüp Ağbi, biz de bir güzellik yapalım belediyeden, imkânlarımız çok net, sen bir sor. O da dedi ki İzmit Yolu'ndaki karoser fabrikasında direnişe gitti arkadaşlar, atölyede yatıyorlar, avukat onların da avukatı, karoser direnişine yapsınlar güzellik dedi. Ben de bizim Komünist Numan Amca yok mu, İmar İskân'da, hiçbir şeye imza atmayan kıl, kadrolu diye kovamadığımız, ona söyledim gidelim mi diye, çocuk gibi sevindi. Halk konserlerinde çay çorba dağıttığımız kamyoneti aldık, gittik fabrikaya, catering hizmetleri bağlamında."

"Benim niye haberim yok?"

"Söyledim ya kamyonet lazım, pikniğe gideceğiz diye."

"Pikniğe mi gidiyorsun lan yalancı! Fabrika işgalinde belediyenin kamyonetinin ne işi var?"

"Senin fabrikan mı lan! Sana ne!"

"Kamyonet benim!"

"Nah senin! O da belediyenin! Ulan kırk yılda bir şu belediyenin parasını yemeyelim, bir hayır işi yapalım dedik, o da başımıza belâ oldu."

Mavi eşofmanımın yan cep fermuarını açıp iPhone'umu çıkardım, "Kimi arıyorsun?" diye sorunca, "Hakkı Müdür'ü," dedim. "Bu Kıyıdere Emniyeti'nin işi gücü yok, benim sosyal sorumluluk projelerimi mi mercek altına alıyorlar? Bizi mi takip ediyorlar dayı? İstinat duvarlarını kim yaptı onların, Fatih Nalbur'dan maviye bile boyattık yeni belediyeler kanununda öyle bir madde olmamasına rağmen."

"Hakkı Müdür'le alakası yok," dedi dayım. "Ben konuştum. Öyle bir şeyden haberim olsa, hiç araştırma falan yapmadan Çağlar'ın kulağını çekerdim zaten dedi. İzmit polisi takip etmiş sizi."

Dayım sigarayı önüne attı, üstüne basıp söndürdü. Yanaklarını iki elinin arasına aldı, "Oğlum siz ne işlere girdiniz böyle," dedi. "Sizin daha yaşınız ne başınız ne! O örgütler Cengiz'i de etkisiz hale getirmiştir şimdi. Kız kardeşini kaçırmışlardır. Ne bok yiyeceğiz şimdi biz? Taksim'de bütün MOBESE'ler kırıkmış, hiçbir yeri göremiyoruz dediler. Ne bok yiyeceğiz şimdi biz?"

İçimi bir burukluk kapladı çünkü bütün MOBESE'ler kırıkmış. Ayrıca terör örgütlerinden bahsediyoruz burada, şakaya gelmez, terör örgütünün direnişçisi de bizim Taksim'in direnişçisine benzemez, havada uçar MOBESE çekiçler, daha neler neler, bilemezsin, düşüncesi bile kötü. Ben de önüme bakmaya başladım. Bir süre sonra, "Tufan nerede lan?" diye sordu dayım.

Dayımın sorusuyla birlikte bir bağırış çağırış sesi geldi az öteden. Başımı kaldırıp baktım, Ayı Tufan Ağbi, pantomimciyi iki bacağından sıkı sıkı tutup omzuna atmıştı, yumruğunu sıkıp önüne uzatmış, hiç kimseyi yaklaştırmıyordu yanına. Kalkıp koştuk, çevredekilere, "Sakin olun lütfen," dedik, Ayı Tufan Ağbi'ye de, "Ne yapıyorsun lan! Bir dur!" diye bağırdık. Bizi görünce biraz sakinleşti, yumruğunu indirdi. Pantomimci, Ayı Tufan Ağbi'nin sırtına vurup duruyor, kurtulmaya çalışıyordu. Dayım, Ayı Tufan Ağbi'ye kaldırdı elini tokat atacakmış gibi, "Tufan bırak lan adamı," dedi. Ayı Tufan Ağbi, pantomimciyi bıraktı, adam korkudan iyice beyazlaşmış yüzüyle beş-on metre öteye kaçtı.

"Ne yapıyorsun sen Ayı Tufan Ağbi?" diye sordum.

"Duvarların arasına sıkışmıştı Çağlar," dedi. "Duvarlara sıkışmıştı."

"Hayalî duvarlar onlar. Oyun bu, sanat."

"Hayır Çağlar! Sıkışmıştı, eziliyordu, ağlıyordu."

Ayıplayarak bize bakan kalabalıktan bin türlü özür dileyip yerimize döndük. Dayım, "Otur şuraya Tufan," dedi. Taburelere oturduk. Dayım bir sigara daha yaktı, Ayı Tufan Ağbi'nin omzuna bir yumruk attı, sonra döndü bana da bir yumruk attı. "Şimdi ben ne yapayım?" diye sordu. "Annenle mi uğraşayım, Tufan'la mı uğraşayım, senle mi uğraşayım! Yoksa kız kardeşini mi bulayım! Bir tane akıllı adam yok mu lan bu ailede? Baban nerede?"

Elektronik sigaramı çıkarıp önüme baktım.

"Tiran'da," dedi Ayı Tufan Ağbi. "Babam dedi ki bana, annenizde yüzde yirmi sekiz Boşnaklık var, o yüzden böyle evhamlı oldunuz siz. Keşke annenizle hiç evlenmeseydim, tamamen Arnavut kalsaydı sülalemiz."

"Tufan sus! Baban nerede dedim!"

Karşıyı gösterip "Şuradaki büyük çadırdadır," dedim.

"Hangisi?"

"Ağaç Diye Geldik diye sor."

Dayım kalktı, buruş buruş olmuş pantolonunu silkeledi, hızlı ve öfkeli adımlarla yürümeye başladı gösterdiğim yöne doğru.

"Duvarlara sıkışmıştı Çağlar, duvarlara sıkışmıştı."

"Tamam Ayı Tufan Ağbi," dedim. "Tamam. Artık kurtuldu adam, sorun kalmadı, düşünme bunu."

Ayı Tufan Ağbi yanağını kaşıyıp gülümsedi. Rengârenk giyinmiş bir grup trampet çalarak geçti önümüzden. Çevredekileri İstiklâl'de yapılacak bir eyleme davet ediyorlardı, ne eylemi olduğunu anlayamadım, eylem içinde eylem vardı zaten, hangi birini takip edeceğimi şaşırmıştım. Ayı Tufan Ağbi yerinden kalktı, dirseğinden tuttum iki elimle, trampetli grubun peşine takılıp gidecekti yoksa.

"Bir otur şuraya Ayı Tufan Ağbi," dedim. "Lütfen otur."

Ayı Tufan Ağbi oturdu, yüzüme bakmaya başladı.

"Cengiz'in babası ne oldu?" diye sordum.

"Ben onu taşıdım."

"Nereye taşıdın?"

"Aşağı taşıdım."

"Aşağı nereye?"

"Bilmiyorum. Alıp gittiler."

"Kim aldı?"

"Ambulans."

"Hastaneye mi yatırdılar?"

"Evet. Sedye merdivenden dönmemiş."

Dayım, uyuşuk adımlarla geri döndü, tabureye oturdu, durup dururken ağlamaya başladı. Bir şey diyemedim. Şu an adını bile anmak istemediğim kötü ihtimaller üşüşüyordu aklıma, "Ne oldu?" diye sordum en sonunda.

"Yokmuş," dedi.

"Nerdeymiş?"

"Atarlı Sendikalar Konfederasyonu'na gitmiş Şişli'ye. Akşam gelir dediler."

"Karşıya mı geçmiş?"

"Ne karşısı lan, Şişli şurası."

"Niye ağlıyorsun o zaman?"

İki eliyle boynuma sarılıp alnını omzuma yasladı, "Yoruldum Çağlar," dedi. "Yoruldum. Sinirlerim bozuldu artık, dayanamıyorum."

Bir süre öyle oturduk, dün gece ben ağlarken elimi tutan kız geçti önümüzden, gülümsedim ona. Durdu, bana baktı. Dudak okuma yöntemiyle anlayabileceğim şekilde, "O kim?" diye sordu.

"Dayım," dedim. "Biz ailecek böyleyiz, komün kurun ağlayalım."

Dayım kendini toparlayıp kalktı, akşam dönmek üzere gittiler. Ben de marketin mutfağına geçtim, Cengiz zannettiğim sokak çocuğu geldi, bariyerin öbür tarafından, "Çağlar Ağbi," diye seslendi, "Bana bir kulüp sandviç daha verebilir misin?"

"Tabii," dedim. Hazırda beklettiğim sandviçlerden birini plastik tabağa koyup salata ve patates takviyesi yaptıktan sonra götürdüm, "Afiyet olsun," dedim.

"Sağ ol Çağlar Ağbi."

"Kola da ister misin?"

"İyi olur."

Sandviçten büyük bir ısırık alıp lokmaları çiğnerken gözü kız kardeşimin ilânına takıldı, uzun uzun baktı ona.

"Ne baktın?" diye sordum karton bardağa kolasını koyarken.

Dolu ağzıyla, "Ben bu kızı gördüm ağbi," diye homurdandı.

"Nerede gördün!"

İşaret parmağıyla parkın girişini gösterip "Orada," dedi.

"Orada nerede?"

"Gel göstereyim."

Marketten çıkıp gösterdiği yöne yürüdük. Bir süre sonra durdu, işaret parmağını dikti yine, "İşte şu girişteki çadırda," dedi.

Gösterdiği çadıra baktım, Senegal bayrakları dalgalanıyordu önünde.

"Saçmalama oğlum," dedim. "Kız kardeşimin orada ne işi olsun?"

"Gördüm ağbi, oradaydı, standın arkasında oynuyordu."

"Nasıl oynuyordu?"

"Böyle koşturup duruyordu."

"Dans eder gibi mi?"

"Evet."

Olduğum yerde çakılıp kaldım, göğsüme bir ağırlık çöktü, heyecanla karışık bunalıma girdim.

"Sen markete git kolanı iç, ben geliyorum," dedim.

Yavaş yavaş yürüdüm o çadıra doğru. Önünden yavaşça geçip içeri göz attım, kız kardeşimi göremedim. Çadırın arkasında dolaştım biraz, oralarda da yoktu. Yandaki biriki komşu standı, kameriyeleri falan kontrol ettikten sonra, şüpheli çadırın çaprazındaki bir ağaca dirseğimi dayayıp içeri bakmaya başladım. Tekinsiz tipler oturuyordu masaların arkasında, çadıra giren çıkan ve önünde bekleyen herkesi gözden geçirdim, kız kardeşim yoktu.

Geri döndüm hızla. Çocuğu omuzlarından tutup silkeledim, "Bana doğruyu söyle," dedim. "Kız kardeşimi gördün mü sahiden o çadırda? Doğruyu söyle bana. Benim başımı belâya sokma durduk yere."

Ciddiyetimi anlayınca, "O kadar emin değilim Çağlar Ağbi," dedi. "Öyle bir kız gördüm, benziyordu. Belki değildir, ben karıştırdım."

"Senin ne işin vardı peki orada?"

"Ben bütün çadırlara uğruyorum Çağlar Ağbi, bir şey dağıtıyorlar mı diye."

Tekrar gittim çadırın karşısına. İçeri girip çıkan tiplere yoğunlaştım, yaptıkları müzik yayınını dinledim, kız kardeşime göre değildi, karıştırmıştı herhalde, mutfağa geri döndüm. Ilık suya un eleyip azar azar tuz ilave ederek hamur hazırlarken aklımdan çıkardım hadiseyi, olur olmaz laflardan şüpheye kapıldığım için kendimi suçladım hatta. Yumuşak ve pürüzsüz olana kadar yoğurdum hamuru, yarım saat dinlenmeye bıraktım. Hamur dinlenirken ben de biraz dinleneyim bari diyerek güneşlikteki su kolilerine sırtımı yaslayıp ayaklarımı öne uzattım. Ne zaman uyuduğumu fark etmeden uyumuşum. Çevredeki gürültünün de etkisiyle saçma sapan bir rüyanın ortasında buldum kendimi. Dedemle beraber uçak kaçırmaya çalışıyorduk rüyada. Daha doğrusu görevimiz uçağı rotasından çıkarmakmış. "Ankara'ya gitmemiz lazım Çağlar," deyip duruyordu dedem. "Ankara'ya gitmemiz lazım. Başkente gitmemiz lazım! Reçkolar Arnavutluk'ta hükümeti öyle düşürdüler, Tiran'a gittiler." Havaalanı pistine benzeyen bir yere bizim Broadway'le girdik. Yetkililer, polisler yahut her kimse işte çekindiklerimiz, siyah camlı bir otobüsün içindeydiler. Karşılarından geçtik arabayla. "Korkma," dedi dedem. "Onlar bizi görmüyor, biz onları görüyoruz." Uçak yakıtlarının doldurulduğu bir yere geldik. Sonra dedem kaybolup gitti rüyadan. Tankerlerin kasası havaya kalkmıştı, kasaları tepeden aşağı doldurma görevi verilmişti bana da. Nasıl yapılacağını bilemiyordum, önümde birtakım düğmeler vardı. Onlara basınca tankerleri dolduracak pompalar çalışacaktı. Düğmeler tanıdık geldi bir an, benzincilerdeki lastik şişirme makinesinin düğmeleriydi. Patlak lastik şişirme düğmesine bastım, hiçbir şey olmadı. Uyandım o ara. Beş dakika uyudum zannediyordum ama akşam olmuştu, battaniyeyle üstümü bile örtmüşlerdi.

Uyku ile uyanıklık arasındaki yarı karanlık bilinçle merdaneyi aldım, fazla dinlenmiş hamuru bol yağla yumuşatıp açtım, beş parçaya böldüm, inceltip rulo yaptım. Kavrulmuş ıspanak soğan harcının üstüne beyaz peynir serptim. Harcı hamura yedirip fırına sürdüm, "Fırında Boşnak Böreği var," diye seslendim Orsa'ya. "Ben çıkıyorum, bir işim var, dönerim birazdan."

Arkamdan bir şeyler söyledi ama dinlemedim. Parkın otele bakan tarafına gittim, dün gece yarım kilo bisküvi yiyen çocuklardan birini buldum.

"Biraz konuşabilir miyiz?" diye sordum. "Bir şey danışmak istiyorum."

"Buyur."

"Dün gece birkaç kişi geldiniz ya Market'in önüne, Her Şeye Başka Bir Şey Diyen Parti'yi dövüp parktan atmamız lazım dediniz, niye öyle dediniz ki?"

"Çünkü her şeye başka bir şey diyorlar, Uludere'ye Roboski, Diyarbakır'a Amed, Ahmet'e Mehmet, yeter artık."

"Ne var ki bunda, ben de hayatım boyunca her şeye başka bir şey dedim."

"Olabilir. Herkesin her şeye başka bir şey demeye hakkı var. Ama daha kötü şeyler de var."

"Neymiş?"

"Kendi çadırlarına kendi başkanlarının posterini asmışlar."

Pis pis bakışmaya başladık. Sonuçta kendi başkanlarının posterinden bahsediyorduk. Aklıma Şehit Üsteğmen Necati Karapınar geldi, Kıyıdere Şehitliği'nde yatıyordu, bizim yedideki Türkçeci Şenol Hoca'nın oğluydu, küçükken kaybolmaktan kurtarmıştı beni. Severdim onu, kolamız fantamız vardı.

"Hassasiyetlerinizi anlıyorum," dedim. "Ama benim durumum farklı. Ben bu parka kız kardeşimi aramak için geldim. Siyasi tartışmalara girmeye gelmedim."

"O zaman niye soruyorsun ya bana bunları?"

Alt dudağımı ısırdım biraz, kararsızdım, "Acaba kız kardeşimi onlar kaçırmış olabilir mi?" diye sordum.

Avucuna bir yumruk atıp "Tabii ya," dedi. "Tabii. Aklıma da gelmişti biliyor musun?"

"Niye kaçırsınlar ki kız kardeşimi?"

"Ev hapsinde tutmak için. En son ev hapsi istiyorlardı."

"Saçmalama lan! Ev hapsi öyle bir şey mi?"

"Sen burada bekle, ben geliyorum hemen," deyip gitti. Kendisinden üç-beş yaş büyük biriyle geldi. Meseleyi ona da anlattık. Başını öne arkaya salladı her şeyi anlamış gibi, bir elini omzuma koyup "Gel böyle," dedi. Parkın otele bakan köşesindeki patikada bir boşluk bulup oturduk, sigara tuttu, istemedim, sesi duman gibiydi, havada asılı duruyordu sanki söylediği bazı sözcükler, belki de uyku mahmurluğundan öyle geliyordu, yorgunluktan, stresten, gerilimden, bilemiyorum işte.

"Bu tarz sansasyonel bir eylemi yapabilecek tek örgüt var Türkiye'de," dedi. "Kesin onlar kaçırmıştır."

Önüme baktım, "İyi de neden?" diye sordum.

"Çünkü adamlar terörde dünya markası. Her şeyi yapabilirler. Öldürülmüş bebekleri düşün. Bebekleri öldürenler senin kız kardeşine neler yapmaz."

"Allah kahretsin!" dedim. "Allah kahretsin. Barış sürecinde değil miyiz?"

Omzumu iyice sıkıp "Sakin ol," dedi. "Bir düşün. Barış sürecindeyiz ama Amerika barış istiyor mu bakalım? Ayrıca Ortadoğu ne âlemde? Her gün çocuklar ön saflara sürülmüyor mu? Her gün çocuklar kaçırılıp dağa götürülmüyor mu? Her gün çocuklar öldürülmüyor mu? Sen yine de sakin ol. Bizden haber bekle. Sakın tek başına hareket edeyim deme. Bu işin şakası olmaz."

Ayağa kalkıp uzaklaştı. Ben de yürüdüm, tam markete girecekken birden tepemin tası attı. Ne demek lan, 'Sen sakin ol bizden haber bekle!' Ya kız kardeşim ellerindeyse? Yürüdüm girişteki çadıra. Hiç kimseye bakmadan dosdoğru girdim içeri, iki elimi masanın üstüne yaslayıp karşımdaki adama yaklaştım iyice, gözlerimi gözlerinin içine dikip baktım bir süre, adam gülümsemeye başladı, ciddiyetimi bozmadan, "Buraya kavga etmeye gelmedim," dedim.

"E hoş geldin o zaman."

"Silahlı örgütünüzün sözde bölge sorumlusuyla görüşmek istiyorum."

Adamın yüzü değişti. Çevremdeki soğuk bakışları hissettim.

"Ne oldu," dedim. "Sözde lafı mı koydu? Nerdeyse o sorumlu çıksın gelsin karşıma."

Genç bir tip, "Yürü git lan," deyip üstüme yürüdü.

Kadının biri araya girdi, herkese başka bir şeyler deyip dışarı çıkardı beni.

"Kız kardeşimi nereye sakladınız lan!" diye bağırıp girişteki masaya bir tekme salladım. Masanın üstündeki broşürler, flamalar yere saçıldı. Çadırın içinden beş-on kişi üstüme yürüdü. İlk bağıran genç standlarının tepesine çıkıp üstüme uçmaya hazırlandı. Kadınlar araya girdi, havada tuttular üstüme uçan çocuğu. Hâlâ bana ulaşmaya çalışıyordu havada. Onun peşinden bir çocuk daha atladı, onu da havada tuttular. Havadakileri alkışlayıp "Çok korktum şimdi," dedim. "*Kurdish Airlines, Globally Yours*... İstediğiniz kadar uçun! Kız kardeşimi almadan şuradan şuraya gitmem."

Yandan dolaşan biri tekme salladı o esnada. Ona döneyim derken başka biri ağzıma vurdu. Ondan sonra da ortalık karıştı, bana vurmalarına kızan beş-on kişi ellerindeki bayrak sopalarıyla kavgaya müdahil oldu. Bütün bu kargaşayı önlemek için de bir sürü önlüklü görevli koştu sağdan soldan. Beş-on adım geri çekildim kendimi toparlamak için, üç-dört kişi peşimi bırakmamıştı, yakalayıp tekme tokat daldılar bana. Gözlerim karardı. Vuranları göremiyordum. İşte böyle olur, her zaman böyle olur. Bütün devrimler çocuklarını yer, Taksim'de de Çağlar İyice'yi yiyorlardı.

Telaşlı bir ses, "Bırakın bırakın," diye bağırdı, araya girip üstümde tepinenleri itti, bileğimden tutup kaldırdı beni, iki koluyla üstüme kapandı, çekip çıkardı kalabalığın içinden. Kavga gürültüden uzakta bir yerde durduk. Ağzım burnum kan içindeydi, karşımdakini tam göremiyordum.

"İyi misin?" diye sordu.

"Siktir lan!" deyip yürüdüm. Hâlâ peşimden geliyordu. Dönüp baktım.

"İyi misin? Gel revire gidelim."

"Siktir lan," dedim yine. Gerginliği uzatmak istemeyen duyarlı bir insan olduğum için parktan çıktım, bulvardaki derin inşaat çukuruna inmeye başladım. Hâlâ peşimdeydi. Çukurun dibine kadar gelmişti, karşımda durdu. Yumruklarımı sıktım. Koyu renk kanvas bir pantolon ve siyah çizgili gömlek vardı üstünde. Griye çalan soğuk gözleriyle bana bakıyordu.

"Ne işin vardı senin o kavgada?" diye sordu.

Cevap vermedim.

"Sana soruyorum," dedi. "Ne işin vardı senin o kavgada?"

"Hangi kavgaya gireceğimi sana mı soracağım?"

Çukurun tepesinde iki genç belirdi, "Sabahattin Ağbi ne oldu?" diye seslendiler aşağı.

"Sabahattin Ağbi'nize sokayım sizin," diye bağırdım çukurun dibinden.

"Siz gidin ben gelirim," dedi, bana döndü, "Sen parkta mıydın?"

Cevap vermedim.

"Dayın aradı şimdi, parkta yatmışsın dün gece. Bana niye haber vermedin?"

“Sana niye haber vereyim! Parkın tapusu sana mı ait? İki tane basın açıklaması yaptın diye üstüne mi geçirdiler parkı? Hayret bir şey ya! Kendini bir şey mi zannediyorsun lan Taksim'de komün kurdunuz diye!”

Yumruğumu çenesine vuracakken bileğimi tuttu.

“Kız kardeşim nerede lan!” dedim.

Elimi aşağı indirdi, bir süre daha tuttu sıkıca, sonra bıraktı, bileğimi ovuşturdum.

“Taksim'de komün kurdunuz da ne oldu sanki!” dedim. “Devlet yok, polis yok, jandarma yok, bir tane zabıta bile yok, kim bulacak şimdi kız kardeşimi! Beni dışlayan sivil toplum örgütleri mi? Kız kardeşim nerede lan benim!”

“Bütün bileşenlerimiz çalışıyor.”

“Senin bütün bileşenlerini sikeyim! Kız kardeşim daha dokuz yaşında.”

“Düzgün konuş!”

“Siktir lan! Örgüt kaçırmış kız kardeşimi.”

“Öyle bir şey yok! Dayın saçmalıyor. Sendikanın lokalinde kalmışlar dün gece.”

“Harbi mi?”

“Evet.”

“Hani nerede o zaman kız kardeşim? Getirin buraya.”

“Birkaç saate kadar bulacağız.”

“Ne demek lan birkaç saate kadar bulacağız. Hani nerede kız kardeşim? Örgüt kaçırmadıysa nerede!”

“Dayını Emniyet'te kandırmışlar. Örgüt niye kaçırsın kız kardeşini? Salak mı bu adam? Dayının laflarına niye inanıyorsun sen?”

“İnanırım lan inanırım, niye inanmayayım! Senin dayımın aleyhinde ileri geri konuşmaya ne hakkın var! Nedir sendeki bu aile düşmanlığı! Nedir bu evlat sevgisizliği! Nedir bu Fyodor Pavloviç Karamazovluk! Dayım olmasaydı ne yapardım ben! Sen yokken beni Çınarcık'a Esenköy'e götürüp gezdiren kimdi? Dondurma alan kimdi! Deniz yatağımı şişiren kimdi! Şapkamı kaybedince başıma güneş geçmesin diye gazetenin ekinden külâh yapan kimdi! Politik olarak her şeyin doğrusunu biliyorsun diye dayımdan daha iyi bir insan olduğunu mu zannettin! Doğum günlerimde dikilmiş fidan sertifikası göndermekten başka ne yaptın benim için! Kız kardeşim de senin yüzünden evden kaçtı zaten. Kız kardeşimi neden getirmedin İstanbul'a? O da biraz çatışma görseydi ne olurdu?"

"Kız kardeşini çatışmaya mı getirseydim?"

"Getirseydin! Evet! Getirseydin! Böyle daha mı iyi oldu sanki? Siz Taksim'de gazdan boğulurken biz de Kıyıdere'de sizin hürriyetinizden boğulduk. Bizimle paylaşmadığınız hürriyetinizden. O yüzden kaçtı işte kız kardeşim. Ne olurdu kız kardeşimi de getirseydin İstanbul'a. O da baksaydı biraz barikatların arasından. Çevresinde güvenlik önlemi alsaydınız da TOMA'nın önünde moonwalk yapsaydı. O ilk günlerde kız kardeşim TOMA'nın önünde moonwalk yapsaydı, hükümet düşmese bile en azından Bakanlar Kurulu'ndan birkaç önemli isim istifa etmez miydi? Bir düşün! Sadece bir düşün kız kardeşimin halini. Beni de düşünme, hadi ben biliyorum yine biraz, ben büyüğüm, kız kardeşim senelerce baba nedir bilmedi, baba deyince öyle baktı, *404 not found.*"

"Her zaman beraberdim ben kız kardeşinle."

"Bir aydır neredeydin?"

"Biliyorsun."

"Hiçbir şey bilmiyorum. Dokuz yaşında çocuk için bir ay ne demek, sen onu biliyor musun, onu söyle. Bizim için üç yıl ne demekse o. Ne üç yılı, otuz yıl demek. Kız kardeşimin durumunu düşünürsen otuz yıl demek en az. Ulan seni Allah kahretsin! Kız kardeşimde bir resmin var yüzüne bakmıyor."

"Kız kardeşin çekti o resmi. Bakma dedi çekerken."

"Olsun. Gizli gizli baksaydın. Kız çocuğu bu, babaya düşkün olur. Her gece başucundaki fotoğrafına bakıp iç çekiyor. Hiç Freud okumadın mı Allah aşkına! Bu ne sığ bir Marksistlik! Bu ne taş yürekli bir materyalistlik! Bu ne Allahsız bir ateistlik! Ama şimdi hiç kusura bakma, seninkisi ne masum çevreci eylem, ne marjinallik, seninkisi bildiğin şerefsizlik!"

Gülmeye başladı. Yakasına yapıştım.

"Burada ciddi bir şey söylüyorum lan ne sırıtıyorsun," dedim. "Konuşmayı bir tek sen mi biliyorsun! Bütün önemli lafları sen mi söyleyeceksin! Hayat senin basın açıklamalarından mı ibaret. Hâlâ neye gülüyorsun lan! Çağlar İyice'nin şakacı kişiliğini şaka mı zannettin sen! Gerçeğin ta kendisiyim ben! Gerçekten daha gerçek bir şakayım. Senin yakana yapışan şakayım. Senin sonunu getirecek şakayım. Sana söyleyecek sözler biriktirdim geceler boyu, tek başıma kavgalar ettim seninle sabaha kadar. Hepsini dinleyeceksin şimdi bu çukurda. Arkadaşlarının içinde rezil olma diye sığındım bu çukura. Ne kadar duyarlı bir insan olduğumu belki anlarsın diye."

Gömlek cebinden Camel paketini çıkardı, bir sigara yaktı.

"Bana da ver bir tane," dedim.

"Sigaraya mı başladın?"

"Evet."

Uzattığı sigarayı yaktı. Çakmağın parıltısında birbirimize baktık. Uzun uzun çektim içime dumanı iç çeker gibi, alt dudağımdan yukarı doğru verdim sonra sıkıntıyla.

"Benim tweet'lerimi niye RT'lemedin?" diye sordum.

"Hangi tweet'lerini?"

"Dünden beri kız kardeşimle alakalı bir sürü tweet attım ben de. Herkesi RT'ledin, beni niye RT'lemedin?"

"Görmedim ben onları."

"Face'in de niye ekli değilim?"

"Facebook kullanmıyorum kaç yıldır."

"Olsun, hesabın var sonuçta. Beni unuttuğun günü hatırlıyor musun? Eski TİGEM'in bahçesinde. Arkadaşlarınla bira içerken. Beni unutup gittin."

"Evet. Ama hemen geri dönmedim mi?"

Güldüm.

"Beş dakika sonra dönmedim mi?"

"Beş dakika değil, yarım saat. Beni unutup gitmek çok komik bir şeymiş gibi gülüp eğlendin sonra. Bir bira daha içtin masada. Eski TİGEM'in müdürü vardı, müdürün karısı vardı, hatırlıyor musun?"

"Evet."

"Beni niye İstanbul'a getirmedin?"

"Niye getirmeyeyim seni İstanbul'a? Her zaman gel diyorum."

"Şimdi değil. Boşandığınızda niye getirmedin?"

"Küçüktün. Annen istemedi."

"Bana sordun mu istiyor musun diye?"

"Nasıl sorayım, velayetin annende."

"Allah kahretsin lan!" diye bağırdım. "Çağlar İyice'nin velayeti Çağlar İyice'nindir! Bugün de böyle bu, dün de böyleydi. Mahkemelerin verdiği kararları tanımıyorum."

Önüne bakmaya başladı.

"Senin yüzünden en isyankâr çağımda sağa kaydım," dedim. "Arıcı oldum Arılar yokken. Oy odaklı siyasi yaklaşımlar içine girdim. Yeni anayasaya bile karşı çıkamadım senin yüzünden, bütün hayırları içime attım. İstanbul'da yaşasaydım böyle mi olurdum? Bambaşka biri olurdum İstanbul'da yaşasaydım. Ben de herkes gibi direnişçi olurdum. Belediyeci kimliğimle gelmezdim parka."

"Kaç sefer söyledim. Gene gel, yaşa İstanbul'da."

"İstemiyorum artık, yedi yıl önce söyleyecektin onu. Masada başka kim vardı?"

"Hangi masada?"

"Beni unuttuğun gün, Eski TİGEM'in bahçesindeki masada. Hatırlıyorum dedin, söyle o zaman, başka kim vardı masada?"

Önüne bakıyordu.

"Ben söyleyeyim o zaman," dedim. "Sonradan tam bir Marquez hayranı olduğunu öğrendiğim kütüphane memuresi Nermin Hanım vardı. Sonradan benim Türkçe öğretmenim olacak Şenol Hoca vardı. Sonradan Marmara Hukuk'u kazanıp avukat olacak Şenol Hoca'nın kızı Asuman Karapınar vardı. Sonradan Şehit Üsteğmen Necati Karapınar olacak askerî lise öğrencisi Necati Ağbi vardı. Sonradan eski kız arkadaşım olacak, Eski TİGEM müdürünün benle yaşıt kızı, Çisem Trinity vardı. Sokakta çocuk mu unutulur lan, İngiliz misin sen! Bu ne soğukkanlılık böyle! Bunun nesi komik! Hepsinin yanında niye gülüp durdun, beni unutmak çok komik bir şeymiş gibi niye gülüp durdun? Ne söylediğini hatırlıyor musun? Beni unutmanla alakalı ne söyledin o gün, hatırlıyor musun?"

Yüzünü dikkatle inceledim. Belki hatırlar diye ne söylediğini. Hatırlayamıyordu. Hatırlayamazdı.

"Ne söyledim?" diye sordu.

Birden sıkıntılı bir sessizlik ihtiyacı kapladı içimi, bütün bu kavga çok anlamsız gelmeye başlamıştı, "Boş ver," dedim. "Artık ne önemi var ki ne söylediğinin. Senin teleskopla baktığın günlere ben mikroskopla baktım. Senin hatırlayamadıklarını ben unutamayacağım. Bütün bunları konuşmak neye yarar o zaman, acıları daha da büyütmekten başka neye yarar, neye yarar dostum."

Kolumu tutmak istedi, elini ittim, çektim gittim. Öyle kaldı arkamda. İnşaat çukurunun tepesine varınca iki elimi açıp aşağı baktım, "Seni mimar yapan okulun damını sikeyim," diye bağırdım. "Hayatımızı çökerttin!"

Parka geri döndüm, markete yürüdüm, içeri almadılar. Bariyerlerin arkasında tanımadığım bir adam vardı, "Bir daha buraya gelme," dedi.

"Ne saçmalıyorsun sen," dedim. "Aç şu kapıyı. Börek var fırında."

"Bekle orada," dedi. İki dakika sonra Orsa'yla beraber döndü.

Orsa, "Sen az önceki kavgaya karıştın mı?" diye sordu.

"Hayır," dedim.

"Doğruyu söyle."

"Oradan geçiyordum sadece."

Önlüklü gençlerden biri, "Buydu işte ya," dedi. "Ne kavgaya karışması, kavgayı başlatan buydu! Gitti masalarına tekme attı, ondan sonra karıştı ortalık."

"Tamam, öyle. Ama kız kardeşini kaçırmışlar dendi."

"Çağlar böyle bir şeyi nasıl yaparsın!"

"Tamam Orsacım, tamam o zaman, çok özür dilerim. Hepinizden özür dilerim. Sonra gideriz o çadıra, onlardan da özür dilerim. Gelebilir miyim şimdi?"

"Hayır."

"Ama benim burada olmam lazım."

"Olmaz Çağlar. Dün akşam o çocuklarla da konuşuyordunuz saçma sapan, böyle döveriz, şöyle yaparız falan diye. Ben ne dedim size, sakın öyle bir şeye kalkışmayın demedim mi? Bunlar nefret söylemleridir demedim mi, anlatmadım mı sana uzun uzun?"

"Sadece o değil," diye bağırdı içeriden bir kadın. "Cinsiyetçi bu!"

Başımdan aşağı kaynar sular döküldü, iki avucumla ağzımı kapayıp "Ne!" diye bağırdım. "Allah aşkına benim nerem cinsiyetçi! Kime ne cinsî bir şeyim olmuş bugüne kadar? Sen söyle Orsa, çok yakındık, oldu mu hiç cinsî bir şeyim?"

"Öyle değil. Dünden beri cinsiyetçi küfürler ediyorsun. Homofobik sözler söylüyorsun."

"Tamam, bir daha küfür etmem o zaman. İsterseniz hiç konuşmam. Ama benim burada olmam lazım."

"Kusura bakma Çağlar. Seni içeri alamayız, ilke kararlarımıza aykırı."

Bariyerleri tekmelemeye başladım. Önlük giymiş üç-beş kişi koştu, elimi kolumu tuttular, ağzımı kapattılar. Parkın yandaki çıkışına doğru sürüklediler. Merdivenlerden indirdiler, sırt çantamı göğsüme çarpıp ittiler. "Bir daha seni parkın içinde görmeyelim," dediler. Geri dönmek istedim, biri elindeki süpürgeyi kaldırdı. Bekledim öyle biraz. Çevreden birkaç kişi beni itip kakanlara sinirlendi, "Ne oluyor," diye bağırmaya başladılar. "Ne yapmış bu çocuk? Niye parktan atıyorsunuz?"

Az evvel yönelttikleri suçlamaları tek tek anlattılar onlara. Çevredekiler, bunları duyunca utançtan yerin dibine geçmem gerekirmiş gibi bakmaya başladılar bana. O bakışları görünce fena oldum. Yırtık çorapla misafirliğe gitmişim de salonun ortasında başparmağım gözükmüş gibi utandım. O utançla infilak edip bütün parçalarım dört yana savrulsun istedim. Sonra da çektim gittim, kuyruğuna teneke bağlanmış bir köpek gibi. İstiklâl'in ara sokaklarında bir markete girdim. Dört bira, sarı leblebi, Haribo Altın Ayıcık, yara bandı ve ıslak mendil aldım. Islak mendille ağzımı yüzümü sildim, yara bandını açılan kaşımın üstüne yapıştırdım.

Meydana döndüm, Pankart Kültür Merkezi'nin çatısına çıktım. Ne zamandır aklımdaydı zaten, oraya çıkıp genel manzaraya bakmak istiyordum. En uca oturdum, Taksim Meydanı'nı seyretmeye başladım. Hakikaten güzel yerdi o çatı, vaktiniz varsa bir gün gidin de çıkın, 'Yıkılma tehlikesi var fazla oyalanmayın,' diyor kapıdaki görevliler ama yıkılmadık neyimiz kaldı ki? Bir bira açtım, "Çağlar," dedim kendime. "Tartışmadığın herhangi bir aile bireyi, sivil toplum örgütü, siyasi parti, örgüt ya da fraksiyon kaldı mı oğlum? İnsana dair her şeyle kavgalısın. Köpeklerden korkmasaydın bari."

Arkamdan bir kedi geçti, çatının kedisiydi galiba, döndüm, 'pisi pisi,' dedim, gelmedi, tip tip baktı. İşte bunlar üst düzeyde yalnızlıklardır. "Olsun," dedim yine de kendime. "Olsun. Tek başıma da kalsam, dünyanın bütün hükümetleri ve onlara oy verenler bana karşı da olsa, dünyanın bütün hükümetlerine karşı ayaklananlar ve onlara destek verenler bana karşı da olsa; bütün dünya, yedi milyar küsur insan tek tek bana karşı da olsa, yedi milyar küsur insan tek tek bana gıcık da olsa, Hindistan ormanlarındaki filler bile bana gıcık olsa, bir tek kız kardeşim hak versin bana. Çiğdem İyice, daha dokuz yaşında, Evliya Çelebi İlköğretim Okulu'na gider, 3-A sınıfında, dünyanın en iyi moonwalker'ı, bir tek o ağbisi Çağlar İyice'nin yanındadır desinler, bu avutur beni, bu yeter bana, bütün acılarımı dindirir! Ama neredeydi şimdi benim kız kardeşim. Neredeydi benim bebeğim, neredeydi benim hayatımın ışığı, neredeydi benim geceler boyu yıldızlara bakıp lafladığım sevgilim. Kendimi tutamadım, ayağa kalktım, kollarımı iki yana açtım, "Neredesin aşkım!" diye bağırdım meydana doğru. "Neredesin aşkım!"

"Buradayım aşkım!"

Aşağı baktım, kimdi cevap veren, kız kardeşim miydi yoksa? Bulunmuş muydu yoksa? Beni mi izliyordu şaka olsun diye aşağıdan? Göremiyordum kimseyi.

"Neredesin aşkım," diye bağırdım tekrar.

"Buradayım aşkım!"

Aşağıda beni alkışlayan bir grup gördüm, sekiz-on kişi vardılar.

"Pardon," diye bağırdım. "Sahiden beni mi alkışlıyorsunuz şimdi?"

"Evet."

"İyi de neden? Siz hangi örgüttensiniz?"

Erkek Erkeğe Kadın Kadına Her Çeşit Öpüşme Hakkı Derneği'nden bir grup ablaağbiymiş, öpücük gönderdiler bana. Elimi öpüp onlara salladım ben de.

"Gelsene aşkım aşağı," dedi biri. "Parkta oturalım. Ne yapıyorsun o çatıda?"

"Beni parktan kovdular."

"Neden?"

"Cinsiyetçilik, homofobi ve belli başlı nefret söylemleri. Hepsinin temelinde içine sıçılmış bir çocukluk var tabii. Ağır sevgisizlikler var. Bilirsiniz."

Yirmi Beş

Tuvaletten çıkıp otelin lobisindeki göz yormayan ışıltıda yürüdüm, upuzun kadife koltuklardan birinin köşesine gömülüp kadınlar tuvaletinin önündeki kuyruğa bakmaya başladım ve 'Daha önce niye aklıma gelmedi ki' diye düşündüm, 'kız kardeşimi orada da bulabileceğim.' Her geçen an birileri daha katılıyordu kıvrılarak uzayıp giden kuyruğa. Sarı baretler takmış beş kişilik bir grup hızla önümden geçti o sırada, otelin girişindeki yan kapıdan çıkıp gittiler, telaşlı bir halleri vardı. Onların gidişiyle birlikte müşterek bir tedirginlik hâkim oldu lobiye. İnsanlar sağda solda küme olup bir şeyler konuşmaya başladı. Tuvalet kuyruğundan ayrılanlar oldu, birinin telefonda, "Polis müdahalesi mi başladı?" diye sorduğunu duydum. Otelin oval camlarından dışarı baktım ister istemez, polis göremedim. Resepsiyonun karşısındaki gruplardan birine yaklaştım. Resepsiyona sırtımı yaslayıp kollarımı göğsümde kavuşturdum, gözlerimi kadınlar tuvaletinden ayırmadan kulak kabarttım. Onları dinlediğimi anlayınca sustular, dönüp bana baktılar, umursamadım, cebimden Haribo paketini çıkarıp yavaşça açtım, onlar bana tek tek bakarken ben de o altın ayıcıkların hepsini tek tek yedim.

En sonunda bir arkadaşları geldi yanlarına, "Ne oluyor?" diye sordu tiz sesiyle.

"TOMA'lar geliyormuş."

"E dün akşam da öyle deniyordu. Dedikodu olmasın yine."

"Hayır. Bizim çocuklarla konuştum şimdi. Beşiktaş'tan 21 TOMA yola çıkmış, geliyormuş."

İçimi bir burukluk kapladı çünkü Beşiktaş bu tarafta. Gittim, telefonla sigarayı şarjdan aldım. Prizin hemen yanında, kalın halıya dirseklerini yaslayıp yüzüstü yatmış, önündeki laptopta sereserpe haber yazan yabancı kadına, "*Tell your news agency please,*" dedim. "*Twenty one TOMA coming to Taksim.*"

"*What?*"

Otelin bahçesine çıkarken arkamdan bir şeyler söyledi, bir bok anlamadım, kollarımı iki yana açtım, "*I am doing you a favor honey,*" dedim. "*Certainly info.*"

Döner kapıdan geçtim, otelin girişi boyunca simetrik kubbelerle kıvrılıp giden cam saçağın altında durdum, denizde bata çıka ilerleyen bir yunusu andırıyordu, sarı sıcak ışıklar saçıyordu otelin bahçesine, gerçekten çalışmıştı herifler o saçağa. Sırtımı silindir kolonlardan birine yaslayıp elektronik sigaramı tüttürmeye başladım. Bahçenin sol tarafındaki kafede oturanlar yerlerinden kalkmış, büyük bez şemsiyelerin altında ellerini kollarını sallayarak hararetli bir tartışmanın içine girmişlerdi. Kulaktan kulağa yayılan 'TOMA'lar gelmiş' fısıltısı en sonunda bana kadar ulaştı. Bunu duyunca sevindim açıkçası, TOMA'lar geldiyse kız kardeşim de kesin orada bir yerlerde olurdu. Siyah takım elbise giymiş otel güvenliğine, "İyi akşamlar ağbi," dedim. "TOMA'lar gelmiş diyorlar. Nereye gelmiş acaba, bir bilginiz var mı?"

"Bilmiyorum," dedi. "Geldiyse barikatlara gelmiştir."

Bahçedeki herkes neyi varsa takmaya başlamıştı, tam gaz maskesi, yarım gaz maskesi, baret, spor görünümlü korumalı şapka, deniz gözlüğü, kar gözlüğü. Onları öyle tam teçhizat görünce kendimi bir anda çıplak hissettim. Sonsuzluk karşısında çıplak kalmış kadar çıplak. Çantamın ön gözünde kız kardeşimin aldığı toz maskesi vardı, 'Onu takayım bari,' dedim, utanıp çıkardım sonra, modası geçmiş bir teknolojiydi. Parkın yan merdivenlerine gidip bekledim biraz, önlüklü adamlar dolaşıyordu yukarıda, girmeye çekindim, Meti'yi aradım, "Meticim," dedim. "Bana gaz maskesiyle baret getirebilir misin acaba?"

"Ne yapacaksın?"

"Ne bileyim, burada herkes takıp takıştırdı. Sen markette değil misin? Yeşil kameriyeli depoda bir sürü gaz maskesiyle baret vardı."

"Hayır, Gümüşsuyu'ndayım ben."

"Ne yapıyorsun Gümüşsuyu'nda?"

"Barikattayım."

"Hadi ya. TOMA var mı peki?"

"Yok."

"Gelir mi dersin?"

"Bilmiyorum, bekliyoruz."

"E ben de geleyim mi o zaman?"

"Gel."

"Hangi barikattasın?"

"En aşağıda, ilk barikat."

O ara arkamdan, "Burada neyi bekliyoruz arkadaşlar? Barikatlara inelim," diye bağıran bir grup geçti. Peşlerine takıldım. Meydandan geçtik, kıvrılarak denize inen karanlık caddede, birbirine karışan uzun gölgelerimizle yürümeye başladık. On bir barikat geçip deniz manzaralı on ikinci barikata vardık. Meti'yi gördüm, barikatın üstündeki büyükçe kaldırım taşına oturmuş, düşünceli gözlerle aşağıya bakıyordu.

Zemindeki parke taşlara basıp yan çevrilmiş çöp konteynırına atladım, oradan plastik doğrama kulübeye çıktım, barikatın tepesindeki İSPARK levhalarının arasından yürüyüp Meti'nin yanına oturdum, "Naber Meti?" dedim, cevap vermedi. Elindeki parke taşı tartıp duruyordu, taşın üstüne siyah noktalarla gülen yüz sembolü çiziliydi.

"Sen niye parkta değilsin?" diye sordum.

"Tartıştık. Parktan ayrıldım."

"Neden?"

"Ben klasik solcuymuşum."

"Klasik derken."

"Ortodoks Marksist."

"Ermeni misin?"

"Öyle değil, sekter manada."

"Sekter?"

"Goşist."

Sonu yoktu bunun, "Allah aşkına Meti," dedim. "Senin neren bunlar?"

Taşı ayaklarının dibine bıraktı, "Hata ettim," dedim. "Baştan gitmeyecektim. Orada başka bir dünya var, bizi içlerine almıyorlar."

Eski İnönü Stadyumu'na bakıp biraz düşündüm. Sık sık yaparım bunu. Eski İnönü Stadyumu'na bakıp düşünürüm, "Amaç nedir," derim kendime. "Gaye nedir? Varmak istediğimiz yer neresidir? Mesafe nedir ve nasıl gidilir? Ayrıca kafamız niçin bu kadar karışık?"

"Niye seni içlerine almasınlar ki Meti?" dedim. "Herkesi alıyorlar, beni bile aldılar. Tepelerinin attığı belli şeyler var, onlara uyunca sorun çıkmıyor."

"Onlar bizi dışlıyor."

"Niye?"

"Bilmiyorum. Bizi dışlamak çok havalı duruyor bugünlerde."

"Meticim bir şey soracağım ama yanlış anlama, siz kimsiniz?"

"Ara Sıra Sıkan Silahlı Örgüt."

Heyecan yaptım, çevremdekileri süzüp "Vay," dedim sessizce, "Onlar siz miydiniz ya? Ben daha yaşlı bekliyordum açıkçası. Silah var mı yanınızda?"

Yokmuş, yasal kanada mensuplarmış.

"Hadi ben neyse de Çağlar," dedi. "Sen o kadar su taşımıştın, yazık oldu."

"Benim taşıdığım sudan ne olacak? Ben Ragıp Baysal'ın torunuyum."

"O kim?"

"Eski Kıyıdere Belediye Başkanı. Gökçe Barajı'nı bilir misin? 37 hidrometreküp kapasitemiz vardı onun döneminde. Senelerce İstanbul'a su verdik o barajdan, kendimiz içmedik İstanbul'a verdik, İstanbul'da yazın su krizi olmasın diye. Dedem son günlerinde, başhekim arkadaşını İSKİ müdürü zannetmeye başlamıştı."

Elini sırtıma koyup gülümsedi, "Boş ver," dedi. İlk defa gülümserken görüyordum onu.

"Eyvallah kardeşim," dedim.

Öne eğildi, barikatın önündeki demir bariyerleri sallayıp sağlamlığını kontrol etti, "İlk gördüğümde kendini beğenmiş biri zannetmiştim seni," dedi. "Ama hiç de öyle değilmişsin."

Doğrudur, tam bir insan sarrafıydı bu Meti, kendini beğenmemiş biriydim ben. Yani bir insan kendini ne kadar beğenemezse, çok da abartmadan. Aşağı baktım, ıssızdı, donmuş bir video gibiydi, tek kıpırtı yoktu. Kaldırımlarda yanan variller, barikatın tepesindeki çinko levhalarda parlıyordu. Elimi Meti'nin omzuna attım. İçimi bir burukluk kapladı çünkü keşke daha önce tanışsaydık. Bazen çabuk gelişen bir arkadaşlık ne denli yalnız olduğumuzu hatırlatır bize.

O ara aşağıdaki ışıklar söndü, deniz kenarındaki caminin önüne park etmiş Çevik Kuvvet otobüsleri karanlığa gömüldü, hiçbir şey görünmez oldu. "Saldırı hazırlığı başladı," dedi barikatın arkasında duran biri. "Karanlığın içinden gelecekler." Midemden göğsüme yükselen o korku hissini duydum yine, 'Sakin ol oğlum,' dedim kendime. 'Şimdi polisler gelir de dizlerin titrerse yine, ağlamaya başlarsan rezil olursun, kız kardeşini aramaya geldin sen buraya. Bu amacını unutma hiçbir zaman.' Barikatın arkasındaki adama baktım, otuz beş yaşlarında vardı, tecrübeli birine benziyordu, sağa sola gidip gelmeye başlamıştı, "Ne yapacağız, ne yapacağız," deyip duruyordu yanındakilere. "Ağbi bir sakin ol," dediler, dinlemedi. "Ne yapacağız biz," deyip ortalığı velveleye vermeye devam etti. Deniz gözlüğünü alnına kaldırmıştı, birbirine karışmış saçları alnından açılmaya başlamıştı. 1975 doğumluydu, darbe çocuğuydu. Her sabah gün ağarırken pencereden sokağın köşesine bakmıştı, "Asker mi lan o!" diye. Rahat diye bağırmanız gerekiyordu rahatlaması için. Tecrübelerini genç kuşaklara aktarmak için barikatlara gelmişti. Tedirginlikten başka tecrübesi yoktu, genç kuşakları tedirgin ediyordu. "Harbiden ne yapacağız lan Meti," diye sordum tedirginlikle. Meti bana cevap vermedi, adama döndü, "Bir sus ağbi ya!" dedi. Adam kırıldı, derinden kırıldı, neye kırıldığını tam olarak bilemeden. Kabuğundan çıktığına pişman oldu. Anlamıyorlardı. Anlayamazlardı. Neyi mi? Ne bileyim ben! Benimle ne alakası var şimdi!

Aradan bir saat geçti, kimsenin geldiği gittiği yoktu. Biraz sakinleştim. Barikatın arkasındaki kalabalık yavaş yavaş dağılmaya başladı. Belki kız kardeşimi görürüm diye yukarıdaki barikatları tekrar kontrol etmeye karar verdim. Meti, "Ben de seninle geleyim," dedi. Yukarıdaki on bir barikatın arkasında duran beşer-onar kişilik nöbetçi gruplara baktık ama hiçbirinde kız kardeşimle Cengiz'i göremedik. Meti yelek cebinden sprey boya kutusunu çıkarıp salladı, "Dibinde biraz kaldı," dedi. "Al sen yaz?"

Düşündüm, aklıma bir şey gelmedi, "Ne yazayım şimdi?" dedim. "Bilemiyorum ben bu slogan dalgalarını."

Sprey boya kutusunu uzattım, geri almadı, "Sözcük oyunları bakımından zengin olsun ama düşünce bakımından da zayıf kalmasın," dedi.

Biraz daha düşündüm, "Kırılan bütün kalplerin hesabını soracağız," yazdım asfalta. Yazının yanına oturdum sonra, Meti fotoğrafımı çekti, Twitter'a koydum, on sekiz fav aldım. İlk barikata vardık tekrar, yasal kanattan çocuklar barikatın önüne kale direği çizmiş top oynuyordu. Barikatın solundaki Allah'ını Seven Defansa Gelsin Jamiryo merdiveninin döner basamak duvarlarından birine sırtımızı yaslayıp uzandık karşılıklı. Yarım saat yine gelen giden olmadı. TOMA'ların sesini duyduk sonra. Hemen kalktık. "TOMA'lar geldi TOMA'lar geldi," diye bağırdık yukarıdakilere. Beş-on kişi TOMA'ların önüne koşup ellerini iki yana açtı. Meti'yi kolundan tuttum, "Bırak," dedi, o da koştu. TOMA'nın önüne koşanlara baktım, kız kardeşimi göremedim. TOMA'lar hızla yaklaşıyordu. Merdivenin tepesine çıktım. Öndeki TOMA barikatın üstündeki çinko levhaları paletleriyle ezmeye, her şeyi dümdüz etmeye başladı. TOMA'nın paletleri büyük bir gacırtı gucurtu çıkarıyordu, boğuk bir çığlığı andırıyorlardı. Yeşil kırmızı farları yanıp sönüyordu. O ara uyanmışım. TOMA paletleri zannettiğim şeyler, tepemizde dönüp duran martıların çığlıklarıymış. TOMA'da palet mi olur zaten? Yattığım yerden yumruğumu sallayarak "Allah kahretsin!" diye bağırdım martılara. "Burada da mı siz! Bırakın artık yakamı! Nedir sizden çektiğim." Bağırmaya devam ettiler. "Ötün bakalım ötün," dedim. Martılara da kızmıyordum artık, İsviçreli bilim insanlarına kızıyordum! Ne bok yiyorlardı o İsviçre'de? Ötmeyen martı yapsalardı ya. İnsanların duygularına saygı gösteren martılar yapsalardı ya. İnsanla tam uyumlu martılar yapsalardı ya. Meti de uyandı benim sesime, bacaklarını indirdi dizlerimin üstünden, "Ne oldu," diye sordu.

"Yok bir şey," dedim. "Kişisel bir mesele."

Islık sesleri ve yuhalamalar duyduk o ara. Aşağıdaki yoldan koşarak gelenler vardı. Bir çocuk barikatın üstüne çıkıp kollarını iki yana açtı, zafer işareti yapmaya başladı. Yukarıdaki barikatlardan aşağı koşanlar oldu, ellerine taş aldılar. Barikata yaklaşan ilk TOMA'yı gördüm, muazzam bir makineydi, pırıl pırıldı, sade ve kusursuz, kafası atmadıkça dağ gölleri kadar sakin, alkışlamaya başladım.

"Neyi alkışlıyorsun lan?" diye bağırdı biri barikatın arkasından.

Cevap veremedim. İlk defa canlı TOMA görüyordum, söyleyemedim, tüylerim diken diken olmuştu heyecandan, neler hissettiğimi bilemezdi. Ben de herkesle beraber yuhalamaya başladım güzelim TOMA'yı. Barikatın yirmi-otuz metre ötesinde durmuş, öylece bekliyordu, su sıktığı falan yoktu.

"Gençler! Arkadaşlar!" diye bir anons başladı. "Lütfen barikatların arkasından çekilin. Amacımız kesinlikle parka girmek değil. Parka kesinlikle müdahalemiz olmayacak. Kültür Merkezi'nin önünde ve meydanda güvenlik önlemi alacağız sadece. Hepinizin güvenliği için buradayız arkadaşlar. Lütfen taş atmayın, parka kesinlikle müdahalemiz olmayacak. Lütfen barikatların arkasından çekilin."

Üç TOMA daha geldi. Onların arkasında kepçeler ve sarı hafriyat kamyonları vardı, onların arkasında da dört-beş milyon kadar Çevik Kuvvet polisi. Barikatın önüne otuz yaşlarında üç-beş adam geçip yüzlerini bize döndüler, "Taş atmayın arkadaşlar, taş atmayın," diye bağırmaya başladılar. "Parka çekiliyoruz, pasif direneceğiz."

Bana uyardı açıkçası, o güne kadar her gün aktif direndiğim için 11 Haziran 2013 Salı günü pasif direnmeye karar verdim, yukarı çıkanların peşine takıldım. Meti'yi göremedim yanımda. Barikatın önündeki adamlardan birinin yakasına yapışmış, sinir krizi geçiriyordu. Koşup araladım, "Meti gel lan böyle," dedim. "Bir sakin ol." Eli kolu titriyordu Meti'nin. Kepçe öne arkaya manevra yaparak barikatı dağıtmaya başladı, kenara çekildi sonra, TOMA yerdeki çinko levhaları çatır çutur ezerek ilk barikatı aştı. Meti salya sümük ağlamaya başladı.

"Niye ağlıyorsun oğlum," dedim. "Parka girmeyeceğiz diyorlar işte."

"Parkı alacaklar," dedi.

"Çocuk gibi davranma lütfen," dedim. "Biraz olgunlaş. Şimdi polis yalan mı söylüyor yani? Hadi polis yalan söylüyor diyelim, buradaki adamlar da mı yalan söylüyor? Girmeyecekler işte parka."

"Bugün girmeseler yarın girerler. Bu barikatlar giderse park da gider."

İki omzundan sıkı sıkı tuttum, "Saçmalama oğlum," dedim. "O kadar insan Taksim'de toplanmış bekliyor, bütün dünyanın gözü bizim üzerimizde, böyle bir şeye cesaret edemezler. Ben senelerdir aktif siyasetin içindeyim, halkın da politikacıların da nabzını tutmasını iyi bilirim, bana güven."

Koluna girip yukarı götürdüm onu, "Ayrıca," dedim. "Bizim yeni anayasal haklarımız var. O yoksa Kıyıdere İlçe Emniyet Müdürü'nün cebi var bende. Son çare olarak da Ayı Tufan Ağbi var. Kimse giremez parka. Gül biraz."

Meydandaki koskocaman aydınlatma direğinin önünde beklemeye başladık. Güneş bulutların arkasındaydı, son barikatı aşan TOMA'ların farlarını gördük kurşuni havada, Pankart Kültür Merkezi'nin önünde durdular. "Faşizme karşı omuz omuza," sloganı yükseldi çevremizden, toplumsal ahengin dışında kalıp dikkat çekmemek için ben de eşlik ettim çok öne çıkmadan.

"Arkadaşlar, gençler! Lütfen meydandan çekilin. Amacımız kesinlikle parka girmek değil, güvenliği sağlamak için buradayız. Parka müdahalemiz olmayacak. Sizin güvenliğiniz için buradayız. Lütfen taş atmayın. Sadece güvenlik önlemi almak için buradayız. Parka müdahalemiz olmayacak. Lütfen meydandan çekilin."

"Parka girmeyecekseniz orada bekleyin," diye bağırdı biri. Ama beklemiyorlardı. Dört-beş milyon Çevik Kuvvet polisi meydana doğru yürümeye başladı. Sağdaki soldaki afişleri yırtıp, kameriyeleri sökmeye, taburelerle dergi-kitap balyalarını tekmelemeye başladılar. Bir polis önümüzdeki bez kameriyeyi söktü, botuyla basıp çıtalarını kırdı, kucaklayıp atmaya çalıştı, başaramadı, tekrar botla girişti, cidden deli ediyordu onu o kameriye.

Üstümüze gelen Çeviklerden biri, "Dağılın lan! Dağılın!" diye bağırdı.

"Ben de dağılayım mı?" diye sordum.

Copunu beysbol sopası gibi tutarak üstüme koştu, "Siktir git lan," dedi, anıta doğru topukladım. Meti, üç arkadaşıyla birlikte çinko levhalardan birini kalkan yapmıştı, arkasında durduk, polisler yaklaşmaya devam ediyordu.

"Meti ne yapacağız lan!" dedim.

"Sakin ol. Bekle."

"Nasıl sakin olayım Meti, ödüm bokuma karışmış durumda şu an."

Parkın önünde insan zinciri oluşturulmaya başlanmıştı, "Herkes parka gelsin, herkes parka gelsin," diye bağırıyorlardı.

"Meti gel parka gidelim," dedim.

"Sen git."

"Gel oğlum gidelim. Sen de gel. Gidelim ya!"

Çinko levhanın arkasında duranlardan biri, "Bir sus lan," dedi. "Yeter! Gideceksen git çabuk! Bir de senle uğraşmayalım."

Parka doğru koştum, "Herkes parka gelsin," diye bağıranlara "Ben de gelebilir miyim acaba?" diye sordum.

"Gel böyle gel!" dediler.

"Ama beni kovmuştunuz."

"Gel lan buraya şapşik."

İnsan zincirindeki iki kolun altından geçip parkın merdivenlerine çıktım. Polis meydanda kalanlara gaz atmaya başladı. Parkın önündeki beton parmaklığa çıkıp Metilerin çinko kalkana baktım, üstünde gaz fişekleri patlıyordu, kıvılcımlar saçılıyordu sağa sola. Çinko levha yamuldu. O taraftaki direnişçilerden bir-iki sapan atışı oldu ama hepsi ıskaydı. Polisler anıta doğru ilerlemeye başladı, o ara dumanların içinden çıkan iki polisin Meti'yi kollarından tutup götürdüklerini gördüm. "Allah kahretsin lan," diye bağırdım. "Ne yapıyorsunuz siz! İngiltere mi burası?"

Market'te tanışıp kartını aldığım avukatlardan birini aradım hemen, "Günaydın ağbi ben Çağlar," dedim.

"Hangi Çağlar?"

"Ezogelin, Boşnak böreği, kulüp sandviç."

"Vay Çağlar, nasılsın?"

"Kötüyüm ağbi, çok kötüyüm. Bizim bir arkadaşı gözaltına aldılar şimdi."

"Kimi?"

"Ara Sıra Sıkan Silahlı Örgüt'ten Meti."

"Telefonda böyle konuşma."

"Allah kahretsin, nasıl konuşayım. Şu hayatta bir arkadaşım kalmıştı, onu da gözaltına aldılar. Mükemmel bir şekilde acilen serbest bırakılmasını sağlayabilir misin acaba? Tutuksuz yargılanma da olur."

"Merak etme Çağlar, gözaltına alınan herkesle ilgileniyoruz zaten şu an."

"Güzel. İlgilenin lütfen. Sonuçta senelerce ben okumadım o hukuk fakültelerinde. O kadar vaktim olmadı hiç."

Polis meydandakileri İstiklâl'e sürdükten sonra parkın önündeki insan zincirine gaz attı. Zincir otuz altı yerinden sağa sola dağıldı, ortada toplanıp parka koşmaya başladılar. Polis parkın merdivenlerini çıkmaya başlayınca yeni angajman kuralları gereği barikat kurulup taş atılmaya başlandı. Birbirine paralel duran iki sıra kalkanın üstünde dolu sağanağı gibi patara kütere sesler çıkarıyordu atılan taşlar. Elime orta boy bir taş alıp atacak duyarlı bir Çevik Kuvvet memuru aradım, amirlerinin baskısı yüzünden yaptığı işten bunalmış, toplumsal çatışmaları kişiselleştirmeyecek kadar özgüven sahibi, komün ruhunu derinlemesine anlamaya yatkın, doğru düzgün muhabbet edebileceğim biri, bulamadım, sonra bıraktım taşı, bu taş atma dalgaları bana göre değildi zaten, yumruk yumruğa kavgaların insanıydım ben. Parkın içini gazladıktan sonra polis de geri çekildi.

Bulvarda süren çatışmayı izlemek için parkın sol tarafındaki tribüne gittim, çok kalabalıktı, yer bulamadım. Demir konteynırlardan birinin üstüne çıktım, V maskemi yüzüme indirdim, ayaklarımı aşağı sarkıtıp kollarımı göğsümde kavuşturdum. Mücadele ortada geçiyordu. Yolun karşısındaki ara sokaklar bir-iki sefer el değiştirdi. Gaz ekibinde iyi nişancılar vardı ama tutucuları vuramıyorlardı, bulvardaki inşaat nedeniyle her taraf doğal sipere dönüşmüştü. Gaz fişeğini geri atan tutucu saklanacak bir iş makinesi, çukur, levha ya da bariyer buluyordu hemen. İnşaat nedeniyle TOMA'lar da fazla yaklaşamıyordu kalabalığa. Paintball ekibini devreye sokup yirmi kadar direnişçiyi vurdular, Twitter'ı kontrol ettim, revirden gelen bilgilere göre üç kafa travması, iki burun kırığı ve bir göz kaybı vardı. Direniş ciddi yara almıştı. Karşı sokaklardan, ortadan ve park tarafından üç sapan ekibi girdi devreye, yerinde bir hamleydi, polisler gaz atarak geri çekildiler, yaralı vermek istemiyorlardı. Direnişçiler parkın yanındaki iş makinelerinden birini bulvarın ortasına çekip yaktılar. Arıza İmdat ekibi kamyonla geldi o ara, onu da yaktılar. Yanan iş makinesi ve kamyonun simsiyah dumanıyla atılan gazların bembeyaz dumanı ve sağda solda yakılmış küçük ateşlerin alevi birbirine karıştı, göz gözü görmüyordu. Polis meydana çekildi, mücadeleye ara verildi.

Karnım acıkmıştı, gideyim bir şeyler atıştırayım dedim, parktaki bütün büyük çadırlarının önüne seyyar yiyecek içecek masaları kurulmuştu, ton balıklı sandviçle Niğde Gazozu aldım. Sabahki kargaşada Tuğla Halk Kütüphanesi yıkılmıştı, gönüllü yazılıp on iki rafın düzenlenmesine yardım ettim. Çokbilmiş biri geldi, küstü bana, "Ben sana böyle mi dedim," dedi. "Bütün kitapları karman çorman etmişsin." "Hayır," dedim. "Gayet basit bir düzenleme yaptım ben. İkiye böldüm kütüphaneyi, büyük yazarlar bir yanda, diğerleri diğer yanda."

"Sen mi karar vereceksin büyük yazarların kim olduğuna? Sen kimsin?"

Anlaşmamıza imkân yoktu, tekrar demir konteynırdaki yerime döndüm, akşama kadar başka çatışma olmadı. İki taraf da dinlenip güç toplamaya çalışıyordu sanırım. Arkamızdan beşer-onar kişilik gruplar geçmeye, ellerindeki megafonlarla, "Herkes meydanda toplanacak, yedide basın açıklaması yapılacak," diye anons yapmaya başladılar, "İyi gidelim bakalım," dedim ben de. Çok önlere geçmedim, ne olur ne olmaz diye park merdivenlerinde kaldım. Basın açıklaması başlamak üzereyken TOMA'ların karşısındaki ritim ekibi dikkatimi çekti. Dans edenler vardı çevresinde. Kız kardeşim de aralarında olabilirdi, oraya yürüdüm. Polis anonsa başladı yolun yarısındayken, şu an ne dediklerini hatırlamıyorum ama anons biter bitmez gaz bombalarını gördüm havada. Herkes geri dönüp parka koşmaya başlamıştı. Aralarından geçemiyordum bir türlü. İnsanlar geçip gittikten sonra bir gaz bulutunun arasında kaldım. Bu gaz bombasına methiye düzme akımını başlatan ilk kimse onun özellikle Allah bin belasını versin! Bu yüzden insanlar ölüyor lan hayvanoğluhayvan herif seni, duyarsız şerefsiz! Ciğerlerim ağzımdan çıkıyordu, gözüm kararmıştı, bir bok göremiyordum, havada bir gram oksijen kalmamıştı. Kayalıklardaki yosunlardan, arıtma tesislerindeki bok havuzlarından ve sikip atılmış hayallerimizden bile kötü kokuyordu o gaz, kokladıkça yakıyordu insanı. Kadının birinin, "İmdat imdat," diye bağırdığını duydum. "Bana yardım edin," diye yalvarıyordu. Nerede olduğunu göremiyordum, sesin geldiği yere gittim güç belâ, yere yığılıp kalmıştı, ayağa kalkamıyordu, kollarından çekerek sürükledim parka doğru. Merdivenlerin önünde ikimiz de yığıldık, kollarımıza girip çıkardılar yukarı. Plastik su şişelerini kapaklarından delip talcidsıkara dönüştürmüşlerdi, yüzümüzü gözümü yıkadılar.

"Trampet trampet," diye bağırmaya çalışıyordum iki öksürük arasında.

"Ne diyorsun, ne trampeti?"

"Ritim ekibi vardı bir tane? Trampet çalıyorlardı, onlar nerede!"

Ritim ekibini buldum sonunda, kendilerini sahnenin kenarına atmışlardı. Hepsine gösterdim kız kardeşimin fotoğrafını, hiçbiri görmemişti.

Polisler meydanı tekrar ele geçirip İstiklâl Caddesi'ne ve bulvara girdiler, ikinci yarının ilkinden daha sert geçeceği anlaşıldı böylece. Demir konteynırdaki yerime gittim, başka biri oturuyordu, iki yan konteynırın tepesinde başka bir yer bulup oraya oturdum.

Polisler, dağılan grupların bulvarda toplanmasına uzun

süre izin vermedi. Sokaklardan ve parktan başını uzatan olursa sıkıyorlardı boyalı mermiyi yahut gaz fişeğini. Bir polisin bana baktığını gördüm, ayaklarımı topladım, biraz geri çekildim konteynırda. Bir saat kadar sonra küçük küçük barikatların arkasında toplananlar birleşti, belli bir noktaya kadar bulvara hâkim oldular. Meydana doğru metre metre ilerlemeye başladılar.

Sonra da işte o efsane polis çıktı sahneye. Gaz bombası tüfeği omzunda, kendinden emin adımlarla ilerledi, arka arkaya iki tane sıktı, karanlık bulvarı tüfeğinin namlusundan çıkan kıvılcımlar aydınlattı. Hafif geri çekilip havada dümdüz ilerleyen gaz bombalarını izlerken tüfeği ortasından kırdı, boş kapsüller yere düştü tıpır tıpır. Yelek cebinden yedek kapsülleri koydu tüfeğe. O ara gaz kapsülünün birini geri attılar. Koştu, sol ayağını öne basıp diğer ayağının dibiyle vurdu kapsüle, kapsül havalandı, ilk attığı bölgeye geri indi. Bir tane daha sıktı sonra, kapsülü geri atanı vurdu bacağından, bir tane daha sıktı, bacağından vurulanı taşıyanı kolundan vurdu. Gözlerine yeşil cep lazerleri tuttular dört bir yandan, bana mısın demedi, attı mı indiriyordu bu herif, kask numarasını alayım dedim, belki Emniyet'ten araştırır kim olduğunu bulurdum, ileride kız kardeşim meşhur olduğunda yakın koruması yapardık. Kask numarasında sadece 10 yazıyordu, diğer rakamları silmişti, hakkıydı, takımın 10 numarasıydı çünkü, üniformanın hakkını sonuna kadar veriyordu, masum vatandaşların ödediği vergilerle aldığı maaşı son kuruşuna kadar hak ediyordu, hiç kimse karışamıyordu ona, telsizini omzundaki yıldızlara asmış Çevik Kuvvet amiri, diğer polislere elini kolunu sallayarak bağırırken onun karşısında sus pus oluyordu, büyük yetenekti, büyük yeteneklere sesinizi yükseltemezsiniz, emir veremezsiniz, dünya basını canlı yayınlamaya başlamıştı icraatlarını, Alabama'ya kadar yayılmıştı ünü. Yarım saatte otuz sekiz atış, on dört tam isabet, dört kafa travması, iki göz kaybı, muhtelif yerlerden sekiz fişek yaralanması artı solunum güçlüğü çeken yüz seksen altı hafif yaralı. Revirde yer kalmamıştı onun yüzünden. Talcid stokları tükenmişti, ne Batikon bırakmıştı, ne oksijen tüpü, ne ağrı kesici, ne pansuman bezi, gönüllü doktorlar sinir krizi geçiriyordu yeni gelen yaralıları gördükçe, umurunda değildi, acıması yoktu, hükümeti ayakta tutuyordu Taksim'de, tek başına, karanlığın içinden çıkıp geldiği gaz bombası tüfeğiyle. Elini kaldırdı, arkasına bakmadan gelin işareti yaptı, kalkanlı Çevik Kuvvet ekibi iki yandan gaz sıkanlarla ilerlemeye başladı, böylece güvenlik güçleri Harbiye girişine hâkim oldular. 11 Haziran 2013 gecesi saat 23.40'a kadar da girişteki hâkimiyetlerini yitirmediler.

Sonra bulvarda tüten gaz kapsüllerinin birbirine karışan dumanları arasından yeşil eldivenli iki kardeş çıktı ortaya. Yerden iki gaz kapsülü alıp öne doğru koşmaya başladılar, yirmi adım sonra aynı anda durdular, öndeki ayakları ve elleri havada, arkadaki ayaklarından destek alıp fırlattılar. Gaz kapsülleri havada uzun yaylar çizdi, arkasından beyaz dumanlar çıkaran uçaklar gibi ilerliyorlardı, kalkanlı polislerin tam ortasına düştüler. İkinci fişekleri de attılar aynı şekilde, yeni bir spor dalı geliştirmişlerdi, senkronize gaz fişeği sallama. Ne varsa toplayıp attılar, geri attıkları yirmi sekiz gaz kapsülü saydım, aman Allah'ım, takımın en iyisiydi bu herifler, güvenlik güçlerinin korkulu rüyasıydılar, geç de olsa çıkmışlardı sahneye, onlar gibi iki kardeş daha olsa gaz bombası kullanımı yasaklanırdı.

Polislerin on numarası onları görmekte gecikmedi, temkinli adımlarla yaklaştı, işaret parmağını onlara doğrultup yürürken ateş etti, gaz kapsülü kardeşlerden birinin başının bir karış üstünden geçti. Kardeşler sağa gidecekmiş gibi yaptılar, dönüp sola gittiler, tam önümdeki ekskavatörün lastiğini siper aldılar. Gazın etkisi azalınca on kişilik bir taş atma ekibi geldi, efsane polis onlarla muhatap olmadı. Yere doğru bir gaz kapsülü sıktı, seke seke ilerledi kapsül, taş atanların arasında dönmeye başladı, onları dağıttı, hiçbiri umurunda değildi, yeşil eldivenli kardeşlerleydi onun derdi. İş makinesinin tekerine bir gaz bombası sıktı, sekti yolun karşısına gitti bomba. Polis, kardeşlerle bir şeyler konuştu, gürültüden ne dediklerini duyamadım. Birbirlerini tanıyorlardı sanırım, yadırgamadım, büyük yetenekler birbirini tanır. "Çıksanıza lan dışarı," diye bağırdığını duydum iyice yaklaşınca.

"Gel gel, burada bekliyoruz," diye cevap verdiler.

Taş atma ekibinin ardından dört kişilik sapanlı bir tim gelmişti polisi ekarte etmek için, polis onlarla da muhatap olmadı, arkasındaki paintball ekibini yönlendirdi. Temkinli adımlarla iş makinesine yaklaşmaya devam etti. Kardeşlerden büyük olanı sırt çantasının yan gözünden su şişesini çıkarıp içti biraz, sonra küçüğe ikram etti. Soğukkanlı bir şekilde beklemeye devam ettiler. Allah kahretsin, ne yapıyordu bu herifler, büyük yeteneklerin egosantrik yönleri vardır, ona mı kapılmışlardı, on metreden gaz kapsülüyle vurulup kahraman mı olmaya çalışıyorlardı, yeniden dirilttikleri direnişi şimdi tehlikeye mi atıyorlardı? Kardeşlerden küçüğü sırt çantasının fermuarını açtı, dikdörtgen iki kutuyla çıktılar lastiğin arkasından.

Efsane polis, kardeşlerin elindeki dikdörtgen kutuları görünce kalkanlı polislere doğru topuklamaya başladı, bacakları kıçına değiyordu kaçarken, ne olduğunu anlayamadım, sağda solda patlayan havai fişekleri gördüm sonra, şov yeni başlamıştı, polis kalkanlarının ortasında iki havai fişek patladı, kalkanın biri havaya uçtu, iki tane daha patladı aynı yerde, üç kalkan daha havaya uçtu, bütün polisler meydan girişindeki TOMA'ların arkasına doğru koşmaya başladı. Kardeşler bulvarın ortasında ilerlediler, ellerindeki havai fişek kutularıyla sağa sola gidip dans etmeye başladılar, arka arkaya patlıyordu havai fişekler, görsel bir şölene çevirmişlerdi meseleyi. Arka taraftan büyük bir alkış koptu, polislerin kaçtığını gören yüzlerce kişi öne koşmaya başladı, herkes eline ne geçerse fırlatıyordu, taşınabilecek büyükçe şeyleri de taşıyorlardı ortada barikat kurmak için, meydana kadar çekildi polisler. Uzun süre de orada kaldılar.

Dokuz yaralı polis vardı, servise gitmesi gereken iki TOMA, kullanılmaz hale gelmiş yirmi kalkan, kargaşada kaybolmuş bir tabanca, altı cop, dört kask, iki gaz maskesi, Emniyet'te kalkan izinler, on dört bin lira maddi hasar, Borsa İstanbul'da güne kayıpla başlayacak hisse senetleri, üstlerinden ana bacı küfür yiyen iki Bakan, bir Vali, bir İl Emniyet Müdürü, iki İl Emniyet Müdür Yardımcısı, bir Güvenlik Şube Müdürü, bir Çevik Kuvvet Şube Müdürü, sayısız Özel Kalem Müdürü, iki bin sekiz yüz lira telefon faturası, Çevik Kuvvet amiri ağlamak üzereydi TOMA'nın arkasında. Çalan telefonunu açmaya çekiniyordu. Çevik Kuvvet Şube Müdür Yardımcısı arıyordu, küfür yeme sırası ona gelmişti. Umurlarında değildi yeşil eldivenli kardeşlerin, havai fişekleri sallamaya devam ediyorlardı, şakaları yoktu, direniş geri dönmüştü. Eminönü'nden 150 liraya aldıkları iki kutu havai fişekle başarmışlardı bunu, 20 lira da yanmaz iş eldivenlerine yazsak, bütün ekonomiyi sarsmışlardı 170 liraya. Hükümeti silkelemişlerdi gaz bulutlarının arasından çıkıp geldikleri o iki yeşil eldivenle. Parkın kenarından seyredenler elleri patlarcasına alkışlıyorlardı yeşil eldivenli kardeşleri, ben de eşlik ettim, umut vaat eden bir ülkede yaşıyorduk, sportif insanlarımız vardı yediden yetmişe.

Çevik Kuvvet amiri telefonunu kapattı, park tribününde alkışlayanları görünce kendinden geçti, işaret parmağıyla parkı gösterdi, parka gaz kapsülleri yağmaya başladı. Havada gelişlerini gördüm, araba farına kilitlenmiş sincap gibi bakıyordum onlara, konteynırdan park tarafına atlayacaktım ama aşağıda koşan onlarca kişi vardı, düşersem ezilebilirdim, stratejik bir karar verip parkın ön tarafına atladım, oradan da kaçanlar vardı, peşlerine takıldım. Ayağım arkamdakine takılınca yere düştüm, çukura yuvarlandım, kenardaki su borusunu tuttum, üstüm başım çamur olmuştu. Tekrar yukarı çıktım, parkın içine gaz bombaları gelmişti ama parkın önü sakindi, kenardaki bir taşa oturdum soluklanmak için.

Bir-iki dakika sonra sarışın bir kız gelip başımda durdu, iki gündür gördüğüm en güzel kızdı, ne kadar güzel olduğunu tahayyül edin artık, yüz ve vücut betimlemesi yapacak vaktim yok şu an, üstünde beyaz bir önlük vardı, "Yaralı mısın?" diye sordu.

"Hayır," dedim.

Başparmağıyla çeneme bastırıp diğer elinin iki parmağını başıma koydu, "Alnına ne oldu?"

Elimi alnıma götürdüm, kan vardı.

"Dokunma," dedi. "Ne oldu?"

"Kaçarken ayağım takıldı düştüm," diyemedim, "Bilmiyorum," dedim.

İki-üç beyaz önlüklü genç daha geldi o ara, "Yaralı yaralı yaralı!" diye bağırmaya başladılar. Sırtımı arkama yaslayıp oturttular beni.

Gençlerden daha kıdemli gözükeni bir şeyler sordu, o telaşla anlayamadım.

Elleriyle dört yapıp "Bu kaç?" diye sordu.

"Ne alaka şimdi?" dedim.

"Bilinci yerinde bilinci yerinde değil," diye bağırmaya başladılar. "Acil Acil Acil..."

Seyyar bir sedye geldi. Sedyenin önünde megafon taşıyan biri vardı, ambulans sireni sesi çıkarıyordu megafon, ışıkları yanıp sönüyordu. Sedyeye uzandım, seyyar ambulansla seyahatim başladı. Herkes iki yana çekiliyordu geçerken. Otel tarafından dolaşıp tekrar parka girdik. İnsan zincirinden koridor yapmışlardı revire giden yaralı yolunda. "Ne olmuş ne olmuş!" diye sorduklarını duyuyordum geçtikçe. "Başına gaz bombası gelmiş. Acil!" İnsanlar alkışladı ben geçerken. Zafer işareti yaptım yattığım yerden, daha beter alkışladılar. "Taksim halkındır," diye bağırdım. Sakallarından solüsyon damlayan bir amca beni görünce ağlamaya başladı.

Revirde başka bir sedyeye aktarıldım. Revirin başhekimi olduğunu düşündüğüm beyaz saçlı bir doktor geldi hemen başıma. Alnımdaki yarayı incelemeye başladı, "Ne oldu?" diye sordu.

Elimle yaklaşmasını işaret ettim, "Polisleri kovalarken düştüm," diye fısıldadım. "Aramızda kalsın." Yarayı temizleyip biraz daha inceledikten sonra elinin dışını yanağıma yasladı. Kulağıma soktuğu bir aletle ateşimi ölçtü.

"Bir hastalığın var mı?" diye sordu.

"Yok."

"Ateşin 39."

"Bende normali zaten 37,5 ama biraz yükselmiş olabilir tabii heyecandan."

Hafif yaralıların olduğu bir yere aldılar beni, fakülte talebeleri üstümde çalışmaya başladı, alnıma pansuman yaptılar, başhekimin talimatları doğrultusunda serum bağladılar. Beklemeye başladım. Polis ses bombaları atarak bulvarda ilerlemeye başlamıştı. Onlar ilerledikçe revir mahşer yerine dönüyordu.

Bir kadın geldi, yaralanmamı kayda aldı, siyah bir dosya vardı dizinin üstünde, tükenmez kalemle gerekli bilgileri yazıyordu. Kayda geçtiğime sevindim açıkçası. Tabipler Birliği verilerine göre 2013 yazındaki direnişte toplam 8163 sivil yaralı var, biri Çağlar İyice, 17 yaşında, halkla ilişkiler uzmanı, Harbiye barikatlarında yaralandı, kız kardeşini ararken. Vergisini ödeyen dürüst bir vatandaş, hiçbir örgütle bağlantısı yok, tamamen masum bir vatandaş. geceninsabirlisesi@gmail.com adresinde ikamet eder.

Kadın gittikten sonra üstüme gelen adamı gördüm, sırtımı döndüm. Yan sedyedeki yaralıya dikiş atan başhekime, "Lütfen şu adamı dışarı çıkarır mısınız hocam?" diye seslendim. "Yaralı değil, reviri işgal ediyor."

Başhekim adama baktı, gülümsedi, "Sabahattin naber ya?" dedi. "Senin oğlan bu mu?"

"Allah kahretsin!" dedim. "Hiçbir boku değilim ben onun. Direnişçi sıfatımla buradayım."

Babamı omzundan ittim, "Sen giremezsin buraya!" dedim. "Yaralanan benim! Yaralılar için bu revir! Acı çekenler için! Buraya da mı sen geleceksin! Çık dışarı! Ailemizin yüz karası! Seni damat aldığımız güne lanet olsun! Benim anne tarafım Arnavutluk'ta hükümet düşürdü sen burada iki tane barikatı ayakta tutamadın. Barikatları kaldırın bir şey olmaz dedin, aha işte geldiler, parka da girdiler. *Show is over Mister İyice! Show is over!*"

Başımda durup serumu havaya kaldırdı, "Kız kardeşini bulduk," dedi.

"Harbi mi? Nerede?"

"Ankara'da."

"Ankara'da mı? Ankara'ya niye gitmişler ki?"

"Bilmiyorum. Bulunmamak için galiba. Şimdi geldiler, annenin yanındalar, seni de bekliyorlar."

Babama sarıldım. Göğsümde bir sıcaklık hissettim sarılır sarılmaz, boğazıma bir yumruk oturdu, gözlerim yaşardı, ağlamaya başladım, öksürdüm sonra, ciğerlerim ağzımdan çıkacakmış gibi öksürdüm, revire gaz bombası isabet etmişti çünkü, arka arkaya, iki tane, bombaların isabet ettiği yerler tutuşmuştu, üstlerine yanan tente parçaları düşenler telaşla sağa sola koşturmaya başlamıştı. Halbuki korkulacak hiçbir şey yoktu ortalıkta, çadırlar naylondandı o kadar.

Yirmi Altı

Kız kardeşim gururlu, inatçı ve hayalperesttir; korkusuz, yasaklardan muaf, uçlara eğilimli ve uzlaşmaz. Meclis bahçesinde moonwalk yapıp hükümeti sarsmak için Ankara'ya gitmelerini de yadırgamamıştım bu yüzden. Yerinde duramıyordu yine o akşam, iki yanında ayaklı hoparlörlerin durduğu portatif sahnenin kenarında, omzuna masaj yapıyordum rahatlaması için. Parkın ortasındaki taş meydanda büyük bir kalabalık toplanmıştı, bütün gün süren forumlar parkta kalma kararı aldıkları toplantılarını bitirmiş, sıra biraz müziğe gelmişti, dansa ve ruha gelmişti sıra. O akşamki programda son sanatçı olarak çıkacaktı sahneye kız kardeşim, Her Şeye Başka Türlü Bir Şey Diyen Grup'tan bile sonra. Sahnedekilerin oturmuş bir sound'u vardı, güzel de bir şarkı söylüyorlardı ama o an tabii heyecandan ve bekleme geriliminden ötürü farkında değildim bunun, kemençe ve tulumla ortalığı velveleye veriyorlarmış gibi geliyordu.

Kız kardeşim, omzuna masaj yaptığım elimi tuttu, bana döndü, "Çağlar," diye seslendi. "Dansa başlamadan önce gözlerimi kapatmasam da açık mı tutsam?"

"Bildiğin gibi yap aşkım," dedim. "Kendini nasıl iyi hissediyorsan öyle yap. Bu senin gecen."

"Sağ ol Çağlar."

Nihayet sahnedeki tantana bitti, ses mikserinin yanındaki adam bize döndü, "Sıra sende," dedi kız kardeşime. Cengiz, sahnenin yanındaki ince uzun bayrakların asılı durduğu demir çubuğa çıkmıştı, iPhone'u video moduna alıp tamam işareti yaptı. Sahneye çıkmadan önce özel selamlaşmamızı yaptık kız kardeşimle. Aynı selamlaşmayı döndü babamla da yaptı sonra. Tamamen Freudyen bir zaaf.

Ellerini iki yana araba sileceği gibi sallayıp zafer işareti yaparak çıktı sahneye kız kardeşim. Ben olsam mesela şimdi öyle çıkamazmışım gibi geliyor. Yüzlerce cep telefonu aynı anda ışık seli halinde havaya kalktı, bir alkış tufanı koptu. Meydanda piyano çalan Alman'ı bile unutturacak kadar güzel çıkmıştı sahneye. Direnişin görsel hafızasında kendine kalıcı bir yer edineceğinin sinyallerini vermişti daha ilk adımlarında.

They Don't Care About Us çalmaya başladı, şarkının başlamasıyla birlikte hiç tereddüt etmeden şapkasının siperliğini kaldırıp gülümsedi kalabalığa. Sonra da kollarını iki yana açıp kendi ekseni etrafında bir sefer döndü. Bacaklarını iki yana kırıp ayaklarını öne arkaya hareket ettirmeye başladı. Bir eli ensesinde diğer eli kemerinin tokasında, belini ileri geri hareket ettirdi iki sefer. Sonra da sağa sola dirsekler atıp karşısına çıkan hayalî canavarları ısırıyormuş gibi yaparak sahnenin ön tarafına ilerlemeye başladı. Direnişin ruhuna uygun serbest bir kompozisyon geliştirmişti. Seyirciler çıldırmıştı, alkışlamaktan elleri patlıyordu. Sahnenin önündeki ritim grubu da trampetleriyle, zilleriyle, davullarıyla eşlik etmeye başlamıştı şarkıya. Kız kardeşim sahnenin önünde birden durdu, kendi ekseni etrafında bir kez daha dönüp şapkasını fırlattı seyircilere. Rahmetli dedemin havada dönerek ilerleyen şapkasını izledim. Başıboş bir ruh gibi kaygıyla, tereddütler içinde, amaçsızca dolaşırken, çektiğimiz anlamsız çilelere boş yere anlamlar yüklemeye çalışırken, her şeyin kendimize karşı olduğunu hissettiğimiz zamanlardan sonra, kupkuru günlerden ve kopkoyu karamsarlıklardan sonra, birdenbire umuda geçtiğimiz an da o andır işte, geri döndürülemez biçimde o andır. İnsan zihni böyle şeyleri kabul etmekte güçlük çekiyor başta, hayatındaki olağanüstü anların da son kertede sadece bir an olduğunu düşünmek istiyor. Ama o an da zaman kırılıyor, zamanın sinir uçları oluşuyor böylece, her şey oradan geçmeye başlıyor, geçmiş ve gelecek, yaşanmış ve yaşanamamış her şey, yaşanacak ve yaşanamayacak her şey o noktalardan geçiyor.

Sıra moonwalk'lara gelmişti, ilk moonwalk'un ardından sıkıntılı bir sessizlik kapladı etrafı, sağdan soldan ıslık sesleri yükseldi, ne oluyordu, anlayamıyordum, az evvel elleri patlarcasına alkışlarken birdenbire sıkılmışlar mıydı kız kardeşimden? O ara müziği kestiler. "Ne yapıyorsun ne yapıyorsun!" diye yakasına yapıştım ses mikserinin başındaki adamın. Anlamamış gibi bakıyordu suratıma, uzaklardan boğuk boğuk yükselen anonsu duydum.

"Polis parka saldırıyor," dedi. Birtakım düzenlemeler yaptı mikserde, sonra mikrofonu bir kadına uzattı. Kız kardeşim müziğin kesilmesine rağmen hiç istifini bozmamıştı, moonwalk'larına devam ediyordu. Kadın sahnenin önüne yürüdü, "Sakin olun arkadaşlar, sakin olun!" dedi. "Gaz geldiğinde kontrollü şekilde geri çekileceğiz, sonra yerimize döneceğiz. Parkı terk etmeyeceğiz. Sahneyi terk etmeyeceğiz. Gezi Parkı'nı asla terk etmeyeceğiz! Sakin olun! Bu daha başlangıç mücadeleye devam!"

Herkes, "Bu daha başlangıç mücadeleye devam!" diye slogan atmaya başladı. Arka taraftaki yoldan koşarak geçenleri gördüm. Havada iki gaz bombası uçtu peşlerinden. Sahneye koştuk babamla, Cengiz de ön taraftan tırmandı, sırt çantasından tam gaz maskesiyle baret çıkarıp taktı kız kardeşime. Sahneden inip parkın otel tarafındaki çıkışına yürümeye başladık. Ağacın biri tutuşmuştu, yangın tüpüyle söndürmeye çalışanlar vardı.

Arkama dönüp baktım, polisler çadırları söküp sağda solda ne varsa tekmeleyerek ilerliyorlardı. Peşimizden atılan boyalı mermiler ağaçların gövdesinde patlıyordu, elle atılan gaz bombaları, taş yolda sekerek geliyor, döne döne duruyor, korkunç bir fıslama çıkarıyordu.

Patikadan inip parkın önüne çıktık, babamı dirseğinden tuttum, "Hani bu akşam parka müdahale olmayacaktı," dedim. "Uçakta yer yok dediniz, beni almadınız Ankara'ya giderken! Bunu mu görüştünüz hükümetle? Hani bu akşam parka müdahale olmayacaktı?"

Babam yanımıza iki arkadaşını verdi, "Kız kardeşini alın çabuk gidin," dedi.

"Nereye?"

"Yukarıda bizim ofis var. Çabuk gidin."

"Sen de gel."

"Ben sonra geleceğim."

Kolundan sıkıca tuttum, "Sen de gel," dedim.

Elimden kurtuldu, "Çabuk gidin," dedi, sonra da parka çıktı.

Biraz yürüdük. Geri dönüp baktım. Parkın otel tarafındaki girişinde çok ince, belli belirsiz bir sis tabakası vardı, tül perde gibi. Maskeli polislerin, omuzlarında tuttukları gaz tüfekleriyle parkın girişine kadar geldiklerini gördüm. Polisleri parkın sınırında görünce caddede bekleyenler ıslıklamaya, alkışlamaya, slogan atmaya başladılar. Ağlayanlar da vardı bekleyenlerin arasında, gazdan değil, doğal gözyaşı. Parka bakıyorduk ama elimizden bir şey gelmiyordu. Bazı şeylerin hem melankolik hem de umut dolu oluşu gibi, insanların da en çok, mutluluk ihtimali ufukta belirdiği zaman mutsuz olduklarını anladım böylece, 15 Haziran 2013 Cumartesi akşamı, saat 20.50'de, Gezi Parkı'nın otel tarafındaki girişinde. Sislerin arasındaki ağaçlara baktım, gövdeleri çatallanarak yukarı uzuyor, sonra tekrar çatallanıyordu tepelerde; söğüt, akasya, kestane, ceviz, her çeşit ağacı bulabileceğiniz havadar bir yerdi orası, vaktiniz varsa bir gün gidin de görün, muhtemelen hâlâ oradadır.

Annem aradı o ara, "Çağlar Çağlar Çağlar," dedi. "İyi misiniz? Polis parka girmiş. İyi misiniz?"

"Sakin ol lütfen," dedim. "Polisin parka girdiği falan yok. Tamamen yandaş medyanın uydurması. Çok mutluyuz burada, eğleniyoruz."

"Baban nerede! Baban nerede! Babanı ver bana!"

Yukarı baktım, kalkanlı bir polis grubu babamla birlikte beş-on kişiyi daha kalkanlarıyla iterek dışarı çıkarıyordu.

"Babamın çok selamı var," dedim. "Ben seni sonra arayacağım."

O ara babama tüple gaz sıktılar, elleriyle yüzünü kapattı, bir polis kalkanıyla itince düştü, tekmeleyip üstünde tepinmeye başladılar.

Kız kardeşimi Cengiz'e teslim ettim, "Otel'e gidin çabuk," dedim. "Ben babamı alıp geliyorum."

Sağdaki soldaki polisleri itip babamın üstüne atladım, "Bi durun lan bi durun lan bi durun," diye bağırmaya başladım. Bir süre sonra vurmayı kestiler, amirlerine bağırıp çağıran birini görüp onun üstüne yürüdüler. "Ben milletvekiliyim," diye bağırdığını duydum en son adamın, burnuna yumruğu yiyince sustu. Bileğinden tutup götürdüm babamı. Otelin döner kapısından geçtik, Cengiz'le kız kardeşimin yanına gittik. Babam, gözüne gelen gazdan ötürü beni göremiyordu, "Ne işin vardı senin polislerin arasında," dedim. "Kaç yaşına geldin hâlâ götünü ben topluyorum Çeviklerin elinden. Şimdi otele de saldırır bu dallamalar, yürü gidelim, ofisinize mi gideceğiz gizli komuta merkezinize mi gideceğiz, nereye gideceksek gidelim."

"Tamam," dedi.

Dişlerimi gösterip yumruğumu vuracakmış gibi kaldırdım, vurmadım, "Sorumsuz herif," dedim. "Ya kız kardeşimin tam gaz maskesi olmasaydı, ne yapardık biz?"

Babamın cep telefonu çaldı, elini alnına siper edip baktı, göremedi, elinden alıp açtım, Direnişle Birlikte İzlenme Rekorları Kırmaya Başlayan Kanal'dan arıyorlardı canlı yayına bağlamak için, "Kendisi şu an hafif yaralı," dedim. "İsterseniz beni bağlayın, bütün yaşananları anlatayım."

"Siz Sabahattin Bey'in nesi oluyorsunuz?" diye sordular.

"Kıyıdere'den komşusuyum," dedim. "Eski evlerinden."

"Tamam biz sonra gene ararız," deyip kapattılar.

Otelden çıktık, Elmadağ dedikleri yerdeki sokaklardan birindeki gizli komuta ofislerine gittik. Herkes koşturup duruyordu ofisin içinde, telefonlar susmuyordu. Kız kardeşimi boş masalardan birine oturttuk, önünde kavuşturduğu ellerine bakıyordu sürekli. Cengiz'in o akşam çektiği videoyu, *Dokuz Yaşındaki Kızdan Taksim Gezi Parkı'nda Muhteşem Moonwalk ve Daha Fazlası* diye yükledik Youtube'a, kimse seyretmedi. Video'yu sildik, *Gezi Parkı'na Polis Müdahalesi Esnasında Dokuz Yaşındaki Kızdan Muhteşem Moonwalk* diye yükledik. Bir anda beş yüz kişi seyretti, kız kardeşim başını yerden kaldırdı, yorumları okudu, seksen sekiz kişi, 'Hani nerede lan polis müdahalesi,' diye başlayıp küfürle devam eden yorumlar yazmıştı. Kimsenin moonwalk falan istediği yoktu o akşam, herkes polis müdahalesi seyretmek istiyordu. O videoyu da sildik, ofiste sağa sola koşturup duranlara, bağıra çağıra konuşanlara bakmaya başladık, neyi beklediğimizi kendimiz de bilmeden bekledik orada. Kız kardeşim önüne bakmaya başladı yine, bileğine gözyaşı damlaları düşüyordu iri iri, daha önce onda hiç görmediğim bir sakinlikle, çıt çıkarmadan ağlıyordu

Önünde eğildim, çenesinden tutup yanağından bir makas aldım, "Sen hiç merak etme şekerim," dedim. "Birazdan her şeyi yoluna koyacağız."

"Nasıl?"

"Cengiz Ağbi'nle beraber gidip parkı geri alacağız bu gece. Sen de yarın akşam sahneye çıkacaksın. Yeniden doğan direnişin yıldızı olacaksın böylece."

"Ama bu çok zor Çağlar."

"Ben sana hiçbir zaman kolay zaferler vaat etmedim bebeğim."

"Ama bu bir çılgınlık."

"Bu bir çılgınlıksa onu başarabilecek kadar çıldırdık zaten aşkım, sen merak etme."

Kız kardeşim, "O zaman gel böyle," deyip beni bir köşeye çekti. Ellerinin tersiyle gözyaşlarını sildi, "Cengiz'e dikkat et lütfen," dedi.

Soru dolu gözlerle baktım ona.

"Cengiz'i seviyorum," dedi. "İleride onunla evleneceğim. Senden başka beni gerçekten seven tek insan o."

Şaşkınlıktan cevap veremedim. Saçlarını okşayıp başımı öne arkaya salladım. Ofisin çıkışındaki koridora yürüdük. Babam bir köşede telefonla konuşuyordu, ofisten çıktığımızı görünce peşimizden koştu, telefona, "Bir saniye," deyip kolumdan tuttu, "Nereye?" diye sordu.

"Dışarı," dedim.

"Hayır! Çıkmayın."

Elini kolumdan ayırdım, "Bırak," dedim.

Telefonu kapatıp bileğimden tuttu, "Oğlum," dedi. "Gözünü seveyim gitme. Bir dur. Tamam, ben hata ettim. Sana karşı çok hata ettim bugüne kadar. Ama oturur bütün bunları konuşuruz. Şu geceyi bir atlatalım, hemen yarın konuşuruz. Bir çay kahve içeriz."

"Ne çay kahve içeceğim lan ben senle."

"Oğlum beni bir dinle. Her yere saldırıyorlar şu an. Ne yapacakları belli değil. Ne kadar ileri gidecekleri belli değil. Öleceksin, kalacaksın. Hadi beni düşünmüyorsun, kız kardeşini düşün, anneni düşün."

Elini bileğimden ayırdım, "Ben kız kardeşimle annemi her gün düşünüyorum zaten," dedim. "Senin gibi başım sıkıştığında değil."

Ofisten çıkıp döner merdivenleri inmeye başladık. Cengiz, sırt çantasından iki tam gaz maskesi çıkarıp birini bana uzattı. "Sendeki bu tam gaz maskesi stoku niye bir türlü tükenmiyor kardeşim?" diye sordum.

"Erkut gönderdi bunları Wisconsin'den," dedi.

"Erkut kimdi ya?"

"Ya bu bizim yedinci sınıftaki limondan elektrik üreten sivri zekâlı yok muydu? TÜBİTAK'ta dereceye girmişti, sonra Amerika'ya göndermişlerdi dâhi diye."

"Haa," dedim. "İznik Gölü gezisinde karpuz yiyemeyen mal."

"Aynen, o dallama işte. İlk günlerde Twitter'dan yazdı bana bir ihtiyacınız var mı diye. Ben de varsa tam gaz maskesi gönder dedim. On tane göndermiş, geçen gün geldi."

"Helal olsun, adam hâlâ bizi düşünüyormuş."

Maskelerimizi takıp karanlık sokakta ilerlemeye başladık, bir süre sonra hiçbir şey görünmez oldu, sis yutmuştu sanki sokağın geri kalanını, yan sokağa saptık, o sokak da hiçbir yere çıkmayacakmış izlenimi veriyordu, bir an durup birbirimize baktık, slogan seslerini duyduk sonra, seslere doğru ilerledik, gecenin içinde yürümesini öğrenmek gerek. Cebimdeki telefon titremeye başladı, çıkarıp hafiften buğulanmış maskeme yaklaştırdım, annem arıyordu, tekrar cebime koydum. Otuz kişilik bir grup vardı girdiğimiz sokakta, onların peşine takıldık. Sokağın ana caddeye açılan köşesinde iki üç kişi gördük, ellerini sallayarak "Koşun koşun koşun," diye bağırdılar, koşmaya başladık.

Ana caddede barikat kuranlar vardı, herkes sağda solda ne bulursa ortaya taşıyordu. Cengiz'le beraber kaldırımdaki İSPARK levhasını sallamaya başladık, yerinden çıkacak gibi değildi, var gücümüzle tekmeler attık iki yandan, yerinden oynadı biraz, sallaya sallaya söktük sonunda, taşıdık, barikatın üstüne attık. Yan sokaktan çöp konteynırları taşıyanlar vardı, belki bir çöp konteynırı da biz buluruz diye o sokağa girdik ama bulamadık. Sokağın elli metre ilerisinde kazılmış bir yer vardı, oraya yürüdük. TEDAŞ'ın büyük silindir kablo rulosunu gördük orada, yuvarlaya yuvarlaya ana caddeye götürdük, bizi onunla gören dört-beş kişi daha katıldı yanımıza, "Açılın açılın," diye bağırarak ittirdiler silindiri, yan çevirip barikatın ortasına yerleştirdiler.

Karşıda iki TOMA belirdi, herkes elindeki sopalarla barikatlara ve yolun kenarındaki refüj demirlerine vurmaya başladı, çıkan seslerin ritmiyle kalbimin atışı birbirine karışıyordu. Barikatın önünde büyük bir ateş yakılmıştı. Ses bombaları patladı havada, TOMA'lar yaklaşmaya başladı. Barikatın üstüne çıkmak istedim, biri kolumdan tutup "Çıkma," dedi.

"Bırak," dedim. "Bana karışmayın."

Cengiz de peşimden çıktı. TOMA'nın farlarından vuran ışık, barikatın önündeki ateşte parlıyordu. iPhone'u Cengiz'e verip işaret parmağımı karşıya doğrulttum, "Kralın dönüşünü hak etmediniz," diye bağırdım polislere. "Onun yerine Çağlar İyice çıkacak bu gece sahneye, idare edin."

Barikatın önüne atladım. Tazyikli suyun düz bir çizgi halinde üstüme gelişini gördüm, yere düşmemek için yan dönüp bekledim, sarsıldım durduğum yerde ama düşmedim, su kesilince yüzümü döndüm TOMA'lara, alkışladım, "Çok ıslandım şimdi," diye bağırdım. "Kurutma servisiniz yok mu acaba?" İşaret parmağımı yere dikip sağa sola salladım, "Şuralara da sıkın biraz," dedim dans edeceğim bölgeyi göstererek. Caddedeki taşları süpürerek gelen suyu gördüm, geriye koştum, su kesilince birden dönüp tişörtümün önünü yırttım, Mayki'nin pek çok klibinde de böyledir, tişörtünün önü yırtıktır beline kadar. Kollarımı iki yana açtım, öne koşup dizlerimin üstünde kaydım ıslak asfaltta, ayağa kalkar kalkmaz da klasik bir moonwalk yapmaya başladım. Barikatın tepesinden ve arkasından büyük bir alkış koptu, ellerindeki sopaları yaptığım moonwalk'ların ritmine göre vurmaya başlamışlardı. Sağımdan solumdan iki gaz bombası geçti, "Boşuna uğraşmayın," diye bağırdım. "Michael Jackson'ı gaz bombasıyla vuramazsınız!" Yana doğru moonwalk yapmaya başladım, omzumdan tazyikli su yiyince yere düştüm, yattığım yerden barikatın tepesindeki Cengiz'e baktım, "Çekiyor musun?" diye bağırdım.

"Devam et reis," dedi. "Psikolojik üstünlük bizim elimizde."

Kendimi toparlayıp diz üstünde moonwalk yapmaya başladım, Türkiye'de bu hareketi kaç kişi yapabilir bilmiyorum, Hindistan'da bile zor bulunur. TOMA'nın biri hızla üstüme geliyordu, kalkıp yana kaçtım, sonra barikata koşmaya başladım, TOMA barikatı dümdüz yarmaya çalıştı, ilk seferde başaramadı, geri vitese takıp tekrar denedi. Cengiz koluma girdi, yan sokağa girenlerin peşine takılıp sokağın girişindeki kaldırım taşlarını sökmeye başladık. Taşları söküp söküp atıyorduk, sokağın ortasında yan yana dizilmiş grup söktüğümüz taşları elden ele taşıyor, sokağın girişine barikat kuruyordu. Barikat diz hizasını geçince TELEKOM trafosuna sırtımızı yaslayıp soluklanmaya başladık.

"Cengiz şu videoyu bir göstersene," dedim. "Nasıl çıkmış?"

iPhone'u karıştırmaya başladı ama videoyu açamadı bir türlü, en sonunda önüne bakıp "Yok," dedi.

"Nasıl yok?"

"Video moduna almayı unutmuşum, fotoğrafta kalmış."

Çektiği bulanık fotoğrafa baktım, arka cebime koydum sonra iPhone'u. Cengiz'i yakasından tutup kaldırdım, yandaki apartmanın sahanlığına götürüp sırtını giriş kapısına çarptım.

"Kız kardeşime ne yaptın lan," dedim. "Kız kardeşime ne yaptın!"

"Saçmalama reis. Ne yapayım ben Çiğdem'e?"

"Niye çekmedin o zaman videoyu?"

"Tazyikli su gelince panik yaptım, video moduna almayı unuttum."

"Yalan söyleme lan yalan söyleme! Senin cenazen bile o telefonu video moduna alır."

Ellerinin dışıyla ellerimi itti, "Tamam lan o zaman tamam," dedi. "Senin hakkın değildi o video. Çiğdem'in hakkıydı. Seviyorum ben onu. Rahatladın mı şimdi?"

Çenesine bir yumruk attım, sendeledi, kendini toparlayıp boğazımdan tuttu, tekme atmak istedi, ayağından tuttum, taşsız kaldırıma düştü, üstüne çıkıp kollarından tuttum, "Senin Allah belanı versin!" dedim. "Sapık! Geberteceğim lan seni! Kız kardeşim daha dokuz yaşında. Bir şey mi yaptın lan kız kardeşime! Bir şey mi yaptın!"

"Hayır! Hayır! Seviyorum ben onu! Seviyorum."

"Kız kardeşim daha dokuz yaşında lan!"

"Olsun. Ruh var onda."

"Allah seni kahretsin! Sapık! Geberteceğim seni."

Kafasına vuracak bir kaldırım taşı aradım, bulamadım, hepsini sökmüştük.

"Sapık falan değilim ben," dedi. "Düşündüm reis, bir dinle, çok düşündüm. Bir bak çevremize, kimde ruh var bugün. Kim o kadar korkusuz, kim o kadar gözü kara, kim o kadar içten seviniyor sevineceğinde, kim o kadar üzülüyor üzülmesi gerektiğinde, kim bir boka kafayı taktığı zaman sonuna kadar gitmeyi göze alıyor. Benim hiçbir şeyim yok reis, beni seven başka kimse yok, olmayacak da. Şimdi değil, şimdi değil. On sene sonrasını düşün, ne var ki bunda. Seviyorum ben onu."

"On sene sonrasını düşünmek ne demek lan! Sapıksın sen! Öldüreceğim lan seni! Hak ettin bunu Mikrop! Hak ettin!"

"Sen de âşıksın kız kardeşine! O yüzden böyle tepki veriyorsun!"

Bileklerini bıraktım, ayağa kalktı, bir tekme salladım bacağına yandan, cevap vermedi, "Ben öyle mi âşığım lan kız kardeşime ben öyle mi âşığım," dedim.

Yarım kafa kola alıp yere yıktı beni, üstüme çıktı, bileklerimden tuttu, "Öyle âşıksın tabii," diye bağırdı yüzüme. "Deden öldükten sonra başka kimin kaldı senin! Kendi odanı niye dayına verdin hiç kavga çıkarmadan, niye kız kardeşinin odasında yatmaya devam ettin dayın gittikten sonra da. Konuşturma beni şimdi reis. Konuşturma! Kafan yanmış senin, ne bok yediğinin farkında değilsin. Her şeyi başka bir şey zannedip duruyorsun. Gırgır geçeyim derken uydurduğun şeyleri gerçek zannetmeye başladın. Hayal âleminde yaşıyorsun. Vaktini bunlara harcayacağına gerçekleri görmeye harcasaydın böyle mi olurdun!"

Kollarımı bıraktı. Yattığım yerden sokağın caddeyle kesiştiği köşedeki yamuk trafik lambasına baktım, tozun dumanın arasında yanıp sönmeye devam ediyordu tepedeki kırmızı ışık. O kırmızı ışığa bakmaktan alamıyordum kendimi, o ana kadar ruhumun derinlerine gömülmüş, sesi sedası çıkmayan ne kadar duygu varsa, büyük bir gürültüyle çatır çutur kırılıyordu. İnsanın bambaşka biri olmayı isteyeceği bir an gelir, gerçekten bambaşka biri olmayı isteyeceği bir an gelir. Sokağın girişinde bekleyenler, köşedeki duvarlarda patlayan iki-üç gaz bombasının ardından bana doğru koşmaya başladılar. Avuçlarımı asfalta yaslayıp ayağa kalktım, boynumdaki gaz maskesini çıkarıp yanımızdaki apartmanın gıpgri uzanan duvarına fırlattım. Cengiz koluma girip "Gel böyle," dedi.

"Bırak," dedim.

Polisler gaz bombası tüfekleriyle sokağın girişindeki barikatın üstüne çıktılar, yanlarında amirleri olduğunu düşündüğüm bir sivil polis vardı, korumalı spor şapkasını çıkardı, maskesini alnına kaldırıp "Dağılın lan," diye bağırdı. "Dağılın!"

Sokağın ortasında durdum, kollarımı iki yana açtım, "Taksim'de iki tane sokağı dağıttınız diye kendinizi FBI mı zannettiniz lan," dedim. "Zaten Gazi'den on bin kişi yola çıkmış geliyormuş, buraya bir gelsinler, o gaz tüfeklerini kapsüllerini götünüze takar öyle gezersiniz artık."

Yüzünde şapşalca bir öfke ifadesiyle üstüme koşmaya başladı, bacaklarımı iki yana açıp başımı hafif sağa eğdim, gülümsedim, "Gel gel," dedim. Gelir gelmez bir sağ ekledim karnına, iki büklüm oldu, kendini toparlayıp avuç içiyle bir sağ vurdu kulağıma, sonra burnuma bir sol çıktı, beynime kadar hissettim acısını. Cengiz araya girmeye çalıştı, arkadan gelenler ona girişti tekme tokat, gaz maskesini aldılar yüzünden. Bana girişen sivil polis, gözüme bir sağ direkt indirip çeneme sol çıktı, karnıma diz girdi sonra, derin üzüntülerle, ruhsal karmaşalarla, kapalı pencerelerle, cebimizde titreyen telefonlarla ve boğuk boğuk çığlık atan martılarla dolu bir dünyada yaşıyorduk. Durmak bilmiyordu, acıdan nefesim kesilmişti. Ömrümüzü yaptığımız yanlışlardan geri dönmekle harcamıştık ama hayatı hâlâ ilerlenecek bir şey olarak görüyorduk. İnsandık çünkü biz, budalaca zaferlerimiz vardı hiçbir işe yaramayan ve bilgece yenilgilerimiz vardı bizi birbirimize daha sıkı bağlayan, umutsuzca, kederle bağlayan bizi birbirimize. Kendi içimizde sessiz ve korkunç mücadeleler vermiştik, kendi iç savaşlarımızın gazisiydik hepimiz, kendimize yenilip kabul etmiştik kendimizi ve kendimize boyun eğmiştik ve şimdi hiç kimseye boyun eğmeyecektik! Düştüğüm yerden elimle kaldırıma yaslanıp doğruldum, kırık dişimi tükürdüm bana vuran polisin yüzüne, "Kız kardeşimin gözyaşlarının hesabını senin yedi sülalenden sormazsam bana da bu Taksim'de Çağlar İyice demesinler bundan sonra," dedim. "Selamı sabahı kessinler, biramı rakımı içmesinler." Yerden metal bir levha alıp kafama vurmaya başladı, gardımı alıp bekledim yattığım yerde, çevreyi bulanık görüyordum, karşıdaki apartmanın penceresini açan bir kadının sinir krizi geçirdiğini gördüm o ara, "Yeter artık yeter," diye bağırıyordu, "Vurmayın bu çocuklara! Ne istiyorsunuz! Yeter artık!" Başka pencereler de açıldı, "Vurmayın lan vurmayın," diye bağırdılar. "Katiller! Defolun gidin buradan!"

Bir adam gelip tepemdeki polisi omzundan itti, "Yürü git lan," dedi, "Yürü!" Sonra gitti, Cengiz'in tepesinde tepinenleri tekmeledi, "Yürüyün lan," dedi, "Yürüyün! Durmayın her yerde!" Omzunda yıldızlar vardı, amirleriydi sanırım. Başka bir adam kolumdan tutup kaldırdı beni, sürükledi, sonra Cengiz'i tuttu, omzu yıldızlı adama gösterip "Amirim bunları alalım mı?" diye sordu.

"Onların nesini alacaksınız lan," dedi amir. "Analarını sikmişler zaten. Elimizde mi kalsınlar! Yürüyün! Kurtuluş'a kadar durmayın."

Kaldırımın kenarına oturduk, sokakta ilerleyen omzu yıldızlı adama, "Amir," diye seslendim. "Lan amir! Baksana bi!"

Yüzünde büyük bir şaşkınlık ifadesiyle bana döndü.

"Kurtuluş ne tarafta?" diye sordum.

Geri dönüp ayağının dışıyla bir tekme salladı bana, taşsız kaldırımın kumlarına düştüm, "Siktir git lan," dedi. "Siktir git! Gebertmeyeyim şimdi seni burada!"

Yanındaki birkaç polis daha üstüme yürümek istedi, onları omuzlarından itti, "Yürüyün lan," dedi. "Yürüyün! Durmayın!" Uzaklaşmaya başladılar sokakta. İçimi bir burukluk kapladı çünkü Kurtuluş'un ne tarafta olduğunu bilmiyordum. Kaldırıma sırt üstü uzanıp gökyüzüne baktım. Sarhoşun biri bütün yıldızları toplamıştı.

Cengiz koluma girip kaldırdı beni, sağa sola toslayıp öksüre öksüre yürüdük, öksürmekten kulaklarım ağrımaya başlamıştı, göğüs kafesim sıkışmıştı, kaburgalarım çatlamış gibiydi, bir apartmanın giriş kapısına süpürge konmuştu, kocaman iki öksürük yığını gibi içeri attık kendimizi. Sokağa derin bir sessizlik çökmüştü. O derin sessizlik zamanla ağır bir uğultu halini alıp kafamın içinde zonklamaya başladı.

Kapının kenarına, talcidsıkara dönüştürülmüş bir Camsil kutusu koymuştu apartman sakinleri, onunla elimizi yüzümüzü yıkadık. Caddede atılan ses bombalarını duyduk yine, sokağın ucunda bir gaz bulutu görünüyordu, yavaş yavaş kapladı tekrar sokağı. Boğuk boğuk bir ses duydum dışarıdan, ne olduğunu anlayamadım, kapının köşesinden baktım, sokağın karşısında bir martı vardı, kanatlarını telaşla çırparak havalanmaya çalışıyordu. Havalandı, apartmanların arasında iki kat yükseldi, sonra bir balkon demirine çarpıp aşağı düştü. Sağına soluna şaşkınca bakarak yerde birkaç adım yürüdü, tekrar kanat çırpıp yükseldi, görünmez oldu, sonra karşıdaki İGDAŞ trafosunun üstüne düştü küt diye. Ayağa kalkıp yürümeye çalıştı yine, üç adım atıp yıkıldı. Apartmandan çıkıp koştum, martıyı kucaklayıp içeri aldım.

Apartmanın taşlarına yatırdık, Cengiz'le bana bakıyordu ürkek ürkek. Elimi martının boynunda ve göğsünde gezdirdim, zayıf kalbinin düzensiz atışlarını duyuyordum. Havada baygınlık verici bir buğu, ağırlık vardı. Apartmanın içine kadar girmişti gaz.

Martı, kafasındaki düşüncelerden kurtulmak ister gibi başını iki yana sallayıp duruyordu, turuncu gagasını apartman taşlarına vuruyordu. Elime Talcid sıkıp yavaşça gözlerine sürdüm, "Sakin ol martıcık," dedim. "Lütfen biraz sakin ol. Birazdan her şey düzelecek. Gökyüzünün derin maviliğini düşün sen bu arada, evrenin sonsuzluğunu düşün, düşünme şimdi bu gaz içinde sıkışıp kaldığımız daracık sokakları. Her şey düzelecek."

Martı gözlerime bakıp çırpınmaya devam ediyordu, kanatlarını apartman taşlarına vuruyordu, Cengiz koluma girmek istedi, "Bırak," dedim. Elime biraz daha Talcid sıktım, martı kaçıyordu benden. Sıkıca tuttum kanatlarından, biraz daha Talcid sürdüm gözlerine ve gagasına. Sakinleşir gibi oldu, sonra yine çırpınmaya başladı. Allah kahretsin! Martılara ilk yardım yapacak insan mıydım ben? Bu nasıl memleketti böyle. Kimse görmüyor muydu şimdi o martıyı acılar içinde yapayalnız debelenirken. Tükenmiş miydi insanlardaki şefkat stokları çoktan, ona hiç kalmamış mıydı?

İnce uzun boynunu okşadım yavaşça, "Şimdi her şeyden çok seni anlayacak üzgün bir insana ihtiyacın var martıcık," dedim. "O zaman bir bak bana, son kez bak. Merak etme, hiçbir şeyi geri getiremeyecek pişmanlıklardan ve acıları dindiremeyecek sözlerden bir demet sunmayacağım şimdi sana. Bizi düşünme zaten, boş ver. O kadar da kara bir günümüzde değiliz, belki biraz yalnızız biraz da buruğuz, şimdi bizim hayallerimiz çalınık, olsun, olsun, idare ediyoruz martıcık, alışıyoruz, dünyaya alışıyoruz. Yağmurun altında çıplak ayakla koştuğumuz günler gelecek, güneşte neşeli şarkılar söylediğimiz günler gelecek. Bir yerden sonra insan umursamamaya başlar. Dertlerini anlatanlarınsa hâlâ bir umudu var demektir. Hadi sen de anlat martıcık."

Kanat çarpışları azalıyordu, kaldıramıyordu artık kanatlarını, matlaşmış gözleri yavaş yavaş uzaklaşıyordu bizden, bitiyordu şarkısı. Küçük, perdeli ayaklarını bir-iki sefer daha vurdu taşlara. Gözleri artık o acıyı aşamayacağını anladığı bir ifadeyle dondu, gövdesi kasıldı. Gecenin içinde iki kanat, iki parıltı kaldı ondan. Kalp masajı yapmayı düşündüm ama bir martıya nasıl kalp masajı yapılır ki?

Cengiz kollarımın altından tutup var gücüyle çekti beni, "Bırak reis," dedi. "Bırak! Öldü. Öldü o martı!"

Cengiz'den kurtulmaya çalıştım, iyice geriye çekti, kurtulamadım, sakinleştim bir süre sonra, kollarımı bıraktı. Döndüm, Cengiz'e sarıldım, "Özür dilerim kardeşim," dedim. "Özür dilerim. Her şey için özür dilerim."

Sırtıma ve omzuma avuç içleriyle vurup, "Tamam reis," dedi. "Tamam, sorun değil."

"Sinem için de suçladım seni yok yere. Onun için de özür dilerim."

"Tamam reis, tamam, düşünme artık bunları. Unutalım. Arkadaşız biz."

Merdivenlere oturduk. Yerde yatan martının saydamlaşmış gözlerine, gazdan kararmış boz tüylerine, kasılıp kalmış kanatlarına baktım. O eski, tasasız günlerinde, hiç bilebilir miydi, belirsiz bir geleceğin belirsiz bir anında, yani tam o anda, yitip gideceğini böyle, sonsuza kadar. Yanaklarımı ellerimin arasına alıp bakmayı sürdürdüm ona. Geniş bulvarların üstünde, denizin enginliğinde ve gökyüzünün sonsuzluğunda ve eve giden yollarda yaşamak varken gazla dolu bu daracık sokaklarda ne işi vardı ki?

En büyük aşklar bitiyor, bir pet şişe beş yüz yıl yaşıyor, peki sen şimdi niye öldün ki martıcık? Elektrik gelince mumları kim üfleyecek şimdi? Sabah olunca sinek ilacını fişten kim çekecek? Kim kapatacak ruhlarımızdaki o derin çatlağı? Yaralanan gururlarımızın acısını kim hafifletecek? Sıra ne zaman mutluluğa gelecek ya da iyiliğe ve adalete?

Apartman kapısındaki camın yansımasından Cengiz'le kendime baktım. Sanki içimizdeki karanlık bizi yutmuş, bambaşka bir biz kusmuştu onun yerine. İşte hep böyle olur, hep böyle olur, gün batarken alevlenen pencereler birer birer söner, gölgelenir ve karanlığa bırakır yerini. Gecenin içinde iki iyi arkadaş kalır orada, bir ölü martı kalır, bir ruh kalır, kendileriyle baş başa, çekip gidenlerin bıraktığı boşluğa sarılarak. Olsun, ama olsun. Varsın perde kapanırken mutlu insan kalmasın bu sahnede. Gerçekler tüm çıplaklığıyla ortaya çıktığında her yer kararmış olsun! En sonunda hakikat onu en çok hak edenin olur. Üstümüze kapanan gecede en uzağa gidenin olur.

Olsun, varsın olsun. Rahmetli dedemin her yeri ağrır da bir yeri hep daha fazla ağrırdı hastayken, benim hatıralarım da öyle olsun artık, o martının matlaşmış gözleri hep daha fazla acıtsın. İnsan sadece öğrenmek zorunda olduğu şeyleri öğrenir oğlum. Sadece acıyla öğrenilenler unutulmaz. Ve ne vakit çekilirse çekilsin, insanın yüreğinin en derinlerinde hissettiği acı, o saf acı, bir imbikten süzülürcesine gelip insanın içine akan o katıksız acı, tüm zamanların acısıdır.

Elektronik sigaramı çıkardım arka cebimden, poşete sarmıştım sıkıca, açtım poşeti, ölmüş martıya bakıp içmeye başladım. Keşke yaşarken tanışmış olsaydık. Yazık. Çok yazık. Gerçekten bana hitap eden bir martıydı. O martıyla arkadaş olmak isterdim. O martıyla uçmak isterdim. O martıyla vapurların peşine takılıp dans eder gibi sağa sola süzülmek isterdim. O martıyla sırf insanlar birazcık mutlu olsun diye, karnımız tok olduğu halde atılan simit parçalarını yemek isterdim. O martıyla çatılara tüneyip gün ağarırken ortalığı velveleye vermek isterdim. O martıyla gökyüzünün mavi sessizliğinde bir metronom çubuğu gibi alçalıp yükselmek isterdim. O martıyla deniz fenerlerinin üstünde döne döne uçmak isterdim. O martıyla köpüren dalgaların arasında evimizdeymiş gibi rahat ve telaşsız gezinmek isterdim. O martıyla akşamüstleri dalgakıranlara konmak ve geçip giden günleri düşünmek isterdim. O martıyla yağmurlara bakmak ve hayatımızdan sessiz sedasız çıkıp giden insanları özlemek isterdim. O martıyı öpmek isterdim, o martıyı öpmek isterdim dostum.

24 Haziran 2013-24 Mayıs 2014
Beşiktaş-Yalova

"Eve giden yollarda
Karanlık bastırınca
Soğuk dondurunca
İki insan sarılınca,"
diyen,
Ceylan için...